Ines Thorn ist in Leipzig aufgewachsen und lebt seit 1990 in Frankfurt. Bei rororo sind bereits von ihr erschienen «Die Silberschmiedin» (rororo 23857) und «Die Pelzhändlerin» (rororo 23762).

Ines Thorn

Die Wunderheilerin

Historischer Roman

Rowohlt Taschenbuch Verlag

2. Auflage Oktober 2006

Originalausgabe
Veröffentlicht im Rowohlt Taschenbuch Verlag,
Reinbek bei Hamburg, September 2006
Copyright © 2006 by Rowohlt Verlag GmbH,
Reinbek bei Hamburg
Umschlaggestaltung any.way,
Barbara Hanke / Cordula Schmidt
(Abbildung: ullstein bild –
Archiv Gerstenberg)
Satz New Baskerville PostScript
Gesamtherstellung Clausen & Bosse, Leck
Printed in Germany
ISBN 13: 978 3 499 24264 9
ISBN 10: 3 499 24264 8

ERSTER TEIL

Erstes Kapitel
Leipzig, im Jahr 1503

Priska riss den Mund auf. Sie wollte schreien, doch die Worte blieben ihr in der Kehle stecken! Wie erstarrt stand sie in der Mauernische und sah mit vor Entsetzen weit geöffneten Augen auf das, was wenige Meter vor ihr geschah!

Ihre Meisterin, die Silberschmiedin Eva, wurde von einem Mann, dessen Gesicht mit einer silbernen Maske bedeckt war, überfallen. Er stieß die Meisterin zu Boden, Eva fiel, im Fallen verschob sich der Rock und entblößte ihre weißen Schenkel. Priska wollte hin, wollte der Meisterin helfen, doch ihre Füße gehorchten ihr nicht. Sosehr sie es auch versuchte, sie konnte sich nicht bewegen.

Der Mann mit der silbernen Maske hatte plötzlich einen schweren Stein in der Hand und holte aus, um Evas Gesicht zu zertrümmern. Die Meisterin krächzte und bedeckte mit beiden Armen das Gesicht.

Immer noch gelähmt vor Schreck, starrte Priska auf den Mann, wartete darauf, dass er den ersten Schlag führte. Ihre Knie wurden weich, und sie musste sich an der Mauer halten, um nicht umzusinken. Ihr Blick hing an dem Mann, der noch immer den Arm erhoben hatte. Priska schloss die Augen!

Doch sie hörte keinen Schrei, keinen Schlag. Nichts. Sie blinzelte, starrte auf den Mann und die Meisterin.

Der Mann öffnete den Mund. Priska hörte seine Worte: «Ich kann es nicht! Auch wenn es meinen eigenen Tod bedeutet, ich kann dich nicht töten.»

Und leiser, unhörbar fast: «Ich liebe dich, Eva. Ich habe dich immer geliebt.»

Sie sah, wie er die Finger der rechten Hand an seine Lippen führte, einen Kuss darauf hauchte und ihn Eva zuwarf. Dann ließ er den Stein einfach fallen, wandte sich um und lief weg.

Mit einem Wimmern sank Priska an der Hauswand hinab. Wie durch einen Nebel sah sie, dass Johann von Schleußig, der Priester, gerannt kam, der Meisterin aufhalf, ihr seinen Umhang über die Schultern legte und die Silberschmiedin mehr davontrug, als dass sie selbst lief.

Priska aber war noch immer unfähig, sich zu bewegen. Der Mann mit der silbernen Maske. Sie hatte ihn gleich erkannt. Es war David, Evas Ehemann und Meister der Silberschmiede, in der sie als Lehrmädchen tätig war.

Ihr Herz schlug in wildem Galopp. Der Meister hatte die Meisterin töten wollen! So, wie er einst den reichen Kaufmann und Nebenbuhler Andreas Mattstedt getötet hatte. Der Meister war ein Mörder und die Meisterin nur mit dem Leben davongekommen, weil es auch in dem Mörderherzen so etwas wie Liebe gab. Vorsichtig spähte sie die Gasse hinunter. Sie hörte von weitem Musik, Gelächter, Spottlieder und zotige Scherze. Es war Fastnacht, und ganz Leipzig war auf den Beinen. In der Nähe kreischte eine Frau auf, als hätte sie jemand in den Hintern oder in die Brüste gekniffen, dann erklang ein derbes Lied. Einer stimmte an, die anderen fielen ein, und schon schallte es bis zu Priskas Ohren:

«Herr Wirt, uns dürstet allen sehr:
Trag auf den Wein! Trag auf den Wein!
Dass dir Gott dein Leid verkehr:
Bring den Wein! Bring her Wein!

Sag, Gretel, willst du sein mein Bräutel?
So sprich, sprich! So sprich, sprich!
Wenn du mir kaufst einen Beutel,
vielleicht tu ich's, vielleicht tu ich's,
doch zerreiß mir nicht mein Häutel,
nur anstichs, nur anstichs!

Du, Hänsel, willst du mit mir tanzen?
So komm ran! So komm ran!
Wie die Böcke woll'n wir ranzen!
Nicht stolpern! Nicht stolpern!
Lass meinen Schlitz im Ganzen!
Schieb nur an! Hans, schieb an!

Der Gesang verlor sich in der Ferne, die fröhliche Meute war weitergezogen.

Priska spürte erst jetzt, wie sehr sie zitterte. Das Zittern kam nicht von der Kälte, nicht vom Schnee, der in dichten Flocken vom Himmel fiel. Nein, es kam aus ihrem Inneren, ließ sie am ganzen Körper erbeben. Sie schlug sich die Hand vor den Mund, um das Klappern der Zähne zu unterdrücken. Vergeblich.

Die Zeit verstrich. Immer noch stand sie in der Mauernische, betäubt vor Schreck. Es erschien ihr unendlich lange her, seit sie sich von den anderen Feiernden getrennt hatte, um nach Hause zu gehen. Plötzlich war die Meisterin vor ihr gewesen. Priska hatte sie einholen wollen, mit ihr gemeinsam nach Hause gehen wollen, doch dann war der Mann gekommen, und sie war in die Nische geschlüpft. Wie lange war das her? Stunden? Tage? Jahre? War es gar in einem anderen Leben gewesen?

Die Glocken der nahen Kirche, die Mitternacht verkündeten, holten Priska in die Wirklichkeit zurück. Über eine Stunde hatte sie hier gestanden. Langsam schleppte sie sich nach Hause. Sie achtete nicht auf den Schnee, nicht auf die Maskierten, die ihr hin und wieder begegneten.

Als sie die Silberschmiede in der Hainstraße erreicht hatte, keuchte sie, als läge ein langer Lauf hinter ihr.

Das Haus lag im Dunkeln. Nur aus der Werkstatt, die sich hinter dem Haus befand, drang ein Lichtschein.

Priska trat an das Fenster der Werkstatt und drückte ihre Wange an die kalte, von Eisblumen bedeckte Scheibe.

Ihre Wange schmerzte, und es dauerte, bis die Eisblumen unter ihrer Körperwärme schmolzen und einen Blick in das Innere der Werkstatt freigaben. Ein Tropfen Wasser rann ihr über die Wange.

Eva stand vor einem Taufbecken und trug mit Stichel und Punzeisen Ornamente auf. Sie war vollkommen in ihre Arbeit versunken, als wäre nichts geschehen, als wäre sie nicht gerade erst einem Mordanschlag entgangen.

Priska presste den Mund, die warmen roten Lippen gegen die Scheibe, schmeckte das Eis und den Dreck auf der Zunge. Wie konnte die Meisterin nach diesem Erlebnis zur Arbeit greifen?, fragte sie sich und versuchte Evas Gesichtsausdruck zu lesen.

Als ob sie ihre Blicke spüren könnte, hob die Meisterin den Kopf und sah zum Fenster. Priska schrak zurück. Aber die Silberschmiedin lächelte und winkte sie mit der Hand zu sich herein. Zögernd betrat Priska die Werkstatt.

«Warum feierst du nicht?», fragte die Lehrmeisterin und deutete mit der Hand nach draußen. «Es ist Fastnacht.»

Priska schaute die Meisterin verwundert an. Wie konnte sie jetzt ans Feiern denken? Warum klang ihre Stimme so ruhig und beherrscht, während Priskas Herz noch immer raste? Priska schüttelte den Kopf. «Bin fürs Feiern nicht gemacht», stammelte sie.

Die Silberschmiedin nickte und setzte sich auf einen Schemel.

«Der Meister ist weg. Für immer. Meine Stiefschwester Susanne ist mit ihm gegangen. Es gibt nun niemanden mehr, der sich um den Haushalt kümmert.»

Priska suchte nach einem Trostwort, doch ihr fiel nichts ein. «Ich habe gesehen, was passiert ist, stand in einer Mauernische», erwiderte sie schließlich. Ihre Wangen brannten wie Feuer. «Ich wollte Euch helfen, wollte schreien, aber ich konnte nicht. Wie erstarrt habe ich dagestanden.»

Eva winkte ab, als wäre es ganz und gar unwichtig, was und wen Priska gesehen hatte.

«Hast du Angst?», fragte sie nur, und jetzt erst sah Priska, dass sie die Hände so verkrampft hielt, dass die Fingerknöchel weiß hervortraten. Sie versuchte, ein tapferes Gesicht aufzusetzen.

«Wovor? Er ... er», Priska wagte es nicht, den Namen des Meisters zu nennen. «Er ist doch weg, sagtet Ihr.»

«Ja, er ist weg. Für immer. Die Werkstatt hat keinen Meister mehr. Wir sind schutzlos. Und eine Haushälterin haben wir auch nicht mehr, nun, da Susanne mit ihm gegangen ist.»

Priska wusste nicht, was sie sagen sollte. All ihre Versuche, sich zu beruhigen, waren vergebens. Noch immer schlug ihr Herz hart und schnell, noch immer presste das Grauen ihre Kehle zusammen. «Wenn Ihr wollt, könnte ich den Haushalt übernehmen», stammelte sie schließlich.

Eva seufzte und strich sich eine Haarsträhne aus dem Gesicht. «Du bist eine gute Silberschmiedin. Vom Haushalt verstehst du nichts.»

«Eine Arbeit ist wie die andere. Ich kann lernen», entgegnete Priska.

Eva schüttelte den Kopf. «Einen Mann musst du dir suchen. Am besten einen aus der Zunft. Ich kann nichts mehr für dich tun. Die Werkstatt wird es nicht mehr lange geben.»

Priska spürte, wie ein brennendes Gefühl durch ihre Eingeweide kroch. Vor sechs Jahren hatte die Silberschmiedin ihre Zwillingsschwester Regina und sie aus der Vorstadt geholt. Sie hatte dem Vater, dem Henker, ein paar Gulden auf den Tisch gelegt. Ab sofort wolle sie für Priska und Regina sorgen, hatte die Silberschmiedin gesagt, und die Zwillinge waren mit ihr gegangen, weil der Henker es so befohlen hatte. Später hatte Priska begriffen, warum sie in die Silberschmiede gekommen waren. Die Meisterin hatte beweisen wollen, dass nicht die Herkunft über einen Menschen entscheidet, sondern das, was er daraus macht. Solche neuen Gedanken wurden derzeit oft besprochen, doch Priska verstand nichts davon. Sich seinen eigenen Platz im Leben suchen. Was sollte das sein, der eigene Platz? Nun, das Leben hatte sie in die Silberschmiede gestellt. Und das Leben würde entscheiden, wie es mit ihr weiterging. Wenn die Meisterin sie nicht mehr brauchte und sie verheiraten wollte, so würde sie eben heiraten müssen. Doch das war nicht so einfach, wie es klang.

Die Silberschmiedin sprach weiter: «Um Regina, deine Zwillingsschwester, sorge ich mich nicht. Sie wird leicht einen Mann finden. Ihr brannte der Rock schon vor der Zeit.»

Priska war sich da nicht so sicher. Die Meisterin hatte keine Ahnung vom Leben der niederen Stände. «Wen sollen wir heiraten? Ihr habt uns ausgebildet. Wir haben lesen, schreiben, rechnen, gute Manieren und sogar Latein gelernt. Doch unsere Abstammung bleibt unehrlich. Kein Handwerker wird uns wollen. In die Vorstadt können wir auch nicht mehr zurück. Niemand dort kann lesen oder schreiben. Wie Aussätzige würden sie uns behandeln.»

Eva antwortete nicht. Ihr Blick verweilte bei den Figuren, die sie an das Weihwasserbecken gebracht hatte. Adam und Eva im Paradies.

Priska merkte, dass die Meisterin mit ihren Gedanken ganz weit weg war. Das Schicksal ihrer Mündel kümmerte sie jetzt nicht.

Sie trat an das Weihwasserbecken und fuhr mit dem Finger über die Ornamente. «Soll ich Kugeln gießen?», fragte sie und deutete mit der Hand auf den Brennofen und den Barren reinen Silbers, der daneben lag.

Eva nickte. «Ja, gieße mir Kugeln und zieh mir drei dünne Drähte. Auch Krallen brauche ich, um die Steine zu fassen.»

Priska legte den Umhang ab. Sie band sich eine raue Lederschürze vor ihr Kleid und machte sich an die Arbeit.

Eine Stunde arbeiteten sie schweigend Seite an Seite. Die Straßen leerten sich allmählich, der Lärm erstarb.

Schließlich konnte Priska ihre Gedanken nicht länger für sich behalten. «Könnt Ihr die Werkstatt nicht weiterführen?», fragte sie in die Stille, in der nur die Buchenscheite im Brennofen leise knisterten.

«Wie?» Eva fuhr hoch. «Die Werkstatt? Es ist gegen die Zunftregeln, dass eine Frau einer Silberschmiede vorsteht.»

«Ihr könntet Euch zusammentun mit einer anderen Werkstatt.»

«Nein, Priska, das geht nicht.»

Priska blickte zu Boden. Die Meisterin bemerkte ihre Enttäuschung. «Du verstehst das nicht, Priska. Ich bin eine Meistersfrau, habe ein paar Jahre einer Werkstatt und einem Haushalt vorgestanden. Unter einem fremden Meister kann und darf ich nicht arbeiten. Außerdem gäbe es keinen, der mich nähme.»

«Aber Meister David ...»

Eva nickte. «Der Meister war mein Mann. Das war etwas anderes. Jetzt bin ich ohne Mann, aber keine Witwe. Ich habe keine einflussreichen Freunde mehr und bin noch immer eine Fremde, obwohl ich schon seit Jahren in Leipzig lebe. Meine Mutter würde sich im Grab umdrehen, wenn sie mich jetzt sehen könnte. Ich bin gescheitert, Priska.»

Sie sah auf, ihr Gesicht wirkte alt und müde.

«Kein Meister in Leipzig würde mit mir zusammengehen wollen und dürfen. Außerdem bin ich schwanger.»

Priska nickte. Sie hatte schon vor einer Weile bemerkt, dass der Leib der Meisterin sich langsam rundete. «Wann kommt das Kind?», fragte sie.

«Im Mai, sagt die Hebamme.»

So bald schon. Priska wurde schwer ums Herz. Ihr und ihrer Zwillingsschwester Regina würde nicht viel Zeit bleiben. Doch sie wollte sich nichts anmerken lassen und konzentrierte sich auf ihre Arbeit. Schließlich gab sie die gegossenen Kugeln und Drähte in einen Zuber mit kaltem Wasser, damit sie auskühlen konnten, und löschte das Feuer im Brennofen. Danach legte sie die Lederschürze ab und bürstete vorsichtig den Silberstaub heraus. Plötzlich bemerkte sie, wie müde sie war.

Sie rieb sich mit den Fäusten die Augen, blinzelte, sah zur Lehrmeisterin.

Auch Eva schien erschöpft zu sein. Ihr Gesicht war noch grauer, unter ihren Augen lagen tiefe Schatten. Ihre Lippen zitterten leicht. Sie sah so elend aus, als könne sie jeden Augenblick das Bewusstsein verlieren. Wieder überkam Priska tiefes Mitleid mit der Frau, die vor wenigen Stunden um ein Haar von ihrem Ehemann erschlagen worden wäre. Die Lehrmeisterin wirkte so einsam. So gottverloren. Selbst das Blut schien ihre Lippen verlassen zu haben.

Priska trat zu ihr und streichelte mit dem Zeigefinger sanft Evas bebenden Mund. Sie wusste nicht, warum. Noch nie hatte sie einen anderen Menschen berührt, nicht auf diese Weise.

Die Silberschmiedin hielt still, doch in ihren Augen begann etwas zu glimmen. Unvermittelt zog sie Priska an sich, mit einer Heftigkeit, die diese überraschte. Eva presste ihren Leib fest gegen Priskas, umklammerte sie mit den Armen, als würde ihr Leben davon abhängen.

Priska roch den Duft der Meisterin; ein wenig Schweiß und den bittersüßen Geruch der Angst, der noch immer in ihren Kleidern, in ihrem Haar, in ihrer Haut saß.

Bevor sie wusste, wie ihr geschah, nahm die Meisterin ihr Gesicht in beide Hände, überflutete sie mit Blicken, die etwas erflehten, das Priska nicht zu deuten vermochte. Priska hielt ganz still. Sie wagte kaum zu atmen und schloss die Augen.

Als Evas Mund ihre brennende Wange berührte, zuckte sie zusammen. Sie spürte Evas Lippen, diesen leichten, warmen Druck, der ihre Haut streichelte. Priskas Lider zitterten, ihre Seele zitterte unter diesen Liebkosungen. Noch nie war sie geküsst worden. Noch nie. Nicht von der Mutter, nicht vom Vater, von den Schwestern, den Brüdern. Die fremden Lippen auf ihrer Haut erschreckten und besänftigten sie zugleich, machten sie fast willenlos.

Als die Lippen sich von ihrer Wange lösten, öffnete Priska nur zögernd ihre Augen und schlug sie gleich darauf nieder. Sie konnte Eva nicht ansehen. Verwirrt berührte sie mit dem Finger die Stelle, an der sie den Kuss empfangen hatte. Sie wusste nichts zu sagen, wusste nicht, wohin mit den Händen, den Füßen, den Blicken. In ihrer Not griff sie nach ihrem Umhang und rannte aus der Werkstatt.

Eva sah ihr nach und schüttelte den Kopf.

Zweites Kapitel

Ich wusste, dass es schwierig sein würde, dachte Johann von Schleußig, doch ich ahnte nicht, dass es unmöglich ist, ihr zu sagen, was ich fühle.

Er saß in der Wohnstube des Silberschmiedehauses und ließ seinen Blick über die schweren Vorhänge vor den Fenstern schweifen, die den Wind, der durch die Ritzen pfiff, abhalten sollten. Früher hatte er diese dunkelroten Vorhänge mit den goldenen Stickereien immer behaglich gefunden. Jetzt aber, wo es keinen Mann mehr in diesem Haus gab, wirkten sie auf ihn wie Sargtücher. Die Felle, mit denen Bänke, Armlehnstühle und sogar der Dielenboden bedeckt waren, hatten nichts Anheimelndes mehr, sondern waren nur noch die Überbleibsel toter Tiere. Selbst das Licht der Öllampe, die auf dem großen Holztisch stand, und das der Kerzen auf dem Kaminsimsleuchter schienen ihm düster, die flackernden Schatten, die sie an die Wände warfen, beängstigend.

Er war gekommen, um Eva Trost zu spenden, das war seine Aufgabe als Priester. Doch Eva schien keinen Trost zu brauchen. Sie stand neben dem Kamin. Das Kleid aus dunklem, schwerem Wollstoff war zwar kostbar und aufwendig gearbeitet, umhüllte sie jedoch formlos wie eine Pferdedecke und verwischte die Konturen ihres Körpers. Ihr Haar hatte sie unter einer Haube verborgen, die ebenfalls aus dunklem Stoff war, und Johann von Schleußig erinnerte sie an eine Krähe, die auf einem einsamen, nur von Raureif bedeckten Feld nach nicht vorhandenen Saatkrumen suchte. Er seufzte. Es wäre vielleicht besser gewesen, dachte er und erschrak zugleich über seine Gedanken, wenn ihr Mann David sein Werk vollendet hätte. Was für ein Leben wartete noch auf sie? Eine Witwe war sie nicht, sondern eine Verlassene. Eine Sitzengelassene, die es nicht verstanden hatte, ein gutes Weib zu sein. So würden die Leute reden. Mannlos zu sein war das Schlimmste, was einer Frau geschehen konnte. Sie hatte keine Rechte, durfte keine Geschäfte tätigen, keine Werkstatt führen, wurde von den anderen gemieden und lief immer Gefahr, ihren guten Ruf zu verlieren. Eine verlassene Frau zu sein, das war schlimmer als Witwe oder Jungfer. Denn eine Verlassene war selbst schuld an ihrem Schicksal. Eine Frau hatte dem Mann zu gehorchen. Im Haus, in der Werkstatt, in der Küche und im Bett. Lief er weg, nun, so war sie keine gute Ehefrau gewesen. Die Zunft würde ihr die Werkstatt schließen, die Nachbarinnen den Gruß verweigern, die Männer sie mit scheelen Blicken betrachten und sie den eigenen Frauen als abschreckendes Beispiel vorhalten.

Wieder seufzte er und musste an sich halten, um nicht aufzustehen und sie in den Arm zu nehmen. Doch er war Priester.

Nicht nur wegen des Trostes war er gekommen, er brachte auch eine Warnung. Am liebsten würde er schweigen, doch er musste darüber reden.

Eva lächelte, sie war ahnungslos, welches Unwetter sich über ihrem Haus zusammenbraute. Sie kam zum Tisch, hob den Krug, schenkte Most ein, setzte sich ihm gegenüber und legte die Hände vor sich auf die Tischplatte.

«Was wollt Ihr jetzt tun so ohne Mann?», fragte der Priester und strich mit der Hand über seine Soutane.

Eva zuckte mit den Achseln. «David ist fort, aber nur wir wissen, dass er niemals zurückkehrt. Sagen werde ich, er sei auf Reisen gegangen. Ja, das werde ich machen, wenn die Nachbarinnen fragen, die Boten von der Zunft Nachrichten wollen und die Krämer auf dem Markt erneut fragen. Nach Florenz ist er gegangen, um Juwelen zu kaufen. Oder besser noch: Er ist nach Florenz gegangen, um Susanne zu ihrem Bräutigam zu bringen. Das ist gut, dann habe ich eine Begründung für die Abwesenheit der beiden und kann selbst allmählich in den Alltag zurückfinden. Susanne hat einen Juwelenhändler zur Messe kennen gelernt. Einen Witwer, der viel älter ist, aber ein sorgenfreies Leben zu bieten hat. David begleitet sie, verheiratet sie. So haben die Leute nichts zu schwatzen, und ich kann an seiner Stelle die Werkstatt weiterführen. Wenigstens für eine Weile noch.»

«Aber das werden sie Euch nicht glauben», warf der Priester ein. «Die Nachbarn wissen mehr, als Ihr glaubt. Eine Hochzeit und eine solche Reise erfordern Vorbereitungen, die nicht unbemerkt bleiben. Die Händler kennen sich untereinander. Bald schon wird man Euch fragen, wer der glückliche Bräutigam ist. Was wollt Ihr dann sagen?»

Eva zuckte mit den Schultern. «Ich weiß es nicht, Johann. Aber die Wahrheit muss verborgen bleiben. Wem wäre gedient, wenn ich sagen würde, wie es wirklich war? Dass David sich zum Herrn über Leben und Tod aufgeschwungen hat und sich größer und klüger dünkte als alle Ratsherren zusammen? Dass er gemordet hat? Zuerst das

Bademädchen in Frankfurt, dann den Ratsherrn und Kaufmann Andreas Mattstedt. Und am Ende ich. Erschlagen hätte mich David wie einen Hund.»

Johann schüttelte entschlossen den Kopf. «Ihr müsst die Wahrheit sagen, Eva. Eure Lügen werden über kurz oder lang ans Licht kommen. Sagt, wie es war. Schlimmer als jetzt kann es nicht mehr werden.»

«Ich soll den Leuten erzählen, dass David mich töten wollte und danach mit meiner Schwester durchgebrannt ist? Sagen soll ich, dass ich eine Verlassene bin, eine, die es nicht verstanden hat, ihren Mann zu halten?»

«Seit wann schert Euch das Gerede der Leute?»

Eva zuckte die Schultern und sah über Johann von Schleußig hinweg an die Wand. «Es ist schwer, stark zu sein, wenn man allein ist», sagte sie leise. «Ich habe nur wenige Freunde hier in der Stadt und ertrage es nicht, nun noch mit Hohn und Spott überschüttet zu werden. Ich bin schwanger, Johann.»

«Ihr seid schwanger von ihm?»

Johann von Schleußig blickte verstohlen auf ihren Leib.

Sie nickte und warf den Kopf trotzig in den Nacken. «Was ist dabei? Er ist mein Ehemann. Mein Kind ist ehrlich gezeugt.»

Johann von Schleußig verzog das Gesicht. «Was redet Ihr da, Eva? Das wird Euch auch nicht helfen, wenn die Wahrheit herauskommt. Ihr braucht einen Beschützer. Ihr müsst zur Ruhe kommen. Die letzte Zeit war sehr schwierig und anstrengend für Euch. Allein werdet Ihr nicht bestehen können – vergesst nicht, Ihr seid eine Frau», mahnte der Priester.

«Ihr sagt das? Ausgerechnet Ihr, der Ihr immer gepredigt habt, dass ein jeder selbst seines Glückes Schmied sei, dass eine Frau ebenso viel wert sei wie ein Mann?» Evas Wut färbte ihre Wangen rot.

Johann von Schleußig senkte den Kopf. Sie hat Recht, dachte er. Es sind meine Worte. Aber ich möchte sie schützen. Sie braucht jemanden, der ihr beisteht.

«Ich sorge mich um Euch. Könnt Ihr das nicht verstehen?»

Evas Züge wurden weich. «Es ist freundlich gedacht von Euch. Ihr wart mir immer ein guter Freund, ein Helfer in der größten Not. Ich habe Euch so sehr gebraucht, als David noch da war. David hat ...»

«David, immer wieder David.» Johann von Schleußig konnte diesen Namen nicht mehr hören. «Er sitzt Euch in den Knochen wie ein immer während er Schnupfen. Er trübt Euch den Blick, macht das Ohr taub und den Kopf schwer. Ihr werdet Mutter, Eva. Allein schafft Ihr das nicht», setzte er erbost nach. Dann erschrak er über seine eigenen Worte. Er konnte nicht mehr ganz bei Trost sein.

Evas Gesicht hatte sich verdunkelt. Sie stieß sich mit den Händen vom Tisch ab, als brauche sie Schwung, und stand auf. Dann trat sie vor ihn, streckte ihre Hände nach ihm aus.

«Johann, Ihr wisst, wie lieb und teuer Ihr mir seid. Ja, Ihr seid mir lieber, als ich möchte, lieber, als für einen Priester gut ist. Ihr wisst es doch. Warum zwingt Ihr mich, es auszusprechen?»

Sie lachte schrill auf, was Johann von Schleußig an das Krächzen einer Krähe erinnerte.

«Die Sitzengelassene und der Priester», fuhr sie fort, «ein schönes Gespann sind wir.»

«Auch ein Priester kann nicht allein von Gottes Liebe leben», wandte Johann von Schleußig ein.

«Niemand kann das.» Eva sah ihn nicht an. Johann von Schleußig stand auf. «Dann gehe ich. Es gibt schon noch Menschen da draußen, die mich brauchen», sagte er und hoffte, Eva würde ihn zurückhalten. Die Warnung steckte noch immer unausgesprochen in seiner Kehle.

«Kommt wieder, Johann. Kommt recht bald wieder. Und verzagt nicht. Es kommt alles etwas zu früh. Ich muss erst meinen Haushalt ordnen, mir selbst darüber klar werden, wie es weitergehen soll.»

«Ich verstehe», entgegnete Johann von Schleußig nach einer kurzen Pause, «nehmt Euch die Zeit, die Ihr braucht. Was werdet Ihr mit Regina und Priska machen? Ihr habt sie aus der Vorstadt geholt, weil Ihr beweisen wolltet, dass nicht die Herkunft, sondern das eigene Handeln den Menschen bestimmt. Und nun?» Eva wiegte den Kopf. «Priska hat die Gunst genutzt. Sie ist eine gute Handwerkerin, hat bei der Lechnerin Latein gelernt, kann schreiben, lesen, sich bei Tisch und in Gesellschaft manierlich betragen. Bei Regina dagegen war alles umsonst. Gelernt hat sie nur, wie man den Männern den Kopf verdreht, wie man sich schmückt und die Lippen färbt, wie man den Busen reckt und den Hintern schwenkt. Sie ist noch immer von niedrigem Wesen. Vergebens jede Mühe, sie veredeln zu wollen.»

«Ich hörte, sie geht mit einem Zimmermannsgesellen.»

Eva zuckte mit den Schultern. «Heute mit diesem, morgen mit jenem. Die Zwillinge sind 17 Jahre alt. Ich werde sie verheiraten müssen. Aber das braucht Zeit. Deshalb will ich die Werkstatt noch ein wenig führen. Nur noch ein paar Wochen so tun, als wäre ich eine ehrbar verheiratete Frau.»

«Ihr dürft dabei Euren Bruder Adam nicht vergessen. Ihr wisst um seine Schwierigkeiten?»

Jetzt war es heraus, war die Warnung endlich ausgesprochen.

«Johann, was glaubt Ihr denn? Natürlich weiß ich, was die Leute reden. In den Augen der anderen ist er ein Verbrecher, der widernatürliche Unzucht treibt. Sodomit nennen ihn die Leute und würden ihn am liebsten auf dem Scheiterhaufen brennen lassen, wenn er sich denn doch einmal erwischen ließe. Aber vielleicht stimmt das gar nicht, vielleicht ist es ein Gerücht, das David in die Welt gesetzt hat. Schließlich wusste auch Adam, dass David ein Mörder ist.»

«Es gibt Zeugen für Adams Tun.»

Johann von Schleußig zog Eva neben sich auf den Stuhl, nahm ihre Hände fest in seine. «Bei der letzten Ratssitzung war ich. Es haben sich zwei Leipziger gemeldet, die mit eigenen Augen gesehen haben wollen, dass Adam einen Liebsten hat. Der Liebste sei ein Mönch, lebe bei den Barfüßern. Sie sollen sich kennen gelernt haben, als Adam sich für den botanischen Garten, den die Universität anlegen lassen will, interessiert hat. Auch der Barfüßer wollte mithelfen. Er hat das Arzneigärtchen der Barfüßer unter sich. Man sagt, er sei ein guter Apotheker. Sie waren zusammen vor den Toren der Stadt, hatten Leinenbeutel für die Kräuter dabei und einen Weidenkorb. Ein Fischer, der auf Krebsfang war, und eine Wäscherin, ein altes Tratschweib, haben gesehen, wie sie sich geküsst haben. Am helllichten Tage, Eva!»

Eva schüttelte den Kopf. «Das glaube ich nicht. Sie werden sich beide gebückt haben und zur gleichen Zeit, die Köpfe dicht aneinander, wieder nach oben gekommen sein. Die Leute lügen.»

«Mag sein. Aber der Rat schenkt ihnen Glauben.»

«David wird sie bezahlt haben für ihre lügnerischen Worte. Ihr wisst, dass mein Bruder David ein Dorn im Auge war. Adam wusste um seine Schandtaten. Er hätte ihn an den Galgen bringen können. Deshalb hat David die Leute für ihre Lügen bezahlt. Er wollte Adam auf den Scheiterhaufen bringen, um selbst unbehelligt zu bleiben.»

«Ihr mögt Recht haben, aber wie wollt Ihr das beweisen? Bernhard von Regensburg, ein kluger Mann und Kirchenlehrer, sagte einst – und die Leute glauben ihm noch immer –, dass die Sünde, deren Adam sich schuldig gemacht hat, so groß ist, dass weder Gott noch die Menschen, ja nicht einmal der Teufel ihr einen Namen zu geben gewagt hätten.»

«Bernhard von Regensburg ist lange schon tot.»

«Das stimmt, Eva. Aber die Leute glauben immer das, was ihnen am nächsten liegt. So war es, so wird es immer sein. Ihr seid nicht beliebt in der Stadt. David war zu hochfahrend. Ihr wisst es. Also werden die Leute dem Fischer und der Wäscherin glauben, weil sie ihnen glauben wollen. Davids Hochmut wird Adams Verhängnis sein.»

«Kann das sein, Johann? Kann er noch aus der Ferne Schaden über uns bringen?»

Der Priester zuckte mit den Achseln. «Es tut mir leid. Ich musste es Euch sagen. Warnt Adam. Vielleicht ist es das Beste, er ginge von hier fort.»

Eva ließ die Schultern hängen. Eine Träne rann ihr über

die Wange. Johann streckte die Hand nach ihr aus, wollte sie berühren, doch ihr Blick war so abwesend, so schmerzvoll, dass er den Arm sinken ließ.

«Wohin soll er gehen? Er hat doch niemanden als mich. Wir brauchen einander. Sein Studium an der Universität steht kurz vor dem Abschluss. Die Stelle eines Stadtarztes ist ihm angeboten worden. Gibt es keine andere Lösung?», fragte Eva unruhig.

«Doch», erwiderte der Priester. «Eine gibt es, aber gottgefällig ist sie nicht. Einige im Rat verlangen eine Untersuchung. Andere gibt es, die nichts auf das Gerede geben. Aber sie würden Adam gern vor dem Altar sehen. Ein verheirateter Mann steht über jedem Verdacht.»

«Ja, das ist richtig», erwiderte Eva. «Aber wer sollte ihn heiraten wollen? Wo ist das Mädchen, das nichts auf die dummen Reden gibt?»

Drittes Kapitel

Die Rathausuhr schlug sechsmal. In den Straßen war es ruhig geworden. Die Kälte hatte alle Leute vertrieben. Nur ein vereinzelter Karren rumpelte noch durch die Hainstraße. Eva trat ans Fenster und sah hinaus. Ein altes Weib mit einer Kiepe humpelte Richtung Rahnstädter Tor. Vielleicht hatte sie Holz auf dem Markt verkauft und war nun auf dem Weg zu ihrer Lehmhütte vor den Toren der Stadt.

Eine Sänfte wurde vorübergetragen, und Eva erkannte einen Ratsherrn. Er trug einen Mantel von Hermelin, hatte sich weit aus der Sänfte gebeugt und trieb die Träger mit rohen Worten an. Seine roten Wangen verrieten, dass ihm gewiss nicht kalt war unter seinem Pelz.

Zwei Bettler, an ihren schäbigen Umhängen und den großen, schwarzen Kapuzen zu erkennen, schleppten sich müde zurück zu ihrer ärmlichen Kummerkate vor der Stadt. Eva wusste, dass sie die Abendmesse noch abgewartet hatten, um ein paar Heller zu erbetteln.

Ein Lehrjunge in Holzpantinen schlitterte über die glatte Gasse und hielt dabei zwei Krüge, die er wohl aus der nahen Schänke geholt hatte.

Hinter ihr bewegte sich etwas. Bärbe, die Magd, war in die Wohnstube gekommen und hatte ein paar Buchenscheite in den Kamin geworfen. Nun räusperte sie sich laut.

«Was ist?», fragte Eva, wandte sich vom Fenster ab, setzte sich in einen Armlehnstuhl, der vor dem Kamin stand, und nahm ihren Stickrahmen zur Hand.

Bärbe verzog das hagere, hässliche Gesicht zu einem Lächeln und strich über die gestärkte Schürze, die Susanne mit feinen Stickereien verziert hatte. Susanne hatte immer auf das geachtet, was sie unter Vornehmheit verstand. Selbst in der Küche. Nun war sie weg, und Bärbe hatte sich die Schürze gegriffen. Das war Diebstahl, doch Eva war zu müde und zu kraftlos, um Bärbe zurechtzuweisen.

«Das Essen ist fertig. Soll ich den Tisch eindecken? Wünscht Ihr hier oder in der Küche zu speisen?»

Eva verzog unwillig den Mund. Bärbes anmaßender Ton ging ihr nun doch zu weit. «Sind die Kapaune schön knusprig gebraten und die Kastanienfüllung kräftig gewürzt? Das Brot noch warm? Die Bohnen mit Speck gekocht?», fragte sie mit harter Stimme.

Bärbe sog hörbar die Luft ein. «Alles, wie Ihr es befohlen habt.»

«Gut. In der Küche essen wir nur, wenn wir unter uns sind. Heute Abend erwarte ich Gäste, wie du weißt. Also wird in der Wohnstube gedeckt. Die Zwillinge essen mit uns, der Knecht und du, ihr bleibt in der Küche.»

Die Magd Bärbe runzelte die Stirn. «Frau Susanne hat aber immer ...»

«Susanne ist meine Schwester», unterbrach sie Eva. «Sie gehört zur Familie, hat mir den Haushalt geführt. Ihr Platz an der Familientafel war selbstverständlich. Du bist eine Magd, Bärbe.»

«Die Zwillinge sind Lehrmädchen. Das ist noch weniger als eine Magd.»

«Willst du mir sagen, wie ich in meinem Haushalt herrschen soll?», fuhr Eva sie an.

Die Magd zuckte zusammen, hob die Hände über den Kopf. Aber Eva hatte sie noch nie geschlagen.

«Wer an meiner Tafel speist, bestimme ich und kein anderer», zischte sie nur.

Die Magd wurde rot. Sie knickste, dann ging sie zum Wandschrank und entnahm ihm ein blütenweißes Leinentuch mit bestickten Rändern sowie die versilberten Teller.

«Du deckst das Beste auf, das wir haben», tadelte Eva, noch immer verärgert über Bärbes Aufsässigkeit. «Kannst du nicht unterscheiden? Es ist kein Ratsherr, der zu Gast kommt. Nur mein Bruder und Johann von Schleußig.»

«Wie soll ich wissen, wer Euch was bedeutet?», fragte die Magd trotzig. Sie stellte die Silberteller zurück in den Schrank.

«Du wirst es lernen müssen. Am besten so schnell wie möglich.»

Mit diesen Worten verließ Eva hoch erhobenen Hauptes das Zimmer.

Im Gang prallte sie fast mit Priska zusammen, die aus der Werkstatt gekommen war. Ein Silberspan haftete auf ihrem Haar. Sie trug den Geruch nach Metall in den Kleidern.

«Heute Abend haben wir etwas zu bereden, Priska», sagte Eva ernst. «Das Abendmahl nehmen wir in der Wohnstube ein. Sag deiner Schwester Bescheid.»

Priska senkte den Kopf und nickte, dann drückte sie sich in ihre Kammer, warf sich auf das Bett und lauschte den Schritten der Lehrmeisterin.

Mit ihr sprechen, das war es, was sie ersehnte und zugleich verwünschte. Sie, Priska, war eine Sünderin vor dem Herrn. Sie hatte es geahnt, seit der Fastnacht, als sie sich von Eva hatte küssen lassen. Heute Morgen nun hatte sie aus dem Munde des Priesters gehört, wie sündig sie war. Adam sollte auf dem Scheiterhaufen brennen für einen Kuss wie den ihren.

Und doch sehnte sie eine Wiederholung herbei. Sie konnte den Kuss nicht vergessen. Es gab kein Zurück mehr. Sie konnte nicht mehr das Lehrmädchen sein, sich nicht mehr wie eines verhalten. «Ja, Herrin. Nein, Herrin. Sofort, Herrin.» Stattdessen wollte sie nur noch geküsst werden. Dabei wusste sie, dass es keine weiteren Küsse geben würde. Eva hatte das Leben feiern wollen, nachdem sie dem Tod entkommen war, nichts weiter. Priska war da gewesen. Jeder andere, jede andere wäre genauso recht gewesen. Die Silberschmiedin hatte nicht Priska geküsst, sondern das Leben.

Vom Leben verstand Priska nichts. Sie kannte nur den Tod. Von der Liebe wusste sie nichts. Aber der Kuss hatte sie gewärmt. Zum zweiten Mal in ihrem Leben hatte die Meisterin sie in ein neues Leben gestoßen. Ohne zu fragen. Zuerst hat sie mich zum Silberschmiedelehrling gemacht, dachte Priska, und nun noch zur Geküssten. Sie musste an Regina denken, ihre lebensgierige Schwester. Einmal hatte Regina ihr erzählt, wie ein Kuss ihr den Schoß zum Brennen gebracht hatte. Wie Feuer sei das Blut durch die Adern geflossen und habe sie ganz feucht gemacht zwischen den Beinen.

Evas Kuss war nicht wie Feuer gewesen, hatte nichts feucht gemacht. Nur warm und weich war er gewesen. Wie der erste Sonnenstrahl im Frühling.

Zweifelnd blickte Priska in die polierte Metallplatte, die als Spiegel diente. Sie sah eine schmale junge Frau mit grauen Augen, einer geraden Nase und Lippen, die zwar denen von Regina ähnelten, ihnen aber doch nicht glichen. Reginas Mund war gierig. Manchmal, wenn sie die rote Paste auftrug, sah er aus wie eine Wunde. Oder wie ein Tiermaul, das alles verschlang, was in seine Nähe kam. Priskas Mund dagegen war eine Öffnung, durch die Speisen von außen nach innen und die Worte von innen nach außen gelangten. Ein Werkzeug, mehr nicht.

Priska hörte, wie der Messingklopfer gegen das Holz der Eingangstür geschlagen wurde. Sie seufzte und stand auf. Die Gäste waren gekommen; gleich würde das Mahl aufgetragen werden.

Sie strich ihr Kleid glatt, fuhr mit der Bürste über ihr helles Haar und ging zur Kammer ihrer Schwester.

Ohne anzuklopfen, trat sie ein. Regina saß ebenfalls vor ihrer polierten Metallplatte, doch aus anderen Gründen als Priska. Sie war dabei, sich zu schmücken. Die rote Paste hatte sie bereits aufgetragen, nun war sie dabei, die Augenbrauen mit schwarzem Ruß noch zu betonen.

«Was gibt es?», fragte sie, ungehalten über die Störung.

«Wir werden heute Abend gemeinsam mit Adam und dem Priester im Wohnzimmer speisen, soll ich ausrichten.»

«Warum das? Wir essen doch immer in der Küche!»

Regina fuhr herum. Priska verzog den Mund und sah die Schwester tadelnd an. Sie war nicht nur über alle Maßen angemalt, auch ihr Mieder war nur nachlässig geschlossen. Die Brüste waren hochgedrückt und lagen im Stoff wie Äpfel in der Auslage.

«Wie du aussiehst!», sagte Priska.

«Na und? Den Männern gefällt es, wie ich aussehe. Zu dir hat das bestimmt noch keiner gesagt.»

«Wie fühlt sich ein Kuss an?»

«Was? Was sagst du da?»

«Wie fühlt sich ein Kuss an?»

«Wozu willst du das wissen? Hast du dich etwa verliebt?» Regina lachte albern, aber Priska verzog keine Miene.

«Wie fühlt er sich an?»

«Hmm, er schmeckt wie Walderdbeeren. Im Unterleib beginnt es zu kribbeln. Ist der Kuss gut, möchtest du den Mann am liebsten aufessen. Du willst mehr, immer mehr.» Sie kicherte. «Und nicht nur Küsse willst du.»

«Was willst du noch?»

Regina verdrehte die Augen. «Weißt du es nicht? Seine Hände sollen über deinen Körper fliegen. Du willst überall angefasst werden. Überall, Schwester. Am Schluss soll er eindringen in dich. Das ist es, was du willst, wenn einer gut küsst.»

Priska spürte, wie die Scham ihr die Wangen färbte. «Hat schon mal einer dich so geküsst?», fragte sie.

Regina lachte, warf das Haar über die Schulter, reckte die Brüste. «In der Schrift steht, es ist Sünde, sich hinzugeben, wenn man nicht verheiratet ist.»

Priska nickte. Sie wusste, Regina würde nichts sagen, doch ihre Blicke verrieten alles. «Brennt man nur von Küssen von Männern? Was ist mit den Küssen von Frauen?»

«Pfff!» Regina winkte ab. «Freundschaft ist das oder Vornehmheit oder Mütterlichkeit. Sonst nichts. Küsse von einer Frau zählen nicht.»

«Zählen nicht?»

«Wie auch! Es brennt ja nichts, und nichts wird nass.

Aber es muss brennen und feucht werden, wenn man ein richtiges Weib sein will.»

Priska nickte. Sie hatte nicht genau verstanden, wovon Regina sprach. Wenn Küsse unter Frauen mütterlich waren, dann mussten Küsse unter Männern väterlich sein. Warum aber sollte Adam dann auf dem Scheiterhaufen brennen? Regina wusste sicher nicht alles, sie tat nur so.

«Wir sollten uns beeilen. Die Meisterin mag es nicht, wenn man zu spät zum Essen kommt.»

«Warte noch einen Augenblick.»

Regina stand am Fenster und winkte die Schwester zu sich. «Komm her, schau dir das an. Die neue Frau des Apothekers geht dort unten.»

Priska trat neben sie.

«Sieh nur, wie schön ihr Kleid ist. Ich wette, der Stoff kommt aus dem Burgundischen. Samt.»

Regina sprach das Wort so aus, dass es wie «Sahne» klang.

«Und die Haube ist mit Brüssler Spitze verziert. Man erzählt sich, dass sie nur weißes Brot isst und in Mandelmilch badet.»

«Unfug», erwiderte Priska. «Kein Mensch badet in Mandelmilch, und niemand ist so reich, dass er jeden Tag weißes Brot isst.»

«Doch», widersprach Regina. «Ich hab's von der Magd gehört.»

Sie sah Priska beschwörend an. «So werde auch ich eines Tages leben. Genau wie die Frau des Apothekers.»

Priska runzelte die Stirn. «Wie willst du das anstellen? Du bist die Tochter des Henkers und kannst froh sein, wenn du einen Handwerksgesellen bekommst.»

«Pfff! Du wirst schon sehen, dass ich es schaffe. Eines Tages werde auch ich in Mandelmilch baden und nie mehr einen Fuß in eine Werkstatt setzen müssen. Ich werde den ganzen Tag mit Putz und Tand verbringen. Und Silber und Gold fasse ich nur noch an, wenn es sich um Schmuckstücke handelt.»

Priska schüttelte den Kopf, dann fasste sie Regina am Arm. «Komm, sie warten schon.»

«Weißt du, was sie von uns will?», fragte Regina.

Priska zuckte die Achseln. «Seit der Meister und Susanne weg sind, hat sie keine Familie mehr. Ob wir jetzt ihre Familie sein sollen?»

Regina schüttelte den Kopf, hob die Hand und tippte mit dem Finger dagegen. «Pah! Was die Meisterin auch sagt, für sie werden wir immer nur die unehrlichen Henkerstöchter aus der Vorstadt bleiben.»

«Adam, du musst heiraten!»

Eva saß in einem Lehnstuhl vor dem Kohlebecken in ihrem Gemach, wo sie Adam empfangen hatte. Er stand am Fenster, die Füße gekreuzt, die Arme vor der Brust verschränkt.

«Johann von Schleußig war hier. Die Leute reden über dich. Vielleicht sollten wir einen Teufelsaustreiber kommen lassen. Danach musst du heiraten. Ein verheirateter Mann und Stadtarzt ist über manches Gerücht erhaben.»

Adam schwieg. Er hielt den Kopf gesenkt und sah auf die Schöße seines schwarzen Wamses, die die Oberschenkel zur Hälfte bedeckten.

«Froh wäre ich, wäre ich diese Bürde los», murmelte er.

«Was meinst du damit?»

Adam sah auf. «Ich soll heiraten, sagst du. Als ob das so einfach wäre! Ich … ich kann einer Frau nicht beiwohnen.»

«Unfug!» Eva sah ihren Bruder aufgebracht an. «Das ist alles Einbildung. Wenn der Teufel erst einmal aus dir getrieben ist, dann wirst du auch eine Frau beschlafen können.»

«Eva, ich werde niemals eine Frau lieben.»

Eva schluckte, dann sprach sie es doch aus: «Die Ehe dient der Liebe nicht.»

«Du sagst das? Du, die ausgezogen bist, um für die Liebe zu leben? Du, die beweisen wollte, dass die Liebe der einzig wahre Lebenssinn ist?»

«Ich bin gescheitert, Adam. Das weißt du. Heute denke ich anders als damals. Ich …» Sie brach ab und tippte sich nachdenklich mit dem Finger gegen das Kinn. «Du wirst eines der Zwillingsmädchen heiraten», bestimmte sie dann. «Am besten Regina. Sie ist eitel. Der Dünkel bedeutet ihr viel. Sie wird froh sein, einen Arzt zu bekommen. Vergiss nicht, wo sie herkommt. Außerdem ist sie Weib genug, um dich die leibliche Liebe zu lehren.»

«Eva! Du bestimmst über mein Leben, als wäre ich ein unwissendes Kind.»

Eva zog verwundert die Augenbrauen hoch. «Das muss ich auch, Adam. Du bist in Gefahr, bringst uns alle in Gefahr. Gerede können wir uns nicht leisten. Die Leipziger warten nur darauf. Und du musst dich schützen. Oder sollen alle deine Studien umsonst gewesen sein?»

Sie wackelte drohend mit dem Zeigefinger. «Eine Heirat ist deine einzige Möglichkeit. Du musst, Adam. Ob du willst oder nicht.»

Ihr Bruder steckte die Hände in die Taschen seiner Beinkleider und wandte sich zum Fenster. Er blickte hinaus, doch er sah nichts von dem, was auf der Straße vor sich ging. Lange stand er so, dann fragte er leise: «Wenn ich heirate, begleiche ich da nicht eine Schuld mit der nächsten?»

«Was für eine Schuld? Adam, du bist vom Teufel besessen. Lass dir den Dämon austreiben, gehe beichten, bereue, heirate, und alles ist gut.»

Adam wandte sich um. «Das Leben ist nicht so einfach, wie du es hinstellst», sagte er. «Und es lässt sich vor allem in keine Form zwingen.»

«Ist es so, dass du die Frauen verabscheust? Ist es das, Adam?»

Adam schüttelte den Kopf. «Ich habe mit Frauen wenig zu tun. Ich verabscheue sie nicht, nein. Im Grunde kenne ich keine Frauen außer dich und Susanne.»

«Und die Zwillinge.»

«Ja, die Zwillinge. Als Frauen habe ich sie nie gesehen. Kinder sind sie für mich. Noch immer.»

Eva lächelte. «Dann ist es also beschlossen: Du heiratest Regina.»

«Hast du mit ihr gesprochen? Ist sie einverstanden?»

«Pfff!», schnaubte Eva. «Du vergisst, dass sie ein Lehrmädchen ist. Aus der Vorstadt kommt sie. Sie kann Gott danken, dass sie deine Frau werden darf. Und nun komm, Johann ist auch schon eingetroffen, ich habe seine Stimme bereits gehört.»

Die Zwillinge und Johann waren schon da, als Eva und Adam in die Wohnstube kamen. Eva setzte sich an die Stirnseite des Tisches, auf den Stuhl des Hausherrn. Zu ihrer Rechten und Linken nahmen Adam und Johann Platz, danach folgten Priska und Regina.

Priska blickte sich in der Runde um. Adam sah schlecht aus. Das Haar hing ihm strähnig ins Gesicht, seine Haut war fahl, die Augen hatten dunkle Ringe. Auch sein sonst so voller Mund wirkte schmal und kantig.

Johann von Schleußig war zwar freundlich wie immer, doch auch er wirkte angespannt. Priska sah es an den Händen, die über den Tisch huschten, dort den Teller zurechtrückten, da am Wasserkrug zogen.

Bärbe trug mit missmutigem Gesicht die Platten auf. Sie tunkte ihren Daumen absichtlich in die Bratensoße. Priska sah es, und auch Eva fiel es auf. «Geh, Bärbe, und wasch dir die Hände! Auf der Stelle!», befahl sie. «Morgen werden wir üben, wie man bei Tisch manierlich bedient.»

Die Magd schlurfte murmelnd davon.

Eva nickte Priska zu. Priska verstand, nahm die Bratengabel und legte zuerst dem Priester, dann Adam die besten Stücke auf, bediente auch Eva und sogar die Schwester, ehe sie für sich das kleinste Stück nahm.

Johann von Schleußig sprach das Tischgebet, dann wandte sich jeder seinem Teller zu. Regina langte in das Salzfass und streute sich reichlich über das Fleisch. Evas missbilligender Blick schien sie dabei nicht zu stören, ganz im Gegenteil. Das konnte Eva nicht durchgehen lassen.

«Lass das Salz. Es ist zu teuer für ein Lehrmädchen», tadelte sie. Regina beachtete ihr Worte nicht weiter, sondern brach sich ein dickes Stück vom Roggenbrot ab und schob es in den Mund.

Erst als alle fertig waren, Bärbe den Tisch abgeräumt und den Weinkrug gebracht hatte, begann Eva zu sprechen.

«Wie lange seid ihr nun hier bei mir?», fragte sie die Zwillinge.

«Fünf Jahre. Im Sommer werden es sechs», erwiderte Regina und reckte den Busen so, dass Adam, der ihr gegenübersaß, schamhaft zur Seite schaute.

«Seid ihr froh, hier bei mir zu sein, oder sehnt ihr euch nach dem alten Leben in der Vorstadt zurück?»

«Aber nein», rief Regina und schüttelte den Kopf, dass ihr die Haare, die sie sich über das Lockenholz gebürstet hatte, um die Ohren flogen.

Priska aber schwieg, strich nur mit den Händen den Stoff ihres einfachen, blauen Tuchkleides glatt.

«Warum fragt Ihr das, Meisterin?», wollte Regina wissen, stützte die Arme auf den Tisch und beugte sich weit nach vorn. Als sie Evas mahnenden Blick sah, setzte sie sich wieder gerade hin, doch die Röte auf Johann von Schleußigs Wangen verriet ihr, dass er ihr halb offenes Mieder nicht übersehen hatte.

Priska verfolgte das Verhalten ihrer Zwillingsschwester mit einer Mischung aus Neid und Missbilligung. Sie wollte nicht so sein wie Regina, aber manchmal wünschte sie sich, sie hätte ein bisschen mehr Geschick, sich hübsch herzurichten.

«Nun, ihr habt bald ausgelernt. Eure Zeit in meinem Haus geht zu Ende», unterbrach Eva Priskas Betrachtungen.

Die Silberschmiedin wechselte einen kurzen Blick mit Johann von Schleußig und Adam, dann sprach sie weiter: «Adam Kopper, mein Bruder und baldiger Stadtarzt, wird sich verheiraten. Sehr bald schon. Und du, Regina, wirst seine Frau werden.»

Priska sah Eva ungläubig an.

Regina aber lehnte sich zurück, drehte mit einem Finger an einer Locke und schwieg. Es war nicht schwer zu erraten, welche Gedanken Regina durch den Kopf gingen. Schließlich sagte sie: «Die Leute erzählen sich, Adam sei nicht für die Ehe gemacht. Der Teufel sei mit ihm im Bunde. Oder wenigstens ein Dämon. Muss er heiraten, um nicht auf dem Scheiterhaufen zu landen?»

«Die Leute reden, wie sie es verstehen», fuhr Eva auf und ließ die Augen blitzen.

Regina lächelte nur. «Ich glaube längst nicht alles, was die Leute sagen. Sie sind bösartig. Schon manch Unschuldiger ist gerichtet worden wegen der Leute.»

«Und manch Unschuldiger wurde gerichtet von den Leuten. Jeder hier im Hause weiß, was Adam vorgeworfen wird», schnitt Eva dem Lehrmädchen das Wort ab. «Es ist kein Geheimnis, dass dem Rat angetragen wurde, gegen Adam zu ermitteln. Der Rat selbst würde es lieber sehen, wenn Adam zum Altar ginge. Niemandem ist gedient, wenn einer, der gut zum Arzt taugt und sich für seine Kranken aufopfert, auf dem Scheiterhaufen brennt.»

«Wird die Frau mitarbeiten müssen? Wird sie als seine Gehilfin mit zu den Kranken gehen und sie anfassen müssen? Wird sie in die Flussauen nach Kräutern geschickt, oder reicht es, sich um den Haushalt zu bekümmern? Wird sie eine Magd haben? Eine Köchin? Wird sie in der Kutsche fahren und beim Messeball im Rathaus dabei sein?» Reginas Augen glitzerten, der rote Mund wirkte gefräßig. Priska schüttelte ein wenig fassungslos den Kopf. Ihre Schwester dachte immer nur an Reichtum und Ansehen.

«Schluss mit der Fragerei! Ich bin dein Vormund, und ich sage dir, was du zu tun hast. Du wirst Adams Frau werden, gleichgültig, ob mit oder ohne Kutsche», bestimmte Eva streng.

«Ich würde sehr gern Adams Frau werden.»

Priskas Satz, ganz leise nur gesprochen, erreichte die Ohren der anderen nicht. Alle waren mit Regina beschäftigt, die möglichst viel für sich herausholen wollte. «Nun, wer will schon die Katze im Sack kaufen? Ich bin nur bereit, ihn zu heiraten, wenn ich mich entsprechend verbessere.»

Eva verdrehte die Augen, aber Johann von Schleußig lenkte ein: «Besser klare Worte als falsche Versprechungen. So weiß jeder, woran er ist.»

Adam fuhr mit dem Finger unter seine Halskrause und drehte den Kopf hin und her, als fehle ihm die Luft zum Atmen.

Schließlich sagte er, zu Regina gewandt: «Es wird dir an nichts mangeln. Als Stadtarzt steht mir ein Haus und in ein paar Jahren auch eine Kutsche zu. Für meine Arbeit werde ich einen Gehilfen oder eine Gehilfin haben.»

Regina war noch nicht zufrieden. «Was ist mit Kindern? Kinder sind das Wichtigste, die Leute werden reden. Eine kinderlose Ehe wird früher oder später Fragen aufwerfen. Wir werden wohl keine Kinder bekommen, Gott wird uns so strafen. Man muss eine Lösung finden, schließlich geht es auch um den Ruf.»

«Ich würde sehr gern Adams Frau werden. Und ich wäre auch gern seine Gehilfin, gleichgültig, ob mit oder ohne Kinder.»

Dieses Mal hatte jeder gehört, was Priska gesagt hatte. Eva fuhr herum, fasste über den Tisch nach der Hand Priskas. «Du würdest seine Frau werden wollen?»

Priska nickte.

«Warum?»

Johann von Schleußig hatte diese Frage gestellt.

Priska setzte zu einer Antwort an, doch Regina kam ihr zuvor. «Weil ich nie mehr in die Vorstadt zurück möchte», antwortete sie atemlos anstelle ihrer Schwester. «Weil ich keine Henkerstochter mehr sein möchte. Bürgersfrau will ich sein, mit Brief und Siegel. Eine geachtete Ehefrau, die auf dem Markt von jedermann gegrüßt wird.»

Johann von Schleußig nickte. «Und du, Priska?»

Priska blickte hoch. «Weil … weil …»

«… weil sie nicht hinter mir zurückstehen möchte. Und weil sie auch nicht zurück in die Vorstadt will, aber ich war zuerst da, die Meisterin hat gesagt, dass ich Adam heiraten und die Frau des Stadtarztes sein werde, und das werde ich auch. Wer von uns beiden kann einen großen Haushalt besser führen?», antwortete Regina erneut für ihre Schwester und stieß sie mit dem Ellbogen an. Priska fühlte sich ohnmächtig, wusste nicht, was sie ihrer Schwester entgegensetzen sollte.

Eva sah von einem Zwilling zum anderen. Priska konnte ihre Blicke förmlich spüren. Schweigen breitete sich am Tisch aus. Adam stierte auf die Tischplatte, als stünde dort die Antwort auf die Frage, welche Frau er zum Altar führen sollte. Johann von Schleußig betrachtete Regina mit zusammengekniffenen Augen. Dann schüttelte er leicht den Kopf und hob die Schultern. Regina war mit ihrem Haar beschäftigt. Sie zupfte sich ein paar Strähnen zurecht und trug eine so selbstgefällige Miene zur Schau, als säße sie bereits in der Kutsche des Stadtarztes.

Die Meisterin aber blickte Priska an, als hätte sie von ihr etwas ganz anderes erwartet. Dann sagte sie laut und deutlich: «Regina wird Adam heiraten. So haben Adam und ich es beschlossen, so wird es gemacht.»

Johann von Schleußig räusperte sich. «Bevor die Verlobung verkündet wird, muss noch etwas erledigt werden. Wir alle hier wissen, dass Adam widernatürliche Unzucht vorgeworfen wird. Gerade jetzt tauchen erneut Gerüchte in der Stadt auf. Sogar von Zeugen ist die Rede. Damit die Ehe von Gott und den Menschen anerkannt wird, muss Adam eine Beichte ablegen. Der Ablassprediger Reimundus ist auf dem Weg von Rom nach Leipzig. Adam wird zu ihm gehen. Vergibt ihm Reimundus seine Schuld, so steht nichts mehr einer Hochzeit im Wege.»

«Mir soll es recht sein», erklärte Regina und wedelte gönnerhaft mit der Hand.

Eva schlug leicht mit der flachen Hand auf den Tisch. «Nun, da wir alles geklärt haben, hebe ich die Tafel auf. Die Mädchen können nach dem Dankgebet zu Bett gehen.»

«Und was wird aus mir?», fragte Priska leise, aber wieder hörte niemand ihr zu.

Eva sah zu Johann von Schleußig. Der verstand, faltete die Hände und sprach das Gebet. Gehorsam erhoben sich danach die Mädchen, wünschten eine gesegnete Nachtruhe und verließen die Wohnstube.

Auf der Schwelle hielt Regina inne. «Was ist mit dem Verlobungsfest? Ich möchte eine richtige Feier!»

«Du bekommst, was du verdienst», erwiderte Eva kühl und sah das Mädchen so lange an, bis es die Tür wortlos hinter sich schloss.

Als sie vor Priskas Kammertür angelangt waren, wollte Regina sich mit in das schmale Gemach drängen. «Lass uns noch ein wenig reden», sagte sie. «Ich kann unmöglich schlafen. Ich bin viel zu aufgeregt. Was meinst du? Ob Adam mir wohl zur Hochzeit ein Kleid machen lässt, wie es die Apothekerfrau getragen hat? Ob die Lehrmeisterin mir ein Schmuckstück schenkt? Soll ich das Haar lieber glatt lassen oder es über das Lockenholz ziehen? Oh, und wen werde ich zum Hochzeitsmahl einladen? Ach, Priska, es gibt so viele Dinge, die jetzt bedacht werden müssen.»

«Wie stellst du dir das Leben mit ihm vor?», fragte Priska, blieb aber in der Tür stehen, sodass Regina nicht mit in die Kammer kommen konnte.

«Das Leben mit Adam?», fragte sie und rümpfte die Nase. «Oh, es wird wundervoll sein. Ich werde …»

«Nein! Ich will nicht hören, dass du in der Kutsche fährst und in Mandelmilch badest. Hören will ich, wie du mit ihm, mit dem Mann, leben willst.»

Regina zog die Augenbrauen zusammen. «Nun, er ist kein richtiger Mann, nicht wahr? Einer, der Männer küsst und von Frauen die Finger lässt, ist kein Mann. Froh kann er sein, dass ich ihn heirate. Täte ich es nicht, so würde er auf dem Scheiterhaufen landen. Er wird mir dankbar sein müssen.»

Sie lachte und warf das Haar über die Schulter. «Er ist ein Verdammter. Ich werde ihn jederzeit verlassen können, wenn ich will. Die Ehe wird ja nicht vollzogen werden. Bin ich erst einmal die Gattin des Stadtarztes, werden sich neue Türen aufstoßen. So ist das. Wir werden vor dem Altar keine Ehe, sondern ein Abkommen schließen.»

«Du bist der Silberschmiedin zu Dank verpflichtet.»

«Erweise ich mich nicht dankbar, indem ich ihren verdammten Bruder heirate?», fragte Regina schnippisch. «Außerdem habe ich sie nicht gebeten, mich mit in die Stadt zu nehmen und zur Silberschmiedin zu machen. Ich wollte weder Lesen noch Schreiben lernen, kein Latein und keine guten Manieren. Das alles war ihr Wunsch, Priska. Verstehst du?»

Sie senkte die Stimme und sah noch einmal den Gang hinab. Als sie sicher war, dass niemand sie hören konnte, fügte sie hinzu: «Sie hat uns nicht um unsretwillen vom Henker geholt. Um ihretwillen hat sie es getan. Nun sind wir da. Sie kann uns nicht zurückschicken, so gern sie es vielleicht täte. Sie ist für das verantwortlich, was sie getan hat.»

«Und wir?», fragte Priska. «Wir haben keine Verantwortung? An allem ist die Meisterin schuld?»

«Frag die Leute auf dem Markt, frag die Mägde am Brunnen, die Wäscherinnen unten am Fluss. Niemand hat sich je Kinder aus der Vorstadt geholt. Nur sie. Nun muss sie sehen, wie sie damit fertig wird. Sie muss sie verheiraten, muss unsere Zukunft regeln. Das hat sie sich alles selbst eingebrockt. Man kann aus einem Maultier kein Pferd machen, selbst, wenn man es vor eine Kutsche spannt.»

Priska betrachtete ihre Schwester von oben bis unten. Sie ist mutig, dachte sie. Nein, Mut ist etwas anderes. Sie hat die Schläue der unehrlichen Leute. Und sie sieht die Dinge, wie sie sind, nimmt, was sie kriegen kann, und schert sich einen Dreck um andere. Obwohl wir uns ähneln, ist sie doch ganz anders als ich. Ohne nachzudenken, was sie tat, hob Priska beide Hände, legte eine an Reginas Wange und die andere an ihre eigene. Die Schwester zuckte unwillig zurück. «Was soll das?»

«Ich möchte wissen, ob wir uns gleich anfühlen, ob wir in derselben Haut stecken.»

«Wir sind Zwillinge. Wir haben eine gemeinsame Seele, heißt es. Deshalb müssen wir eng beieinander bleiben. Alles, was du nicht bist, bin ich. Alles, was ich nicht bin, bist du. Nur zusammen sind wir eine ganze Seele.»

«Ja, das sagen alle. Wissen wollte ich, ob wir auch von außen gleich sind.»

Regina wischte sich Priskas Hand aus dem Gesicht und betrachtete die Schwester ärgerlich, ehe sie sagte: «Nein, wir sehen uns zwar ein wenig ähnlich, aber es gibt niemanden, der uns nicht voneinander unterscheiden kann.»

«Gut so. Ich möchte nämlich nicht mit dir verwechselt werden.»

Mit diesen Worten schlug Priska die Kammertür hinter sich zu. Sie war enttäuscht. Niemand hatte ihren Worten Beachtung geschenkt. Regina hat Recht, dachte sie, es ging der Meisterin nie um uns. Doch man kann sagen, was man will: Sie hat es gut gemeint.

Sie legte sich aufs Bett, verschränkte die Arme unter dem Kopf und ließ ihren Gedanken freien Lauf.

Draußen auf der Straße machte der Nachtwächter seine Runde. «Ihr lieben Leute, lasst Euch sagen, die Stunde hat nun neun geschlagen. Geht nach Hause, geht zur Ruhe und macht fromm die Augen zu. Gott behüte Euren Schlaf.»

Priska erschrak. Neun Uhr schon? Sieben Stunden Schlaf blieben ihr noch. Um vier Uhr in der Früh musste sie aufstehen und ihr Tagwerk beginnen. Sie würde sich mit kaltem Wasser in ihrem kalten Zimmer, in dem es kein Kohlebecken, sondern nur einen heißen Stein am Fuß des Bettes gab, waschen. Dann würde sie hinunter in die Küche gehen und den Herd anzünden. Die Magd würde zum Brunnen gehen, um Wasser zu holen, während Priska die Brennöfen in der Werkstatt anheizte. Dann mussten die Zuber mit Wasser gefüllt und die Werkzeuge bereitgelegt wer-

44

den. Es war die Aufgabe der Lehrmädchen, die Werkstatt so herzurichten, dass die Meisterin, der Feuerknecht und der Geselle nach dem Frühstück um halb sechs gleich mit der Arbeit beginnen konnten. Doch Regina verschlief jeden Morgen erneut, fand sich erst am Frühstückstisch ein, und Priska brachte es einfach nicht fertig, sich darüber bei der Silberschmiedin zu beschweren. Klaglos deckte sie, wenn sie mit der Werkstatt fertig war, den Tisch, half der Magd und warf Regina nur hin und wieder ärgerliche Blicke zu. So war es immer, so würde es auch morgen sein. Bis zu Reginas Hochzeit.

Aber wie sollte es jetzt mit ihr weitergehen? Was geschah mit ihr? Würde die Meisterin sie an den Nächsten verheiraten, der des Weges kam? Vielleicht, wenn sie Glück hatte und Bärbe weiterhin so vorlaut war, würde sie sie als Magd behalten. Wieder stieg Groll in Priska auf. Groll darüber, dass niemand sie jemals gefragt hatte, aber gleichzeitig alle von der neuen Zeit sprachen, in der sich jeder seinen Platz selbst suchen könne.

Ich, beschloss Priska und hob die Hand zum Schwur, werde ab jetzt selbst bestimmen, was mit mir geschieht.

Sie wusste, dass sie das nicht durfte, dass sie nicht sagen konnte, was sie wollte. Die Meisterin würde sie nur verwundert und mit hochgezogenen Augenbrauen ansehen. Also musste sie die Welt dazu bringen, dass zu tun, was sie wollte, ohne es aussprechen zu müssen.

«Ich werde Adam heiraten», beschloss sie in dieser Nacht. «Wie es gelingt, wird sich finden. Aber ich werde seine Frau.»

Viertes Kapitel

Am nächsten Morgen begann der Schnee zu schmelzen. Die Sonne schien so kräftig vom Himmel, dass es für einen Tag Anfang März fast schon zu warm war. Von den Dächern tropfte das Wasser, in den Gassen bildeten sich Pfützen, in denen sich der blaue Himmel spiegelte. Die Schneeglöckchen schüttelten den Winter von den Blättern und reckten die Köpfe der Sonne entgegen. Märzbecher wagten sich hervor, und die ersten Krokusse blühten schon.

Vier Wochen später hatten sich sämtliche Bäume mit Knospen geschmückt, die Winterumhänge waren mottensicher in Kleidertruhen verstaut, und die Menschen blieben in den Gassen stehen, hielten die Gesichter in die Sonne und lächelten einander zu. In der Hainstraße blieben zwei Frauen stehen, als sie ein Schwalbennest entdeckten. «Bauen im April die Schwalben, gibt's viel Futter, Küh und Kalben», sagte die eine zur anderen.

«Zeit wird's, dass wieder ein gutes Jahr kommt», bestätigte die andere. «Wir hatten genug auszustehen in der letzten Zeit.»

Priska hörte die Worte der Frauen, als sie das Fenster ihrer Kammer zum Lüften öffnete. Unwillkürlich nickte sie. Ja, das letzte Jahr war tatsächlich nicht gut gewesen. Im Sommer hatte es eine große Raupenplage gegeben; die

Bäume hatten kahl gestanden wie im tiefsten Winter. Dann sollen blutrote Kreuze vom Himmel und auf die Kleider der Leute gefallen sein. Priska hatte davon nichts bemerkt, doch es musste wahr sein, denn sie hatte gehört, dass der Stadtschreiber diese Vorkommnisse in den Annalen vermerkt hatte.

Doch das waren nicht die einzigen Ereignisse gewesen, die in die Annalen eingegangen waren. Im Winter hatten die Fischer, die auf der Pleiße und Elster unterwegs waren, von Begegnungen mit Moorfrauen erzählt, die wie Geister über die sumpfigen Auen geschwebt seien. Auch in den Gassen der Stadt selbst hatten Bürger Dämonen und Kobolde erblickt, und so mancher war zum Henker vor die Tore der Stadt gelaufen, hieß es, und hatte sich eine Salbe aus Menschen- oder Hundefett machen lassen, um die bösen Geister abzuwehren. Die Prediger hatten von den Kanzeln dagegen gewettert, aber die Angst der Leute war zu groß gewesen. Ja, die Waschfrauen erzählten sogar von einem Mann, der einen Gehängten vom Galgen geholt und ihn geküsst haben soll, damit die Lebenskraft, die noch im Fleisch des Toten geblieben war, auf ihn überströme und ihn schütze vor dem Bösen.

Das Jahr davor war noch ärger gewesen. Ein Hochwasser, so schlimm wie schon lange keines mehr, war gekommen und hatte die Auen, Wiesen, Felder und kleinen Gärtchen vor den Stadttoren überschwemmt. Sogar die Gerberstraße, die vor dem Hallischen Tor lag, hatte unter Wasser gestanden.

Die Barfüßer hatten damals ihre neue Klosterkirche noch vor der Fertigstellung eingeweiht, in der Hoffnung, Gottes Zorn zu besänftigen. Sogar der Bischof von Meißen,

Thilo von Trotte, war deswegen gekommen, doch ihre Bitten waren nicht erhört worden. Das Hochwasser war zwar zurückgegangen, doch die Brunnen waren vergiftet gewesen. Und als man sich gar nicht mehr zu helfen wusste, hatte man etliche Abdecker auf dem Scheiterhaufen verbrannt. Zur Erklärung hatte der Probst der Augustiner Chorherren von der Kanzel der Thomaskirche gepredigt und erklärt, dass das Böse im Armenhaus wohne. Die Armen neideten den Reichen das sorglose Leben und taten alles, um Übel in die Welt zu bringen. So einfach sah es der Stiftsherr, so einfach sahen es die Reichen, so einfach sah es das Gericht.

Nur für Priska war die Sache nicht so einfach. Sie war als Tochter des Henkers geboren, in großer Armut aufgewachsen. Glaubte man den Predigern, so musste sie schlecht bis in die Knochen gewesen sein. Dann war die Meisterin gekommen und hatte sie dort weggeholt. Nun war sie ein Lehrmädchen in einer Silberschmiede, wohnte innerhalb der Stadtmauern. Doch besser geworden war sie dadurch nicht. Nur in den Augen der Leute.

Darum traute Priska der Erklärung des Probstes nicht ganz. Doch gab es dann überhaupt Dämonen? Und woran konnte man sie erkennen? Kurz nach Adams Verlobung mit Regina hatte sie diese Frage Johann von Schleußig gestellt. Der Priester hatte den Kopf hin- und hergewiegt und dann langsam begonnen: «Das ist eine gute Frage, Priska. Ich glaube, es liegt viel darin begründet, dass sich die Zeiten ändern. Es ist viel Neues in die Welt hineingekommen: Christoph Kolumbus hat Amerika entdeckt, Gutenberg den Buchdruck erfunden, ein italienischer Gelehrter den Wert des Menschen neu bestimmt. Das ist zwar gut, macht aber vielen Leuten Angst – so wie alles Neue.

Und dann kommt noch hinzu, dass auf der anderen Seite die Not immer größer wird. Die Hungersnöte reißen nicht ab, die Steuern steigen schneller als ein Gebirgsbach nach der Schneeschmelze, neue Krankheiten grassieren, die Herren pressen den Bauern mehr und mehr ab. Die Priester predigen Tugendhaftigkeit, Demut und Bescheidenheit, aber sie selbst gehen in Samt und Seide, haben Geliebte und sind dünkelhafter denn je. Sogar der Papst, der oberste Hirte, hat eine Geliebte und Kinder. Verderbnis und Sittenlosigkeit haben Einzug gehalten bis in die höchsten Kreise.

Die Leute merken, dass die Welt in Unordnung geraten ist, und das macht ihnen Angst. Sie fürchten sich vor der Zukunft. Und darum suchen sie nach Erklärungen für das, was sie nicht verstehen, fangen an, Dämonen zu sehen.

Geister, Götter und Dämonen haben schon immer für Unerklärliches herhalten müssen.»

«Und gibt es sie nun?», hatte Priska ungeduldig nachgefragt.

Johann von Schleußig hatte mit den Schultern gezuckt. «In der Bibel wird von ihnen berichtet, Priska. Es gibt so vieles zwischen Himmel und Erde, das wir nicht verstehen. Ich weiß nur eines: Viele Dämonen, von denen ich gehört habe, waren keine. Oftmals waren es Dummheit und Borniertheit, manchmal Bosheit, manchmal Schuldbewusstsein, ein andermal Lüge. Immer aber war Feigheit im Spiel. Dort, wo der Mut wohnt, haben Dämonen keine Gelegenheit, ihr Unwesen zu treiben.»

«Die Leute reden, Adam wäre vom Dämon der widernatürlichen Unzucht besessen.»

Johann von Schleußig hatte sie ratlos angeblickt. «Ich weiß nichts von der Liebe zwischen den Menschen. Ich weiß nur um die Liebe Gottes, Priska. Ich bin Geistlicher. Aber eines ist sicher: Adam muss auf sein sündiges Leben verzichten und ganz neu anfangen. Die Güte unseres Herrn wird ihn führen. Adam muss nur wollen. Für einen Reuigen ist es nie zu spät.»

Mit diesen Worten hatte er sie nach Hause geschickt und sich geweigert, noch irgendetwas zu dem Thema zu sagen.

Das war vor vier Wochen gewesen. Seitdem war nicht viel passiert, außer dass Regina von Tag zu Tag fauler geworden war und Priska immer mehr Aufgaben im Haushalt überlassen hatte. So musste sie auch heute nicht nur in der Werkstatt arbeiten, sondern zwischendurch noch auf den Markt gehen, um einzukaufen. Diese Aufgabe wollte Eva Bärbe nicht anvertrauen und hatte sie stattdessen Regina und Priska übertragen. Doch Regina war mal wieder mit ihrer Schönheit beschäftigt. Mit einem kleinen Seufzer machte sich Priska auf den Weg. Sie trug – ähnlich wie die anderen Mägde, Haushälterinnen, Wäscherinnen – ein graues Tuchkleid aus einfachem Stoff und mit einfachem Schnitt, darüber ein Überkleid aus festerem braunen Stoff. Ihr Haar hatte sie mit einem Band zusammengefasst, an den Füßen trug sie Holzpantinen und gestrickte Strümpfe.

Heute war sie spät dran. Die Bauern hatten ihre Karren bereits auf den Markt gefahren, die Krämer ihre Stände aufgebaut. Dort hatte ein Scherenschleifer sein Lager direkt auf dem gepflasterten Boden aufgeschlagen, da saß eine alte Frau am Rande des Marktes und bot Holz feil, hier pries ein Kesselflicker seine Dienste lautstark an.

An den Ständen, die dicht an dicht standen, wurden Stoffe, Kämme aus Horn oder Holz, Bänder und Spitzen, vor allem aber Brot, Butter, lebende Hühner, Käse, Wurst,

Obst, Gewürze und Spezereien, Gemüse und Fische verkauft. Die Krämerinnen und Händler übertrafen einander an Geschrei, Mägde lachten, Hausfrauen feilschten und stritten, ein paar wandernde Musikanten spielten zweideutige Lieder, und das Fett der zahlreichen Bratküchen zischte. Es roch nach Gewürzen, nach Kohl und Bier; und am hinteren Rande des Marktes stand neben zwei Schreibern und den Viehverkäufern aus dem Polnischen ein Flagellant, der mit drohenden Gesten den bevorstehenden Weltuntergang beschwor.

Priska streifte über den Markt, betastete da eine verzierte Haube, dort ein Haarband aus Samt, hielt schließlich vor einem Stand mit frischer Butter, Käse und Eiern.

Zwei Mägde standen vor ihr. «Reimundus, der Ablassprediger aus Rom, soll heute noch in Leipzig eintreffen», erzählte die eine aufgeregt. «Ich weiß es sicher, mein Herr sitzt im Rat.»

«Wo steigt er ab?», fragte die andere. «Wo verkauft er die Ablässe?»

«Im Paulinerkloster wird er nächtigen. Morgen soll es in der Kapelle des Klosters eine Predigt geben. Danach wird er die Ablasszettel verkaufen.»

Die Mägde bekreuzigten sich, dann gingen sie davon. Priska sah ihnen nach. Reimundus, dachte sie, soll Adam die Beichte abnehmen, soll ihn reinigen von seiner Schuld. Auch ich werde zu Reimundus gehen und mich loskaufen vom Kuss der Silberschmiedin.

«Na, ein wenig frische Butter?», fragte die Krämerin.

Priska betrachtete die Ware, deutete mit dem Finger auf einen wachsgelben Rand an einem Butterstück. «Sie ist ranzig.»

Die Krämerin pulte mit dem Fingernagel am Rand herum. «Ach was, meine Butter ist nicht ranzig. Die Sonne ist es, die sie verfärbt.»

Priska ging wortlos weiter. Weil niemand im Haus in der Hainstraße mehr Zeit hatte, Brot zu backen, kaufte sie einen frischen Laib, dazu eine geräucherte Wurst und etwas Käse. Danach ging sie hinunter zum Ufer der Pleiße, um zwei frische Barsche zu erstehen. Priska liebte es, den Wäscherinnen bei ihrem Gesang zuzuhören und mit den Fischern um den Preis zu feilschen.

Doch heute war irgendetwas anders als sonst. Priska betrachtete die Wäscherinnen, die stumm in einer Gruppe standen und zum kleinen Wäldchen hinüberschauten. Auch die Fischer starrten in diese Richtung.

Priska beschirmte die Augen mit der Hand. Jetzt sah sie es auch. Ein Mann, gekleidet in ein Büßerhemd, ging auf das Wäldchen zu. Alle zwei Schritte sank er in die Knie, hob die Hände zum Himmel und schrie: «Herr, vergib mir meine Schuld, Herr, erlöse mich von dem Bösen.» Schließlich verschwand er zwischen den Stämmen der Bäume.

Priska war schockiert. Das war Adam. Was trieb er da? Sie musste herausfinden, was los war. «He da, habt Ihr nichts zu verkaufen heute?», rief sie einem Fischer zu.

Der Mann wandte sich um und nahm eilfertig zwei Fische in die Hand. «Karpfen habe ich», sagte er. «Und Flusskrebse, so viel Ihr wollt.»

«Barsche möchte ich. Zwei Stück. Gut gewachsen und taufrisch.»

Der Fischer nickte und holte aus einem Eimer zwei Barsche heraus. «Sind die recht?»

Priska betrachtete die zappelnden Tiere, prüfte mit den

Fingern die Festigkeit des Fleisches, dann nickte sie. «Was ist los? Warum habt Ihr dem Büßer so hinterhergestarrt?»

Der Fischer lachte höhnisch, dann tippte er sich mit dem Zeigefinger an die Stirn. «Der ein Büßer? Wenn Ihr mich fragt, gehört er ins Spital. Er hat den Verstand verloren. Seit einer Woche schon kommt er täglich und fleht um Erbarmen. Einmal bin ich ihm in den Wald nachgegangen. Er hat sich gepeitscht und gegeißelt und dabei gefleht, die Dämonen sollen ihn in Ruhe lassen. Gestern lief ihm das Blut in Strömen die Beine herunter. Wissen möchte ich, was der Mann für Sünden abbüßt. So, wie er sich aufführt, ist er dem Teufel persönlich begegnet.»

«Halt den Mund, Peter», rief eine der Wäscherinnen und kam langsam näher geschlendert. «Hört nicht auf ihn, kleines Fräulein. Er redet von Dingen, die er nicht versteht.»

«Wisst Ihr, warum der Mann so dringend Buße tut?»

«Wer weiß das nicht? Die ganze Stadt spricht von nichts anderem. Von einem Dämon soll er besessen sein, sagen die einen. Der Geist des verschollenen Kaufmanns Mattstedt soll ihn heimgesucht haben, die anderen. Und die Dritten wollen gesehen haben, wie letztes Jahr die blutroten Kreuze vom Himmel direkt auf sein Wams gefallen sind.»

«Beweisen kann man davon gar nichts», erwiderte Priska.

Die Wäscherin zog das Stupsnäschen kraus und zeigte mit dem Finger auf Priska. «Ich kenne Euch doch. Ihr seid doch aus dem Hause in der Hainstraße, nicht wahr? Aus der Silberschmiede kommt Ihr?»

Priska nickte. Da stemmte die Wäscherin die Fäuste in die Hüften. «Und warum fragt Ihr dann nach ihm? Ist er nicht der Bruder der fremden Silberschmiedin? Hat er nicht mehrfach mit dem Ratsherrn Mattstedt bei Tisch gesessen und Wein aus demselben Krug getrunken? Ihr müsst doch am besten wissen, was mit dem Mann ist. Oder seid Ihr gekommen, um uns auszuhorchen?»

Drohend trat sie einen Schritt auf Priska zu. «Fragt Ihr etwa, um uns bei der Geistlichkeit anzuschwärzen? Denkt Ihr, wir wären dumm, weil wir Wäscherinnen sind?» Sie hob eine Hand und fuchtelte damit vor Priskas Nase herum. «Ihr solltet nicht so hochfahrend sein, Fräulein. Wir wissen längst, dass die Geistlichkeit ein Auge auf uns hat und mit dem Hexenhammer winkt. Als wäre arm mit böse gleichzusetzen. Erst hat es die Abdecker getroffen, nun sind wir an der Reihe, was?»

«Ich bin eine Henkerstochter», entgegnete Priska ruhig.

Die Wäscherin machte ein verdutztes Gesicht.

«Die Silberschmiedin hat meine Zwillingsschwester und mich vor Jahren aus der Vorstadt geholt, um zu beweisen, dass arm nicht gleich böse ist.»

«Oh!», machte die Wäscherin. Sie betrachtete Priska noch einmal von oben bis unten, dann nickte sie und schlenderte langsam zurück zu den anderen.

Zusammen sammelten sie die Wäsche in große Weidenkörbe und gingen über die Wiese zurück zur Stadt. Priska blickte ihnen nach und packte dann die Barsche sorgsam ein. Sie ließ sich absichtlich viel Zeit, sie wollte Adam nachgehen, aber niemand sollte sie dabei sehen. Umständlich kramte sie in ihrer Geldkatze, holte ein paar Kupferstücke hervor, dann einen Viertelgulden, legte ihn zurück. Der Fischer trat ungeduldig von einem Bein auf das andere. Von der Thomaskirche hörte man bereits das Läuten zum Mittagsgebet. Die anderen Fischer waren schon längst wieder auf dem Wasser und hatten die Netze ausgelegt. Nur er stand noch hier.

Schließlich, als die Uferwiesen fast verlassen lagen, reichte Priska ihm die gewünschten Heller. Der Fischer steckte das Geld weg, dann schob er seinen Kahn ins Wasser, nahm das Ruder und war schon fast in der Mitte des Flusses, als sich Priska auf den Weg zum Wäldchen machte. Mit eigenen Augen wollte sie sehen, wie Adam sich geißelte, wie er versuchte, sich zu entschulden. Mit eigenen Ohren wollte sie hören, dass er um Vergebung bat und der Sünde abschwor. Mit einem kurzen Blick überzeugte sie sich davon, dass niemand mehr zu sehen war, dann lief sie in Richtung Wäldchen. Am Waldrand hielt sie inne und lauschte. Als sie einen Mann stöhnen hörte, stellte sie den Korb mit den Barschen auf den Boden, raffte ihr Kleid und eilte tiefer in das Unterholz hinein. Nach einigen Metern wich das Dickicht plötzlich zurück und gab den Blick auf eine winzige Lichtung frei. Auf ihr lag ein Mensch, oder das, was von ihm übrig war. Der ganze Leib zuckte. Sein nackter Rücken war so zerfetzt und mit blutigen Striemen gezeichnet, als wäre er ausgepeitscht worden.

Priska schrie leise auf, schlug sich die Hand vor den Mund und rannte zu Adam. Entsetzt kniete sie sich neben ihn. Sie hob die Hand, um ihn zu berühren, doch es gab keine heile Stelle mehr auf seiner Haut.

«Adam?», rief sie. Ein leises Stöhnen war die Antwort. Priska nahm ihren Umhang ab und bedeckte ihn damit. Dann rannte sie zurück zum Acker, der trocken und sonnig dalag. Gleich am Rand wuchs ein Kraut, von dessen Heilkraft ihr die Kräuterfrau aus der Vorstadt oft erzählt hatte. Schafgarbe. Sorgsam rupfte Priska die zartesten Blätter ab, bis sie so viel davon hatte, wie sie fassen konnte. Krampfhaft überlegte sie, welches Sprüchlein die Kräuterfrau dabei gemurmelt hatte, doch ihr fiel nichts ein. So rief sie die heilige Margareta an, die Schutzbefohlene aller Kranken. Dann lief sie zurück in das Wäldchen.

«Schafgarbe nie direkt auf frische Wunden legen», hörte sie in ihrem Kopf die Stimme der Kräuterfrau. «Die Blätter müssen aufgekocht werden. Wenigstens aber muss der Ackerstaub hinunter, sonst entzünden sich die Wunden und werden am Ende gar brandig.»

Es gab hier weit und breit nichts, um das Kraut abzukochen. Auch der Fluss war zu weit entfernt, um die Schafgarbe wenigstens zu waschen. Nun musste Priska zum ersten aller Heilmittel greifen. «Harn», hörte sie die Kräuterfrau sagen, «hilft sehr rasch bei Entzündungen. Kratzt es im Hals, kann man sogar damit gurgeln.»

Priska suchte eine Stelle im Wäldchen, die ganz von zartem Moos bedeckt war. Sie machte eine kleine Kuhle, legte die Schafgarbeblätter dort hinein. Dann hockte sie sich über die Kuhle, hob die Röcke und sorgte dafür, dass jedes einzelne Blatt nass wurde.

Danach eilte sie zu Adam zurück, der sich noch immer nicht rührte. Sie verteilte die nassen Kräuter auf seinem Rücken und den Schenkeln, dann setzte sie sich daneben, betete ein Vaterunser und wartete.

Lange saß sie so. Ab und zu stöhnte Adam auf. Priska wusste, dass er nicht bewusstlos war, sondern in einem Zustand, dem man keinem Menschen wünschte. Adam war am Ende, hatte wortlos seinen menschlichen Bankrott erklärt.

So nannte man in Italien diesen Zustand: banca rotta. Andreas Mattstedt hatte es ihr einmal erklärt. Banca rotta hieß so viel wie zerstörte Bank. Man zerschlug den Tisch des Händlers, wenn dieser nicht zahlen konnte.

Adams Leben war zerschlagen wie der Tisch eines Händlers. Er liebte Männer und musste eine Frau heiraten. Er wurde für einen Sünder gehalten und war doch der gottesfürchtigste Mensch. Er stand außerhalb der Norm, der Werte, der Moral. Woran sollte er sich halten? Er war allein. Gottverlassen.

Armer Adam, dachte Priska. Seine Einsamkeit und Verlorenheit taten ihr weh. Sie wusste, wie es sich anfühlte, verlassen und ungeliebt zu sein. Die Leute sagten, dass er ein Sünder sei, der von einem Dämon der widernatürlichen Unzucht besessen sei. Aber gab es überhaupt einen Unterschied zwischen guter und schlechter Liebe? Priska hatte schon oft darüber nachgedacht.

Da war die Liebe zwischen ihrem Vater, dem Henker, und der Kräuterfrau gewesen. Sie hatte etwas Rohes an sich gehabt. Priska erinnerte sich gut, wie sie mit dem Vater und den Geschwistern in einer Ecke der Kate auf Strohsäcken geschlafen hatte. Sieben Menschenleiber, die sich aneinander drängten, die schnarchten, schwitzten, stöhnten. Manchmal war die Kräuterfrau dazugekommen, hatte sich an den Henker geschmiegt und ihre Röcke gelüpft. Priska hatte mehr als einmal gesehen, wie die Hand des Henkers sich unter den Röcken zu schaffen gemacht hatte, wie die Kräuterfrau gekeucht und das Gesicht verzogen hatte, wie sie den Kopf hin und her geworfen und mit dem Schoß gekreist hatte. Und dann hatte der Henker seine Beinkleider vom Hintern gezogen und sein Glied, das dick und dunkel

57

wie ein Ast war, in das Weib gerammt, als wolle er es pfählen. Priska hatte immer geglaubt, das Weib schrie vor Schmerzen, aber eines Tages hatte sie gespürt, wie es heiß in ihrem Schoß brannte. Da hatte sie begriffen, dass das Weib nicht vor Schmerzen schrie. Seither hatte Priska Furcht vor sich selbst. Das Brennen in ihr hatte sie entsetzt. So sehr, dass sie es vergaß und froh war, als sie merkte, dass Regina das Brennen für sich entdeckt und Priska davon befreit hatte. Für sie hatte Liebe nichts mit Wollust zu tun. Im Gegenteil: Wollust war eine der sieben Todsünden.

Plötzlich wandte Adam den Kopf. Er sah Priska an, doch seine Augen waren so leer wie ein vertrockneter Brunnen.

Er sprach kein Wort. Auch Priska sagte nichts. Sie legte ihm eine Hand an die Wange, und Adam schmiegte sich in ihre warmen Finger.

Seit sechs Jahren kannte Priska Adam nun. Nein, das stimmte nicht. Sie kannte ihn nicht und er sie noch weniger. Wie auch? Sie war das Lehrmädchen gewesen, hatte ihm den Teller mit Grütze hingestellt, Wein eingeschenkt. Manchmal hatte er sie angesehen und ihr zugenickt. Später dann hatte er sie in sein Laboratorium gerufen. Er hatte sie betrachtet wie ein Arzt eine Kranke, hatte sie gefragt, wie sie in der Vorstadt gelebt hatte. Freundlich war er gewesen, doch seine Freundlichkeit hatte die Unverbindlichkeit, mit der man einem kleinen, zutraulichen Tier über den Kopf strich. Geredet hatten sie nie miteinander. Nur hin und wieder ein paar nichts sagende Worte. Priska aber hatte ihn beobachtet. Ihn, den klugen Mann mit dem schmalen Mund, der immer so aussah, als würde er ein wenig spotten. Ihn, der meist schwieg, von dessen Leben niemand etwas wusste. Auch Eva nicht.

Nun lag er neben ihr, Körper und Seele entblößt, und schmiegte seine Wange in ihre Hand.

Nach einer Weile flüsterte er: «Ich wollte mir den Dämon der Unzucht austreiben. Ich habe mich nackt in Brennnesseln gewälzt, habe mich mit Ruten gegeißelt, bis das Blut lief.»

«Ihr wolltet rein zur Beichte gehen? Wolltet vorher schon Reue üben?», fragte Priska leise.

«Eva kam mit einem Teufelsaustreiber, einem Mönch des Paulinerklosters, zu mir. Er hat mein Haus mit Weihrauch ausgeräuchert, hat die Heiligen angerufen und Beschwörungen gemurmelt. Mit Kreide hat er Kreuzzeichen über allen Türbalken angebracht. Dann hat er mir eine zweiwöchige Fastenzeit und die Geißelung aufgetragen, damit der Dämon entschwinde.»

«Aber es gelingt nicht?»

Adam seufzte. «Ich weiß es nicht, Priska. Würde sich der Teufel als solcher zu erkennen geben, wäre es leichter. So aber liebe ich den Teufel und das Teuflische. Schwer ist es, ihm beizukommen.»

«Ihr solltet es mit kalten Güssen versuchen, wann immer das teuflische Verlangen über Euch kommt.»

«Auch das habe ich versucht. Auch das war vergeblich. Ich bin ein Sünder, Priska. Wenn schon nicht in Taten, dann wenigstens in Gedanken.»

«Ihr ... Ihr habt gern getan, was man Euch vorgeworfen hat?», fragte Priska zögernd.

«Gern? Ich weiß nicht. Ich hatte keine Gewalt darüber. Das Verlangen war stärker als ich.»

«Und nun?»

«Vielleicht kann mich die Beichte vor Reimundus reinigen», erwiderte Adam, aber es klang nicht überzeugend. Er nahm Priskas Hand.

Noch nie hatte er so mit Priska gesprochen. Noch nie waren sie einander so nahe gekommen.

«Warum tut Ihr Euch das an?», fragte Priska vorsichtig. «Warum diese öffentliche Geißelung?»

Adam hob mühsam den Kopf. «Ich bin Arzt», stieß er hervor. «Meine Aufgabe ist es, die Menschen von Krankheiten zu heilen. Doch dafür müssen die Kranken dem Arzt vertrauen. Wie aber kann man einem trauen, der des Nachts hilflos seinem Verlangen ausgeliefert ist? Priska, ich kann nur ein guter Stadtarzt werden, wenn die Leute mir glauben. Wenn sie es wagen, sich mir anzuvertrauen. Ich darf nicht länger sündigen, verstehst du? Der Dämon muss ausgetrieben werden. Mit allen Mitteln. Und so, dass es jeder sehen kann.»

«Ihr habt Euch absichtlich den Fischern und Waschfrauen gezeigt?», fragte sie leise. «Ihr wolltet, dass jeder sieht, wie Ihr Euch geißelt?»

Adam blieb ihr die Antwort schuldig. Doch der Ausdruck seines Gesichtes war so verzweifelt und hoffnungslos, dass Priska zu frieren begann.

Sie nahm seinen Kopf in ihren Schoß und wiegte ihn wie eine Mutter ihr Kind. Langsam entspannten sich Adams Gesichtszüge. Und auch sie wurde ganz ruhig. Lange saßen sie so, sprachen kein Wort.

Als die Sonne hinter den Wipfeln der Bäume verschwand, fragte Adam leise: «Wie hast du mich gefunden? Wer hat dich geschickt?»

Priska überlegte, ehe sie erwiderte: «Vielleicht hat Gott mich zu Euch geschickt.»

Wieder schwiegen sie. Dann, als die Nachtkühle bereits eingesetzt hatte, sagte Priska: «Der Meister David hat einmal gesagt, der Mensch kann selbst entscheiden, ob er zum Tier entarten oder zum Gott aufsteigen will. Ich glaube ihm nicht mehr. Man kann nicht alles entscheiden. So viel Willen hat Gott dem Menschen nicht gegeben.»

«Was willst du damit sagen?», fragte Adam und hob den Kopf, sah Priska in die Augen.

«Sagen will ich, dass in jedem Menschen sowohl ein Tier als auch ein Gott wohnen. Dass nicht alle den Platz wählen dürfen, den sie gern hätten. Die, die die Wahl haben, leben nicht schlecht. Und die, die schlecht leben, haben keine Wahl.»

Adam setzte sich auf. Die Schafgarbeblätter fielen von seinem Rücken. «Haben die Prediger also Unrecht, wenn sie uns weismachen wollen, dass jeder gut sein kann, wenn er nur will?», fragte er.

«Ich weiß nicht, was für alle gilt», antwortete Priska. «Reden kann ich nur von mir. Ich kann mich mühen, wie ich will, gut zu sein, doch es gelingt mir nie auf Dauer. Innendrin wohnt auch das Schlechte. Und das Schlechte verlangt manchmal sein Recht. So bin ich also gut und schlecht zugleich. Wäre ich nur gut, so wäre ich Gott. Wäre ich nur schlecht, wäre ich der Teufel. Aber ich bin ein schwacher Mensch, der die Vergebung Gottes braucht und ersehnt.»

«Du bist klug, Priska. Nein, das stimmt nicht. Weise bist du.» Er hob die Hand und näherte sie ihrem Gesicht, doch Priska wich der Hand aus.

«Bald werdet Ihr Regina zur Gefährtin haben», sagte sie.

Adam nickte. «Es ist gut, dass sie mit mir vor den Altar

tritt und nicht du, Priska. Du hast etwas Besseres verdient als einen Mann, der dich nicht begehren kann. Geliebt sollst du werden als Mensch und als Frau. Das wünsche ich dir.»

Priska lächelte, dann sah sie hinauf zum Himmel und sagte: «Wir müssen gehen. Vielleicht sucht man schon nach uns. Es wird dunkel.»

Behutsam nahm sie die restlichen Blätter von seinen Wunden. Adam bemerkte sie erst jetzt. Neugierig fragte er: «Womit hast du versucht, mich zu heilen?»

«Mit Schafgarbe. Dort, wo ich herkomme, gab es eine Kräuterfrau. Nach dem Tod meiner Mutter war sie das Liebchen meines Vaters. Von ihr weiß ich, was man gegen Krankheit und Leid tun kann.»

«Du hast Heilwissen?»

Priska schüttelte den Kopf. «Nein, Ihr seid der Arzt. Ich kenne nur ein paar Pflanzen und weiß, wie sie wirken. Die meisten Leute in der Vorstadt wissen um solche Dinge. Sie müssen sich ja selbst helfen. Einen Arzt können sie nicht bezahlen. Der Henker, mein Vater, hat die Leute aus der Vorstadt behandelt. Er war nicht nur Henker, sondern auch Chirurg, Bader und Barbier. Die meisten Henker verdienen sich mit solchen Diensten ein paar Heller dazu. Die Kräuterfrau war und ist die Apothekerin der armen Leute.»

«Ja, davon habe ich viel gehört», sagte Adam. «Die Kräuterweiber haben großes Wissen über Pflanzen und Tiere, über den Lauf des Mondes und der Sterne.»

Priska half Adam auf die Beine. Als sie sein Büßerhemd vom Boden hob, um es ihm überzuziehen, fiel ihr auf, dass der Mann die ganze Zeit über nackt gewesen war. Nackt bis auf ein Tuch, das er sich um die Lenden gewickelt hatte.

Warum habe ich seine Blöße nicht gesehen?, fragte sie sich und betrachtete nun neugierig seinen von Wunden entstellten Oberkörper. Sie ließ ihren Blick über den breiten Brustkorb gleiten und die Oberarme, die aussahen wie die eines Holzfällers. Stark wirkte sein Körper. Stark und zerbrechlich zugleich. Es ist wirklich so, dachte Priska. In jedem Ding wohnt zugleich sein Gegenteil. In Adam wohnt die Schwäche neben der Stärke.

Adam merkte, dass Priska ihn musterte. Er sagte kein Wort, nahm nur ihre Hand und legte sie auf seine Brust. Ihr war, als könnte sie sein Herz schlagen hören.

Als sie zum Stadttor zurückgingen, hielten sie sich an den Händen. Nicht wie ein Liebespaar, eher wie zwei Kinder, die sich im Wald des Lebens verirrt hatten.

Fünftes Kapitel

«Die Hochzeit ist der schönste Tag im Leben einer Frau», erklärte Regina und zog einen Schmollmund. «Warum darf ich diesen Tag nicht feiern, wie ich will? Warum darf ich meine Freunde und Freundinnen nicht dazu einladen? Was ist mit meiner Familie?»

«Untersteh dich! Deine Freunde und deine Verwandten haben auf dem Hochzeitsfest nichts zu suchen. Ich verheirate dich nicht, um dich glücklich zu machen, sondern um Adam zu schützen und meine Pflicht als dein Vormund zu erfüllen. Für dich ist dies ein gesellschaftlicher Aufstieg, der dir aus eigenen Kräften niemals gelungen wäre. Die Hochzeit wird so gefeiert, wie es in unseren Kreisen Sitte ist. Sogar noch ein wenig prächtiger. Schließlich wollen wir das Gerede zum Verstummen bringen», beendete Eva die Diskussion. Sie stand mit Priska und Regina in der Werkstatt und hatte keine Lust auf lange Dispute.

Doch Regina gab nicht so leicht auf. «Und ein neues Kleid? Bekomme ich wenigstens ein neues Kleid?», fragte sie weiter.

Eva seufzte. «Ich werde sehen, ob ich in meiner Truhe etwas für dich finde. Auch eine kleine Aussteuer sollst du haben.»

Sie stöhnte leise und fuhr mit den Händen über den

schweren Bauch, der sich in den letzten Tagen gesenkt hatte. Die Schwangerschaft machte ihr zu schaffen. Die Arbeit in der Werkstatt fiel ihr schwer; Priska hatte schon lange bemerkt, dass die Hitze der Brennöfen Eva nicht gut tat.

«Ein Schmuckstück?» Regina blieb hartnäckig.

«Wir werden sehen. Die Wäsche, die für dich bestimmt ist, zeige ich dir morgen. Du wirst dich nicht schämen müssen.»

Eva war sehr blass geworden. Auf ihrer Stirn standen kleine Schweißperlen. Sie presste eine Hand in den Rücken und stöhnte.

Sofort trat Priska zu ihr. «Was ist mit Euch?»

«Ich weiß nicht.» Eva griff nach Priskas Hand. «Ich glaube, dass Kind kommt.» Ihre Augen waren vor Angst ganz dunkel.

«Ist es denn schon so weit?», fragte Priska.

Eva schüttelte den Kopf. «Im Mai sollte es kommen. Jetzt haben wir April.»

Priska reichte Eva einen Becher Wasser. Sie war schon dabei gewesen, wenn Frauen Kinder bekamen. Das Kräuterweib aus der Vorstadt hatte sie manchmal mitgenommen und als Gehilfin gebraucht. Die Kreißenden wurden auf einen Gebärstuhl gesetzt. Priska hatte hinter ihnen gestanden und ihnen den Rücken gestützt, während sich das Kräuterweib unter den Röcken der Gebärenden zu schaffen gemacht und am Ende ein verschmiertes Kind in den Armen gehalten hatte.

Eva stöhnte auf und krümmte sich zusammen. Priska legte ihr eine Hand auf den Leib. Sie konnte das Kind spüren, es bewegte sich. Plötzlich schrie Eva leise auf, und im

selben Augenblick lief Wasser an ihren Beinen hinunter.
«Schnell, holt die Hebamme», keuchte Eva.

Priska ahnte, dass dafür nicht mehr genug Zeit blieb.

«Lauf, hole die Hebamme», befahl sie Regina. «Mach schnell, eile dich.»

Regina öffnete den Mund, um etwas zu sagen, doch Eva stöhnte so gotterbärmlich, dass sie sich schleunigst auf den Weg machte.

«Könnt Ihr aufstehen und in Eure Kammer gehen?», fragte Priska.

Eva sah sie an wie ein Tier, das in der Falle saß, und schüttelte langsam den Kopf.

«Sorgt Euch nicht. Wir werden das Kind schon auf die Welt holen.» Priska wollte zur Tür gehen, aber Eva hielt sie am Arm zurück. «Bleib bei mir, Priska. Ich habe solche Angst. Viele Frauen sterben bei der Geburt oder im Kindbett. Ich möchte nicht allein sterben.»

«Ich bleibe bei Euch», versprach das Lehrmädchen. «Die Magd muss saubere Tücher und einen Zuber mit heißem Wasser bringen.»

Eva ließ von ihr ab, und Priska öffnete die Tür und schrie: «Bärbe, wir brauchen warmes Wasser und Leinen.»

Gleich darauf kam die Magd die Treppe heraufgekeucht. Sie blieb mit offenem Mund stehen, als sie die leichenblasse Eva sah.

«Das Kind kommt. Also eile dich», befahl Priska, die plötzlich ganz ruhig wurde. Die Wehen kamen in immer kürzeren Abständen. Die Hebamme würde nicht rechtzeitig eintreffen. Und ein Gebärstuhl war auch nicht zur Stelle. Priska versuchte krampfhaft, sich daran zu erinnern, was die Kräuterfrau bei den Gebärenden getan hatte.

«Nieswurz», murmelte sie vor sich hin. «Die Kräuterfrau hat ein Pulver aus Nieswurz an die Leibesöffnung gehalten, um die Geburt zu beschleunigen. Und einen Trank aus Myrrhe hat sie verabreicht. Zerriebene Myrrhe. Auch schwarzes Bilsenkraut hat sie benutzt. Doch woher soll ich die Sachen nehmen?»

Ein Schmerzensschrei durchschnitt die Stille des Hauses. Eva krümmte sich zusammen und schnappte nach Luft. Der Schweiß rann ihr über das Gesicht.

Priska suchte die Felle, mit denen die Wandbänke bedeckt waren, zusammen und breitete sie auf dem Boden aus.

«Legt Euch hierhin.»

Sie half Eva beim Hinlegen, schob ihr ein Kissen unter den Kopf. Dann rieb sie ihre Hände gegeneinander, bis sie ganz warm waren, und massierte mit gleichmäßigen Strichen den Bauch der Kreißenden.

Eine neue Wehe tobte durch Evas Leib. Sie keuchte, als hätte sie einen schnellen Lauf hinter sich.

«Priska», flüstert sie, als die Welle abgeebbt war. «Ich habe solche Angst. Ich werde sterben.»

Priska strich ihr eine feuchte Haarsträhne aus der Stirn.

«Es gibt keinen Grund für Eure Sorge. Bisher verläuft alles ganz so, wie es sein sollte», sagte sie, obwohl sie keine Ahnung hatte, ob das wirklich so war.

«Trotzdem», beharrte Eva. «Jeden Tag sterben Frauen bei der Geburt.»

Priska schwieg. Sie wusste, dass Eva Recht hatte. Mehr noch. Sie würde ihr nicht helfen können, wenn die Geburt schwer würde. Nieswurz, dachte sie. Ich brauche Nieswurz und Myrrhe. Gehetzt sah sie sich um. Bärbe war mit dem Wasser beschäftigt, Regina holte die Hebamme.

«Der Feuerknecht», dachte sie laut. «Er muss zum Apotheker laufen und die Kräuter holen.»

Sie eilte zur Tür, riss sie auf und schrie ihre Wünsche in Richtung Küche.

«Was soll ich noch alles tun?», jammerte die Magd. «Ich weiß nicht, wo mir der Kopf steht.»

«Schick den Feuerknecht», befahl Priska. «Auf der Stelle soll er sich auf den Weg machen.»

Dann warf sie die Tür zu, überprüfte noch einmal, ob auch die Fenster geschlossen waren, damit die Gebärende und das Neugeborene keinen Zug bekamen.

«Priska, versprich mir eines», bat Eva und presste Priskas Hand so fest, dass es wehtat.

«Versprich mir, dass du dich um Adam kümmerst. Ich befürchte, dass ...»

Die Kraft der nächsten Wehe schnitt ihr das Wort ab. Sie verzog das Gesicht vor Schmerz und stöhnte laut auf. Vorsichtig machte Priska ihre Hand frei, kniete sich vor Eva hin und schlug ihre Röcke hoch. Zum ersten Mal sah sie, wie der Schoß einer Frau beschaffen war: das dunkle, krause Haar, die geöffneten Lippen, das zarte Innere, das an eine seltene Blüte erinnerte. Zu gern hätte sie länger geschaut, vielleicht sogar eine Berührung gewagt. Schön kam ihr der weibliche Schoß vor. Warm und weich, satt und prall wie eine Blume. Doch sie wandte den Blick ab, dachte an die Worte der Priester, die so streng davor warnten, sich mit dem Schoß zu beschäftigen. Nur den Hebammen war dies gestattet, sonst niemandem. Wieder ging ein Ruck durch den Körper der Schwangeren. Priska konnte sehen, wie sich der Leib zusammenkrampfte. Der Schoß öffnete sich.

«Das Kind, es kommt. Ich sehe schon das Köpfchen», rief sie aus. «Ihr müsst nur noch ein wenig pressen, dann habt Ihr es geschafft.»

Von draußen tönten die Glocken, die zur Vesper riefen. Priska dachte an Adam. Jetzt musste er den Beichtstuhl betreten und vor Reimundus, dem Ablassprediger, seine Sünden bekennen.

Oh, sie wäre so gern in seiner Nähe gewesen. Sie hatte ihr ganzes Geld heute Morgen für eine dicke Wachskerze ausgegeben, die sie für Adam auf den Altar stellen wollte. Für Adam und ein wenig auch für sich selbst. Einmal nur legte Reimundus den Ablasskranz aus und gab damit den Leipzigern die Möglichkeit, sich von den Sünden freizukaufen. Oh, Priska sehnte sich so danach, für den Kuss der Silberschmiedin und all die großen und kleinen Sünden, deren sie sich schuldig gemacht hatte, Vergebung zu erlangen. Doch sie musste bleiben, bis die Hebamme kam.

«Wo bleibt Bärbe mit dem Wasser?», sprach sie mit sich selbst. «Wie lange braucht Regina denn noch? Wann kommt der Feuerknecht?»

Im selben Augenblick ging die Tür auf, und die Magd brachte den Zuber. Das frische Leinen trug sie über dem Arm.

Wieder kam eine Wehe, die Eva aufschreien ließ.

«Bärbe, du hältst ihren Kopf, massierst vorsichtig den Bauch. Das Kind kommt.»

Nun wurde auch Bärbe blass. Vor lauter Aufregung fing sie an zu plappern. «Wenn ein Mann mit dem Erguss eines kräftigen Samens in rechter Liebe und Zuneigung zum Weibe sich diesem naht und das Weib zur selben Stunde ebenfalls die rechte Liebe zum Manne empfindet, so wird

ein männliches Kind empfangen, weil dies so von Gott an-
geordnet ist», schwatzte sie drauflos.

Priska runzelte die Stirn. «Lass den Unsinn», sagte sie.
«Woher willst du wissen, wie empfangen und geboren
wird?»

«Ich weiß es. Der Priester, dem ich früher den Haushalt
besorgt habe, unterrichtete die Kinder der reichen Herr-
schaft da draußen im Dorfe Zschocher und beriet Frauen
und Männer in allen Lebenslagen. Einmal hörte ich, wie er
ein Ehepaar, das keine Kinder bekommen konnte, über
Empfängnis und Geburt aufklärte. Sein Wissen, so sagte er,
hätte er aus den Aufzeichnungen einer Äbtissin. Hildegard
von Bingen war ihr Name.»

Priska sah, dass die Augen der Magd beim Namen der
Äbtissin leuchteten. Ist sie auch eine Schwärmerin?, fragte
sie sich, doch sie hatte keine Zeit, der Frage auf den Grund
zu gehen. Eva schrie. Sie warf den Kopf hin und her, blickte
wie irre auf Bärbe, die in ihrer Not einfach weitersprach:
«Und es ist so, wie Hildegard sagt, weil auch Adam aus
Lehm geschaffen wurde, der ein kräftigerer Stoff ist als
Fleisch. Dieser Knabe wird klug und reich an Tugenden
werden, weil …»

Priska hörte das Geplapper der Magd wie durch einen
Nebel. «Halt den Mund, Waschweib», befahl sie. «Du
machst die Meisterin ganz närrisch damit.»

Doch Bärbe hörte sie nicht. Ihre Augen waren in die
Ferne gerichtet. Unbeirrt leierte sie ihre Suada herunter:
«Empfindet nur der Mann Verlangen zum Weibe und dieses
nicht zu ihm, oder fühlt nur das Weib die rechte Liebe zum
Manne und dieser nicht zu ihm, ist zur selben Stunde der
männliche Samen dünn, so entsteht, weil dem Samen die

Kraft fehlt, nur ein Mädchen. Ist aber der Samen des Mannes voll kräftig, hat aber keiner die Liebe des anderen, so wird ein Knabe gezeugt, weil trotzdem der Samen seine Vollkraft hatte. Der Knabe wird aber ein unangenehmer Mensch werden wegen der gegenseitigen Abneigung der Eltern. So muss es auch bei unserem Meister David gewesen sein.»

Wieder wurde Eva von einer Wehe überrollt und wand sich unter Priskas Händen. Bärbe bemerkte die Schreie ihrer Meisterin nicht, aber wenigstens schien sie am Ende ihres Sermons angekommen zu sein. Sie warf einen Blick auf die Gebärende, der Priska voller Abscheu schien. «Das Kind der Meisterin wird ganz bestimmt schwächlich und von üblem Wesen sein. Wahrscheinlich wird es das Erwachsenenalter nicht erreichen», prophezeite sie düster. Priska fuhr hoch. Sie wollte dem Weib endgültig den Mund verbieten, doch da geriet Evas Leib in starke Bewegungen.

«Es kommt», rief Priska aufgeregt. In diesem Augenblick stürzte Regina herein, zwar ohne Hebamme, aber dafür mit Nieswurzpulver und Myrrhentrank, die sie vom Feuerknecht bekommen hatte.

«Es kommt. Ihr müsst pressen, Meisterin, es aus Eurem Schoß drücken.»

Dankbar nahm Priska das Nieswurzpulver, verrieb etwas davon um Evas Schoß herum.

«Regina, versuch, der Meisterin den Myrrhentrank einzuflößen», bat sie. Die Schwester hockte sich neben die Meisterin, die das bittere Getränk in großen Zügen schluckte. Kaum hatte sie ausgetrunken, tobte erneut eine Wehe durch ihren geschundenen Körper. Noch einmal nahm die Silberschmiedin alle verbliebene Kraft zusammen, dann schlüpfte das Kind aus ihrem Leib und wurde von Priskas sanften Händen in Empfang genommen. Regina sah mit großen Augen auf das fettig-blutige Etwas in Priskas Händen.

«Und?», fragte Bärbe lauernd und tupfte Eva mit einem Tuch das Gesicht trocken. «Nach Hildegard müsste es ein Mädchen sein oder wenigstens ein ganz schwacher Junge.»

«Halt den Mund, Tratschmaul», herrschte Priska die Magd an, die empört schnaubte. Das blutverschmierte Kind in Priskas Arm rührte sich nicht. Es hatte die Augen geschlossen, die bläulichen Lippen zusammengepresst. Der Körper war so zart, dass Priska befürchtete, die kleinste Berührung reiche aus, das Kind zu verletzen.

«Da!», beharrte die Magd. «Seht Ihr! Es zuckt nicht. Ich habe es gesagt!»

«Lebt es?», flüsterte Regina. Priska zuckte die Achseln. Doch dann nahm sie den Säugling hoch und schlug mit der flachen Hand auf den kleinen Hintern – und das Kind begann leise und kraftlos zu krähen.

Eva lächelte. Sie wirkte unendlich erschöpft. Ihr Haar war schweißnass und strähnig, die Haut rotfleckig, und unter ihren Augen lagen tiefe dunkle Schatten. Doch in ihrem Gesicht stand ein Lächeln.

«Es ist ein Knabe», erklärte Priska und durchtrennte vorsichtig die Nabelschnur.

Ihre Stimme war zuversichtlich, doch sie hatte Angst um das Neugeborene. Seine Haut war bläulich, die Stimme ganz kraftlos. Es war so winzig klein und bewegte sich nicht. Vier Wochen zu früh war es geboren, und Priska befürchtete das Schlimmste.

«Er sieht aus, als ob er friert», sagte plötzlich Regina, und in ihrer Stimme klangen Mitleid und Furcht.

Plötzlich kam Priska ein Gedanke. Natürlich fror der Säugling. Die ganze Zeit über war er im warmen Leib der Mutter gewesen, nun war er der Kälte ausgesetzt. Zwar loderte im Kamin ein Feuer, doch die Wärme reichte sicher nicht aus, die Wärme des Mutterleibs zu ersetzen.

Was tat man, wenn man fror? Womit schützten sich die armen Leute im Winter? Womit rieben die Fischer ihre Hände und Gesichter ein, wenn sie bei Schnee und Eis mit ihren Booten auf den Fluss fuhren? Mit Fett! Mit Schmalz!

«Geh in die Küche», befahl Priska der Bärbe, «und hole den großen Tontopf mit dem Gänseschmalz.»

«Und bringe gewürzten Rotwein mit Eigelb und Zucker für die Silberschmiedin mit, damit sie rasch zu Kräften kommt», fügte Regina hinzu.

Dann wusch sie den Kleinen sorgsam in dem warmen Wasser, während Priska sich um die Meisterin kümmerte. Behutsam tupfte sie mit einem Läppchen das Nieswurzpulver vom blutenden Schoß der Mutter. Die Kräuterfrau, sie erinnerte sich plötzlich, als wäre es gestern gewesen, hatte einmal vergessen, das Pulver zu entfernen. Nachher hatte man ihr vorgeworfen, dass die Wöchnerin einen schlimmen Schnupfen bekommen hatte.

Als die Meisterin versorgt und der Säugling gebadet war, rieb Priska mit Honig und Rosenblättern die letzten Reste von Blut und Schmiere von dem winzigen Körper und hüllte ihn in ein sauberes Stück Tuch. «Er ist sehr klein und zart. Die Wärme des Mutterleibes fehlt ihm. Er ist vier Wochen vor der Zeit. Ich reibe ihn dick mit Gänseschmalz ein, damit er nicht friert», erklärte sie ihr Tun.

«Mit Gänseschmalz?», fragte Eva mit schwacher Stimme.

73

«Ja. Die Leute in der Vorstadt haben es so gehalten. Das Schmalz hält die Wärme.»

Die Silberschmiedin schaute misstrauisch drein, doch Regina warf ein: «Ja, ich erinnere mich. Schmalz oder Öl. Die Kräuterfrau hat es bei unserer jüngsten Schwester so gemacht.»

Später, als Eva und der Säugling versorgt waren, erschien endlich die Hebamme. Sie kümmerte sich sofort um Eva, begutachtete mit kritischem Blick das Kind.

«Glück habt Ihr, Silberschmiedin, dass Ihr eine so gute Helferin hattet. Das Gänseschmalz hat dem Kleinen wahrscheinlich das Leben gerettet. Ein Wunder, wie gut Euer Lehrmädchen sich auskennt.»

In diesem Moment kamen Adam und Johann von Schleußig aus dem Paulinerkloster zurück.

Priska eilte zu ihnen. «Die Meisterin, das Kind, es ist geboren», stammelte sie.

«Evas Kind ist gekommen?»

Priska nickte. «Ein Knabe.»

Adam riss die Augen auf. «Geht es ihr gut? Und dem Kind auch? Kam die Hebamme zur rechten Zeit?»

«Ich habe das Kind entbunden», sagte Priska, zwischen Trotz, Scham und Stolz schwankend.

«Du?», fragte Adam, aber er wirkte keineswegs erstaunt.

«Es ist alles gut gegangen. Ich habe den Säugling dick mit Gänseschmalz bestrichen, damit er genügend Wärme hat.»

«Ein Kind ist geboren!» Johann von Schleußig strahlte über das ganze Gesicht und tätschelte Priska flüchtig die Wange.

Dann wandte er sich an Adam, legte ihm einen Arm um die Schultern und flüsterte leise, aber doch so, dass Priska ihn verstand: «Nicht alles, was man wissen muss, lernt man auf Universitäten. Besonders die armen Leute haben sehr viel Heilwissen.»

«Psst, Priester, ich weiß. Eure Worte sind gefährlich. Wenn die ‹geheimen Heiler› erwischt werden, müssen sie mit hohen Strafen rechnen. Aber meine Besuche in der Vorstadt sind oft lehrreicher als die Vorlesungen.»

Adam hielt inne. Er hatte gemerkt, dass Priska ihren Worten lauschte. Verlegen nickte er ihr zu und lief, um nach seiner Schwester und dem Neffen zu sehen.

Johann von Schleußig blickte ihm nachdenklich nach. Dann wandte er sich Priska zu und klatschte in die Hände. Seine hellen Augen glitzerten vor Freude.

«Komm mit, Priska. Wir wollen das Kind über die Taufe heben.»

Er gab dem Feuerknecht Anweisungen, zur Kirche zu laufen, um die nötigen Utensilien zu holen, dann begab er sich mit Priska ins Zimmer der Wöchnerin, die von der Hebamme unterdessen ins Bett gebracht worden war und den Säugling neben sich liegen hatte.

«Die Lechnerin soll kommen. Sie soll die Patin meines Sohnes sein», sagte Eva, die blass, aber glücklich in den Kissen lehnte. Priska nickte und machte Anstalten, den Auftrag auszuführen. Doch Eva hielt sie am Arm zurück. «Danke dir, Priska. Du hast mir sehr geholfen. Die Hebamme sagte, sie hätte es nicht besser machen können.»

Priska lächelte glücklich, dann eilte sie, die Lechnerin zu holen.

«Und Ihr, Johann von Schleußig, sollt der andere Pate

des kleinen Aurel sein», hörte sie Eva weitersprechen, dann fiel die Tür hinter ihr ins Schloss.

«... taufe ich dich im Namen des Vaters, des Sohnes und des Heiligen Geistes.»

Die Lechnerin hielt den Säugling über die Taufe. Priska stand daneben und strahlte über das ganze Gesicht. Dann übergab die Lechnerin ihr das Kind, weil sie Eva umarmen wollte. Priska nahm Aurel vorsichtig entgegen, achtete darauf, das Köpfchen zu stützen, und fuhr mit dem Finger über die zarte Wange, ganz verzaubert von der Gegenwart des Kindes.

Sie sah nicht, dass Adam neben Evas Bett stand und kein Auge von ihr lassen konnte. «Sie sieht aus wie die Heilige Madonna mit dem Kind», flüsterte er. Eva verstand seine Worte. Sie nickte: «Wenigstens bei ihr habe ich nicht versagt. Wenigstens sie ist so geworden, wie ich mir das immer gewünscht habe.»

Priska war so verzückt vom Anblick des kleinen Menschleins, dass sie Aurel gar nicht mehr hergeben wollte. Johann von Schleußig berührte sie sanft an der Schulter. «Gib mir das Kind, Priska. Ich werde es halten. Du aber geh in die Küche und sieh nach dem Taufmahl und den Nachbarinnen. Ich glaube, sie haben sich bereits im Haus versammelt. Bis hierher kann ich ihr Schwatzen und Lachen hören.»

Priska nickte und knickste und verließ dann das Zimmer der Meisterin. Sie wäre gern noch geblieben, hatte für einen kurzen, glücklichen Augenblick das Gefühl gehabt, dazuzugehören. Doch sie war das Lehrmädchen, was immer auch geschah. Sie war die Bedienstete, das Kind aus der Vorstadt. Niemanden kümmerte es, was sie dachte und fühlte. «Im Grunde», murmelte sie vor sich hin, als sie die Treppe hinunterging, «bin ich nicht mehr als ein irdener Becher. Man nimmt ihn, wenn man ihn braucht, aber niemand käme auf den Gedanken, ihn zu fragen, ob es ihm gefällt, dass ein jeder seinen feuchten Mund an ihm reibt.»

In der Küche murmelte Bärbe, noch immer ganz im Bann der ungewöhnlichen Geburt, Gebete vor sich hin und dirigierte die Nachbarinnen, die mit Speisen und Getränken gekommen waren, um das Taufmahl auszurichten. So wollte es der Brauch.

Eva brauchte Ruhe; auch Johann von Schleußig und Adam kamen nun in die Küche. Priska suchte Adams Blick, sie wollte so gerne wissen, wie seine Beichte verlaufen war, doch sie hatte keine Gelegenheit, ihn allein zu sprechen. Regina wirbelte um ihn herum, machte ihm schöne Augen und nutzte jede Gelegenheit, ihre Reize zur Schau zu stellen.

«Lass das», herrschte Priska sie leise an. Doch Regina kicherte nur und warf den Kopf in den Nacken. «Warum? Meinst du wirklich, er ist vollkommen unempfänglich? Oh, nein, so ist es nicht. Er ist nur noch nicht an die richtige Frau geraten.»

«Glaubst du, was du sagst?»

Regina lachte spöttisch. «Frag die Huren im Frauenhaus. Sie müssen es wissen, und sie haben mir bestätigt, dass jeder Mann schwach wird, wenn die richtige Frau kommt.»

«Bist du die Richtige?», bohrte Priska weiter und wunderte sich selbst über ihre Hartnäckigkeit.

«Wer sonst? Du etwa?»

Ja, hätte Priska am liebsten gesagt. «Ja», hätte sie durch das ganze Haus, die ganze Stadt rufen mögen. «Ich bin die

Richtige für Adam. Nicht du und dein üppiger Busen. Nicht du und dein kecker Hintern. Ich! Ich! Ich! Denn ich verstehe ihn, ich kann ihm helfen bei seiner Arbeit, bei seinem Leben. Vor mir bräuchte er sich nicht zu fürchten, er müsste sich nicht sorgen, dass ich ihn für einen anderen verraten würde, der mehr Gulden in der Tasche hat. Und ich hätte endlich einen Platz in dieser Welt.»

Doch all das sprach sie nicht aus. Sie nickte nur, und huschte dann in ihre Kammer. Ein unbändiges Bedürfnis nach einem Augenblick der Ruhe war über sie gekommen. Sie stellte sich vor die Platte aus poliertem Metall und betrachtete sich darin. Sie sah eine junge Frau, deren Augen glühten. Doch es war nicht die Glut der Liebe, die darin brannte. Es war etwas anderes. Etwas, das Priska in sich fühlte, aber nicht benennen konnte.

Sie war die Richtige für Adam. Ja, das war sie. Heute hatte sie geholfen, ein Kind zur Welt zu bringen. Heute hatte sie etwas von dem gesehen, was man den Mythos Weib nannte. Sie war stolz und froh. Nicht das schönste Silberstück, das sie gefertigt hatte, hatte sie so glücklich gemacht. Silber war tot, sie aber wollte mit dem Leben arbeiten. Geahnt hatte sie es schon lange, nun wusste sie es. Und Adam war Arzt. Er war der Hüter des Lebens. Und deshalb war er der Richtige für sie.

Von draußen wurden Rufe laut. Rasch ordnete Priska ihr Haar und ging zurück an ihre Arbeit. In der Küche traf sie nur noch die Männer an, die Nachbarinnen und Freundinnen hatten sich in der Wohnstube versammelt. Eine jede ließ die Geburt ihrer eigenen Kinder noch einmal in der Erinnerung ablaufen. Dann aber sprach die Hebamme. Die anderen Frauen wurden still. «Aus der Nachgeburt, Ihr wisst es, lässt sich leicht die Zukunft des Neugeborenen ablesen, wenn man sich darauf versteht.»

«Und? Habt Ihr etwas lesen können darin?», fragte Ute Lechnerin, Evas beste Freundin.

Die Hebamme nickte und seufzte. «Was stand darin?», fragten nun auch die anderen.

Die Hebamme schlug ein Kreuzeszeichen und seufzte noch einmal. «Dem Jungen ist kein Glück beschieden. Von seinem Tod las ich im Blut der Mutter.»

«Ein jeder Mensch muss sterben. Die Geburt ist der Anfang des Lebens, der Tod das Ende», warf Priska ein. Die anderen sahen sie an. Es ziemte sich nicht, dass ein Lehrmädchen das Wort ergriff. Nur heute durfte Priska dies wagen. Heute war sie die Geburtshelferin gewesen, heute war sie ihnen gleichgestellt, hatte ihren Platz bei den Frauen.

«Ach was?», schnappte die Hebamme und stemmte die Fäuste in die Hüften wie eine Wäscherin. «Und warum steht es nur bei ihm und nicht bei den anderen Neugeborenen? Kannst du mir das sagen, Henkerstochter?»

Priska schüttelte den Kopf, doch leise antwortete sie: «Wenn ein Mensch die Zukunft eines anderen lesen kann, dann schwingt er sich auf zu Gott.»

«Was? Wie? Willst du mich etwa der Gotteslästerung bezichtigen?», erregte sich die Hebamme.

«Beruhigt Euch», beschwichtigte die Lechnerin, die Priska und Regina gemeinsam mit der Begine Hildegard in Latein, Lesen und Schreiben unterrichtet hatte. «Priska meint es nicht so. Sie ist jung und weiß noch wenig von der Welt.»

Ute Lechnerin zwinkerte Priska zu, und Priska verstand den Hinweis. Die Hebamme war eine mächtige Frau. Sie war in vielen Häusern der Stadt zu Gast, halb Leipzig war durch ihre Hilfe zur Welt gekommen. Die Lechnerin wollte sie schützen. Nein, nicht sie, nicht die Henkerstochter, sondern das Haus der Silberschmiedin. Priska dachte an Adam. Die Lechnerin hatte Recht. Sie mussten alles vermeiden, was Aufmerksamkeit erregte. Hier in diesem Haus lauerten zu viele dunkle Geheimnisse.

«Entschuldigt», sagte Priska brav und senkte den Kopf. «Die Geburt hat mich wohl so erschöpft, dass meine Gedanken durcheinander geraten sind. Natürlich wisst Ihr, Hebamme, weit mehr über die Geheimnisse der Frauen und der Geburten als jede andere hier.»

Die Hebamme schnaufte noch einmal, dann war sie zufrieden.

«Also», fuhr sie fort und stützte ihre fleischigen Arme auf den Tisch. «Ich habe den Tod in der Nachgeburt gesehen. Doch das war noch nicht alles. Klein und schwach wird er bleiben, wie es schon die heilige Hildegard lehrt. Der Vater des Kindes ist seit der Fastnacht verschwunden. Niemand weiß, wo er ist. Die Silberschmiedin erzählt zwar jedem, der es hören möchte, dass ihr Mann nach Italien gegangen sei, um die Schwester zu verheiraten, doch wer daran glaubt, der wird selig.»

«Wisst Ihr mehr?», forschte die Lechnerin.

Die Hebamme wiegte den Kopf hin und her und ließ sich eine ganze Weile bitten, bis sie mit der Sprache herausrückte.

«Er soll nicht ganz richtig im Oberstübchen gewesen sein, der Silberschmied. Ein Eiferer und Schwärmer sei er, habe ich gehört. Nun, und letzte Woche, als ich im Frauenhaus eine der Huren entbunden habe, da hörte ich, dass er

Haus und Hof verlassen hat, um mit der Schwester der Silberschmiedin, mit Susanne, zu leben.»

Priska seufzte und wechselte einen Blick mit der Lechnerin, doch alles, was die Hebamme tratschte, war besser als die Wahrheit. David war ein Mörder. Und Davids neugeborener Sohn verdammt, wenn die Wahrheit herauskam.

«Lechnerin, was wisst Ihr darüber?», wurde Evas Freundin von den anderen Frauen gefragt. Ute räusperte sich, ehe sie antwortete: «Es stimmt schon, dass David und Susanne gemeinsam das Haus verlassen haben. Aber es ist, wie die Silberschmiedin sagt: Eine Hochzeit in Italien ist der Grund.»

«Nun gut!», erwiderte die Hebamme, lehnte sich bequem zurück und verschränkte die Arme vor dem gewaltigen Busen. «Wir werden ja sehen, ob er wiederkommt, der Silberschmied. Das Kind jedenfalls wird kein glückliches, langes Leben haben.»

Priska konnte das geschwätzige Weib kaum noch ertragen. Das Schlimmste aber war, dass die Meisterin ihre Lüge nicht mehr lange aufrechterhalten konnte. Geb's Gott, betete Priska im Stillen, dass das Weib bald ein neues Opfer findet und sich nicht länger um die Geschehnisse in der Hainstraße bekümmert. Was soll sonst aus mir werden?

Um das Kind sorgte sie sich nicht. Zwar hatten Bärbe und die Hebamme seinen frühen Tod prophezeit, doch daran war nichts Ungewöhnliches. Ein Drittel aller Kinder starb, bevor sie das erste Jahr beendet hatten. Und mehr als ein Viertel starb, noch ehe sie die Kindheit hinter sich gelassen hatten. Sie hatte das Kind ans Licht der Welt geholt, alles andere lag nun in Gottes Hand.

Am Abend, die Frauen waren längst gegangen, und auch Johann von Schleußig hatte sich auf den Heimweg gemacht, waren nur noch Priska und Adam in der Küche.

Bärbe war gerade hinausgegangen, um die Essensreste in den Abfallgraben neben das Haus zu werfen. Die frei herumlaufenden Schweine würden sich daran gütlich tun. Regina aber nutzte Evas Erschöpfung, um sich aus der Kleidertruhe der Meisterin ein besonders schönes Kleid auszusuchen. Priska wollte sich verabschieden und in ihre Kammer gehen, als Adam sie zurückhielt.

«Priska, warte», sagte Adam leise und hielt sie dabei am Ärmel. «Du musst mir helfen.»

«Wobei? Die Beichte ist vorüber; Reimundus hat Euch Vergebung gewährt, den Ablassbrief habt Ihr bekommen. Oder etwa nicht?»

Adam schlug die Augen nieder.

«Doch, ja. Aber ich würde mich gern von ihm verabschieden. Ihn ein letztes Mal sehen und ihm Glück für die Zukunft wünschen.»

«Was? Ihr wollt Euren Liebsten besuchen? Am Tag vor der Verlobung? Nur wenige Stunden nach der Beichte?»

«Gott hat mir vergeben. Reimundus hat es bestätigt. Einem jeden, der Reue übt, wird vergeben.»

«Von Gott ja, aber nicht von den Menschen. Wir sind in Leipzig, Adam. Hier richtet nicht Gott, hier richten die Menschen. Seht den Ablass als Beginn eines neuen Lebens an, Adam. Lasst die Schuld hinter Euch. Ihr habt von Gott die Möglichkeit dazu bekommen.»

Adam schwieg. Er sah Priska nur an. In seinen Augen stand eine Leere, die Priska erschreckte.

Sie seufzte, dann schüttelte sie den Kopf. «Nein, Adam.

Ich kann Euch nicht helfen. Ihr habt wahrhaftig gegen den Dämon gekämpft. Sorgt dafür, dass er nicht mehr wiederkommt.»

So fest wie möglich sah sie ihn an.

«Warum?» Adams Frage kam als Flüstern.

Priska schüttelte wieder den Kopf. «Weil es ist, wie es ist. Eure Art der Liebe ist schlecht. Gott hat Euch nicht geschaffen, um einen Mann zu lieben und Eure Seele an ihn zu verschwenden. Mit einer Frau solltet Ihr sein. Kinder solltet Ihr haben. Das ist der Sinn der Liebe und der Ehe. Nichts sonst. Reimundus hat Euch reingewaschen von der Schuld. Ihr seid nun unbefleckt. Seht zu, dass Ihr es bleibt.»

«Du, Priska? Du redest so? Redest wie die anderen, die es nicht besser verstehen? Redest wie die, die nicht wissen, was Liebe ist?»

«Auch ich weiß nicht, was Liebe ist», erwiderte Priska, drehte sich brüsk um und verließ die Küche.

Sechstes Kapitel

In der Nacht, als die Stadt im tiefen Schlummer lag, erhellte plötzlich ein goldenes Licht ganz Leipzig. Das Licht kam von der Grimmaischen Straße her und krönte die Dächer der Häuser mit einem Heiligenschein. Der Turm der Nikolaikirche strahlte, als wäre die Gnade Gottes über ihn gekommen. Die Gnade jedoch währte nicht lange, denn schon quoll Rauch durch die Gassen wie ein großes dunkles Tier. Er schlüpfte in die Häuser, drang in die Gemächer, kroch unter die Bettdecken und am Ende gar in die Münder.

Gleich darauf begannen die Glocken aller Kirchen Sturm zu läuten.

Priska schreckte hoch. Sie sprang aus dem Bett, riss die Fensterläden auf – und konnte den Brand, den die Sturmglocken verkündeten, riechen.

Als sie sich aus dem Fenster beugte, sah sie, dass die Straße schon belebt war wie an einem Markttag. Die Zunftmänner rannten mit Eimern hin und her, schleppten Wasser vom städtischen Brunnen. Die Frauen hingen in den Fenstern oder standen in den Gassen beisammen, einen Umhang nur nachlässig über das Nachtgewand geworfen und die Nachthaube auf dem Haar. Aus allen Häusern, aus allen Gassen strömten Menschen. Manche husteten, andere beteten laut, die Dritten schlugen das Kreuzzeichen.

Dort, wo die Hainstraße auf den Marktplatz führte, hatte ein Flagellant ein Fass herangerollt und war darauf gestiegen. «Asche zu Asche», brüllte er und warf die Arme zum Himmel. «Asche auf das Haupt der sündigen Stadt. Wir alle sind Verdammte, die der Herr mit Feuer straft. In der Schrift steht geschrieben von den sieben apokalyptischen Reitern. Heute nun ist der letzte nach Leipzig gekommen. Hört, Ihr Leute, was in der Schrift geschrieben steht: Die Sonne wurde schwarz wie ein Trauerkleid, und der ganze Mond wurde blutrot. Wie unreife Äpfel fielen die Sterne vom Himmel. Alle Menschen versteckten sich in ihren Höhlen ...»

«Was ist los?», rief Priska nach unten zu den Frauen. «Woher kommt das Feuer?»

«Das Paulinerkloster steht in Flammen», wurde ihr zugerufen. «Alles brennt lichterloh!»

Priska traf diese Nachricht wie ein Schlag ins Gesicht. Reimundus hatte im Paulinerkloster Nachtlager gefunden. Und dort hatte er auch Adam die Beichte abgenommen. Nun stand das Kloster in Flammen. War das ein Zeichen?

Eine dunkle und schwere Ahnung stieg in ihr auf, nahm ihr die Luft. Es ist der Rauch, beruhigte sie sich. Nur der Rauch.

Dann sprang sie vom Bett und verließ ihre Kammer. Plötzlich hatte sie es eilig. Die Unruhe raste durch ihr Blut. Sie schlug mit beiden Fäusten gegen Reginas Tür. «Es brennt», schrie sie. «Wach auf, es brennt!»

Sie wartete nicht auf die Antwort, rannte weiter zur Kammer der Silberschmiedin, schlug auch dort gegen die Tür, eilte die Treppe hinunter zur Küche, doch Bärbe war nicht da, auch der Feuerknecht fehlte, sie rannte zurück, die Treppe hinauf, stolperte über den Saum des Nachtkleides, rappelte sich auf, nahm Stufe um Stufe, rang nach Atem dabei, kam endlich ins Obergeschoss, hämmerte an Bärbes Tür, dann an die des Feuerknechtes.

«Steht auf, steht auf. Es brennt.»

Sie wartete auch diesmal nicht, bis die Kammertüren sich öffneten, rannte zurück in die Küche, von dort über den Hof zur Werkstatt. Sie nahm die Eimer, drei Stück, obwohl sie nur zwei Hände hatte, und eilte damit auf die Straße. An den Frauen vorbei lief sie zum Brunnen, füllte die Eimer, eilte, schwankend unter der Last, zum Kloster.

Ein Mönch nahm ihr die Eimer ab, gab sie weiter, reichte ihr drei leere. Sie ergriff sie, kehrte zurück zum Brunnen, ließ die Eimer füllen, rannte zurück, atemlos, keuchend, hustend.

Stunden vergingen so. Priska erkannte nicht den Feuerknecht, der nun auch gekommen war, sah nicht Johann von Schleußig, der an der Wasserleitung aus Kiefernstämmen stand, die zum Brunnen des Klosters führte. Auch von den anderen Brunnen, die an den Röhren lagen und sich auf dem Marktplatz und am Brühl befanden, kamen die Helfer gerannt. Einer sagte: «Wie gut, dass unser Röhrenmeister Andreas Gentzsch erst im vorletzten Jahr diese Leitung gebaut hat.»

Priska hörte es, doch die Worte drangen nicht in ihr Bewusstsein.

Die Beginen, Frauen, die in klösterlicher Gemeinschaft miteinander lebten, saßen in der Nähe und versorgten die, denen der Rauch die Lungen gefüllt hatte, und die, die sich verbrannt hatten. Die Paulinermönche rannten kopflos hin und her.

Einmal hielt Priska inne, hielt einen von ihnen am Ärmel fest. «Reimundus, wo ist er?»

Der Mönch zuckte mit den Achseln, eilte weiter.

«Lebt er? Ist er dem Feuer entkommen?», schrie Priska hinter ihm her.

Der Mönch antwortete nicht. Priska hielt den nächsten fest, fragte wieder. «Er lebt», bekam sie zur Antwort. «Alle haben sich retten können.»

Plötzlich ging ein Schrei durch die Menge, so durchdringend, dass er den Lärm übertönte. Wie auf einen unsichtbaren Befehl hin blieben die Leute stehen, sahen nach dem Rufer.

«Dort kommt er», schrie ein Mann. «Dort geht der Verdammte!! Seinetwegen hat Gott das Feuer geschickt!»

Priskas Blicke folgten dem ausgestreckten Arm des Rufers. Adam! Er kam mit zwei Eimern über den Markt. Der Schrei lähmte ihm die Beine. Er blieb stehen, die Eimer an den Armen hängend, und sah zu dem Mann. Plötzlich flog der erste Stein. Adam zog den Kopf ein. Dann kam der nächste. Adam ließ die Eimer fallen, riss die Arme schützend über den Kopf. Der Stein traf die Hand, Adam schrie auf. Schon wieder kam ein Stein, und sogleich prasselte ein ganzes Geschwader Wurfgeschosse auf ihn nieder.

«Nein!», schrie Priska, riss einer Alten, die mit einem Holzscheit nach Adam zielte, die Hand herunter, dass die Alte aufschrie vor Schmerz.

«Nein!», schrie sie wieder, rannte zu Adam, stellte sich vor ihn, breitete die Arme aus. «Nein!»

Jetzt kam auch Johann von Schleußig, schützte Priska mit seinem Körper, barg Adam und das Mädchen hinter der Soutane.

«Wer ohne Schuld ist, werfe den ersten Stein», schrie er, so laut er konnte. «So steht es in der Schrift. Wollt Ihr Euch alle versündigen?»

Ein Stein kam, ein Holzscheit noch, dann wandten sich die Ersten ab, gingen zurück zum Brunnen.

«Ich bringe Euch nach Hause, Adam», sagte Johann von Schleußig, strich Priska sacht dabei über den Arm. «Bist du verletzt, Mädchen?»

Priska schüttelte den Kopf, doch sie log. Alles in ihr schrie vor Schmerz. Sie stand wie erstarrt, sah dem Priester hinterher, der dem Bruder der Silberschmiedin einen Zipfel der Soutane um die Schulter gelegt hatte, um anzuzeigen, dass Adam unter dem Schutze der Kirche stand.

Eine Begine kam, nahm Priska beim Arm. «Kommt, geht nach Hause, Fräulein. Ihr werdet nicht mehr gebraucht. Das Feuer ist fast erloschen. Geht, schlaft Euch aus. Ihr seht erschöpft aus.»

Priska nickte, ihre Arme waren plötzlich bleischwer, die Augen brannten, der Hals kratzte. Sie sah auf ihre Hände, die schwarz waren vom Ruß, wischte über das Gesicht, das sich schmierig anfühlte. Ein Stein hatte sie an der Brust getroffen. Behutsam strich sie über die wehe Stelle, doch sie spürte nur den rasenden Schlag ihres Herzens.

Sie rutschte in ihren Holzpantinen hin und her, vor Müdigkeit nicht mehr in der Lage, gerade Schritte zu machen. Ihre Schultern schmerzten, von den Knien lief Blut. Sie hatte nicht bemerkt, dass sie gestürzt war.

Langsam ging sie zurück zur Hainstraße, blind und taub vor Angst. Sie sah die Menschen nicht, die ihr nachschauten, sah auch die Hand nicht, die nach ihrem Arm griff. Sie hörte die Glocken nicht, nicht die Stimmen, die nach ihr riefen. Das Einzige, was sie hörte, war die Stimme in ihrem Inneren. Sie schlug die Hände über die Ohren, doch damit brachte sie sie nicht zum Schweigen. Es war nur ein einziger Satz, den die Stimme in ihr schrie: «Wenn das Paulinerkloster in der Nacht nach Adams Beichte brennt, so ist das ein Zeichen Gottes; er hat ihm nicht vergeben.»

Als sie vor dem Haus stand, sah sie nach oben zum Himmel. Ein erster zartrosa Schein mischte sich unter die Dunkelheit. «Komm, Morgenröte», flüsterte Priska. «Komm schneller als sonst.» Dann ging sie ins Haus, hielt sich schwer wie eine alte Frau am Geländer, fiel, schmutzig und nach Rauch riechend, wie sie war, auf das Bett, streifte nur die Holzpantinen von den Füßen. Dann faltete sie die Hände, um zu beten, doch bevor sie ihr Wort an Gott richten konnte, war sie schon eingeschlafen.

Am nächsten Morgen erwachte Priska mit dröhnendem Kopf. Noch immer trug sie das schmutzige Nachtkleid, die rußige Haube. Der Geruch des Brandes steckte in ihren Haaren, lag schwarz und schmierig auf der Haut. Sie schleppte sich hinunter zum Brunnen im Hof, schöpfte mit beiden Händen klares, kaltes Wasser und tauchte ihr Gesicht dort hinein. Dann füllte sie einen Zuber mit kaltem Wasser. Mit einer Wurzelbürste und vielen Seifenflocken schrubbte sie sich die letzte Nacht von der Haut, bis diese brannte wie Feuer. Die ganze Zeit über dachte sie an das Zeichen, das Omen. War es so, wie die Leute es gewertet hatten? War der Brand ein Zeichen dafür, dass Adam nicht vergeben worden war? Aber warum sollte Gott die Mönche strafen? Hätte er Adam treffen wollen, so hätte er sein Haus in Brand setzen müssen, überlegte Priska. Was also sollte das Zeichen bedeuten? Plötzlich kam ihr ein Gedanke. In jedem Ding steckt auch sein Gegenteil, dachte sie und lächelte.

Sie kam als Letzte zum Frühstück. Selbst der Feuerknecht, der als Brandwache bei den Paulinern ausgeharrt hatte, war schon da. Und auch Johann von Schleußig hatte sich eingefunden. Er hielt Evas Kind, trug es, als wäre es aus Glas, und stützte den kleinen Kopf dabei, der gänzlich in seiner großen Hand verschwand. Als er Priska sah, nickte er ihr voller Wohlwollen zu.

«Warst du beim Brand in der Nacht?», fragte Eva.

Priska nickte. «Die Silberschmiede muss zwei Männer stellen. Der Meister ist nicht da, also bin ich gegangen.»

Regina, die ausgeschlafen, mit rosigen Wangen und duftendem Haar am Tisch saß, sah ihre Schwester missmutig an. «Warum drängst du dich vor? Bist du ein Mann?»

«Nein», erwiderte Priska. «Ich bin ein Lehrmädchen wie du. Hätte die Meisterin gehen sollen?»

Priska nahm sich von der Grütze, dann berichtete sie: «Die Leute haben in dem Brand ein Omen gesehen. Adam sei nicht vergeben worden, heißt es, die Beichte umsonst. Mit Steinen haben sie nach ihm geworfen.»

Eva schüttelte den Kopf. «Unfug! Der Brand geschah aus Unachtsamkeit. Gott hat damit nichts zu tun.»

«Die Leute sind Adam ausgewichen. Sie haben Angst, dass auch sie Gottes Gnade einbüßen, wenn sie in seine Nähe kommen.»

Priska redete leise und beinahe gleichgültig, doch ihr Blick war fest auf das Gesicht der Schwester gerichtet. «Auch von dir war die Rede», log sie. «Eure Verlobung ist angeschlagen, die Leipziger wissen darum. Gebetet haben sie für dich, Regina. Gebetet, dass Gottes Zorn dich verschone, wenn du mit einem Verdammten vor den Altar trittst.»

Regina fuhr auf. In ihrem Gesicht stand die nackte Angst. «Ich ... ich will nicht verdammt sein.»

Priska legte eine Hand auf den Arm ihrer Schwester. «Du brauchst keine Angst zu haben. Nicht alles, was die Leute reden, stimmt auch so. Selbst, wenn alle meinen, eine Ehe mit Adam wäre dein Untergang, so musst du ihnen keinen Glauben schenken. Und auch den Mönchen nicht, von denen einer dir eine Kerze stiften möchte.»

Das war ebenfalls gelogen, doch Priska fühlte keine Schuld. In jedem Ding steckt auch sein Gegenteil. Für die einen war der Brand ein Unglück. Warum aber sollte er für sie nicht ein Glück sein?

«Du hast gut reden. Du musst dich nicht mit ihm verheiraten. Dir hat die Meisterin dies nicht geboten. Wie kann ich sicher sein, dass Gott mich nicht verdammt, wenn ich mit einem Sünder vor seinen Altar trete?» Regina hatte die Augenbrauen zusammengezogen, und in ihrer Stimme standen Anklage und Verzweiflung.

«Das ist wahr, Regina», fuhr Priska fort. «Eine Sicherheit auf Gottes Gnade hast du nicht.»

Regina rührte mit ihrem Holzlöffel und fahrigen Bewegungen in der Hafergrütze herum und sagte schließlich stockend: «Es ist nicht gut, dass das Kloster gebrannt hat. Es ist niemals gut, wenn ein Kloster brennt, aber dieser Brand ist ein Unglück.»

«Was meinst du damit?», fragte Eva. Sie setzte sich ganz aufrecht hin und straffte die Schultern. Ihre erhobene Hand, die den Löffel hielt, schwebte über dem Tisch.

«Jeder weiß, dass Gott das Feuer schickt, um die Menschen zu strafen. Das Feuer Gottes ist die Strafe für das Feuer der Lenden. Das sagt der Probst des Chorherrenstiftes, das sagt auch Bärbe und …»

«Was Bärbe sagt, interessiert mich nicht. Bärbe ist dumm. Auch auf das Gewäsch der Tratschweiber gebe ich nichts. Wissen will ich, was DU damit meinst, wenn du sagst, Gott habe das Feuer zur Strafe für unser Haus geschickt», beharrte Eva. Sie hatte die Stimme erhoben und schlug hart mit dem Löffel auf den Tisch. Die Anstrengungen der Geburt waren ihr deutlich ins Gesicht geschrieben, doch der Zorn ließ ihre Augen funkeln, färbte die Wangen rosig.

«Ich sage nur, was alle sagen.»

«Woher wollt ihr wissen, du und die anderen, dass Gott den Brand schickte? Kann es nicht auch ein Mensch gewesen sein, der das Feuer schlecht gehütet hat?», fragte Eva, und ihre Stimme wurde immer drohender.

Regina schüttelte den Kopf. «Das Feuer kam von Gott …» Sie machte eine Pause und sah von Priska zu Eva. «… und Gott hat das Feuer geschickt, um anzuzeigen, dass Adams Sünde nicht vergeben ist. Reimundus hat nichts bewirkt. Gegen Todsünden helfen weder Beichte noch Ablass.»

Sie hatte die Worte laut und deutlich gesagt, trotzig beinahe. Doch die Angst, die in ihr erwacht war, war zwischen den Worten durch die Kehle geschlüpft, flackerte in ihren Augen und ließ die Lippen zittern. «Adam ist verdammt», flüsterte sie.

Eva sprang auf, und einen Moment lange glaubte Priska, sie wolle sich auf die Schwester stürzen. Doch Johann von

Schleußig stellte sich ihr in den Weg. Noch immer trug er den Säugling im Arm.

«Lasst das Mädchen», beschwichtigte Johann von Schleußig. «Sie sagt nur, was die ganze Stadt redet. Gerüchte ziehen wie Wolfsrudel durch die Gassen. Ein jeder weiß, was Adam vorgeworfen wird. Ein jeder weiß auch von der Hochzeit. Das Aufgebot ist öffentlich angeschlagen. Viele wussten von der Teufelsaustreibung, andere haben gesehen, dass er bei Reimundus gebeichtet hat. Nun, danach hat der Beichtstuhl im Kloster gebrannt. Wie sollen sich die Leute den Brand erklären? Sie reden, wie sie es verstehen. Für sie ist das Feuer eine Strafe Gottes, ein Zeichen auch, dass Adam nicht vergeben ist. Sein Leben steht erneut auf dem Spiel. In ihrer Angst fordern die Leute seinen Tod. Wenn die Hochzeit nicht zustande kommt, ist er verloren.»

«Unfug!» Das Wort knallte durch den Raum wie ein Peitschenschlag. Eva schlug dazu mit der flachen Hand so hart auf den Tisch, dass das Geschirr hüpfte.

«Vater unser, der du bist im Himmel …», betete Bärbe laut.

«Ruhe!», donnerte Eva. Bärbe verstummte, sackte zusammen, faltete die Hände im Schoß und bewegte lautlos die Lippen.

«Ich verbiete, dass in meinem Haus solche Lügen erzählt werden», befahl Eva. Sie war blass geworden. «Kein Wort mehr will ich hören über den Brand und die Strafe Gottes.»

Regina senkte den Blick. Sie zog aus ihrer Rocktasche einen Rosenkranz und begann leise zu beten.

«Hör auf mit dem Unsinn», herrschte Eva sie an, riss an

der Kette. Die Kette zersprang, und die Perlen ergossen sich über den Boden.

Regina sah ihre Meisterin an. In ihren Augen stand Entsetzen. «Erst der Brand, nun der Rosenkranz», krächzte Bärbe und zog ihr Brusttuch fest zusammen. «Noch ein schlechtes Zeichen, noch ein böses Omen.»

Regina sprach kein Wort. Priska stand auf, kniete auf dem Boden, sammelte Perle für Perle zusammen.

Der Feuerknecht schob seine Schüssel mit Grütze zur Seite, stand auf. «Ich gehe in die Werkstatt und heize die Brennöfen ein.»

Mit einem lauten Knall schlug die Tür hinter ihm ins Schloss. Bärbe bewegte noch immer die Lippen, aber Priska sah, wie ihre dunklen, schmalen Äuglein aufmerksam von Eva zu Regina und wieder zurück huschten. Regina sah auf die Tischplatte und schluckte. Ihre Hände lagen im Schoß, hatten sich ineinander verkrallt.

«Sieh mich an!», befahl Eva.

Regina gehorchte ganz langsam, schüttelte den Kopf dabei.

Ihre Hand blieb unter dem Tisch, zeigte Hilfe suchend in Priskas Richtung. Doch Priska ließ die Hand der Schwester ins Leere fassen.

Eva und Regina maßen einander mit Blicken. Schließlich wagte Regina sich vor: «Ich werde Adam nicht heiraten. Tue ich es, so bin auch ich verdammt.»

Ihr Blick war trotzig und entschlossen. Eva fuhr hoch, griff nach Regina und schüttelte sie. «Du wirst Adam heiraten. Das befehle ich dir! Ich lasse nicht zu, dass er auf dem Scheiterhaufen landet! Hast du mich verstanden, Regina?»

Regina riss sich los, stand auf und ging zwei Schritte

rückwärts, sodass sie die Tür hinter sich hatte. «Ihr könnt mich nicht zwingen», erklärte sie mit fester Stimme. «Ihr seid zwar mein Vormund, Meisterin. Wenn ich aber zu den Augustiner Chorherren gehe und sage, dass ich nicht verdammt sein will, so werde ich bei ihnen auf Verständnis stoßen.»

«Heiratest du Adam nicht, so schicke ich dich zurück in die Vorstadt.»

«Das könnt Ihr nicht, Meisterin. Ihr habt uns aus der Vorstadt geholt und seid nun verantwortlich für uns. Für uns und für unser Seelenheil.» Mit diesen Worten öffnete Regina die Tür und schlüpfte hinaus.

«Sie hat Recht», sagte Johann von Schleußig. «Eva, Ihr könnt sie nicht zurückschicken. Und Ihr könnt sie auch nicht zwingen, Adam zu heiraten. Die ganze Stadt wäre auf ihrer Seite, würdet Ihr es versuchen. Mehr Schaden als Nutzen brächte ein Zwang.»

«Und nun? Was soll nun werden? Was wird mit Adam? Priester, Ihr dürft nicht zulassen, dass er auf den Scheiterhaufen kommt. Ihr müsst mit den Leuten reden, müsst ihnen von der Kanzel aus zurufen, dass der Brand nicht von Gott für Adams Sünden geschickt worden ist.»

Johann von Schleußig schüttelte den Kopf. «Das kann ich nicht, Eva. Und Ihr wisst es.»

«Dann», sagte Priska leise, aber mit fester Stimme und erhob sich, «werde ich an Reginas Stelle vor den Altar treten und Adams Frau werden.» Das Lächeln auf ihrem Gesicht war offen und unschuldig.

«Tu es nicht, ich bitte dich. Tu es nicht; du bist doch meine Schwester, mein Zwilling. Wir haben eine geteilte Seele.»

Regina hatte beide Hände Priskas gegriffen; ihr Gesicht war nass von Tränen.

Priska machte sich los, strich mit der Faust die Tränen vom Gesicht der Schwester. «Wenn du dich nicht an dein Wort hältst und Adam heiratest, so werde ich mit ihm vor den Altar treten.»

«Das kannst du nicht, darfst du nicht», flüsterte Regina. «Er ist verdammt. Wirst du seine Frau, bist auch du verdammt. Und ich mit dir, weil wir zusammengehören.»

«Dankbar solltest du mir sein, dass ich dir die Hochzeit abnehme und Eva dich nicht zwingen muss.»

Priska wandte ihrer Schwester den Rücken zu und ging zum Fenster. Auf den Gassen der Stadt war alles wie immer. Die Mägde standen am Brunnen und tratschten. Händler schoben ihre hölzernen Karren, beladen mit Kohlköpfen, Fässern und Holz, zum Markt. Ein Scherenschleifer kam um die Ecke und bot lauthals seine Dienste an. Zwei magere Katzen balgten sich um ein Stück schimmeligen Brotes. Die Sonne schien, der Wind hatte die Erinnerung an den Brand längst aus der Stadt getrieben.

«Du verzichtest plötzlich auf Kutsche und Mandelmilch, auf weißes Brot und ein gutes Leben?», fragte Priska und hörte selbst den leisen Hohn in ihrer Stimme.

«Darum geht es nicht. Es geht um unser Seelenheil», erwiderte Regina und schluchzte.

«Dein Seelenheil hat dich einen Dreck gekümmert, als du die Kutsche und die süße Milch vor Augen hattest. Und mein Seelenheil war dir schon immer gänzlich gleichgültig.»

«Warum? Sag mir, warum du ihn heiraten willst?»

«Wir stehen in der Schuld der Silberschmiedin. Sie hat

uns vor der Vorstadt gerettet. Verdammt gewesen wären wir, hätte sie uns nicht vom Henker geholt. Nun müssen wir die Schuld begleichen. Eine von uns muss Adam heiraten, sonst stirbt er auf dem Scheiterhaufen.»

Das war nicht die ganze Wahrheit, vielleicht noch nicht einmal die halbe. Priska wusste es, aber sie hatte Regina immer nur das anvertraut, was diese unbedingt wissen musste.

«Die Schuld begleichen mit unserem Seelenheil?», fragte Regina. Sie stellte sich neben Priska ans Fenster, griff nach ihrer Hand. «Nein! Das kann niemand verlangen. Auch die Meisterin nicht.»

Wieder entzog sich Priska. «Was redest du da von Seelenheil?», fragte sie leise. Sie konnte die Verächtlichkeit, die schon wieder unter ihren Worten lag, auch diesmal hören. «Du, Regina? Wann hast du dich je um dein Seelenheil gekümmert? Du hast mit der halben Stadt gehurt, du hast gelogen und betrogen, warst neidisch und der Völlerei zugetan. Hast du jemals nach meinem Teil unserer gemeinsamen Seele gefragt? Nein. Nun, jetzt wirst du dich abfinden müssen mit dem, was ich tue. Ich werde Adam heiraten.»

Sie drehte sich halb, sodass sie der Schwester ins Gesicht sehen konnte. «Ich werde Adam nicht nur heiraten, sondern ich werde obendrein glücklich werden mit ihm. Und dies mit ganzer Seele.»

Regina blieb stumm. Sie hat Angst, dachte Priska. Sie hat wahrhaftig Angst. Ein tiefes Gefühl der Befriedigung überkam sie. Endlich und zum ersten Mal hatte sie das Gefühl, etwas für sich selbst entschieden zu haben. Regina gegenüber hatte sie kein schlechtes Gewissen. Regina wäre mit Adam niemals glücklich geworden und er nicht mit ihr.

Sie aber, da war sie sich sicher, war die Richtige für Adam. Sie brauchte keinen Mann, der ihr den Kopf verdrehte und den Schoß in Brand setzte. Sie wollte nicht das kennen lernen, was die anderen die Wollust nannten und worüber sie kichernd hinter vorgehaltener Hand schwatzten. Mit kühlen Blicken maß sie Regina, die immer noch vor ihr stand und die Hände rang. Zum ersten Mal in ihrem Leben hatte sie Mitleid mit der Schwester.

«Geh!», sagte sie. «Geh hinunter in die Werkstatt. Dort wirst du gebraucht. Die Meisterin ist noch ein wenig schwach von der Geburt. Ich aber muss mich vorbereiten für die Hochzeit.»

Am Abend, nachdem die Silberschmiedin das Kind gestillt hatte, saßen sie in der Küche beim Mahl. Eva wirkte erschöpft und resolut zugleich.

«Der Innungsmeister der Gold- und Silberschmiedezunft war heute bei mir», begann sie. «Er hat die Werkstatt aus der Zunft gestoßen, solange kein Meister da ist.»

«Das ist nicht rechtens», begehrte der Feuerknecht auf. «Der Meister ist erst gut drei Monate fort. Eine Reise nach Italien braucht seine Zeit.»

«Nun, er hat Erkundigungen eingezogen, sagt er. Zur Fastenmesse hat er die Händler aus Italien nach dem Meister und Susanne gefragt. Er weiß nun, dass die beiden nicht in Florenz sind. In den Zunftregeln steht geschrieben, dass eine Frau keine Silberschmiede führen darf. Ich aber hatte mich ohnehin entschlossen, die Werkstatt zu schließen.»

«Und nun? Was geschieht nun?», fragte Regina leise.

Eva lächelte ohne Bitterkeit. «Ich werde die Werkstatt

aufgeben. Meine Anteile an den Silberbergwerken im Erzgebirgischen reichen für ein gutes Leben.»

«Ja, ja, aber was wird mit mir?», fragte Regina.

Eva lächelte immer noch. Sie sah Regina an, als sei sie
eine Fremde. «Die Zunft verweigert euch beiden die Gesel-
lenbriefe, weil der Meister fehlt und ihr keine Männer seid.
Oder dachtest du etwa, du könntest allein auf Wanderschaft
gehen? Keine ehrbare Herberge würde dich aufnehmen,
kein Meister dich anstellen. Priska hat einen Bräutigam, du
aber wirst dich ebenfalls verheiraten müssen. Der Feuerknecht, Dietmar, würde dich nehmen. Für sein Auskommen ist gesorgt; er wird in einer anderen Werkstatt arbeiten. Der neue Meister ist mit der Heirat einverstanden,
wenn du in seinem Hause als Magd arbeitest. Nun, wenn du
dich geschickt anstellst, kann es durchaus sein, dass auch du
hin und wieder in der Goldschmiedewerkstatt mithelfen
kannst.»

Regina streifte den Feuerknecht, der errötet war und ihr
zaghaft zulächelte, mit einem wütenden Blick. «Das könnt
Ihr nicht machen», sagte sie.

«Doch», erwiderte Eva. «Das kann ich, und das weißt du
auch. Priska und du, ihr seid meine Mündel. Ich bin verpflichtet, für euch zu sorgen. Gehst du nicht mit Dietmar, so
kannst du dein Bündel packen und deiner Wege gehen.
Meine Aufgabe als Vormund ist erfüllt.»

In Evas Gesicht stand Genugtuung. Der Feuerknecht,
der wohl gut 20 Jahre älter war als Regina und zudem nur
noch einen einzigen Zahn im Mund hatte, war die Strafe
dafür, dass Regina in Adam einen Verdammten sah, den sie
nicht hatte heiraten wollen.

Alle am Tisch sahen zu Regina. Ihr Gesicht war rot ge-

worden. Auf ihrer Stirn hatte sich eine dicke blaue Ader ge-
bildet. Ihre grauen Augen sprühten Funken.

«Gut», sagte sie schließlich langsam und betonte das U
dabei. «Guuut, ich werde tun, was Ihr verlangt. Aber ich
sage Euch, Ihr werdet es bereuen.»

Die Silberschmiedin zuckte gleichgültig mit den Achseln. In ihrem Gesicht stand noch immer dieses merkwür-
dige, neue Lächeln, das nicht frei von Bosheit oder Häme
war.

«Solltest du uns Ärger machen, Regina, so sei sicher,
dass wir uns unserer Haut zu wehren wissen», erwiderte sie
mit fester Stimme. «Vergiss nie, dass du zwar nun in der
Stadt wohnst, aber den Geruch der Vorstadt, den Gestank
der unehrlichen Leute noch in den Kleidern trägst. Was immer du sagst, mein Wort wird schwerer wiegen als deines.»

Priska sah, wie Regina bei diesen Sätzen erstarrte. Ihre
Arme hingen steif wie Stöcke neben ihrem Körper. Einzig
der Busen, der unter dem Brusttuch wogte, verriet, was in
ihr vorging.

Eva lehnte sich zurück, trank in großen Schlucken vom
Würzwein, der Feuerknecht strich mit einer Hand über sein
Wams. Die andere Hand kroch über den Tisch, um nach
Regina zu fassen, doch der Blick, den sie ihm zuwarf, ließ
ihn zurückfahren.

Niemand hatte auf Bärbe geachtet, die die ganze Zeit geschwiegen hatte. Doch nun hob die Magd die Hände, hielt
schon wieder den Rosenkranz und begann laut zu beten:
«Liebster Herr, süßer Jesus, halte deine Hand über dieses
Haus und schütze uns alle. Befreie Regina vom Dämon der
Rache. Lass nicht zu, dass sie uns alle ins Unglück stürzt,
weil sie nicht in Mandelmilch baden kann. Schütze auch

Priska, oh, süßer Herrgott. Gib ihr die Kraft, den Sündigsten aller Sünder auf den Pfad der Tugend zurückzuführen.

Und du, heilige Maria, Mutter aller Mütter, halt deine Hand über die Meisterin und ihren Sohn, dem der Tod in die Wiege gelegt ward. Halte deine Hand über dieses Haus der Sünder, vergib ihnen ihre Schuld, wie auch sie vergeben müssen den Schuldigen.»

Vor lauter Inbrunst fiel sie auf die Knie. Ihre Augen waren geschlossen, den Rosenkranz hielt sie so fest zwischen den Fingern, dass ihre Knöchel weiß hervortraten. «Lieber Gott, Allmächtiger Herr, ich bitte für dieses Haus. Vertreibe die bösen Mächte von hier. Beschütze mich, deine Tochter, die niemals etwas Böses getan oder gewollt hat. Weder in Worten noch in Taten. Hole mich hier weg vom Hort des Unglücks und …»

Plötzlich sprang Eva auf. Der Stuhl fiel hinter ihr zu Boden. Sie stürzte zu Bärbe, holte aus und versetzte der Magd eine so schallende Ohrfeige, dass diese aufheulend nach hinten fiel, den Rosenkranz noch immer in den nach oben gereckten Händen. «Komm, Herr, schütze uns», kreischte Bärbe wie eine Irrsinnige. «Lass nicht zu, dass der Dämon des Hauses auf meine Seele übergreift, bewahre mich vor dem Gift, welches in den Herzen der anderen wohnt.»

Wieder holte Eva aus, und eine zweite Maulschelle klatschte in das Gesicht der Magd. Das Weib schrie nun, als würde es am Spieß stecken. Eva nahm den gefüllten Wassereimer, der neben der Kochstelle stand, und goss ihn Bärbe schwungvoll ins Gesicht.

Die Magd schüttelte sich, saß mit tropfendem Haar und klatschnassen Röcken auf dem Küchenboden und hielt noch immer den Rosenkranz in den Händen.

«Steh auf, Weib, und wisch das Wasser weg», herrschte Eva sie an. «Wenn du hier nicht mehr bleiben willst, kannst du dein Bündel schnüren und gehen. Eine Magd wie dich finde ich an jeder Straßenecke.»

Die Magd schüttelte sich noch einmal, dann seufzte sie, rappelte sich auf die Knie und wischte mit dem Kleid den Boden auf.

Der Feuerknecht aber, der alles mit großen Augen angesehen hatte, stand auf, räusperte sich und murmelte leise vor sich hin: «Zeit wird es, dass ein Mann in dieses Haus kommt und das Zepter schwingt. Es ist nicht gut, wenn zu viele Weiber beieinander sind. Wo viele Weiber sind, da hat der Teufel ein Zuhause.»

Eva aber straffte die Schultern und verließ die Küche.

Siebtes Kapitel

Die Sonne sandte heiße Strahlen an diesem Junitag auf die Erde. In der Nacht noch hatte es geregnet. Jetzt dampften die gepflasterten Gassen, und die kleine Hochzeitsgesellschaft watete wie durch einen Nebel.

Der Weg von der Hainstraße über den Markt, ein Stück die Grimmaische entlang und schließlich zum Nikolaikirchhof, war mit Neugierigen gesäumt.

Gewöhnlich begleitete Jubel die Brautpaare zur Kirche. Doch dieses Mal wurde keine Mütze in die Luft geworfen, keine Blume über den Weg gestreut, kein guter Wunsch Adam und Priska hinterhergerufen.

Stumm ging der klägliche Zug, angeführt von einer blassen Braut, die unter der roten Paste, die sie sich ungeschickt auf Wangen und Mund gestrichen hatte, wie eine Jahrmarktsgauklerin ausschaute. Der Bräutigam ging mit leerem Blick und starrem Lächeln neben ihr, stolperte durch die Gassen, als kenne er seine Füße nicht.

Eva grüßte lauthals nach allen Seiten, forderte mit starrem Blick den Gegengruß heraus.

Als sie am Zunfthaus der Goldschmiede vorübergingen, warf Eva den Kopf trotzig in den Nacken und stimmte ein Lied an. Die Zunft hatte niemanden geschickt, der den Brautzug begleitete. Ausgestoßene waren sie, aber gehört werden wollten sie. Eva sang so laut sie konnte, brüllte durch das offene Fenster direkt ins Zunfthaus hinein.

Priska hatte Mühe, einen Fuß vor den anderen zu setzen. Evas Gesang machte alles noch viel schlimmer. Die Stille der anderen dröhnte in ihren Ohren, wurde durch Evas Lied erst recht unerträglich.

Auch die Professoren der Universität kamen nicht zur Hochzeit ihres Studiosus Medicus. Nur die Lechnerin reihte sich mit ihrem Mann hinter Eva, Regina und dem Feuerknecht ein.

Als sie die Kirche erreicht hatten, atmeten alle auf. Johann von Schleußig erwartete sie, führte Priska nach vorn zum Altar, während Eva den Bruder brachte.

Der Priester sprach die Formel, das Ehegelöbnis. Braut und Bräutigam sprachen nach, legten die Hände ineinander.

Nun waren sie Mann und Frau. Nun hätten sie die Kirche, an deren Tür sich die Gaffer drängten, verlassen können. Nun hätte auch Bärbe die Hände vom Kopf nehmen können, denn die Kirche war nicht über ihnen eingestürzt. Doch Johann von Schleußig war noch nicht fertig. Eine Rede hielt er, sprach, als der Zunftmeister hätte sprechen sollen.

«Ich spreche nicht von Gott», sagte, nein, donnerte er durch das Kirchenschiff, sodass auch die Gaffer an der Tür zusammenzuckten. «Ich spreche nicht von der Bibel, nicht von der Kirche oder gar dem Teufel. Ich spreche zu euch, Menschen, und ich spreche über Menschen, darüber, wie ihr einander richtet. In der Schrift steht: Der ohne Schuld ist, werfe den ersten Stein. Wir alle aber sind nicht frei von Schuld. Suchen sollten wir nicht nach dem Splitter im Auge des anderen, sondern nach dem Balken, der uns den Blick verstellt. Wir alle sind Kinder unserer Zeit, wir alle sind Kinder Gottes. Gemacht nach seinem Ebenbild. Und wir wollen uns unserem Schöpfer würdig erweisen und uns der neuen Zeit gewachsen zeigen.»

Johanns Worte zeigten Wirkung. Die Schultern strafften sich, die Mundwinkel zeigten nach oben, als die kleine Gesellschaft die Kirche verließ.

Einer stand vor der Tür, noch nicht lange Meister in der Gold- und Silberschmiedezunft, der warf seinen Hut in die Luft und klatschte. Die Lechnerin stimmte ein, schlug die Hände gegeneinander, bis sie brannten. Dann die Magd von nebenan, der Eva hin und wieder ein Ei geliehen hatte, die Wäscherin, die früher in Diensten gewesen war, der Bäckermeister, ein Lehrbube. Andere verzogen die Gesichter und wandten sich ab. Sie waren gekommen, um sich am Unglück des Brautpaares zu weiden und darüber das eigene zu vergessen. Damit hatten sie keinen Erfolg gehabt. Ein kleines bisschen Glück war unbemerkt in die Gesellschaft geschlüpft.

Eva hatte den großen Saal des Rathauses für die Feier gemietet. Und sie hatte eingeladen, als wäre es das letzte aller Feste. Alle Handwerker der Zunft, die Geistlichen des Chorherrenstiftes, die Kaufleute, Studenten und Professoren, Ratsherren, Ärzte, Advokaten. Und die meisten waren gekommen. Die Neugier hatte sie angetrieben.

Der große Raum war erfüllt vom Duft der üppigen Blumengestecke, vom Rauch der echten Bienenwachskerzen und den Duftwässern der Männer und Frauen. Die Tafeln bogen sich unter den leckersten Gerichten. Braten vom Schwein und vom Rind, Wildbret und Fisch, Früchte, acht

Sorten Brot, dazu Käselaiber, die so groß waren wie Fassdeckel, geräucherte Würste, knackige Schinken und allerlei Kuchen. Eva hatte die beste Gastwirtschaft der Stadt beauftragt, das Hochzeitsmahl zu richten. Fässer mit Wein waren herbeigerollt worden, gewürztes Bier in Hülle und Fülle. Auch die Musikanten, die Stadtpfeifer, waren erschienen und spielten nach dem Essen zum Tanz.

Priska aber fühlte sich unwohl auf diesem Fest zu ihren Ehren. Sie wagte kaum zu lächeln. Sie kannte weder die Tänze, die gespielt wurden und bei denen die Paare sich in Quadraten zusammenfanden, knicksten und sich geziert bewegten, noch die Lieder, die gesungen wurden und keineswegs so derb waren wie die Lieder der Vorstadt oder die Küchenlieder der Mägde. Von den Speisen hatte sie noch fast gar nichts gekostet.

«Da, nimm dir davon», forderte Eva sie auf und deutete auf einen großen, sattgelben Kuchen. «Er ist mit Safran gebacken. Und nimm auch von den Ingwerstäbchen.»

Priska nahm ein solches Stäbchen, biss vorsichtig hinein und hätte sich am liebsten geschüttelt. Noch nie hatte sie etwas mit Safran oder Ingwer gegessen.

Auch die Geschenke bereiteten ihr mehr Angst als Vergnügen. Wozu in aller Welt brauchte man diese Gabeln, die der Zunftmeister als das Neueste aus Florenz gepriesen hatte? Was tat man damit? Gegessen wurde mit dem Löffel, geschnitten mit dem Messer. Was denn sonst? Sie schüttelte leise den Kopf und seufzte. Wo in aller Welt war sie hier hingeraten? War sie überhaupt in der Lage, eine Arztgattin zu werden? Mein Gott, ich bin doch nur eine Henkerstochter, dachte sie unglücklich.

Doch bevor sie sich darüber noch mehr Gedanken machen konnte, war schon die Zeit gekommen, sich zu verabschieden. Nun würde sie mit Adam in ihr neues Reich einziehen und mit ihm die Hochzeitsnacht verbringen.

Ihre wenigen Sachen hatte Priska schon am Tage zuvor gepackt: zwei Kleider, zwei Paar Holzpantinen, Nachtwäsche, einen Umhang und eine Haube, für den Winter ein Paar einfache Lederschuhe, einen Kamm aus Horn, eine Bürste. Das waren schon alle ihre Habseligkeiten gewesen, sie hatten die Kleidertruhe, eine schlichte Kiste aus einfachem Holz, noch nicht einmal zur Hälfte gefüllt. Nachdenklich stand Priska vor ihrem kleinen Besitz. Ob Eva, die ja nun bald ihre Schwägerin war, ihr wohl ein Betttuch leihen würdest? Sie hatte den Gedanken noch nicht zu Ende gedacht, als es an ihrer Kammertür klopfte und Eva hereinkam.

«Du bist schon fertig mit packen?», fragte sie.

Priska nickte. «Mehr habe ich nicht.»

Eva ließ sich auf das Bett fallen und begutachtete die wenigen Sachen. Dann stand sie auf. «Komm mit», sagte sie. «Ich möchte dir deine Aussteuer geben.»

«Meine Aussteuer?»

Eva lachte auf. «Natürlich. Deine Aussteuer. Du warst mein Mündel, hast einen Anspruch darauf.»

Sie griff nach Priskas Hand, zog das Mädchen an sich. Ohne es zu wollen, machte Priska sich steif. Der Kuss fiel ihr ein. Sie war jetzt bald eine verheiratete Frau, würde durch den neuen Stand geschützt. Jetzt konnte Eva sie küssen. Es würde ein Kuss unter Schwägerinnen sein. Doch Eva hob nur die Hand, strich Priska eine Haarsträhne aus dem Gesicht. «Du musst jetzt du zu mir sagen und mich beim Vornamen nennen. Wir sind ab morgen Verwandte», sagte sie und umfasste Priskas Gesicht mit Blicken. Dann zog sie das Mädchen doch an sich und strich ihr flüchtig über den Rücken.

Als sie Priskas Verlegenheit bemerkte, lachte sie ein bisschen. Dann nahm sie sie bei der Hand und zog sie in ihre Kammer. Dort öffnete sie eine Truhe, nahm Leinenzeug heraus, Wäsche, ein Kleid. «Da, nimm, es gehört dir», sagte sie, packte Priska die Sachen auf den Arm, öffnete eine andere Truhe, nahm Bettzeug und Tischtücher, einen Umhang aus Kaninchenfell und eine warme Haube heraus, wühlte in einem kleineren Kasten, legte Haarbänder, einen Reif, zwei feine Gürtel und einen kleinen bestickten Beutel dazu. Aus einer dritten Truhe zog sie noch eine warme Decke, die mit Marderfell abgesetzt war, zwei Kissen, zwei Leuchter und eine Schale hervor, packte alles auf Priskas Arme, sodass das Mädchen fast ganz darunter verschwand. Eva lachte: «Wir müssen noch eine Kleidertruhe holen, damit du dein Hab und Gut unterbringen kannst.»

Sie nahm Priska die Sachen wieder ab, legte sie auf das Bett, räumte eine ihrer Truhen, die aus kostbarem Holz und mit aufwändigen Schnitzereien versehen war, aus und stapelte Priskas neue Sachen dort hinein.

Priska stand daneben, sagte kein Wort. Sie betrachtete die Sachen und wusste nicht, ob sie sich darüber freuen durfte. «Sind das alles Geschenke?», fragte sie leise.

«Aber ja, natürlich. Was dachtest du denn?», fragte Eva verblüfft zurück.

Priska zuckte mit den Achseln. «Mein Lohn», wollte sie sagen, doch sie schwieg, lächelte zaghaft, half dann beim Packen, strich sanft über den Fellrand der Decke, zog mit dem Finger die Stickereien auf dem Gürtel nach, hielt sich das Kleid an, setzte den Reif auf das Haar. Eva sah zu, sonnte sich im Licht ihrer Großzügigkeit.

«Du wirst es gut haben bei Adam», sagte sie. «Er wird dir vielleicht nicht der Ehemann sein, von dem die jungen Mädchen träumen. Aber er wird besser sein als die Ehemänner, die die meisten jungen Mädchen am Ende bekommen.»

«Ich weiß», sagte Priska.

Am nächsten Morgen, dem Hochzeitsmorgen, wartete Eva bereits auf sie. Priska wurde in duftenden Ölen gebadet, das Haar wurde über ein Lockenholz gezogen, zum Schluss half Eva ihr das Kleid anzuziehen. Es war aus leichtem, hellgrünem Stoff und fiel in edlen Falten bis auf den Boden. Um den Ausschnitt herum trug es einen Besatz aus Samt.

«Gefällst du dir?», fragte Eva.

Wortlos nickte die Braut. Dann ertönten schon die Glocken von St. Nikolai und riefen zum Gottesdienst.

«Wir müssen gehen», sagte Eva. «Bist du aufgeregt?»

Priska zuckte die Achseln. Alles, was in den letzten Tagen mit ihr geschehen war, war ihr so fremd, dass sie gar nicht mehr wusste, was sie fühlte. Doch dann fiel ihr etwas ein.

«Was ist mit Regina?», fragte sie.

Eva runzelte die Stirn. «Sie ist in der Küche. In die Kirche kann sie mitkommen, auf dem Fest hat sie nichts verloren. Dietmar braucht sein Abendmahl, und Bärbe wird im Rathaus gebraucht. Es ist nur recht, dass sie sich um das Wohl ihres Bräutigams kümmert. Besser, du verabschiedest dich jetzt von ihr.»

Priska nickte. So wäre es auch gewesen, wenn Regina

heute ins Haus des baldigen Stadtarztes gezogen wäre. Sie hätte das Mahl für Dietmar richten müssen, und Regina hätte nicht einmal nach ihr gefragt.

«Dann gehe ich jetzt in die Küche zu ihr», sagte sie leise.

«Eile dich», sagte Eva.

Priska lief die Stufen vom ersten Stockwerk bis hinunter in die Küche. Zum letzten Mal musterte sie das Bord mit dem blauen Tongeschirr, das für die Woche galt, die Kochstelle mit dem Holzstapel daneben, den großen Tisch, den sie noch gestern mit Sand gescheuert hatte, und die Wandbänke, die mit einfachen Fellen bedeckt waren. Zum letzten Mal ärgerte sie sich darüber, dass die Tür zur Vorratskammer aufstand, sodass die Feuchtigkeit hineinkriechen und die Würste mit einer weißen Haut überziehen konnte. Und zum letzten Mal stand sie ihrer Schwester als Schwester, ein Lehrmädchen dem anderen, gegenüber.

«Gott schütze dich, Regina», sagte sie.

Regina ließ den Kochlöffel sinken, betrachtete das neue Kleid, fuhr über den Stoff von Priskas Umhang. «Hast du die Sachen von der Silberschmiedin?», fragte sie.

«Ja. Eva hat mir gestern eine Aussteuertruhe gepackt. Hast du die Träger nicht gehört, die sie abgeholt haben?»

«Nennst du sie so? Eva?», fragte Regina zurück.

«Sie ist nun bald meine Schwägerin, die Schwester meines Ehegatten.»

Regina nickte, dann drehte sie sich gleichmütig um und rührte weiter in dem Kessel.

«Ich wollte mich von dir verabschieden, Regina.»

Die Schwester nickte. «Ja. Lass es dir gut gehen im Haus des Stadtarztes.»

«Willst du mir kein Glück wünschen?», fragte Priska.

Regina fuhr herum, den Kochlöffel wie eine Waffe in der Hand. Ihre Augen funkelten. «Ich wünsche dir das Glück, das du verdienst», sagte sie mit klirrender Stimme, dann wandte sie sich erneut dem Kessel zu und rührte so heftig darin, dass die Suppe zischend auf das Feuer spritzte.

Priska stand noch einen Augenblick, streckte die Hand nach Regina aus, doch dann ließ sie sie sinken, zuckte mit den Schultern, drehte sich um und ging zur Tür hinaus.

Nun war das Hochzeitsfest vorbei, aus Priska war die Kopperin geworden. Nachdem das Abendgebet verklungen war, segnete Johann von Schleußig das Ehebett. Eva stand daneben, brachte gute Wünsche aus. So war es Sitte, so wollte es der Brauch. Eigentlich hätte die ganze Gesellschaft dabei sein sollen. Es hätte derbe Scherze gegeben, zotige Witze und Gelächter. Doch Adam hatte – in Anbetracht seiner Lage – darauf verzichtet und die Gäste noch im Rathaussaal verabschiedet.

Nun stand er neben Priska, beide hielten die Köpfe gesenkt und wagten nicht, auf das weiße, unberührte Laken zu blicken.

Schließlich waren sie miteinander allein. Adam räusperte sich. «Es ist Zeit zum Schlafen», sagte er, trat auf Priska zu und drückte ihr einen Kuss auf die Stirn. «Es war ein anstrengender Tag. Ich wünsche dir eine gute Nacht und schöne Träume.» Mit diesen Worten wollte er sich umdrehen und gehen, doch Priska hielt ihn am Arm fest. «Wohin willst du? Die Nacht hat gerade erst begonnen. Im Rathaus feiern die Gäste noch immer, und auch in den umliegenden Häusern brennt noch Licht. Nicht einmal die Bauern gehen zu so früher Stunde schlafen.»

«Nun», räusperte sich Adam erneut. «In meine Kammer wollte ich. Sie liegt gleich neben deiner. Ein wenig lesen wollte ich noch.»

«Wir schlafen in getrennten Betten? Nicht nur heute, sondern immer?»

«Es ist besser so, meine ich.»

Priska schüttelte energisch den Kopf. «Nein, Adam. Es ist nicht besser so. Es ist falsch. Wir müssen die Ehe vollziehen. Hier und heute in unserer Hochzeitsnacht. Wir müssen ein Kind bekommen. Erst dann werden die Leute aufhören zu reden. Du weißt, was es heißt, wenn eine Ehe kinderlos bleibt?»

Adam nickte. «Es ist eine Strafe Gottes.»

«Wir können uns kein Gerede leisten. Das kleinste Gerücht reicht aus, um uns alle ins Unglück zu stürzen», entgegnete ihm Priska. Sie senkte die Stimme und fügte hinzu: «Willst du denn gar kein Kind haben? Liegt dir so gar nichts an einem gewöhnlichen, gottgefälligen Leben? Möchtest du keinen Erben?»

«Doch. Gott weiß, wie sehr ich mir genau dies wünsche.» Adam hob die Arme und ließ sie wieder sinken. «Aber ich kann nicht, Priska», flüsterte er. «Bei Gott, ich wollte, es wäre anders. Ich hätte dich nicht heiraten dürfen.»

Achtes Kapitel

Der Sommer des Jahres 1503 war heiß und trocken. Das Korn auf dem Feld verdorrte, die kleinen Flüsse trockneten aus, das Obst schrumpelte am Baum.

In der Stadt herrschte ein so höllischer Gestank, dass manch einer sich die Nase zuhielt. Die Abfälle in den Gräben neben den Häusern faulten so schnell, dass man zuschauen konnte, und füllten die Luft mit dem Geruch der Verwesung. Fliegenschwärme zogen durch die Gassen. Die Hunde lagen matt im Rinnstein, zu träge, um die Fliegen, die sich ihnen in die Augenwinkel setzten, zu verjagen.

Die Menschen gingen gebeugt, als drücke ihnen die Hitze die Schultern nieder. Sie hielten sich eng an den Hauswänden, um Schatten zu suchen. Die Blätter der Bäume verloren jede Farbe, wurden grau, die Wiesen gelb verbrannt. Jeden Tag wurden in den beiden Stadtkirchen St. Thomas und St. Nikolai Messen abgehalten, bei denen die Menschen um Regen baten.

Die Hitze legte sich auf die Gemüter. Obwohl die Menschen träge waren, entbrannte doch bei jeder Kleinigkeit ein Streit. Meister schlugen die Lehrbuben, Mütter die Kinder, die Männer versetzten den Frauen Maulschellen, weil die Suppe zu heiß war, die Alten starben und begannen zu riechen, noch bevor die Leichenträger den Sarg vernagelt hatten. Die Stadtärzte eilten hin und her, doch auch sie konnten das Geschrei der Säuglinge und das Wehklagen der Alten nicht lindern.

Sogar der Probst des Augustiner-Chorherrenstiftes nahm ein Tuch mit in den Beichtstuhl, mit dem er sich immer wieder über das Gesicht wischte.

Priska ließ den ganzen Tag die Haustür offen stehen, in der Hoffnung, dass der Durchzug ein wenig Kühlung schaffte. Seit Wochen lebte sie in ihrem neuen Zuhause, und jeden Tag freute sie sich von neuem über die Dinge, die nun ihr gehörten. Am Morgen, wenn sie erwachte, fiel ihr Blick zuerst auf die Kommode aus Kirschholz, auf der ein Spiegel stand. Ein richtiger Spiegel von venezianischem Glas, den Adam von seiner Stiefmutter geerbt hatte. Links daneben war ein Armlehnstuhl mit sonnengelbem Polster. An der Wand neben dem Bett hing ein Wandteppich, der ebenfalls aus Italien stammte. Das Bett selbst war reich geschnitzt und hatte einen Baldachin aus rotem Stoff, der im Winter die Kälte und im Sommer das Ungeziefer abhielt. Rechts in der Ecke gab es sogar einen Kamin, vor dem ein weicher Teppich lag. Die Fensterscheiben waren aus Butzenglas, davor blühten Geranien in einem Fensterbeet.

Priska streckte sich, dann glitt das erste Lächeln des Tages über ihr Gesicht. Ich bin eine verheiratete Frau, dachte sie, bin die Frau eines Bürgers geworden mit Brief und Siegel.

Niemand kann mir mehr vorschreiben, was ich zu tun und zu lassen habe, dachte sie. Ich bin frei, bin endlich frei von meiner Vergangenheit, von meiner Herkunft. Aber frei wofür?

Sie stand auf, schlüpfte in ihre Schuhe, die aus weichem Ziegenleder gefertigt waren, wusch sich mit einer duftenden Seife, zog sich ein Kleid aus leichtem Tuch an und ging hinunter in die Küche, die zu ebener Erde lag und einen Ausgang zu einem kleinen Gärtchen hatte, in dem sie Pflanzen und Kräuter zog.

In der Küche gab es Borde mit tönernem Geschirr, Kupferkessel und Kupferpfannen, die an einem Gestell neben der Kochstelle hingen und blank geputzt in der Sonne strahlten. Kräuterbündel hingen daneben und verliehen dem Raum einen würzigen Geruch. Der große Tisch war aus hellem Holz und ordentlich mit Sand gescheuert, die Milchkannen gut gefüllt, das Wasser frisch aus dem Brunnen hinter dem Haus. In der Vorratskammer hingen geräucherte Würste neben Speckschwarten, Körbe mit Äpfeln standen neben einem Fass mit Kraut; Eier, Butterstücke, Erbsen, Bohnen, Salz, Hirse und die Zutaten zu einer guten Grütze waren ebenfalls in Fülle vorhanden.

Die Magd, ein junges Mädchen, das ihnen die Lechnerin geschickt hatte, war von heiterem Gemüt. Den ganzen Tag klangen Küchenlieder durch das Haus.

Als Priska heute nach unten kam, saß Adam schon am Tisch und hatte eine Schüssel Hafergrütze vor sich. Er stand auf, begrüßte seine Frau mit einem Kuss auf die Wange.

«Wie hast du geschlafen, meine Liebe?»

«Danke. Sehr gut. Und du?»

Adam nickte.

Die Magd füllte etwas Grütze in eine Schale und drehte den beiden den Rücken zu. Adam lächelte Priska an. Es war ein Lächeln, das auf Priska fiel wie ein Sonnenstrahl. Er fasste nach ihrer Hand, strich sanft darüber.

«Mein Leben ist schöner geworden durch dich», sagte er leise.

Die Magd stellte die Schale vor Priska. «Ich gehe zum Markt», sagte sie. «Wir brauchen Fleisch und Käse.»

Priska nickte. Als die Haustür hinter dem Mädchen zugeklappt war, sagte Priska: «Auch mein Leben ist schöner geworden mit dir. Was aber ist für dich das Schöne?»

Adam sah sie verwundert an. Seine Augenbrauen waren leicht zusammengezogen. Doch plötzlich glättete sich die Stirn, seine Augen begannen zu leuchten. «Ich habe einen Freund gefunden», sagte er. «Ich bin nicht mehr einsam.»

Er nahm ihr Gesicht in seine Hände und sah ihr in die Augen. «Danke, Priska», sagte er und küsste sie. Er barg ihren Kopf an seiner Brust, strich über ihr Haar, streichelte ihre Wange. Und sie lehnte sich gegen ihn, roch seinen Duft nach Seife. Sein Haar, das er bis zu den Schultern trug, kitzelte ihre Haut, seine Hände wärmten sie. Wenn ich nur immer so mit ihm sitzen könnte, dachte sie. Dann wäre ich glücklich. Ich brauche nicht mehr.

Lange saßen sie so, hielten einander, dann fragte Adam: «Und du? Was bin ich für dich? Gelingt es mir, dich froher sein zu lassen?»

Priska richtete sich auf, nahm seine Hand und legte sie auf ihre Brust. «Ich bin stärker mit dir. Die Sonne scheint heller, der Winter ist weniger kalt. Und ich habe endlich eine Aufgabe, die mir Freude macht. Du weißt nicht, wie gern ich dir zur Hand gehe, deine Gehilfin bin.»

«Hat dir nie ein Freund gefehlt?», fragte er.

Priskas Blick verlor sich im Fernen. «Ein Freund?»,

fragte sie. «Ich weiß nicht, was ein Freund ist. Ich hatte nur einen Zwilling.»

«Dann möchte ich dein Freund sein», sagte er.

«Das ist mehr, als ich je hatte», erwiderte sie. «Aber einmal nur möchte ich dein Begehren wecken.» Sehnsucht lag in Priskas Stimme. Doch sie wollte die frohe Stimmung nicht verderben, darum stand sie schnell auf, um den Worten ihre Wirkung zu nehmen. Sie wollte heute Eva besuchen, die tatsächlich ihre Werkstatt aufgegeben hatte.

Fröhlich lief sie über den Markt, erwiderte die Grüße der anderen. Einer zog die Mütze vor ihr. Eine andere, ein altes Weiblein aus der Vorstadt, segnete sie und wollte ihr ein paar Holzscheite schenken. «Nehmt, nehmt nur, junge Frau. Der Doktor und Ihr sollt es warm haben, wenn die Herbststürme kommen.»

«Dank Euch schön, Mütterchen», erwiderte Priska. «Uns ist recht warm. Macht Euch lieber ein schönes Feuerchen davon und wärmt Euch die Knochen.»

Die reichen und angesehenen Bürger aber grüßten nur knapp. Es gab sogar einige, die Priskas Gruß nicht erwiderten. Noch immer war das Gerede um Adam nicht verstummt. Zwar hatte die Stadt längst ein anderes Thema gefunden, aber das Gedächtnis der Leipziger Bürger speicherte allen bösen Klatsch über lange Zeit.

Priska störte sich nicht daran. Sie, die Henkerstochter, wurde besser behandelt, als sie es sich je erträumt hätte. Zufrieden ging sie die Hainstraße hinab, bemerkte nicht den Blick des jungen Mönches, der aus der Barfüßergasse kam, bei ihrem Anblick stehen blieb und ihr nachdenklich hinterherschaute.

Eva hatte schon auf sie gewartet. «Und?», fragte sie und

strich dem kleinen Aurel, der auf ihrem Schoß saß, über den Kopf. «Wie steht es bei euch? Hat Adam Gefallen an der Ehe gefunden?»

Priska errötete, machte eine vage Handbewegung und nickte Bärbe zu, die mit einem Krug Most in die Stube gekommen war. «Wie geht es dir? Fehlt dir die Silberschmiede nicht?»

Eva lachte. «Seit drei Monaten schon ist die Schmiede geschlossen. Manchmal fehlt sie mir tatsächlich. Ich vermisse das Schimmern der Metalle, den Geruch und das Glücksgefühl, wenn unter meinen Händen etwas Neues entstanden war. Und dir, fehlt dir die Werkstatt?»

Priska schüttelte den Kopf. Sie dachte an ihre Zeit als Lehrmädchen zurück. Beim ersten Hahnenschrei schon war sie aufgestanden, noch vor der Magd, hatte die Wassereimer gefüllt und in die Werkstatt getragen, Brennholz für die Öfen geholt, die Werkzeuge zurechtgelegt. Den ganzen Tag über hatte sie gearbeitet und war am Abend die Letzte gewesen, die die Werkstatt gekehrt, die Brennöfen gelöscht, die Werkzeuge gesäubert und die Lederschürzen ausgebürstet hatte.

«Nein», sagte Priska. «Es ist merkwürdig, aber ich vermisse die Werkstatt nicht.»

Eva zog die Augenbrauen zusammen. «Nicht? Du warst eine gute Silberschmiedin, Priska. Hat dir die Arbeit keinen Spaß gemacht?»

Priska zuckte die Achseln. «Eine Arbeit ist so gut wie eine andere», log sie, um Eva nicht zu kränken. Denn das, was sie jetzt tat, machte ihr bedeutend mehr Freude als alles, was sie je in der Silberschmiede gelernt hatte. Adam hatte ihr beigebracht, wie man Salben anrührte, Tränke braute. Gemeinsam hatten sie in den Auen nach Kräutern gesucht. Priska hatte Sträuße daraus gebunden, die nun trockneten. Später würde sie unter Adams Anleitung einfache Salben und Heiltränke daraus herstellen.

Sie sah, dass Eva sie verwundert betrachtete, und lachte verlegen. «Zuerst habe ich in der Vorstadt getan, was mir aufgetragen wurde. Dann hast du mich geholt. Wärst du Bäckerin gewesen, so könnte ich heute Brot und Kuchen backen. Jetzt bin ich die Frau des Stadtarztes und seine Gehilfin. So ist das.»

Eva hörte Priska gar nicht richtig zu. Sie wirkte, als ob sie noch etwas auf dem Herzen hatte. «Ich werde eine Wallfahrt machen», wechselte Eva leise das Thema. «Nach Aachen werde ich gehen.»

«Warum das?»

Eva sah Priska in die Augen. «Ich habe die Franzosenkrankheit. David hat mich damit angesteckt. Am Ende wird er mich doch getötet haben.»

Auf dem Nachhauseweg grübelte Priska, ob sie Adam von Evas Krankheit erzählen sollte. Sie entschied sich dagegen. Wenn Eva Adams Hilfe wollte, so hätte sie sich selbst an ihn gewandt. Adam besprach zwar alle Fälle mit ihr, doch das war etwas anderes.

Am nächsten Morgen ging es daher nur um das Kind des Bademädchens. «Es hustet seit Wochen, der Husten sitzt fest», fing Adam ihre Besprechung an.

«Dann werde ich einen Sud aus Thymian und Honig bereiten», schlug Priska vor, doch Adam schüttelte den Kopf. «Mit Thymian werden wir nicht weiterkommen. Das Kind hustet Blut. Ich befürchte, dass es die Schwindsucht hat.

Und dagegen ist kein Kraut gewachsen. Ich weiß mir keinen Rat mehr. Butter und Eier braucht das Kind. Aber das Bademädchen ist zu arm, um diese Sachen zu kaufen.»

Priska überlegte, dachte an die Vorstadt, daran, was ihr Vater den Leuten gegen die Schwindsucht gegeben hatte. Doch sie fürchtete sich, Adam von dieser Arznei zu erzählen. Er würde sie bestimmt auslachen. Dennoch bat sie ihn: «Lass mich etwas versuchen, bitte. Dem Henker ist es früher einmal gelungen, die Schwindsucht zu heilen. Nicht allen konnte er helfen, aber einigen schon.»

Adam sah seine Frau aufmerksam und mit gerunzelten Brauen an.

«Hast du kein Vertrauen zu mir?», fragte Priska. «Du kannst selbst von dem Mittel kosten.»

Adam lächelte und tätschelte ihr die Hand. «Ich habe Vertrauen zu dir und zu den Heilkünsten deines Vaters und der Kräuterfrau.»

«Ich schwöre dir, dass es, wenn es schon nicht hilft, auch keinen Schaden bringt. Den Thymiansud werde ich trotzdem brauen», erwiderte Priska.

«Gut, dann machen wir es so. Als Nächstes kommt Ansgar, der Stadtbote. Er hat ein schwarzes Bein. Die Fliegen legen sogar schon ihre Eier darauf ab. Er hat Wundbrand, will aber um nichts in der Welt, dass der Chirurg ihm das Bein abnimmt, weil er dann nicht mehr arbeiten kann und nicht weiß, wie er seine Familie ernähren soll.

Priska nickte. «Wir müssen es so versuchen. Die Wunde muss abgedeckt werden. Ich werde in den Auen nach Spitzwegerich suchen und einen Brei als Umschlag machen.»

«Und dann wäre da noch etwas, Priska.»

«Ja? Sprich weiter.»

«Nun, ich weiß nicht, wie ich es sagen soll. Die … die Lechnerin wünscht sich noch ein Kind. Ihr Mann kam zu mir.»

Priska verstand. «Ein Kraut wird gebraucht, das die Lust des Mannes entfacht, nicht wahr? Ein Kraut, dass der Apotheker nicht herstellen soll, weil er zu schwatzhaft ist und bald die ganze Stadt wüsste, woran der Lechner krankt.»

Adam lachte und gab ihr einen liebevollen Kuss auf die Wange. «Du weißt einfach alles. Ich bin froh, dass du meine Gehilfin bist. Das ist so viel wert – vor allem, weil mein Salär noch gering ist. Gerade mal zehn Gulden im Jahr bekomme ich, dazu Tuch für zwei Röcke und ein Pelzfutter. Der älteste Stadtarzt bekommt 100 Gulden. Er kann sich gut und gern zwei Gehilfen, eine Kutsche für sich und eine für seine Gemahlin und im Winter einen Pelz von Marderhaar leisten. Wir aber werden die nächsten sechs Jahre sparsam leben müssen und zu Fuß zu den Kranken gehen. Ich werde dir keinen wertvollen Schmuck, keine Edelsteine kaufen können, und deine Kleider werden aus warmem, aber einfachem Tuch sein.»

«Reichtum ist mir gleichgültig», erwiderte Priska. «Ich brauche keinen wertvollen Pelz und keine Kutsche. Ich möchte mit dir leben und dir eine gute Gefährtin sein. Als Ehefrau und als Gehilfin. Ich möchte helfen zu heilen, Adam.»

Das Heilwissen, welches ihr die Kräuterfrau vererbt hatte, kam Priska dabei zugute. Natürlich waren Priskas Arzneien nur für die ärmeren Leute, die kein Geld dafür hatten. Die anderen ließen sich ein Rezept ausstellen und gingen damit zu einem der Apotheker in der Stadt, der ihnen die gewünschte Mixtur herstellte. Um Arzneien anzufertigen, brauchte man eine Zulassung, die Priska natürlich nicht hatte. Sie hatte keine Universität besucht, verstand nichts von der Lehre, die die Professoren denen angedeihen ließen, die später einmal eine Apotheke führen sollten. Deshalb tat sie nur das, was die Gehilfin eines Stadtarztes tun durfte. Und vielleicht ein winziges bisschen mehr.

«Wirst du heute viel zu tun haben?»

Adam schüttelte den Kopf. «Ich werde im Frauenhaus nach dem Rechten sehen müssen und dem St. Georgenspital einen Besuch abstatten. Dann muss ich ins Verlies und nach den Gefangenen schauen, und am Nachmittag warten die Bürger, die sich einen älteren Arzt nicht leisten können, auf meinen Besuch.»

«Und Ursula? Gehst du auch zu ihr?»

Ursula war die Nachbarin des Henkers. Sie hatte schon seit Wochen Leibschmerzen und wurde von Tag zu Tag schwächer. «Du musst nach ihr sehen, Adam, du bist der einzige Stadtarzt, der in die Vorstadt geht.»

Adam lächelte. «Ich gehe zuerst zu Ursula. Am Morgen ist es für sie weniger schmerzhaft, wenn ich ihr den Leibwickel umlege.»

«Adam?», fragte Priska leise.

«Ja, mein Herz?»

«Ursula hat die Franzosenkrankheit, nicht wahr?»

Adam nickte.

«Und es gibt kein Heilmittel dafür? Sie wird bald sterben müssen?»

Er nickte, wandte sich ab, packte seine Ledertasche mit den wichtigsten Instrumenten – Zangen, Sägen, Saugglocken, Scheren und Haken – und machte sich auf den Weg.

Priska sah ihm stumm dabei zu. Ich muss es ihm sagen,

dachte sie. Ich muss ihm sagen, dass auch Eva an der Krankheit leidet. Er ist der Einzige, der ihr vielleicht helfen kann.

Doch irgendetwas hielt sie zurück. Sie seufzte, als er aus dem Haus ging, und sah ihm aus dem Fenster der Wohnstube hinterher. Hoch aufgerichtet ging er, den Blick geradeaus. Ein Bürgermädchen ging vorbei, das lange Haar wehte wie ein Schleier hinter ihr her. Ein junger Mann, vielleicht ein Studiosus, sah ihr mit offenem Mund nach, aber Adam würdigte sie keines Blickes. Seine Schultern waren nicht so breit wie die der Bauern, aber gerade und stark. Das braune Haar, das bis auf den Nacken reichte, verschmolz mit dem Samt seines Barretts. Die langen Beine schritten weit aus, und die Arzttasche schlenkerte an seinem Arm.

Er ist ein schöner Mann, dachte Priska. Ein schöner Mann mit einer schönen Seele. Ist das nicht mehr als genug?

Sie seufzte noch einmal, dann ging sie hinunter in den Raum neben der Küche, der einer Apotheke glich. Ein Harnglas stand da, ein kleiner Brennkolben, Beutel mit Kräutern, ein Mörser mit Stößel, Fett für Salben, Tübchen, Fläschchen, Behältnisse mit Pulvern, Krüge und eine Waage.

Priska rückte dort eine Schale zurecht, zupfte da ein Kräutlein, schüttelte einen Kolben mit einer klaren Flüssigkeit. Dann nahm sie ein paar getrocknete Blätter aus einem kleinen Leinenbeutel, gab sie in den Mörser und zerstieß sie. Als die Blätter zu Pulver geworden waren, gab sie heißes Wasser hinzu, vermengte die Masse, maß ein Viertel Schweineschmalz ab und verrührte es mit dem Blätterbrei. Dann füllte sie den Brei in ein Döschen aus Ton und verschloss es mit einem sauberen Tuch. Sie nahm ein Stück Pergament und tunkte die Schreibfeder in das Tintenfass. «Beinwellsalbe», schrieb sie darauf, streute Löschsand darüber und brachte das Papierstück auf dem Döschen an.

Als sie die Glocken zu Mittag schlagen hörte, ging sie hinauf, um mit der Magd zu essen, danach kehrte sie zurück in das Laboratorium und nahm sich eines der Bücher, welches noch aus dem Besitz von Adams Vater, dem Frankfurter Arzt Isaak Kopper, stammte. Es waren Aufzeichnungen eines römischen Arztes mit Namen Claudius Galenus, der die Säftelehre begründet hatte. Weit über 1000 Jahre war er schon tot, doch seine Lehre wurde noch immer an allen Universitäten verbreitet. Auch von einem arabischen Arzt Avicenna gab es ein Buch, in dem Priska immer wieder gern blätterte.

Priska setzte sich auf einen Schemel, legte das Buch vor sich auf den Tisch und vertiefte sich in die Aufzeichnungen.

Sie las, dass den vier Elementen Feuer, Erde, Wasser und Luft die vier Säfte zugeordnet wurden. Das Feuer entsprach der gelben Galle und stand für trocken und warm; Luft gehörte zu Blut und fühlte sich feucht und warm an. Dem Wasser war der Schleim zugeordnet, und dies war wiederum eine feuchte und kalte Angelegenheit. Die Erde bildete mit der schwarzen Galle eine Einheit und stand für trocken und kalt. Galenus hatte in seinem Buch diese Säfte den Charaktereigenschaften des Menschen zugeordnet. Ein Sanguiniker, der mit dem Blut verbunden war, galt als angenehmer Zeitgenosse. Sein Urin, schrieb Galenus, war rotgolden. Der Melancholiker als übel gelaunter und verschlagener Mensch war am grauen Urin zu erkennen und entsprach der schwarzen Galle, während der Phlegmatiker für den Schleim und der Choleriker für die gelbe Galle stand.

Priska wunderte sich. Sie kannte keinen einzigen Menschen, der nur Choleriker oder nur Melancholiker war. Irgendetwas erschien ihr nicht richtig. Am Abend fragte sie Adam danach.

Sein Blick war bewundernd, so wie damals im Wäldchen hinter den Uferwiesen. «Du bist sehr klug, Priska. Manchmal scheint mir, du hast alles Wissen der Welt in dir, ohne je eine Universität besucht zu haben.»

Priska errötete, dann fragte sie erneut: «Glaubst du an die Lehre der Säfte?»

Adam schüttelte den Kopf. «Nein, das tue ich nicht. Aber es ist gefährlich, dies zuzugeben. An allen Universitäten in Europa gilt diese Lehre als das Alpha und das Omega. Ich aber habe auf meinen Reisen vieles erfahren, was kein Gelehrter mir gesagt hatte. Ich habe mit Abdeckern und Scharfrichtern, mit Hebammen, Kutschern, Bergleuten, Söldnern und immer wieder auch mit den Bauern geredet. Weißt du, Priska, ich habe schon zu viele Krankheiten gesehen, die sich nicht mit der Säftelehre in Übereinstimmung bringen ließen.»

«Und die anderen Ärzte? Was denken sie?»

Adam zuckte die Achseln, lächelte ein wenig. «Viele Ärzte wissen es, aber niemand spricht es aus. Es ist nicht leicht, gegen die herrschende Lehrmeinung zu handeln. Die Regeln der Universitäten sind streng, die Professoren alt. Wer lässt sich schon gern sagen, dass er dem Alten anhängt?»

«Die neue Zeit ist also auch in der Medizin angebrochen?», fragte Priska. «Warum merkt man nichts davon?»

«Wie überall wird auch in der Wissenschaft das Neue zunächst bekämpft.»

Priska strahlte zuversichtlich Adam an. «Du aber, Adam, wirst dafür sorgen, dass die neue Zeit auch in der Medizin anbricht, nicht wahr? Du wirst neue Arzneien finden, die für alle Menschen, auch die in den Vorstädten, bezahlbar sind.»

«Du erwartest zu viel von mir, Priska. Aber eines kann ich dir versichern: Ich werde mein Bestes geben, um ein wirksames Medikament gegen die Franzosenkrankheit zu finden. Und ich werde niemals aufhören, von den Kräuterweibern, den jüdischen und arabischen Ärzten, von den Bauern und den Hebammen, von den Badern, Chirurgen, Steinschneidern und Apothekern zu lernen», versprach ihr Adam mit ganzem Herzen. Priska hörte jedoch nur halb hin. Eva war ihr wieder in den Sinn gekommen. Soll ich es ihm jetzt sagen?, fragte sie sich. Soll ich ihm von Evas Krankheit erzählen? Sie beobachtete ihn, wie er gewissenhaft seine Tasche prüfte und noch einmal alle Notizen, die er sich zu den Kranken gemacht hatte, durchlas. Nein, dachte sie. Ich darf es ihm nicht sagen. Er braucht Ruhe für seine Arbeit. Und wer weiß? Vielleicht tut die Wallfahrt ihres dazu, dass Eva wieder ganz gesund wird. Schon oft habe ich von Leuten gehört, die mit schwerer Krankheit gepilgert sind und gesund zurückkamen.

Am nächsten Morgen ging sie gleich nach Sonnenaufgang hinaus in die Vorstadt, um die Dinge zu besorgen, die sie für die Arznei des schwindsüchtigen Bademädchenkindes brauchte. Am Stadttor herrschte, wie immer um diese Zeit, reges Gedränge. Die Bauern aus der Umgebung brachten ihre Waren auf den Markt, Boten drängten mit ihren Pferden, Bettler begehrten Einlass, und ein Buchdrucker samt

Gehilfe rollte zwei mit Pech verschmierte Fässer mühsam durch das Tor. Alles drängte hinein in die Stadt, nur Priska wollte in die Gegenrichtung. Nachdem sie die Menge hinter sich gelassen hatte, lief sie den lehmigen Weg bis zu den kleinen Katen, die sich rechts und links einer mit breiten Fahrrinnen versehenen Gasse drängten. Obwohl es noch sehr früh am Morgen war, war die Gasse belebt. Eine Frau hängte verblichene Wäschestücke auf eine Leine, zwei Wäscherinnen eilten zum Stadttor, ein altes Weib sammelte dürre Holzstücke auf, und ein junger Mann trug Tierhäute hinunter zum Flüsschen.

In der Gasse der Gerber stank es zum Himmel. Priska hätte sich am liebsten die Nase zugehalten, denn sie wusste, dass die Gerblohe aus Tierkot zubereitet wurde und sich der Geruch selbst in den Kleidern und Haaren festsetzte. Eilig lief sie über den staubtrockenen Lehmboden, wich zwei mageren Hühnern aus, die vergeblich nach Körnern suchten, strich einem rotznasigen Kind im Vorübergehen kurz über das Haar und war endlich vor der Kate des Abdeckers angelangt.

Der Gestank nahm ihr jetzt beinahe den Atem. Die Tierkadaver, die der Abdecker neben seiner Kate am Ende der Gasse lagerte, waren in den verschiedenen Stadien der Verwesung. Ganz oben, sah Priska, lag eine tote Katze, an der bereits die Ratten nagten. Übelkeit befiel sie, und sie hätte sich am liebsten übergeben, doch sie riss sich zusammen und klopfte an die Tür der Kate. Der Abdecker öffnete ihr. Er schenkte ihr ein zahnloses Lachen und strich sich die Hände an seiner Kleidung ab. Priska starrte wie gebannt auf das lange Hemd, welches er sich wohl aus dem Fell der toten Tiere gemacht haben musste. Auch sein Beinkleid war aus Fell, um den Hals trug er einen Schal mit einem Katzenkopf, die nackten Füße steckten ebenfalls in Fellstücken, auf denen grün schillernde Fliegen saßen.

«Gott zum Gruße, Frau», sagte er und spuckte direkt neben Priskas Schuhen aus. «Was kann ich für Euch tun? Habt Ihr Euch verirrt und findet den Weg nicht mehr?»

Er lachte meckernd.

«Ich bin gekommen, um einen toten Hund zu holen», brachte Priska mühsam hervor und musste schon wieder mit der Übelkeit kämpfen.

«Einen toten Hund? Was wollt Ihr damit?»

«Das muss Euch nicht kümmern.»

Der Abdecker spuckte erneut, dann winkte er ihr. «Kommt mit und sucht Euch einen aus. Hier neben dem Haus liegen Dutzende und warten darauf, verscharrt zu werden.»

Priska warf einen flüchtigen Blick auf den Berg der toten Tiere. Blicklose Augen starrten sie an, manchen stand das Maul offen, Fliegen schwirrten umher. Der Abdecker nahm einen Knüppel und schlug auf die tote Katze, die ganz oben lag. Bald ein Dutzend Ratten sprang quietschend davon.

«Nun, welcher soll es sein?», fragte der Abdecker.

Priska hielt sich die Hand vor den Mund und schüttelte den Kopf. «Es ist mir ganz gleichgültig. Sucht mir einen aus. Er sollte möglichst frisch und nicht zu mager sein.»

Der Abdecker stocherte mit dem Knüppel zwischen den Kadavern herum und zog schließlich einen gelbbraunen Köter aus dem Haufen.

«Wie wäre es mit diesem?», fragte er.

Priska sah nicht hin. «Ja, der ist gut», presste sie zwischen zusammengebissenen Zähnen hervor. «Zieht ihm das Fell ab, Abdecker, ich bitte Euch sehr.»

Der Mann lachte lauthals. «Fürchtet Ihr Euch vor dem Tod, Herrin?»

Priska schüttelte den Kopf. «Nein, den Tod fürchte ich nicht. Und auch um mein Seelenheil ist mir nicht bange. Nur anschauen möchte ich das tote Tier nicht. Mir graut vor den blicklosen Augen.»

«Schon gut, kleine Herrin. Ich werde ihm das Fell über die Ohren ziehen. Setzt Euch derweil auf die Bank vor meinem Haus.»

Dankend nickte Priska und wartete geduldig, bis der Abdecker ihr schließlich einen Sack mit dem abgezogenen Hund in die Hand drückte.

Priska zahlte, dann ging sie zurück in die Stadt, hielt den Sack dabei so, dass er nicht mit ihrer Kleidung in Berührung kam.

Zu Hause in der Klostergasse gab sie der Magd Anweisung, das Herdfeuer zu schüren und einen großen Kessel mit Wasser aufzusetzen. Sie warf den Sack auf den Boden, krempelte sich die Ärmel bis zu den Ellenbogen auf. Als das Wasser kochte, warf sie den toten, felllosen Hund hinein.

«Schöpfe das Fett ab. Immer wieder», befahl sie der Magd. «Lass den Kessel gute drei Stunden sieden, dann rufe mich.»

Die Magd, ein Bauernmädchen, nickte gleichmütig.

Priska aber eilte hinunter in das Laboratorium. Sie nahm ein Bündel getrockneten Thymian, zupfte ganz vorsichtig die Blättchen davon ab, gab sie in einen Mörser und zerstieß sie zu Pulver. Dann kochte sie einen kräftigen Sud daraus, vermischte diesen mit Honig und gab ihn in ein tönernes Gefäß. «Dreimal täglich soll der Kleine von dem Saft einen Löffel voll nehmen», sprach sie vor sich hin und ging an ihre nächste Aufgabe.

Sie zerkleinerte zwei Hand voll Baldrianwurzel, dann übergoss sie diese mit kaltem Wasser und stellte alles beiseite. Sie würde es über Nacht ziehen lassen, morgen würde sie dann das Wasser abseihen, leicht erwärmen und es ebenfalls in einen Tonkrug füllen. «Der Kleine muss zur Ruhe kommen», murmelte sie. «Baldrian wird ihm helfen, in der Nacht gut zu schlafen.»

Dann stellte Priska noch einen Sud aus Weidenrinden her, den die Nachbarin gegen ihre Kopfschmerzen brauchte. Adam hatte ihr erklärt und gezeigt, wie man das machte. Sie nahm eine winzige Menge frischer Weidenrinde, zerschnitt diese mit einem Messer in kleine Stückchen, gab einen Becher kochendes Wasser darüber und ließ den Sud eine halbe Stunde ziehen. Zum Schluss bereitete sie einen Badezusatz für die Kranken zu, die von der Lustseuche befallen waren. Große, schmerzhafte Geschwüre bedeckten ihre Haut, und Priska und Adam hofften, ihnen mit einem Haferstrohbad ein wenig Linderung zu verschaffen. Priska gab eine Hand voll des Haferstrohs in einen Kessel, der bis zur Hälfte mit Wasser gefüllt war und ließ diesen eine Viertelstunde lang sieden. Dann seihte sie die Flüssigkeit ab.

Inzwischen waren die drei Stunden vergangen. Priska brachte das Laboratorium in Ordnung, kontrollierte noch einmal, ob alle Kannen, Dosen, Krüge und Töpfe gut verschlossen waren, dann eilte sie zurück in die Küche.

«Ein fettes Tier habt Ihr da gebracht», berichtete die Magd und deutete auf eine Schüssel, in der das abgeschöpfte Fett des toten Hundes war.

Priska nickte, hob die Schüssel hoch und roch daran. Ein süßlicher Geruch stieg ihr in die Nase. Am liebsten hätte sie sich geschüttelt, doch sie wusste, dass das Hundeschmalz helfen würde.

«Brate Zwiebeln an und ein wenig Rauchfleisch. Gib die Bröckchen in das Hundeschmalz und fülle alles in eine Tonschüssel. In einer Stunde werde ich die Arznei ins Badehaus bringen.»

Die Kirchenglocken riefen gerade zur Vesper, als sich Priska mit dem Hundeschmalz zum Badehaus begab. Vor wenigen Jahren noch war die Badestube in der Katharinenstraße gut besucht gewesen. Jeder Leipziger suchte sie mindestens einmal in der Woche auf. Dort wurde geschwitzt, gebadet, gegessen, getrunken, gelacht und geliebt.

Für Männer und Frauen gab es verschiedene Abteilungen. Sie saßen in großen Holzzubern, ein Brett mit Speisen und Getränken quer darüber, und besprachen die neuesten Ereignisse der Stadt. Der Barbier schnitt Haare und Bärte, die Bademägde eilten hin und her und waren den Männern auch in anderen Belangen zu Diensten. Doch dann kam die Franzosenkrankheit in die Stadt, und bald wusste jeder, dass die Seuche in den Badehäusern weitergegeben wurde. Nun badeten die meisten Leute zu Hause, und die Reichen hatten sich eigene Badestuben eingerichtet.

Auch heute war es fast leer im Badehaus. Friedel, die Bademagd, saß auf einem Schemel, hatte die Hände im Schoß gefaltet und sah auf, als Priska hereinkam.

«Habt Ihr die Arznei für meinen Jungen?», fragte sie und sah Priska mit ängstlichen Augen an.

«He da, Dirne, bring mir einen Krug Bier», tönte ein

Schrei durch den Raum. Friedel deutete auf einen Vorhang, hinter dem ein Mann in einem Badezuber lag. «Ich muss zu ihm», sagte sie. «Bitte wartet einen Augenblick.»

Priska nickte und sah sich derweil in der Frauenabteilung um. Die hölzernen Zuber waren leer, die Seifenflocken beinahe eingetrocknet. Stapel von Leinentüchern lagen auf einem Wandbord, Ruten, mit denen die Bademägde die Gäste sanft peitschten, standen krumm in einer Ecke. Ganz hinten aber befand sich ein Wäschekorb, aus dem es leise greinte. Priska trat hinzu. Der kleine Junge der Bademagd lag darinnen. Blass war sein Gesicht, blutleer seine Lippen. Die beinahe durchsichtigen Lider zuckten, als ein Hustenanfall ihn im Schlaf quälte. Priska legte ihm eine Hand auf die Stirn und schrak zurück. Der Junge war kochend heiß.

Unbemerkt war die Bademagd zurückgekommen, kniete neben dem Wäschekorb, strich ihrem Kind zart über die Wangen.

«Er schläft den ganzen Tag», sagte sie.

«Er hat hohes Fieber», stellte Priska fest, «und er ist sehr schwach. Die feuchte Umgebung ist Gift für ihn.»

«Wo soll ich denn hin mit dem Kind?», jammerte die Magd. «Er ist noch zu klein, um allein zu bleiben. Und ich muss arbeiten, muss für Brot sorgen.»

Priska nickte. «Ich weiß. Aber wenn Ihr ihn weiter hier lasst, so wird er sterben. Am besten wäre er bei einer Amme auf dem Land aufgehoben.»

Die Magd begann zu weinen. «Ich weiß nicht, was ich machen soll. Ich weiß nicht, wohin mit dem Kind. Ich habe doch kein Geld für eine Amme.»

Priska strich ihr tröstend über den Kopf. Dann nahm sie

den Topf mit dem Hundeschmalz aus ihrem Weidenkorb, holte auch den Thymiansaft hervor. «Hier, mit diesem Schmalz reibt Ihr ihm die Brust ein und macht einen Wickel darum. Gebt dem Kind außerdem davon zu essen. Streicht es auf Brot, wenn er es so nicht mag. Vom Saft soll er morgens und abends zwei Löffel nehmen und vor dem Schlafengehen noch ein wenig von diesem Baldriansud trinken.»

Die Magd strich sich eine feuchte Haarsträhne aus der Stirn. «Meint Ihr, es hilft?»

Priska legte ihr eine Hand auf den Arm. «Ja, ich bin sicher, dass er wieder gesund wird. Doch Ihr müsst ihn hier wegbringen. Ich werde ins Beginenhaus gehen und von Eurer Not berichten. Vielleicht kann man Euch dort helfen.»

Die Züge der Bademagd entspannten sich. Sie nahm Priskas Hand und drückte sie lange. «Ich danke Euch, Heilerin», sagte sie. «Und Ihr könnt sicher sein, dass ich Euch nichts schuldig bleibe. Sobald ich meinen Lohn bekommen habe, werde ich die Arzneien bezahlen.»

Priska winkte ab. «Behaltet Euer Geld. Kauft, wenn Ihr etwas übrig habt, ein wenig Butter und Eier für das Kind.»

Die Bademagd strahlte. Sie wollte Priskas Hand küssen, doch Priska machte sich los. «Jetzt gleich werde ich zum Beginenhaus gehen. Es kann sein, dass bald eine der Frauen kommt, um Euer Kind zu holen.»

«Ich weiß nicht, wie ich Euch danken soll», sprach die Magd, und in ihren Augen glitzerten Tränen.

«Dankt nicht mir, dankt Gott», erwiderte Priska und ging.

Der Sommer war inzwischen fast vorüber. Der Junge des Bademädchens wurde gesund und kam ins Beginenhaus. Mit dem Herbst kamen die Stürme und der Regen, und eines Morgens lag der erste Reif auf den Auen, als Priska auf der Suche nach Kräutern hinabstieg. Ihr blieb nicht mehr viel Zeit dieses Jahr, bald würden alle Gräser unter einer dichten Schneedecke verschwunden sein. Während sie hastig alle Kräuter sammelte, fiel ihr Blick auf zwei Hunde, die miteinander zu balgen schienen. Doch dann sprang der Hund auf die Hündin, und Priska sah, wie sein Glied in das Tierweibchen stieß. Sie paaren sich wie die Hunde. Der Satz ging ihr durch den Kopf, und sie überlegte, wo sie ihn schon einmal gehört hatte. Es war im Haus der Silberschmiedin gewesen, jetzt wusste sie es wieder. David, Evas Mann, hatte so gesprochen. Und er hatte Adam damit gemeint. «Er ist ein Sodomit. Sein Liebchen und er paaren sich wie die Hunde.»

Priska hatte früher oft des Nachts daneben gelegen, wenn der Henker sich mit dem Kräuterweib gepaart hatte. Sie wusste, dass den Männern ein Ding zwischen den Beinen wuchs, das hart und groß werden konnte wie ein Ast. Schwanz, hatte das Kräuterweib dazu gesagt. Aber wie zwei Männer widernatürliche Unzucht betreiben konnten mit zwei dieser Äste, das hatte Priska sich nicht vorstellen können. Es hatte sie auch nie interessiert. Erst später, nachdem sie Adams Frau geworden war, hatte sie sich hin und wieder gefragt, worin die widernatürliche Unzucht bestehen könnte. Jetzt wusste sie es. Die Hunde hatten es ihr gezeigt.

Nachdenklich machte sie sich auf den Weg zurück in die Stadt. Sie musste zur Apotheke und eine Bestellung für Adam abholen. Die Tür stand offen. Zwei Frauen unterhielten sich so laut, dass ihre Worte bis auf die Straße drangen. Plötzlich erklang ihr Name.

«Merkwürdig, dass sie noch nicht schwanger ist. Auch die Hüften sind zu schmal. Wenn eine Frau von der Liebe kostet, so wird ihr Becken breiter. Sie aber ist noch immer von mädchenhafter Gestalt.»

Priska erstarrte. Das also dachten die Leipziger über sie und Adam. Sie vermuteten, dass sie die Haube zu Unrecht trug, dass ihre Ehe keine Ehe, sondern weiterhin ein Hort der Sünde sei. Und das alles, weil sie noch nicht schwanger war. Leise wie eine Diebin und beschämt schlich Priska von dannen.

«Die Leute reden über uns», berichtete Priska am Abend. Sie saß mit Adam in der kleinen Wohnstube. Der Stickrahmen ruhte in ihrem Schoß. Adam nickte, stand auf und goss Priska ein wenig gewürzten Wein in ihren leeren Becher. Dabei berührte er sanft ihr Haar. «Ich weiß. Die ganze Stadt spricht über dich. Du hast das Kind der Bademagd geheilt. Ein Kind, das die anderen Stadtärzte schon aufgegeben hatten», sagte er und strich über ihre Schulter.

«Das meine ich nicht, Adam. Die Leute sprechen über uns, über unsere Ehe.» Sie sah ihn an, und er erwiderte ihren Blick.

«Manche grüßen mich nicht mehr, weil sie meinen, ich trage die Haube zu Unrecht.»

Adam griff nach ihrer Hand, streichelte sanft darüber. «Du hast es nicht leicht mit mir, Priska. Und das tut mir sehr leid. Du bist die beste Ehefrau, die ein Mann sich nur wünschen kann. Du bist mehr als das; du bist mir eine gute Gefährtin, und du bist eine noch bessere Gehilfin. Du hast

135

schon vielen Leuten geholfen, hast die Medizin der Vorstadt gegen die Medizin der Universitäten gestellt.»

«Aber was nützt das alles?», fragte Priska bitter. «Ich bin unter der Haube, und die Leute erzählen sich, dass ich sie zu Unrecht trage. Ich bin keine richtige Ehefrau. So lange schon sind wir verheiratet, und noch immer bin ich nicht schwanger. Wie lange dauert es noch, bis sie unsere Ehe anzweifeln?»

Sie sah hoch, griff nach seiner Hand. «Adam, du bist noch immer in Gefahr. Die Leute werden erst Ruhe geben, wenn wir ein Kind haben.»

Am nächsten Abend kam er zeitiger zurück als sonst und bat die Magd, ihm ein heißes Bad im Zuber zu bereiten. Außerdem bestellte er bei ihr einen Krug mit stark gewürztem Wein und ein Gericht mit Sellerie.

Priska kannte die Wirkung von Sellerie ebenso gut wie Adam. Sie lächelte, doch sie bekam plötzlich Angst. Sie fühlte sich wie auf einem Prüfstand. Heute würde sich erweisen, ob sie eine richtige Frau war. Hatte Regina nicht gesagt, er wäre nur noch nicht an die Richtige geraten? Würde sie ihn enttäuschen?

Langsam ging Priska auf ihr Zimmer. Sie stellte sich vor den Spiegel und betrachtete ihr Gesicht. Blass fand sie sich. Ihre Augen waren groß und dunkel, und in ihnen stand ein Ausdruck, für den sie nur einen Begriff fand: gierig.

Sie blinzelte, aber die Gier war immer noch da. Also wandte sie den Blick ab, nahm das Fläschchen mit dem Rosenwasser, um sich etwas davon hinter das Ohr zu tupfen, doch mitten in der Bewegung hielt sie inne, sah wieder zum Spiegel, lächelte sich an, dann ging sie zu ihrer Truhe und kramte darin herum.

Als Adam aus der Badestube zurückkam, wartete Priska bereits in seinem Zimmer auf ihn. Sie saß auf der Kante seines Bettes, trug nur ihr Kleid.

«Du bist hier?», fragte Adam.

«Ich habe auf dich gewartet.»

Adam seufzte, als gelte es, eine sehr schwierige und überdies unangenehme Aufgabe zu bewerkstelligen. Er zog sein Hemd über den Kopf, faltete es ordentlich zusammen und legte es über den Stuhl. Ganz langsam waren seine Bewegungen, als wolle er hinauszögern, was doch getan werden musste.

Als er sich umständlich seiner Beinkleider entledigen wollte, stand Priska auf.

«Warte», sagte sie. «Ich werde dir ein Tuch über die Augen binden und dich zum Bett führen. Du wirst das Weib nicht sehen. Mit dem Tuch kannst du dir den Liebsten vor Augen holen.»

Adam schwieg. Da nahm sie das Tuch, band es vor seine Augen, nahm dann seine Hand und führte ihn zum Bett. Sie bettete ihn, schob ihm ein Kissen unter den Kopf, bedeckte die Füße, warf noch ein paar Scheite in den Kamin, damit er es warm hatte. Dann setzte sie sich auf die Bettkante, bedacht darauf, dass ihr Körper seine nackte Haut nicht berührte. Langsam hob sie die Hand und begann damit sein Gesicht zu streicheln. Ihr Finger glättete seine Augenbrauen, strich über die Stirn, fuhr über den Nasenrücken, umrandete die Lippen. Sie sah, dass Adam ganz tief atmete, wurde mutiger und nahm die andere Hand zu Hilfe. Sie legte sie an seine Wange, baute ihm mit ihrer Hand ein Nest, in das er sich schmiegen konnte. Die andere strich über seinen Hals. Ganz langsam, ganz sanft, von dort über die Schulter, den Arm hinab bis zum Handgelenk. Dann nahm sie seine Hand in ihre, streichelte mit der anderen Hand jeden Finger einzeln. Wieder atmete er tief, und ihr war, als würde die Scheu von ihm abfallen, als würde sein Körper weicher, nachgiebiger. Da führte sie seine Hand an ihren Mund, stippte mit der Zunge in seinen Handteller und spürte, wie ein Schauer ihn überlief. Ihr Blick suchte seine Mitte. Als sie sah, dass seine Männlichkeit langsam erwachte, sich neugierig aufrichtete und noch zaghaft, aber doch sichtbar das Nest seiner schwarzen Schamhaare verließ, lächelte sie. Sie nahm seinen Finger in ihren Mund, saugte daran und sah mit Freude, dass es ihr gelang, seine Männlichkeit mit Festigkeit zu füllen.

Die andere Hand glitt nun über seine Beine, fand die Innenseite seiner Schenkel. Ganz ruhig wurden Adams Atemzüge, sein Gesicht verlor jede Kantigkeit. Mit der anderen Hand strich sie sanft über das dunkle Haar in seiner Leibesmitte. Sie sah, dass er auch auf diese Berührung reagierte, dass seine Mannheit sich an ihre Hand schmiegte. Behutsam, als könne sie etwas zerbrechen, machte sie auch nur eine falsche Bewegung, strich sie darüber und war erstaunt über die Festigkeit. Sie strich von der Wurzel nach oben, nahm sie dann in ihre Hand, in die sie wunderbar passte, als wäre ihre Hand eigens dafür geformt.

Hart war seine Mannheit. Hart und gerade wie der Ast eines Baumes. Während die eine Hand noch immer den Ast umfing, darauf hinauf- und herabglitt, hob Priska mit der anderen Hand ihren Rock, spreizte die Beine und hockte sich über den Ast. Langsam, ganz langsam, ließ sie sich darauf niedersinken. Niemand hätte ihr sagen müssen, was sie jetzt zu tun hatte. Es war, als wäre das jahrhundertealte Wissen der Frauen über sie gekommen. Sanft bewegte sie sich auf ihm, hatte ihre Blicke auf sein Gesicht gerichtet, sah, wie sich seine Züge auflösten, und empfand sein Seufzen als Belohnung.

Da plötzlich spürte sie das Feuer, von dem Regina gesprochen hatte. Es glühte durch ihren Schoß, brachte Feuchtigkeit, floss heiß durch ihre Adern. Sie sah auf Adams Mund und fühlte unbändige Lust, ihn zu küssen. Seine Hände sollten sie streicheln, seine Haut ihre Haut berühren, sein Mund ihren Mund verschlingen, sein Schoß sich an ihrem Schoß reiben. Sie verlor alle Hemmungen, rieb ihre Brüste durch den Stoff des Kleides an seiner Haut, presste ihre Lippen auf seine, durchbrach die Grenze seines Mundes mit ihrer Zunge, begierig darauf, seinen Atem zu trinken.

Da fuhr seine Hand in die Höhe, riss an der Binde. Sie fühlte seine Mannheit in sich kleiner werden, aus sich herausrutschen. Unsicher geworden rückte sie ab und sah, wie seine Mannheit sich furchtsam ins Nest der schwarzen Haare flüchtete.

Sie begriff nicht sofort, was geschehen war, doch nun, da das Tuch seine Augen nicht mehr bedeckte, las sie darin.

Er drehte den Kopf zur Seite und presste das Gesicht ins Kissen. Ein Beben ging durch seinen Körper. Da stand sie auf, richtete ihre Kleider, bedeckte seinen nackten Leib mit der Daunendecke und verließ stumm sein Gemach.

ZWEITER TEIL

Neuntes Kapitel

Ein Kind, ein Kind. Alles in Priskas Denken drehte sich darum. Ein Kind, um allen zu zeigen, dass ihre Ehe eine Ehe war, wie sie sein sollte.

Sie stand am Morgen auf und stellte sich vor, ein Kind in der Wiege neben dem Bett stehen zu haben. Sie würde das Kind aus seinem Bettchen nehmen, zu sich legen, sich an der weichen, warmen Haut erfreuen.

Wenn sie auf den Markt ging, dann ertappte sie sich manchmal dabei, den Arm so zu halten, als trüge sie ein Kind darauf. Sie stellte sich vor, die Leute würden stehen bleiben und sagen: «Ein glückliches Kind, nicht wahr? Es ist immer so friedlich. Von solchen Kindern sagt man, sie wären mit einem Lachen gezeugt.»

Sie würde nicken und ebenfalls lachen, damit alle merkten, dass das Lachen im Hause des Stadtarztes Adam Kopper zu Hause war.

Am Abend dann, wenn das Kind zu Bette gebracht war, würde sie mit Adam in der Wohnstube sitzen und ihm erzählen: «Heute hat es zum ersten Mal Brei gegessen. Heute ist der erste Zahn gekommen.»

Und Adam würde sie ansehen mit einem Gesicht voller Stolz, einem Stolz, den nur die Männer kannten, die einen Sohn und Nachkommen gezeugt hatten. «Erzähl, was hat es noch gemacht? Hat es gelacht, als ich zur Tür hereinkam? Hat es meine Schritte erkannt?»

Er würde ihr zärtlich über die Schulter streichen, und am ersten Geburtstag des Kindes würde sie ein Schmuckstück bekommen, wie es der Brauch war, als Dankeschön, dass sie das Kind so gut und gesund über das erste Jahr gebracht hatte.

«Du lächelst so verträumt. Woran denkst du?», fragte Adam, als sie ihm am Abend gegenübersaß und sich vorstellte, wie sie ihm von dem Kind erzählen würde und wie dabei kleine Hände an ihrer Haube zupfen würden.

«Ich ... ich habe nur so vor mich hin gedacht», stammelte sie.

Seit der Nacht mit dem Tuch war eine Befangenheit zwischen ihnen entstanden, die Priska nicht abschütteln konnte. Es fiel ihr schwer, seinem Blick offen zu begegnen. Der Kuss am Morgen auf die Stirn wärmte nicht mehr, sondern brannte.

«Priska!» Adams Stimme klang bittend. «Rede mit mir. Du bist mir so fremd geworden in den letzten Tagen, dass ich glaube, wieder verlassen zu sein. Was ist mit dir?»

Sie sah ihn an, schüttelte den Kopf, setzte ein Lächeln auf. «Sorge dich nicht, Adam. Es ist nichts.»

Dann stand sie auf, stellte den Stickrahmen zur Seite, legte eine Hand auf seine Schulter. «Müde bin ich. Habe den ganzen Tag im Laboratorium verbracht. Ich gehe schlafen.»

Er hob den Kopf, wartete darauf, dass sie die Stirn senkte, um den Abendkuss zu empfangen, doch sie tat es nicht, sondern nickte nur und verließ die Wohnstube.

Am nächsten Tag war Sonntag, ein freier Tag für die meisten Leipziger, nicht aber für den Stadtarzt, denn die Krankheiten wussten nichts von Sonn- und Feiertagen. Priska entschloss sich, ihre Schwester Regina zu besuchen, die sie seit der Hochzeit nicht mehr gesehen hatte. Regina war nun die Frau des Feuerknechtes und Magd bei einem Silberschmied. Ihr Haus lag noch innerhalb der Stadtmauern, aber schon nahe am Nauendörfchen, dem Wohnort des Henkers. Es war ein kleines Haus mit nur zwei Kammern und einem kleinen Gärtchen dahinter. Doch es war aus Stein, und der Boden war nicht aus gestampftem Lehm, sondern mit Dielen belegt.

Priska klopfte. Regina öffnete, doch kein Lächeln glitt über ihr Gesicht. «Du kommst hierher?», fragte sie und zog die Augenbrauen zusammen. «Was willst du?»

«Dich besuchen. Sehen, wie es dir geht. Du bist meine Schwester.»

Regina nickte, dann öffnete sie die Tür und ließ Priska ein. Sie wies mit der Hand auf einen Stuhl, den Priska als Möbel aus Evas Haushalt erkannte. «Setz dich, wenn du magst.»

Priska tat wie ihr geheißen. Regina setzte sich auf die andere Seite des Tisches, legte die Hände verschränkt auf die Platte und sah Priska neugierig an.

«Das Leben als Arztfrau bekommt dir gut. Deine Haut ist rosig, dein Haar glänzt, deine Hände zeigen, dass schwere Arbeit ihnen fremd ist.»

Priska sah auf ihre Hände, dann auf Reginas. Ihre Nägel waren rosig und glänzten, die von Regina waren kurz, die Nägel gebrochen und von stumpfer Farbe. Die Haut war rau und ein wenig rissig sogar.

«Guck nur. Schau sie dir an, meine Hände. Sieh, was geschieht, wenn man den ganzen Tag als Magd dienen muss, die Laken waschen, das Gemüse putzen, die Stuben scheuern muss. Und kaum ist man damit fertig, wird man in die Werkstatt gerufen zum Löten und Walzen, zum Schlagen und Drahtziehen.»

Reginas Stimme klang schrill und anklagend. «Und schau dir mal mein Haar an. Es hängt herunter wie Sauerkraut. Ich habe keine Zeit, es mit Kamille zu spülen, und kein Geld, um es mit Essig zum Glänzen zu bringen.»

«Soll ich dir Kamille und Essig bringen am nächsten Sonntag?», fragte Priska.

Regina schüttelte den Kopf. Ihre Augen blitzten. «Da sitzt du nun und willst mich mit Geschenken verhöhnen. Die eigene Schwester, den anderen Teil der Seele mit Almosen beschwichtigen.»

«Das stimmt nicht. Du selbst hast dieses Leben gewählt. Du hättest es anders haben können, hättest Kamille und Essig, Salbe und Schmalz haben können. Auch wir stehen noch am Anfang, rechnen noch mit jedem Heller», wandte Priska leise ein.

«Pah!», machte Regina. «Ich bekomme einen Achtelgulden im Vierteljahr, ein bisschen vom einfachsten Tuch. Dein Mann aber erhält zwölf Heller allein beim Besehen des Wassers. Mit eigenen Augen habe ich gesehen, wie er das Harnglas nahm, es gegen das Licht hielt, daran roch und die Hand ausstreckte, damit die Mutter meines Herrn die Geldkatze zückte.»

«Er hat auch Ausgaben», rechtfertigte Priska sich. «Ich bin seine Gehilfin, suche selbst in den Auen nach Kräutern, mische die Salben an und braue die Tränke.»

146

«Und auf dem Markt, wie ist es da? Gestern habe ich dich gesehen, wie du da gingst mit stolz gerecktem Kopf und die Bäuerin es nicht wagte, dir den Kohl zu geben, der eine faule Stelle hatte. Gegrüßt haben dich die Leute von allen Seiten. Du brauchtest nur zu nicken, und sie waren zufrieden. Ich aber muss zuerst den Mund öffnen und den Kopf senken, kommt eine Bürgersfrau vorüber.»

«Der Mund fällt von allein wieder zu.»

«In der Kirche sitzt du auf einer Bank. Ich aber muss an der Seite stehen.»

Priska blickte sie an. «Willst du mit mir streiten? Deshalb bin ich nicht gekommen.»

«Nicht? Weshalb dann?»

«Ich wollte sehen, wie es dir geht. Du bist meine Schwester. Fragen wollte ich, ob ihr was braucht, du und der Deine.»

Regina warf den Kopf zurück. «Ich glaube dir nicht. Weiden wolltest du dich an unserem Elend. Wolltest die Armut mit eigenen Augen sehen, wolltest schauen, ob ich nun demütig geworden bin.»

«Nein, das stimmt nicht.»

Regina hörte Priskas Einwurf nicht. «Gekommen bist du, um dir vorzuführen, wie gut du es doch hast. Gekommen bist du, um heute Abend getröstet in deine weichen Daunen zu sinken.»

«Trost? Ich brauche keinen Trost.»

«Oh, doch, das brauchst du. Und sogar mehr als ich. Wenn ich auch nie mit der Kutsche fahren werde und mein Haar nicht mehr glänzt, so bin ich doch reicher als du, denn ich werde ein Kind haben. Du aber wirst dich deiner Haube mit jedem Tag mehr schämen.»

Regina lehnte sich zurück und legte die Hand auf ihren Leib. Jetzt erst sah Priska die Wölbung. «Du bekommst ein Kind?», fragte sie und konnte nicht verhindern, dass etwas in ihr zu brennen begann.

«Ja, ich werde ein Kind haben. In drei Monaten werde ich es zur Taufe tragen. Du wirst neben mir stehen, und die Leute werden dich mitleidig ansehen, mir aber werden sie gratulieren. Und auch ich werde Mitleid haben mit dir und bedauern, dass du nicht die Patin sein kannst. Aber eine, die Gott mit Kinderlosigkeit straft, möchte ich nicht zur Gevatterin haben.»

Priska schüttelte den Kopf und betrachtete Reginas Leib. «Warum wünschst du mir Übles?», fragte sie.

«Ich wünsche dir nichts Schlechtes. Gott ist mein Zeuge. Aber dein Leben ist schlecht. Nicht gottgefällig. Du lebst mit einem in trügerischer Ehe zusammen. Das ist nicht recht.»

Sie beugte sich nach vorn und griff nach Priskas Hand. «Geh fort von ihm, Priska. Johann von Schleußig wird an den Papst schreiben, um die Ehe aufzulösen, wenn du es willst. Geh! Vielleicht findest du irgendwo ein Auskommen als Magd.»

Priska schüttelte den Kopf. «Ich weiß nicht, wovon du redest, Schwester. Mein Mann und ich leben so, wie es die Schrift vorgibt. Johann von Schleußig wird keinen Grund finden, unsere Ehe als nicht gültig zu bewerten.»

Mit diesen Worten stand Priska auf. Sie warf den Kopf in den Nacken und sah sich noch einmal in der schmalen Stube um, die für zwei fast schon zu klein war.

«Wo wird es schlafen, dein Kind?», fragte sie und deutete mit dem Finger auf einen Zuber, der in einer Ecke stand. «Dort drinnen etwa? Für eine Wiege, scheint mir, gibt es weder Platz noch Geld.»

Mit diesen Worten drehte sie sich um und verließ das Haus der Schwester. Sie hörte nicht mehr, wie diese mit der Faust auf den Tisch schlug, die Augen zu schmalen Schlitzen verengte und dabei flüsterte: «Gott wird dich strafen, weil du dir genommen hast, was mir zusteht. Gott wird dich strafen. Und ich werde dafür sorgen, dass er es nicht vergisst.»

Priska eilte mit hastigen Schritten die Gasse hinauf. Sie war aufgewühlt, führte in Gedanken Zwiegespräche mit Regina. Fast hätte sie darum den Nadelmacher übersehen, der sich ihr in den Weg stellte.

«Wartet, Doktorsfrau», sprach er sie an. Priska blieb stehen.

«Was gibt es?»

«Meine Frau ist vor kurzem mit dem nackten Fuß in eine Harke getreten, die ich im Garten liegen gelassen hatte. Die Wunde hat sich entzündet, jetzt ist sie fast schwarz, und die Meine liegt da, spricht kein Wort mehr, sondern stöhnt nur.»

«Habt Ihr nach dem Arzt geschickt?», fragte Priska.

Der Nadelmacher schüttelte den Kopf. «Vor einem Jahr erst habe ich den Meistertitel bekommen und die Werkstatt eröffnet. Schulden haben wir. Für einen Arzt bleibt kein Geld übrig.»

«Bringt mich zu Eurer Frau», bat Priska. «Ich möchte die Wunde sehen.»

«Wird sie sterben müssen?», fragte der Mann angstvoll und rang die Hände.

Priska antwortete nicht. Als sie die Wunde der Nadelmacherin sah, wusste sie, dass nur noch Beten half. Die Frau litt am Wundbrand, hatte bereits das Bewusstsein verloren.

Sie sah den Nadelmacher an, und als sie den großen, übermächtigen Kummer in seinem Gesicht las, wurde ihr das Herz schwer: «Euer Weib leidet an Wundbrand.»

Der Mann schlug die Hände vor das Gesicht.

«Eine Möglichkeit gibt es noch», sprach Priska weiter. Der Mann nahm die Hände vom Gesicht und sah sie mit neuer Hoffnung an.

«Ich habe diese Art des Heilens noch nie probiert, habe aber gehört, dass die Leute in der Vorstadt einander so helfen. Ihr müsst Stillschweigen bewahren. Kein Wort zu einem anderen. Morgen früh komme ich wieder.»

Sie nickte dem Mann noch einmal zu, strich dem kleinen Kind, das auf dem Boden spielte, übers Haar, warf einen Blick in die Wiege und lächelte ein drittes Kind, welches sich an das Bettzeug der Mutter klammerte, freundlich an.

Auf dem Heimweg dachte sie daran, was sie heute Nacht tun musste. Ein Schauer lief ihr dabei über den Rücken, doch so groß ihre Furcht auch war, sie konnte nicht zulassen, dass die Nadelmacherin starb. Sie durfte einer Mutter von drei kleinen Kindern die Hilfe nicht verweigern. Selbst, wenn sie dafür eine Untat begehen musste.

Als Priska nach Hause kam, war Adam schon da. Er schien bester Laune zu sein, nahm sie in den Arm, schwenkte sie ein wenig herum.

«Was ist los?», fragte sie.

«Die Universität möchte, dass ich ein paar Vorlesungen halte. Sogar eine Leichenöffnung ist mir gestattet worden», jubelte er. «Das heißt, dass ich als Arzt anerkannt bin.»

«Das ist wunderbar», freute sich auch Priska. «Wann wirst du die erste Vorlesung halten?»

«In einer Woche schon», erwiderte er. «Ich muss mich darauf vorbereiten. Die neue Zeit, Priska, wird nun auch Einzug in die Wissenschaft halten.»

Priska nickte. «Du wirst also nicht über die Säftelehre reden, so, wie es die anderen tun?»

Adams Gesicht wurde ernst. «Ich werde es versuchen. Du weißt selbst, dass es zu viele Krankheiten gibt, deren Ursachen nicht mit der Säftelehre zu erklären sind. Zu viele Dinge, die Gottes Geißel genannt werden, aber auch die Gottesfürchtigen nicht verschonen. Die Franzosenkrankheit zum Beispiel. Seit ich das erste Jahr an der Universität hinter mir habe, trachte ich danach, ein Mittel dagegen zu finden.»

«Guajak, heißt es, soll helfen», wandte Priska ein. «Alle Apotheker der Stadt verkaufen es.»

Adam schüttelte den Kopf. «Ich glaube nicht daran. Guajak ist ein Holz, das aus der Ferne kommt, es ist sehr teuer. Überleben müssten also die, die sich Guajak leisten können. Aber so ist es nicht. Ob arm oder reich, die Krankheit verläuft immer gleich – egal, ob der Kranke mit Guajak behandelt worden ist. Die Leute sollten sich besser fragen, wem es nützt, dass sie Guajak kaufen, dann würden sie von alleine auf den Gedanken kommen, dass es nur wenig bringt.»

«Wie meinst du das?»

«Die Fugger haben das Monopol auf Guajak. Alles Holz, das in Deutschland verkauft wird, geht durch ihre Hände. Reich und reicher werden sie davon, doch der Trank, den die Apotheker aus dem Guajak brauen, hilft nur dem Gewissen, dem Körper aber nicht.»

«Woher weißt du das, Adam?», fragte Priska.

«Komm mit. Ich zeige es dir.»

Er nahm ihre Hand und führte sie in sein Laboratorium. Dort wühlte er in einer Truhe, die im hintersten Winkel des Raumes stand, und brachte ein gebundenes, aber unbedrucktes Buch zum Vorschein, dessen Seiten jemand mit fremder Handschrift gefüllt hatte. «Das sind die Aufzeichnungen meines Vaters. Ich habe sie ergänzt. Sieh her!»

Er blätterte in dem Buch, tippte auf die Eintragungen der letzten Seite. «Ich habe Vergleiche angestellt. Die alte Ursula in der Vorstadt leidet an der Franzosenkrankheit, und auch der Kannenmacher Justus ist davon befallen. Justus kann sich Guajak leisten, Ursula nicht. Ich behandle sie mit einer Salbe, in die winzige Mengen Quecksilber gemischt sind. Ihr Verfall geht langsamer voran als der von Justus.»

«Wie kommst du auf Quecksilber?», fragte Priska.

«Mit Eva war ich ein paar Mal im Erzgebirgischen. Die Bergleute dort leiden weniger unter den Folgen dieser Krankheit. Ich habe nachgedacht, wie dies zu erklären ist. Dann, ich gebe es zu, habe ich herumprobiert. Schon als Student habe ich einigen Kranken in der Vorstadt vom Silberpulver gegeben, das ich aus der Schmiede hatte. Den Kranken war es gleich. Sie wollten leben und gesund werden. Mit Silber oder ohne. Doch das Silber hatte keine Wirkung. Eines Tages hatte ich kein Silber mehr, weil David mir den Besuch der Silberschmiede verboten hatte. Da habe ich Quecksilber genommen, um die Kranken, die sich an das glänzende Pulver gewöhnt hatten, nicht zu enttäuschen. Und die Krankheit ist weniger grausam verlaufen als bei den anderen.»

«Das alles hast du hier niedergeschrieben?», fragte Priska verwundert.

Adam nickte. Priska konnte sich nicht länger bremsen. Sie musste ihn fragen.

«Warum, Adam? Warum suchst ausgerechnet du nach einem Mittel gegen diese Krankheit?» Es war dunkel im Laboratorium. Nur eine Öllampe brannte und warf gespenstische Schatten gegen die Wand.

«Warum?»

«Kannst du es dir nicht denken?»

«Hören will ich es, aus deinem Mund.»

«Ja, es ist, wie du glaubst. Ich habe eine Sünde auf mich geladen, habe widernatürliche Unzucht betrieben, trage große Schuld. Entschulden will ich mich bei Gott mit einer Arznei gegen die Krankheit. Und ich werde weiter forschen, bis ich sie gefunden habe.»

«Eine Arznei aus Quecksilber?»

Adam wiegte den Kopf hin und her. «Die Kranken gesunden nicht; es geht ihnen nur besser, die Franzosenkrankheit verläuft langsamer und weniger heftig. Ich weiß noch nicht, was das Quecksilber bewirkt, was es im Inneren der Menschen macht.»

Er sah sie an, und Priska spürte, dass noch mehr dahinter steckte.

«Ich war in Annaberg», sagte er plötzlich mit veränderter Stimme.

«Ich weiß», erwiderte Priska. «Eva hat mir erzählt, dass deine Stiefmutter Sybilla, die Pelzhändlerin, dir und ihr Anteile an den Silberbergwerken hinterlassen hat.»

Adam nickte. «Ich war im Berg.» Er seufzte und schüttelte den Kopf. «Ich habe die Bergknappen gesehen. Junge

Männer, noch keine 20 Jahre alt. Sie hatten graue Gesichter und gingen gebeugt wie Greise. Ihre Augen waren bei Tage beinahe blind. Husten quälte sie, und jeder Atemzug schmerzte. Die meisten von ihnen sterben vor der Zeit. Ich war auch in den Saigerhütten, habe mit Hauern, Schmelzern, Erzwäschern und Gießern gesprochen. Seither weiß ich, dass im Berg das Gift haust. Die Dämpfe sind es, die die Männer krank und elend machen. Warum aber machen die Quecksilberdämpfe die Menschen im Berg krank, wenn das Metall in der Stadt hilft, die Lustseuche zu erleichtern? Ich bin überzeugt davon, dass einige der Metalle wie Gifte im Körper wirken.»

«Deshalb die Leichenöffnung?»

Adam nickte. «Ich bin selbst an Bergwerken beteiligt, bin mit schuld am Elend der Knappen und Gesellen. Doch es ist gefährlich zu sagen, dass die Erze krank machen. Halb Leipzig ist durch die Silberminen zu Geld gekommen, wen kümmert da der Tod einiger Bergleute?»

Adam griff nach Priskas Händen. «Hilfst du mir, Liebes? Ich möchte dich als Gehilfin zur Leichenöffnung mitnehmen. Während ich den Studenten erkläre, was sie wissen müssen, wirst du das Innere der Leiche studieren und alles notieren, was dir daran ungewöhnlich vorkommt. Ich brauche dich dabei. Einem Famulus der Universität kann ich die Aufgabe nicht übertragen. Ich brauche jemanden, dem ich vertrauen kann.»

Priska schüttelte den Kopf. «Das kann ich nicht, Adam. Mein Wissen reicht dazu nicht aus. Ich habe keine Ahnung, wie ein Mensch im Inneren aussieht.»

«Warte, warte, ich zeige es dir.»

Adam wühlte in einem Bücherstapel, bis er ein paar bedruckte Blätter fand. «Hier, schau dir das an. Ich habe die Blätter aus Italien mitgebracht. Alle Organe des Menschen sind aufgezeichnet. So sieht ein Mensch im Inneren aus.»

«Wie soll ich mir das merken?»

«Du wirst es lernen, weißt ja jetzt schon mehr als manch einer der Studenten.»

Priska lächelte. «Ich bin froh, dass du mich teilhaben lässt an dem, was du tust, was dich beschäftigt», sagte sie und meinte es so.

Adam nahm sie in die Arme. Das erste Mal seit der Nacht mit dem Tuch suchte er die Nähe ihres Körpers. Zaghaft war er, presste sie nicht an sich, sondern hielt sie ganz behutsam und ein Stück von sich weg. Priska spürte seine Scheu, legte ihren Kopf an seine Brust.

«Wir zwei, Adam und Priska, wir werden gemeinsam alle Aufgaben meistern, die Gott uns stellt», sagte Priska leise.

«Ja», erwiderte Adam. «Das werden wir. Gemeinsam durch dick und dünn, durch Lieb und Leid.»

Jetzt, dachte Priska. Jetzt muss ich es ihm sagen.

Sie hob den Kopf und sah in seine Augen. «Eva ist krank. David hat sie mit der Franzosenkrankheit angesteckt.»

Adam schwieg. Priska fühlte sich unbehaglich. Glaubte er ihr nicht? Schließlich nickte er und erwiderte: «Ich weiß, Priska. Ich weiß es schon lange.»

Später wartete Priska, bis Adam in seinem Zimmer verschwunden war. Dann nahm sie ihren Umhang, eine kleine Schaufel und einen Korb und eilte im Schutze der Häuserwände zum Stadttor. Es gab unweit des Rahnstädter Tores eine kleine Tür, durch die die Freier nach Schließung der Tore zu den Huren und wieder zurückgelangten.

Das Hurenpförtchen wurde dieses Tor genannt. Leise öffnete Priska die eiserne Pforte und schlüpfte aus der Stadt. Ihr Weg führte sie zum Schindanger in der Vorstadt, dorthin, wo der Abdecker die Tierkadaver verscharrte. Der Mond schien hell und warf kantige Schatten. Eine Fledermaus strich dicht über Priskas Kopf hinweg, und von weitem hörte sie den Ruf eines Käuzchens. «Kuwitt, kuwitt.»

«Wenn ein Käuzchen schreit, dann stirbt ein Mensch», flüsterte Priska und konnte nicht verhindern, dass die Furcht ihr in die Glieder kroch. Am liebsten wäre sie umgekehrt, doch sie konnte die Nadelmacherin und ihre drei kleinen Kinder nicht im Stich lassen. Sie atmete einmal tief durch und schritt dann rasch aus. Kurze Zeit später hatte sie den Schindanger erreicht.

Im Schein des Mondlichts fand sie schon bald einen Platz, an dem die Erde frisch aufgeschüttet worden war. Hier war erst kürzlich ein Kadaver verscharrt worden. Sie nahm die Schaufel ganz fest in die Hand und grub. Am liebsten wäre sie davongelaufen, doch sie riss sich zusammen, unterdrückte den Brechreiz und hatte nach einiger Zeit die Tierleiche freigeschaufelt. Der Mond beleuchtete das tote Tier, in dessen starren Augen die Erde klebte. Sorgsam musterte Priska den Kadaver. Endlich entdeckte sie das Gesuchte: unzählige kleine weiße Maden, die sich bereits in das tote Fleisch gefressen hatten.

Priska schüttelte sich vor Ekel, doch dann griff sie mit spitzen Fingern nach den Maden, sammelte sie vom Kadaver und verstaute sie in einen verschließbaren kleinen Tiegel. Sie hielt erst inne, als der Tiegel randvoll war.

Erleichtert stand sie auf, klopfte das Kleid sauber und eilte durch das Hurenpförtchen zurück in die Stadt. Den

Nachtwächtern wich sie geschickt aus, und wenig später war sie in ihrem Haus in der Klostergasse. Sie versteckte die Maden in ihrer Kammer und legte sich todmüde, aber zufrieden ins Bett.

Am nächsten Morgen wartete sie, bis Adam das Haus verlassen hatte. Dann nahm sie den Tiegel und machte sich auf den Weg zum Nadelmacher.

«Holt mir ein paar Streifen Leinen», gebot sie ihm, «damit ich Eurem Weib einen Umschlag machen kann.»

Der Nadelmacher gehorchte. Priska öffnete den Tiegel und legte die Maden um die schwarze, brandige Wunde am Fuß der Kranken.

«Was ... was macht Ihr da?»

Der Nadelmacher war zurückgekommen und blickte entsetzt auf das weiße Gewimmel.

«Euer Weib hat Wundbrand. Sie wird sterben, oder aber Ihr lasst die Maden das brandige Fleisch wegfressen.»

Sie drückte ihm den Tiegel in die Hand, nahm einen Stoffstreifen und verband den Fuß.

Der Mann starrte noch immer voller Abscheu auf den Tiegel.

«Wechselt jeden Abend und jeden Morgen den Verband», befahl Priska. «Sorgt dafür, dass immer neue Maden sich an der Wunde zu schaffen machen. Tut dies so lange, bis der Brand weggefressen ist. Dann säubert die Wunde mit Branntwein. In zwei Wochen kann Euer Weib wieder aufstehen und die ersten vorsichtigen Schritte machen.»

Der Nadelmacher sah sie zweifelnd an. «Kennt Ihr keine anderen Mittel?»

Priska schüttelte den Kopf. «Nein. Andere Mittel kenne ich nicht.»

«Aber warum habe ich noch nie davon gehört, dass ein Arzt bei Wundbrand Maden empfiehlt?»

Priska lächelte. «Nun, auch ein Arzt kann nicht alles wissen. Ich habe von einem Feldscher gehört, der mit diesem Mittel schon einige vor dem sicheren Tod bewahrt hat. Was habt Ihr zu verlieren, Nadelmacher?»

Sie verschwieg, dass der Feldscher wegen ebendieser Methode gehenkt worden war. Er hatte die Maden von menschlichen Leichen gesammelt. Priska hoffte, dass sie mit den Maden der Tierkadaver nicht gegen die Totenruhe verstoßen und weitere Schuld auf sich geladen hatte.

Der Mann nickte, doch er brachte kein Wort des Dankes über die Lippen.

«Betet!», trug Priska ihm auf. «Betet und erbittet die Hilfe des Herrn. Er wird Euch nicht im Stich lassen.»

Drei Wochen später brachte der Nadelmacher ihr ein Sortiment der feinsten Nadeln. «Mein Weib ist gesund, Doktorsfrau. Ihr habt sie geheilt. Eine Kerze habe ich gestiftet für Euer Seelenheil. Wenn Ihr jemals meine Hilfe benötigt, so bin ich für Euch da. Und mein Weib schickt Euch die Nadeln. Sagen sollt Ihr, wenn Ihr weitere braucht.»

Zehntes Kapitel

«Nimm mich mit», bat Priska. «Nimm mich mit zu den Kranken und Leidenden. Ich möchte noch viel mehr lernen. Bisher kann ich nur ein paar Arzneien herstellen. Aber das reicht mir nicht. Helfen möchte ich denen, die für einen Arzt und den Apotheker kein Geld haben.»

«Willst du das wirklich?», fragte Adam.

Priska nickte. «Ja, von ganzem Herzen. Besser werden soll das Leben für alle Menschen, auch für die Armen. Ich möchte dir dabei helfen, so gut ich kann.»

Als Priska wenig später an Adams Hand durch das Rahnstädter Tor ging, überfiel sie so etwas wie Aufregung. Ja, sie lebte nun innerhalb des Stadtringes, war durch die Heirat mit Adam sogar Bürgerin geworden, doch in ihrem Herzen war sie wohl für immer ein Kind der Vorstadt, ein Kind der Entrechteten und Armen.

«Zuerst gehen wir ins Frauenhaus», teilte Adam ihr mit. «Ich muss nach den Huren sehen. Es ist schon wieder eine von ihnen schwanger geworden.»

Priska sah das Haus schon von weitem. Es war eines der wenigen in der gesamten Vorstadt, das aus Bruchsteinen gemauert war und sich über zwei Geschosse zog. Im unteren Stockwerk war die Gaststube, darüber befanden sich die Kammern der Frauen.

Zögernd trat sie an Adams Seite ein. Es war das erste Mal, dass sie im Inneren des Frauenhauses war. Die Gaststube sah genauso aus wie die, die sie aus der Stadt kannte. Der Boden war aus Lehm gestampft und mit Binsen bestreut, darauf standen hölzerne Tische und Bänke, über einer offenen Kochstelle hing ein riesiger Kessel, der zu dieser frühen Morgenstunde noch leer war. Es roch nach billigen Duftwässern und ranzigem Fett, nach schalem Bier und den Ausdünstungen zahlreicher Menschen.

Die Frauen saßen an den Tischen. Einige flickten ihre Kleider, ein junges Mädchen verzierte einen Gürtel, eine andere rührte eine rote Paste aus Talg und dem Saft Roter Beete.

Die meisten von ihnen hatten die Jugend bereits hinter sich gelassen. Eine der Älteren hatte ihren Kopf auf den Tisch gelegt, die Müdigkeit drückte sie nieder. Die Frauen hatten die ganze Nacht gearbeitet und viel zu wenig Schlaf gehabt. Ihre Kleider wirkten ärmlich, aber sauber. Der Zierrat daran war billig: eine verwelkte Blume, ein einfaches Lederband mit einem Stein daran, Gürtel mit verblassten Farben, verwaschene Tücher.

Aufmerksam sah Priska jede Frau einzeln an. Zwei erkannte sie wieder; mit ihnen hatte sie früher manchmal gespielt. Und dann war da noch eine, fast noch ein Kind. Priska erschrak. Das war Margarete, ihre jüngste Schwester. Das Mädchen sah sie mit leerem Blick an. Sie erkannte sie nicht. Vor sieben Jahren war Priska weggegangen, seitdem hatte sie ihre Schwester nicht mehr gesehen. Margarete war damals acht Jahre alt gewesen. Jetzt trug sie das gelbe Hurenzeichen am Kleid. Plötzlich wusste Priska, dass auch sie hierher gehörte. Hier wäre sie gelandet, hätte die Silberschmiedin sie und Regina nicht zu sich geholt. Hier würde sie sitzen und jede Nacht erneut ihren Schoß entblößen müssen. Am liebsten wäre sie zu Margarete gestürzt, hätte sie in ihre Arme gezogen, doch das ging nicht. Zwischen ihnen war ein Graben, der durch nichts zu überbrücken war. Sie waren Fremde. Mehr noch: Sie standen auf verschiedenen Seiten. Es war besser, sie nicht als Schwester zu sehen, denn helfen konnte sie ihr nicht.

Priska blickte schnell weg. Neben Margarete saß Renate aus Halle, die sie kannte, seit sie denken konnte. Aber auch sie sah Priska an, als wäre es das erste Mal. Ich muss mich sehr verändert haben, dachte Priska und sah an sich hinab. Sie wusste nicht, ob sie froh oder enttäuscht darüber sein sollte, dass niemand sie mehr erkannte. Nein, das stimmte so nicht. Sie war froh, nicht erkannt zu werden. Sie wollte nicht zurück, wollte auch nicht erinnert werden. Sie war die Frau des Stadtarztes. Mehr nicht.

«Vierzehn Kinder habe ich geboren», klagte Renate Adam ihr Leid. «Und keines von ihnen ist mir geblieben. Ein paar sind gestorben, ein paar als Findelkinder verstreut. Nun bin ich wieder schwanger, obwohl ich das 35. Jahr längst überschritten habe. Ich möchte nicht mehr schwanger werden.»

«Du könntest dich zur Ruhe setzen», schlug Adam vor und sah nach dem Ausschlag, der sich über Renates Arme zog. «Dann wirst du auch nicht mehr schwanger.»

«Wovon soll ich leben, Doktor?»

Adam zuckte die Achseln. «Es ist die ewige Mühle, nicht wahr? Wenn du arbeitest, wirst du schwanger und eines Tages dabei dein Leben verlieren. Wenn du nicht arbeitest, dann wirst du verhungern.»

Renates Augen füllte sich mit Tränen. «Ich werde verrecken bei diesem Kind, Doktor. Ich weiß es. Mein Schoß ist alt. Helft mir, ich bitte Euch sehr. Schon beim letzten Mal wäre ich fast draufgegangen.»

«Ich kann dir nicht helfen, Renate. Eine Hebamme wirst du brauchen, wenn es so weit ist. Und viel Ruhe. Du solltest deine Arbeit bis zur Geburt unterbrechen.»

«Das kann ich nicht. Dann bleibt mir nur ein Ausweg», flüsterte Renate, und jeder wusste, was sie meinte.

Priska sah, wie sich die Angst in ihren Augen einnistete.

«Bring das Kind zur Welt», sagte sie leise. «Gott hat es dir zum Geschenk gemacht. Es ist eine schwere Sünde, wenn du dich nicht daran freust.»

Priska sah der Frau in die Augen, streifte auch ihre Schwester mit einem kurzen Blick, ehe sie sagte: «Aber ich komme wieder.»

Renate betrachtete Priskas Gesicht. «Ich kenne Euch», sagte sie. «Habe Euch schon gesehen. Wer seid Ihr?»

Priska zögerte. «Die Frau des Doktors bin ich.»

Niemand sprach weiter, doch die Blicke, die zwischen Priska und Renate gewechselt wurden, hatten ihre eigene Botschaft. Jedes klare Wort hätte den Tod bedeuten können. Damit wurden Abtreibungen und Verhütung bestraft. Die Aufgabe der Frau war es, zu gebären. Selbst, wenn es ihren eigenen Tod bedeutete.

Priska drückte Renate die Hand. «Ich komme wieder.»

Renates Rücken straffte sich. «Ja, kommt wieder. Wartet nicht, bis mein Bastard, dessen Vater ich nicht einmal beim Namen nennen kann, geboren ist.»

Priska sah zu Adam. Mische ich mich in deine Arbeit ein?, fragte sie stumm.

Adam schüttelte den Kopf, dann versorgte er Renates Ausschlag, packte seine Tasche, nahm Priska am Arm und ging mit einem Gruß. Als sie an der Tür waren, kam eine der Hübschlerinnen ihnen nachgelaufen, hielt Priska am Ärmel und flüsterte ihr etwas ins Ohr. Priska wurde rot. Sie riss sich mit ungewohnter Heftigkeit los und folgte Adam.

«Willst du wirklich wieder ins Frauenhaus gehen?», fragte er, als sie ein paar Schritte gegangen waren. «In dieser Zeit? In der man für alles und nichts verdächtig wird?»

Priska dachte an Renate, an Margarete, an das Leben, das ihr erspart geblieben war. Jetzt wusste sie, was ihre Aufgabe war. Warum Gott die Silberschmiedin vor Jahren in die Vorstadt geschickt hatte. Einen Augenblick dachte sie an ihre Schwester. Sollte sie Adam davon erzählen? Nein, er würde es nicht verstehen, später vielleicht. Jetzt ging es darum, ihn von ihrer Aufgabe zu überzeugen.

«Es gibt viele Mittel, ein Kind zu verhüten», begann Priska. «Ist es ein Verbrechen, das Leben der Frauen zu schützen?»

«Nein, Priska, das ist es nicht. Das Leben der Dirnen ist schwer genug. Eine Erleichterung wäre es für sie, nicht jedes Jahr gebären zu müssen. Die Auswirkungen einiger dieser Verhütungsmittel habe ich allerdings mit eigenen Augen gesehen. Die meisten sind ungeheuer schmerzhaft und verursachen Entzündungen. Viele Hübschlerinnen – und nicht nur die – haben schon versucht, sich das Loch mit Wolle, die mit Eiweiß verklebt war, zu stopfen. Schmerzen hatten sie, gestunken haben sie, und schwanger sind sie am Ende doch geworden.»

Priska schüttelte den Kopf. «Nein, nein, keine Wolle. Kein Eiweiß.»

«Was dann?», fragte Adam. «Von einer Heilkundigen habe ich gehört, die empfohlen hat, das Lab eines Hasen zu tragen. Zwillinge hat eine der Frauen danach bekommen! Zum Glück wurden sie tot geboren. Da hat die Heilerin den toten Kindern die Finger abgeschnitten, sie ausbluten lassen und dann der Frau empfohlen, sie solle sie an einer Schnur um den Hals tragen. Aber geholfen hat auch dies nicht», rief Adam aufgebracht. «Alle Mittel, von denen ich gehört habe, haben den Frauen Schaden gebracht.»

«Ich weiß», bestätigte Priska. «Der Henker hat den Huren früher den Urin eines Schafes zu trinken gegeben. Gekotzt haben sie über sieben Beete. Dann hat er ihnen geraten, sie sollen einen Holzring tragen, der ihnen das Loch verstopft. Geschrien haben sie vor Schmerz, als der nächste Freier seinen Schwanz in sie rammte. Ich habe gehört, wie sie bei uns zu Hause der Kräuterfrau ihr Leid geklagt haben. Tagelang konnten sie nicht sitzen und haben geblutet wie Schweine.»

Adam nickte: «Zu mir ist eine gekommen, der man einen Ring aus Leder eingeführt hatte, einer anderen hatte man den Schoß mit Gras gefüllt. Sogar einen Stein habe ich schon im Inneren einer Wanderhure gefunden. Den Frauen, die jetzt im Hurenhaus leben, hat man gesagt, sie sollen sich mit angezogenen Knien hinsetzen und siebenmal niesen, sobald ihnen der Samen in den Schoß gekommen ist. Geschlagen haben die Freier sie dafür.»

«Es muss eine andere Lösung geben», erwiderte Priska. «Es kann nicht sein, dass die Frauen Schmerzen erleiden und vor der Zeit sterben, nur weil sie zu arm sind, um ein gottgefälliges Leben zu führen.»

Der Gedanke an ihre kleine Schwester machte Priska unruhig. Sie spielte unablässig mit dem Gürtel, der ihr Kleid schmückte. Es musste einfach einen Weg aus der Misere geben. Wie zu sich selbst sprach sie weiter: «Ich weiß, dass es eine günstige Zeit gibt, um schwanger zu werden. Nun, wenn dem so ist, dann muss es auch eine ungünstige Zeit geben. Eine Frau blutet alle vier Wochen. In dieser Zeit, so heißt es, ist sie nicht empfänglich. Außerdem gilt sie in dieser Zeit als unrein. Kein Mann würde mit ihr verkehren wollen.

Zwischen den Blutungen, genau in der Mitte, ist sie dagegen bereit für eine Schwangerschaft. Wenn die Hübschlerinnen also nur kurz vor und kurz nach der Blutung die Freier empfangen, dann werden sie nicht so schnell schwanger.»

«Und wovon sollen sie in der restlichen Zeit leben? Die Puffmutter wird ihnen die Tür weisen, wenn sie zu wenig arbeiten.»

«Dann sollen sie mit Überziehern aus Schafdarm verhüten oder eine Fischblase nehmen», schlug Priska vor. «Das schützt nicht nur vor einer Schwangerschaft, sondern auch vor vielen Krankheiten.»

«Die Männer wollen keine Überzieher!»

Priska dachte lange nach, dann breitete sie hilflos die Arme aus. «Am besten wäre es wirklich, wenn sie darauf achten würden, wann sie die Blutungen haben.»

«Woher weißt du das alles, Priska?», fragte Adam, und in seinen Ton hatte sich ein leises Misstrauen eingeschlichen. «Woher weißt du so viel über Schwangerschaft und Verhütung?»

«Ich … ich … wenn … ich habe in deinen Aufzeichnungen gelesen. Es gibt ein Buch, in rotes Leder gebunden, in dem diese Dinge beschrieben werden.»

«Das rote Buch? Wo hast du es gefunden?», fragte Adam und wirkte plötzlich sehr aufgebracht.

«Es war im Abzugsloch des alten Kamins.»

«Priska!» Adam blieb stehen und fasste sie beinahe derb bei der Schulter. «Du darfst niemandem von diesem Buch erzählen! Hörst du? Niemandem!»

«Ich weiß», erwiderte Priska. «Doch sag mir, wer hat es geschrieben? Deine Handschrift ist das nicht.»

Adam schabte mit einem Fuß über den Boden, dann erwiderte er: «Das Buch enthält ebenfalls Aufzeichnungen meines Vaters, jedoch die geheimen. Er hat lange in Italien gelebt. Die Italiener sind in diesen Dingen weniger streng als wir. In Rom, stell dir vor, gibt es sogar mehr Hübschlerinnen als Geistliche. Jede Frau dort weiß ein paar Geheimnisse. Und Ida, meine alte Kinderfrau, wusste auch viel über die Frauen, obwohl sie jahrelang Nonne gewesen ist.»

Priska nickte. «Ich werde niemandem etwas davon erzählen. Doch ich werde alles, was ich wissen muss, auswendig lernen. Danach kannst du das Buch an einem sichereren Ort verstecken.»

Adam war noch nicht ganz beruhigt. «Was hat dir die Frau ins Ohr geflüstert, als wir gehen wollten?»

Priska wollte ausweichen, doch sie ahnte, dass Adam dies nicht zulassen würde. Sie seufzte.

«‹Weißt du nichts Besseres, Doktorfrau?›, hat sie gefragt. ‹Du musst doch das Geheimnis kennen, wie man Schwangerschaften verhüten kann. Bist lange genug die Frau des Stadtarztes und hast noch immer kein Kind.›»

Noch jetzt, bei ihrer Erzählung, zuckte Priska zusammen, als hätte sie einen Peitschenschlag ins Gesicht erhalten. Brüsk riss sie sich von Adam los und lief, mit den Tränen kämpfend, die schlammige Gasse hinab, ohne auf den Unrat zu achten, der ihr die Schuhe verschmutzte.

«Warte, Priska.»

Adam holte sie ein, zog sie an seine Brust und wiegte sie in seinen Armen. «Es wird alles gut. Pscht, pscht. Alles wird gut.»

Langsam beruhigte sich Priska, löste sich von ihm und wischte mit den Fäusten die Augen blank. Dann holte sie ganz tief Luft und sagte: «Wir müssen herausfinden, warum die Mutterringe den Frauen Schmerzen bereiten. Ich habe auch schon einen Gedanken. Du, Adam, musst mir dabei helfen.»

«Was hast du vor, Priska?», fragte er.

«Nicht jetzt. Deine Kranken warten. Heute Abend erkläre ich dir alles.»

Als Nächstes gingen sie zum Spital. Adam sah nach jedem Kranken, strich dort einer alten Frau über den Arm, drückte die Hand eines jungen Mannes, der von der Franzosenkrankheit schon schwer gezeichnet war, flößte einem jungen Mädchen ein wenig Wasser ein und gab dem Spitalpfleger Anweisungen.

Doch der breitete die Arme aus: «Tränke aus Kamille soll ich ausschenken? Die Grütze so fein stampfen, dass sie wie ein Brei ist? Doktor, das geht nicht. Ich bin allein hier mit all den Kranken, die den ganzen Tag versorgt sein wollen. Wann soll ich die Tränke brauen? Wer bezahlt mir die Kamille?»

«Ich kenne die Zustände im Spital, Pfleger. Ihr erzählt mir nichts Neues. Doch auch Ihr wisst, dass so mancher Kranker schon nach Hause gehen könnte, wenn er die rechte Behandlung bekäme.»

Der Pfleger schwieg, dann sagte er: «Schickt mir die Kamille, und ich braue den Trank. Wenn Ihr sie habt, so legt auch ein wenig Salbe und ein Kraut, das gegen Fieber hilft, dazu.»

Adam nickte, klopfte dem Pfleger leicht auf die Schulter und ging.

Danach musste Adam noch ins Gefängnis. Dort saß eine junge Frau ein, die der Hexerei beschuldigt wurde. Adam war sich sicher, dass sie unschuldig war. «Sie hat schwarzes Haar und ein blaues und ein braunes Auge. Daher rührt bestimmt ihr Unglück. Was sich die Leute nicht erklären können, muss vom Teufel kommen.»

«Ist sie sehr zerschunden?», fragte Priska.

Adam nickte. «Man hat sie auf die Streckbank gelegt. Die Knochen sind aus den Gelenken gesprungen. Auch die Daumenschrauben hat man ihr angelegt.»

Priska verzog das Gesicht bei diesen Worten. «Was braucht sie? Was können wir ihr geben?»

Adam schüttelte den Kopf. «Nichts. Es ist verboten, die Gefolterten mit Tränken, Salben und Binden zu versorgen. Alles, was ich machen kann, ist, zu ihr zu gehen, ihr die Hand zu halten, den Wasserkrug an ihre Lippen zu setzen, das schimmelige Brot ins Wasser zu tunken und vorzukauen, bevor ich sie mit dem Brei füttere, denn man hat ihr die Zähne ausgeschlagen und die Kiefernknochen gebrochen.»

Priska strich ihm über den Arm. Sie sah den Schmerz in seinem Gesicht. Hilflosigkeit konnte Adam nur schwer ertragen.

«Komm bald nach Hause», bat sie, dann wandte sie sich um und ging über den Marktplatz hinüber zur Hainstraße, um der Silberschmiedin einen kurzen Besuch abzustatten.

«Selten kommst du, Priska. Ich hätte dich gern öfter um mich», sagte Eva und setzte der Schwägerin den kleinen Aurel auf den Schoß. Priska wiegte das Kind, roch an ihm, strich ihm über das Haar.

«Ich bin gern bei dir, Eva. Aber ich habe wenig Zeit.»

«Ich weiß. Es ist gut, dass Adam dich hat.»

«Und du? Wie geht es dir?»

«Och», erwiderte die Silberschmiedin. «Stiller ist es, seit ihr alle aus dem Haus seid.»

«Hat dir die Wallfahrt geholfen?»

Eva zuckte die Achseln. «Ich beklage mich nicht. Es gibt viele, die weitaus schlechter dran sind als ich.» Sie zeigte auf ein kleines Säckchen mit Guajak. «Ich bekomme häufig Besuch, weißt du. Adam kommt zu Gast. Aber nicht nur er.»

Priska sah das Strahlen in Evas Augen. «Johann von Schleußig, nicht wahr? Er ist es, der dir das Guajak bringt.»

Eva nickte und errötete ein wenig. Priska lächelte. «Er tut dir gut, Eva. Du siehst so jung und frisch aus, bist so ruhig und heiter, wie ich dich gar nicht kenne.»

«Und du, Priska», fragte Eva im Gegenzug, «bist du glücklich mit Adam?»

Priska sah für einen Augenblick in die Ferne, bevor sie antwortete: «Ja, Eva. Ich bin glücklich mit Adam. Glücklich, einen Mann gefunden zu haben, der mich wirklich braucht. Mich, Eva, verstehst du? Ich bin ihm wichtig.» Sie lächelte ein wenig, dann fügte sie hinzu: «Außerdem habe ich durch ihn eine Aufgabe in der Welt gefunden, die mich erfüllt.»

Eva nickte. «Ja, ich habe von deinen Taten gehört. Du hast für das Kind der Bademagd eine Arznei gemacht, die ihm geholfen hat. Und auch der Nadelmacher spricht mit großer Hochachtung von dir. Wunderheilerin nennt er dich gar. Er erzählt jedem, der es hören will, dass du nicht wie die Ärzte heilst, sondern mit der Hilfe Gottes. Er, der Herr, hätte dir diese besondere Gabe gesandt.»

Priska lächelte verlegen. «Ja, auch andere sind inzwischen zu mir gekommen. Ich gebe ihnen Tränke aus Pflanzen. Doch das ist nicht das Wichtigste. Für jedes Leiden habe ich ein Gebet, welches ich den Kranken sagen lasse. Für die Krankheiten der Augen lasse ich zur heiligen Odilia beten, für ansteckende Leiden zu Maria Magdalena, bei Fallsucht zu Cyriakus und bei Frauenleiden zur Mutter Gottes.»

Sie verschwieg Eva, wie schwer es ihr immer noch fiel, die toten Hunde vom Abdecker zu holen und daraus das Schmalz herzustellen oder des Nachts auf dem Schindanger herumzukriechen und Maden zu sammeln. Inzwischen hatte sie ein bisschen mit dem Hundefett experimentiert. Einmal hatte sie Thymian zugesetzt, ein anderes Mal Zwiebeln und Rosmarin. Zwei Sorten stellte sie inzwischen her: eine mit Minze, die auf der Brust aufgetragen wurde, und eine mit Kräutern, die man auch essen konnte.

«Und sonst, Priska? Wie geht es mit Adam als Ehemann?»

Priska spürte Evas fragenden Blick. Sie wusste, worauf Eva hinauswollte, aber mit einer Antwort konnte sie nicht dienen. Nein, sie wusste nicht, ob sie jemals ein Kind bekommen würde, ob sie jemals eine Existenzberechtigung in Form einer gefüllten Wiege haben würde. Sie küsste den kleinen Aurel auf das Haar, gab ihn Eva wieder und verabschiedete sich.

Als sie ihr eigenes Haus, das sich in der Klostergasse befand, erreichte, hatte die Dämmerung eingesetzt.

Kurz nach ihr kam auch Adam. Nach dem gemeinsamen Essen – die Magd war schon entlassen – saßen sie bei einem Becher Wein in der Wohnstube und sprachen über den Tag. Schließlich fragte Adam: «Du wolltest mit mir über die Schwangerschaftsverhütung reden.»

Priska nickte. «Ich habe nie gesehen, wie die Kräuterfrau den Frauen aus dem Hurenhaus die Mutterringe eingesetzt hat. Aber ich habe darüber nachgedacht. Und dabei sind mir zwei Dinge aufgefallen: Die Kräuterfrau, Amalie heißt sie, hat für jede Frau dieselbe Mutterringgröße verwandt. Aber die Frauen sind unterschiedlich. Eine ist dünn, die andere kräftig, eine hat ausladende Hüften, die andere ein schmales Becken. Gewiss sind auch ihre Schöße nicht alle gleich groß. Deshalb muss man den Ring, wenn er wirken soll, dem Körper der Frau anpassen.»

Adam nickte nachdenklich. «Du könntest Recht haben, aber wie willst du die Größe ermitteln?»

Priska freute sich über Adams Anteilnahme. «Bienenwachs», erklärte sie. «Mutterringe aus Bienenwachs. Sie sind geschmeidig und passen sich der Form des Körpers an.»

Priska unterbrach sich und pustete aufgeregt eine Haarsträhne aus ihrer Stirn. Dann griff sie nach Adams Hand.

«Jetzt musst du mir helfen. Ich weiß nicht besonders gut, wie eine Frau im Inneren aussieht. Ich habe auch keine Aufzeichnungen darüber gefunden. Darum möchte ich den Ring an mir testen. Ich muss wissen, wie sich der Mutterring im Schoß anfühlt, muss wissen, ob er drückt, Schmerzen bereitet oder Entzündungen verursacht.»

«Warte, nicht so schnell, Priska. Ich weiß nicht viel über die Wärme im weiblichen Schoß, doch bedenke, dass Wachs sich verformt.»

Priska wischte seine Einwände beiseite. «Nicht, wenn man ein Gitter aus Draht baut, das man dann in Bienenwachs taucht.»

Adam nickte und sah nachdenklich in die Ferne.

Da fragte sie leise: «Adam, du musst mir nicht nur gedanklich helfen. Du musst noch viel mehr.»

«Alles, was du willst, meine Liebe.»

Priska schluckte, wurde rot, öffnete den Mund, schloss ihn wieder. Schließlich senkte sie den Blick auf den Boden und sagte leise: «Ich sagte schon, dass ich den Mutterring an mir testen will. Die Passform, das Gefühl und alles andere. Aber du musst ihn mir einsetzen. Du musst dich mit meinem Schoß vertraut machen.»

Nach diesen Worten herrschte Stille.

Zögernd sah Priska hoch. Adam wich ihrem Blick aus. «Ich … ich bin vielleicht nicht der Richtige dafür … weißt du», stotterte er.

Plötzlich wurde Priska wütend. Wie ein Staudamm brach der ganze Ärger der letzten Wochen aus ihr heraus.

«Du sagst, du bist Arzt geworden, weil du die Menschen liebst, Adam, weil du eine Schuld abtragen willst? Pah! Ich glaube dir nicht mehr. Denn dann würdest du mir helfen, den Ring zu testen. Weil ich deine Frau bin und weil ich nur um Haaresbreite dem Hurenhaus entkommen bin. Aber du denkst immer nur an dich und an deine Schuld. Dabei geht es doch zur Abwechslung gar nicht um dich! Sondern darum, dass du mir helfen sollst!»

Die Worte kamen laut und hart. Priska sah, dass Adam zusammenzuckte. «Du bist Arzt», fügte sie versöhnlich hinzu. «Und ich bin in diesem Fall nicht deine Frau, sondern deine Mitstreiterin. Du solltest alles vergessen, was gemeinhin zwischen Mann und Frau sein sollte. Begegne mir dieses eine Mal als Arzt, der die Menschen liebt und dafür die eigenen Empfindlichkeiten außer Acht lassen kann.»

Adam schaute auf, seufzte. «Du hast Recht, Priska. Und ich weiß es. Also gut, ich werde tun, was du von mir erwartest. Eines aber möchte ich doch noch wissen: Warum ereiferst du dich so für die Frauen?»

Priska holte tief Luft. Ihre Schwester kam ihr in den Sinn. Nein, sie durfte Adam nichts davon sagen. Schließlich sagte sie: «Die Hübschlerinnen haben in Leipzig mehr zu sagen, als manch einer wahrhaben will. Sie reden mit den Freiern, die aus allen Häusern der Stadt des Nachts zu ihnen schleichen. Sie erfahren viel. Wir dürfen sie nicht in dem Glauben lassen, ich hätte das Geheimnis, eine Schwangerschaft zu verhindern. Ein solches Wissen ist strafbar, Adam. Reden sie aber, der Doktor sei nicht einmal in der Lage, die eigene Frau zu schwängern, so schaden sie uns noch in zweifacher Hinsicht: dir als Arzt und mir als Ehefrau. Und das können wir uns nicht leisten. Darum muss ich schwanger werden und kann dann den Frauen im Hurenhaus erklären, welche Methoden man anwenden muss, um schwanger zu werden, und was man auf keinen Fall tun darf. Verstehst du, Adam? Wir müssen das Pferd von hinten aufzäumen, damit uns niemand etwas anhaben kann. Die Hübschlerinnen sind nicht dumm. Wenn ich ihnen beispielsweise sage, dass sie auf gar keinen Fall Bienenwachs verwenden dürfen, weil dadurch eine Empfängnis gefährdet ist, so wissen sie diese Mitteilung einzuordnen. Und wer weiß? Vielleicht gelingt es uns auf diese Weise sogar, ein Mittel zu finden, dass die Übertragung der Franzosenkrankheit verhindert.»

Adam erwiderte nichts, doch in seinen Augen stand so viel Bewunderung für seine kluge Ehefrau, dass Priska errötete. Er stand auf, nahm sie bei der Hand: «Lass uns ins Laboratorium gehen. Ich habe dort noch Bienenwachs.»

Einträchtig verließen sie die Wohnstube, lauschten nach den Geräuschen im Haus, doch die Magd hatte sich schon in ihre Kammer zurückgezogen, alles war still.

Im Laboratorium entzündete Adam sämtliche Lichter. Dann holte er ein Gefäß mit Bienenwachs, kratzte eine kleine Hand voll heraus und reichte sie Priska.

Priska knetete das Wachs in der Hand, bis sie eine Kugel geformt hatte.

«Wie ... wie sehe ich eigentlich da drinnen aus?», fragte sie schüchtern.

«Das werden wir gleich herausfinden», erklärte Adam. «Komm her», sagte er, nahm ein Blatt Papier und einen Federkiel zur Hand. Er zeichnete etwas, das entfernt einer Blüte ähnlich sah. Dann erklärte er: «Das, was aussieht wie pralle Rosenblätter, sind die großen Schamlippen. Darunter liegen die kleinen Schamlippen. Sie wachsen vorn am Schoß zusammen und bedecken einen Teil, der erbsengroß ist. In Italien nennen die Ärzte dieses Teil *Clitoride*, bei uns dagegen findet es keine Erwähnung. Das ist, so erfuhr ich von einem jüdischen Arzt, den ich in Florenz traf, das Zentrum der weiblichen Lust. Wenn ein Mann einer Frau beiwohnt, so vergrößert sich dieser Kitzler und wird groß und prall wie eine Kirsche. Ein Fingerbreit dahinter befindet sich eine Öffnung, aus der der Harn heraustritt. Kurz dahinter liegt der eigentliche Eingang zur Scheide. Wenn die Frau die Beine spreizt, so entfaltet sich der Eingang.»

«Das habe ich schon gesehen», unterbrach Priska aufgeregt ihren Mann. «Damals, als Eva den kleinen Aurel zur Welt gebracht hat.»

Adam nickte und fuhr fort: «Die Kugel, du weißt es selbst, muss dort hineingeschoben werden. Sie muss den so genannten Muttermund verschließen, damit der Same des Mannes nicht eindringen kann. Du musst selbst fühlen, ob die Kugel richtig sitzt.»

«Ich ... du meinst ... ich soll mich *dort* berühren?» In Priskas Augen flackerte die Scham. «Die Kirche hat es verboten.»

Adam fing an, so ausgelassen zu kichern, dass Priska schließlich auch lächeln musste. «Ich benehme mich dumm, ich weiß», gab sie zu. «Vorhin noch habe ich dir einen Vortrag gehalten, und jetzt setze ich meine Scham über den Willen zu helfen.»

«Ja, da ist wohl ein Körnchen Wahrheit drin», erwiderte Adam, doch dann wurde er ernst. «Nimm diesen Spiegel», sagte er und reichte Priska einen handtellergroßen Spiegel, der in einen kostbaren Silberrahmen gefasst war und unten einen Griff zum Halten hatte.

«Heb deine Röcke und betrachte dich genau», sagte er. «Ich werde in der Zwischenzeit in der Küche einen Becher Wein trinken.»

Zögernd nahm Priska den Spiegel in die Hand. Wieder hatte die Scham ihr die Wangen rot gefärbt, doch Adam achtete nicht darauf. Er hielt ihr die Zeichnung hin. «Sieh genau hin», sagte er, «und versuche alles zu entdecken.»

Dann drehte er sich um und verließ das Laboratorium.

Priska konnte sich nicht erinnern, sich jemals so unwohl gefühlt zu haben. Sünde nannte die Kirche das, was sie vorhatte. Jeder, der sich selbst berührte, die Sünde des Onan beging, musste beichten und büßen. Doch Priska hatte nicht vor, eine Sünde zu begehen. Im Gegenteil.

«Gott weiß es», flüsterte sie leise vor sich hin, um sich zu beruhigen. Trotzdem war die Scham in ihr so groß, dass sie den Spiegel wie einen ekligen Wurm in der Hand hielt. Sie versuchte sich selbst Mut zu machen: «Um den Frauen zu helfen, muss ich wissen, wie eine Frau gebaut ist. Und am besten geht das, wenn ich weiß, wie mein Körper aussieht, wie er funktioniert.»

Für einen Moment kam es ihr seltsam vor, dass eine Frau, die noch nie mit einem Mann geschlafen und noch nie geboren hatte, ein Mittel für die Hübschlerinnen ausprobieren sollte. Aber sie musste es tun. Wer sonst? Ob sie den Versuch abbrechen und Regina fragen sollte? Regina, ja, die wusste bestimmt, wie sich ihr Schoß anfühlte. Doch Priska wusste, dass das nicht ausreichte. Nicht für das, was sie vorhatte. Sie selbst musste sich dieses Wissen aneignen, auch, wenn sie vor Scham dabei verging.

Sie biss sich auf die Unterlippe, dann warf sie den Kopf trotzig in den Nacken, ging zur Tür und schob energisch den Riegel davor. Anschließend nahm sie einen Schemel, stellte einen Kerzenleuchter darauf und legte das Papier, das Adam gezeichnet hatte, daneben. Dann hob sie den Rock, spreizte die Beine und schob den Spiegel dazwischen. Der Schweiß brach ihr aus, obwohl es im Laboratorium kühl war. Priska wagte einen Blick und wandte sich sofort wieder ab. «Es ist Sünde, was ich hier tue», flüsterte sie.

Dann sah sie erneut hin, erblickte das dunkle Vlies ihrer Schamhaare. Noch nie hatte sie sich dort berührt. Nur beim Waschen, das sie schnell und wenig sanft erledigte. Jetzt

strich sie mit der Hand zaghaft über ihren Schamhügel.
Ihre Finger glitten durch das Haar, und zum ersten Mal
stellte Priska fest, dass sich das Venushaar härter anfühlte
als ihr Kopfhaar. Sie legte eine Hand darüber, spürte die
sanfte Wölbung des Hügels. Dann betrachtete sie ihren
Schoß. Adam hatte Recht. Die Lippen sahen aus wie die
prallen Blätter einer Pflanze. Ganz vorsichtig strich sie mit
dem Finger darüber. Ein kleiner Schauer jagte dabei über
ihren Rücken. Das bin ich, dachte Priska mit Erstaunen.

Langsam wurde sie mutiger. Sie klemmte den Rock im
Gürtel fest, holte sich einen weiteren Schemel, legte den
Handspiegel darauf und stellte sich mit gespreizten Beinen
darüber. Dann zog sie mit einer Hand die prallen Blütenblätter zur Seite. Was sie sah, war so schön, dass sie in einen
kleinen Ruf des Entzückens ausbrach. Vorsichtig betastete
sie mit dem Finger die zarten kleinen Lippen. Wieder
spürte sie einen Schauder über den Rücken laufen. Gleichzeitig war sie gerührt über das, was sie fühlte. Fruchtbar,
dachte sie. Jetzt erst weiß ich, was damit gemeint ist.

Ihr Finger glitt zwischen die Schamlippen, ertastete wieder Wärme und Feuchtigkeit. Ganz langsam fuhr sie nach
vorn in Richtung Schamhügel. Als sie das erbsengroße Teil-
chen berührte, das Adam Kitzler genannt hatte, merkte sie,
dass ihr Schoß zu glühen begann. Sie legte den Finger auf
den Kitzler und rieb ein wenig daran. Groß wurde er und
prall wie eine Kirsche. Und er sah schön aus, dieser Hort
der weiblichen Lust. So schön, dass Priska es fast bedauerte,
kein Schmuckstück mehr davon machen zu können.
Fruchtbar. Da war es wieder, dieses Wort. Und es prickelte so
… so wunderbar … und brannte genau, wie Regina es beschrieben hatte. Den Schoß zum Glühen bringen. Doch,

nein, schnell zog sie ihre Hand zurück, richtete sich auf und holte ganz tief Atem. Darum ging es ihr nicht. Sie legte für einen Augenblick ihre Hand auf das klopfende Herz in ihrer Brust, dann wandte sie sich wieder der Zeichnung und dem Spiegel zu. Sie fand ihre Harnöffnung und schließlich den Scheideneingang. Noch wärmer war es darin. Ihr Schoß begann wieder zu prickeln, als sie mit dem Finger in sich eindrang, doch sie verdrängte das lustvolle Gefühl. Die Wände waren glatt und warm, schmiegten sich an ihren Finger. Sie tastete sich ab, erkundete sich, empfand Freude dabei. Freude und – ja, Lust.

Das bin ich, dachte sie wieder und war voller Glück. So fühle ich mich an, so sehe ich aus.

Plötzlich drang das Geläut der Barfüßerkirche bis hinunter ins Laboratorium. Ertappt zog Priska den Finger zurück. Jetzt kam die Scham zurück. Was mache ich da?, fragte sie sich. Das ist Sünde.

Schnell schlug sie die Röcke zurück, räumte Schemel, Spiegel, Papier und Licht zur Seite, holte die Wachskugel und knetete sie in der Hand.

Sie hatte den inneren Eingang ihres Schoßes erspürt. Nun versuchte sie, nach diesen Maßen eine Kugel zu formen.

Plötzlich klopfte es an der Tür.

Das musste Adam sein. Priska ging, um ihm zu öffnen.

«Du hast ganz rote Wangen», sagte er und strich ihr mit der Hand leicht über das Gesicht. «Schön siehst du aus.»

«Ich ... ich habe gemacht, was du gesagt hast», sagte sie leise und senkte den Kopf.

«Hast du alles gefunden, was ich aufgezeichnet habe?», fragte er und sah dabei sehr ärztlich aus.

Priska nickte. «Mehr noch», sagte sie mit leiser, aber sicherer Stimme. «Ich finde mich schön.»

Adam zog sie in seine Arme und presste sie fest an sich.

«Du bist das mutigste Mädchen, das ich je getroffen habe», sagte er und konnte die Rührung in seiner Stimme nicht verbergen.

«Mutig?», fragte Priska.

«Ja, genau das. Es gehören Mut und Entschlossenheit dazu, selbst zu bestimmen, was mit dem eigenen Körper geschieht. Du warst tapfer genug, deinen Schoß zu betrachten. Nicht viele wagen das. Du aber hast einen Kopf, der von ganz allein denken kann. Kein Priester, kein Chorherr können es dir verbieten. Das, Priska, ist wirklich Mut. Es gibt wohl in Leipzig außer den Hebammen nur wenige Frauen, die wissen, wie Weiber zwischen den Beinen aussehen.»

Sie wand sich aus seinen Armen, sah verlegen zu Boden, hielt ihm schließlich die Kugel hin.

«Möchtest du selbst?», fragte Adam.

Priska schüttelte den Kopf. «Nein, du kannst besser in mich eindringen, als ich es kann. Außerdem muss ich mich darauf konzentrieren, wie sich das Wachs in mir anfühlt, ob es reibt oder schmerzt.»

Sie streckte die Hand aus und berührte sanft Adams Arm. «Tue es für mich ... und tue es für Eva. Tue es für die Frauen und für die neue Zeit. Ich brauche dich, brauche dein Wissen. Allein schaffe ich es nicht. Ich bin nur ein ehemaliger Silberschmiedelehrling.»

Ihre Scham war beinahe verflogen. Adams Lob hatte sie gestärkt und die letzten Zweifel an Schuld und Sünde in ihr ausgelöscht. Wir sind anders, dachte sie. Aber wir sind keineswegs schlechter als die anderen.

Sie breitete ein Tuch auf den Boden, legte sich darauf, schlug die Röcke hoch und spreizte die Beine.

Dann schloss sie die Augen und sagte bestimmt: «Du bist der Arzt. Fang an.»

Elftes Kapitel

Regina hatte ein Kind geboren. Und alles geschah, wie sie es vorausgesagt hatte. Alle Nachbarn, Freunde und Verwandten gratulierten ihr in der Kirche, der Feuerknecht stand mit stolzgeschwellter Brust neben ihr, Priska aber erntete unverhohlen neugierige Blicke. Eine Frau mit der Haube der Ehrbaren auf dem Haar fragte sogar: «Und bei Euch will und will kein Nachwuchs kommen?»

Priska schüttelte den Kopf. «Wir wollen noch warten. Mein Mann braucht mich als Gehilfin.»

«Ein Stadtarzt, der im roten Talar geht, hat kein Geld für einen Gehilfen?», spottete die Frau und sah Priska von oben bis unten an. «Da brat mir einer einen Storch, wenn ich das glauben soll.»

«Glaubt, was Ihr wollt», erwiderte Priska. «Denn nur wer glaubt, wird selig.»

Dann wandte sie sich ab und ging zu Regina, die das Kind im Arm wiegte. «Darf ich meinen Neffen einmal halten?», fragte sie.

Regina verzog das Gesicht und drückte das Kind eng an sich, doch der Feuerknecht schlug Priska mit einer Hand ungeschickt auf die Schulter und rief: «Natürlich darf meine Schwägerin meinen Sohn halten. Nimm ihn nur, nimm ihn. Du wirst sehen, er ist jetzt schon stark wie ein Bär.»

Regina reichte ihr widerwillig das Bündel. Priska schob mit einer Hand das Taufgewand zur Seite, betrachtete das Kind – und erschrak.

Jetzt wusste sie den Ausdruck in Reginas Augen zu deuten. Es war Angst. Sie blickte wieder auf das Kind: Es hatte rote Haare! Der Feuerknecht aber war dunkelhaarig, fast schwarz mit dunklen Augen. Reginas Haar dagegen war von einem aschigen Blond, und ihre Augen waren grau. Das Kind aber blickte mit grünen Augen in die Welt.

So wie der Zimmermannsgeselle, mit dem sie Regina zur Fastnacht gesehen hatte. Wortlos reichte sie ihrer Schwester das Kind zurück. Regina aber flehte sie mit Blicken an und sagte leise: «Komm mich besuchen, Schwester. Ich bitte dich sehr. Komm bald.»

Priska nickte und wandte sich ab.

Auch Eva war gekommen. Blass saß sie in der Kirchenbank, hatte den kleinen Aurel neben sich. Auch das Kind hatte keine gesunde Farbe und war ein wenig schwächlich.

Priska setzte sich zu ihrer Schwägerin. «Es geht dir nicht gut, nicht wahr?»

Eva schüttelte den Kopf. «Ich fühle mich so matt und abgeschlagen. Manchmal habe ich eine Hitze in mir, wenig später ist mir so kalt, dass ich mit den Zähnen klappere. Und ich bin müde, sooo müde.»

Priska legte ihre Hand tröstend auf Evas Arm. «Du wirst es schaffen, glaub mir. Deine Wallfahrt kann nicht umsonst gewesen sein.»

Eva nickte zaghaft.

«Adam kommt doch regelmäßig zu dir, nicht wahr?»

Wieder nickte Eva. Sie sah nach vorn zu Johann von Schleußig.

«Johann kommt jeden Tag. Er hilft mir sehr. Bei ihm lerne ich, ruhig zu sein.»

Sie beugte sich zu Priska hinab und flüsterte: «Priska, ich liebe einen Priester. Ist das nicht schrecklich? Zuerst einen Mörder, nun einen Priester, der Keuschheit geschworen hat.»

Priska musste lachen. «Nein, Eva, schrecklich ist das gewiss nicht. Nur ungewöhnlich. Wir können uns nicht aussuchen, wen wir lieben. Wir suchen die Liebe nicht. Das geht gar nicht. Sie findet uns.»

Jetzt lächelte auch Eva wieder. Dann seufzte sie und senkte den Kopf, sodass Priska ihren Nacken sehen konnte. Sie erschrak – das Halsband der Venus, die Male der Franzosenkrankheit, waren deutlich zu erkennen. Am Abend sprach Priska mit Adam darüber. «Eva geht es schlecht. Ihr Körper muss schon von den kleinen Geschwüren und Papeln bedeckt gewesen sein, die beim Abheilen besonders im Nacken weiße Flecken hinterlassen. Das Halsband der Venus – Eva trägt es.»

Adam nickte. «Ich weiß, ich habe die Flecken selbst gesehen. Es sind jedoch nur wenige, und sie haben unterschiedliche Größen. Es muss nicht das Halsband der Venus sein, Priska. Ich habe schon Menschen gesehen, die hatten tellergroße weiße Flecken am ganzen Körper, aber die Franzosenkrankheit hatten sie nicht.»

«Hast du ihr von dem Quecksilber gegeben?», fragte Priska und sah ihn an. Adam wich ihrem Blick aus, nahm einen Buchenscheit aus dem Weidenkorb, der neben dem Kamin stand, und warf ihn ins Feuer.

«Hast du Eva von dem Quecksilber gegeben?», wiederholte Priska ihre Frage.

«Nein», erwiderte er schließlich. «Seit sie von der Wallfahrt zurückgekommen ist, nicht mehr. Ich habe ihr zu Guajak geraten.»

«Du? Du hast was? Du hast ihr Guajak verordnet?»

Adam nickte.

«Warum?»

Adam zögerte. «Das Quecksilber», begann er stockend. «Es bringt Eva kein Heil. Die Krankheitszeichen, die sie im Augenblick aufweist, kommen nicht von der Franzosenkrankheit.»

«Wieso? Wie kann das sein?», fragte Priska.

«Ich glaube, dass Eva an etwas anderem leidet. Vieles an ihrem Krankheitsbild stimmt nicht mit dem üblichen Verlauf überein.»

Priska konnte es kaum glauben. «Du ... du meinst, Eva hat gar nicht die Franzosenkrankheit?»

Adam starrte weiter ins Feuer. «Nein», sagte er schließlich mit fester Stimme. «Ich bin der Meinung, dass sie sich nicht bei David angesteckt hat. Doch sie glaubt es, verstehst du, Priska? Und sie weiß, wie die Krankheit verläuft, hat es bei Susanne und David sehen können. Deshalb überziehen die Pusteln ihren Körper, deshalb klagt sie über Hitze und Kälte. Zuerst sind es ihre Gedanken, dann kommen die Anzeichen. Gäbe es die Gedanken nicht, hätte sie überhaupt keine Symptome.»

Adam setzte sich in den Sessel, der neben dem von Priska stand. «Die Anzeichen der Krankheit, die Eva heute zeigt, hätten schon vor vielen Monaten auftreten müssen. So ist es bei den anderen jedenfalls gewesen. Manche Symptome, von denen sie nichts wusste, Ausschläge zwischen den Beinen zum Beispiel oder schmerzende Knoten unter den

Achseln, hat sie gar nicht. Ich habe sie sehr vorsichtig danach gefragt.»

«Warum sagst du ihr dann nicht, dass sie gesund ist?», fragte Priska verwundert.

Adam fuhr hoch, schlug mit der flachen Hand auf die hölzerne Lehne. «Verdammt, Priska, weil ich es nicht ganz genau weiß. Ich bin mir nicht völlig sicher, verstehst du? Ich weiß so wenig über diese Krankheit, über Krankheiten überhaupt. Die ganze Medizin ist ein großes Rätsel, der menschliche Körper ein undurchdringliches Geheimnis. Ach ...»

Er sank zurück und starrte ins Feuer. Sein Blick, gerade noch lodernd, war nun leer.

Priska schwieg. Sie war erschrocken. Er ist Arzt, dachte sie. Er ist ein Mann, er hat studiert. Und ich? Nichts bin ich, nichts weiß ich. Ich bin eine Frau, habe niemals eine Universität betreten und maße mir doch an, den Hübschlerinnen etwas beibringen zu können. Das ist so lächerlich. Und doch gibt es keinen anderen Weg. So albern, so gering und lächerlich meine Bemühungen auch sind, sie sind ein kleiner Schritt.

Priska nickte, ohne dass sie es merkte, mit dem Kopf.

«Was ist?», fragte Adam. «Woran denkst du?»

Priska ergriff seine Hand. «Du darfst nicht verzagen, Adam», sagte sie und spürte plötzlich ein kleines, noch schwaches Feuer in sich brennen, das nicht aus dem Schoße kam. Hätte sie gewusst, was Leidenschaft ist, hätte sie das Gefühl benennen können. «Alles, was du machst, ist richtig. Deine Versuche sind richtig, deine Zweifel, deine Ängste, deine Rückschläge. All das ist gut und richtig. All das muss so sein. Es geht nicht um die Größe der Schritte, sondern darum, dass man sie geht. Verstehst du, Adam?»

Sie sah ihn eindringlich an. «Nein, du verstehst es nicht, ich sehe es dir an.»

Sie ließ seine Hand los und schüttelte den Kopf. «Es geht nicht um deine persönliche Schuld, nicht um dich und mich, nicht um Eva und Ursula. Es geht darum, etwas zu tun. Etwas Neues zu wagen. Das, Adam, ist die neue Zeit. Nicht die Suche nach dem eigenen Platz. Wer immer das gesagt hat, er hat sich geirrt.»

Das kleine Feuer der Leidenschaft hatte ihre Wangen rot gefärbt und Glanz in die Augen gebracht. Auf einmal wusste sie, was sie in ihrem Leben machen wollte, wohin der nächste Schritt sie führen würde.

«Adam, eine Leiche reicht nicht aus. Wir brauchen viele davon.»

«Bitte? Was redest du da von Leichen, Priska?» Adam war vollkommen verwirrt.

Priska strich sich eine Haarsträhne zurück, lachte ein bisschen, weil sie so froh war über die Gewissheit in ihr.

«Ich rede von der Leichenöffnung. Nicht nur eine Leiche musst du untersuchen, sondern viele. Frauen, Männer, Kinder. Junge und Alte. Dicke und Dünne. Arme und Reiche.»

«Aber Priska, das geht nicht. Froh bin ich, dass der Dekan mir eine Leichenöffnung gestattet. Wozu so viele?»

«Du musst vergleichen, Adam. Verstehst du? Du musst das Innere der Toten miteinander vergleichen. Warum wirkt bei Ursula das Quecksilber, warum bei anderen nicht? Warum werden die Hübschlerinnen so oft schwanger, warum warten andere Frauen vergebens auf ein Kind? Diese Fragen kannst du nur beantworten, wenn du in das Innere der Menschen siehst.»

Adam seufzte, nahm ihre Hand und strich zart darüber. «Ich weiß, Priska. Doch das wird gar nicht so einfach sein. Doch ich bin froh über deine Unterstützung.»

Wenige Tage später löste Priska ihr Versprechen ein und besuchte Regina. Die Schwester war allein, der Feuerknecht mit seinen Gesellenbrüdern in der Schänke.

Regina sah schlecht aus. Es war nicht Haut oder Haar, sondern der Ausdruck ihrer Augen. Trüb waren sie, ohne Glanz.

«Ich bin gekommen, weil du mich darum gebeten hast», sagte Priska und legte mehrere Päckchen vor Regina auf den Tisch.

«Was ist darin?»

«Salben und Schönheitsmittel für dich, ein Schinken und ein paar Sachen für deinen Sohn. Eva gab sie mir.»

Regina schob die Pakete achtlos zur Seite. «Danke.»

Das Wort kam widerwillig.

«Du brauchst dich nicht zu bedanken.» Priska sagte es freundlich und mit Wärme, sodass Regina aufsah und auch ein leises Lächeln wagte.

«Verurteilst du mich?», fragte sie dann.

Priska schüttelte den Kopf. «Nein. Das steht mir nicht zu.»

«Du bist mein Zwilling.»

«Trotzdem. Ich glaube nicht mehr daran, dass wir beide uns eine Seele teilen. Du hast ein Kind, ich habe keins.»

«Ja. Aber es ist nicht von Dietmar, dem Feuerknecht. Eine Hure bin ich. So, wie die Meisterin Eva es mir prophezeit hat, so, als wäre ich nie aus der Vorstadt herausgekommen.»

Priska zuckte mit den Schultern.

«Bin ich dir so gleichgültig?», fragte Regina. «So sehr, dass du mich nicht einmal verurteilst?»

«Du bist mir nicht gleichgültig. Aber ich verurteile dich nicht.» Sie sah zu dem Säugling, der in einem Weidenkorb schlief, und strich zart über den roten Haarflaum. «Weiß es der Feuerknecht?», fragte sie.

Regina schüttelte den Kopf. «Er sieht nur, was er sehen will. Er ist so viel älter, und dies ist sein Sohn. So soll es sein, so sieht er es. Der Junge könnte Hörner auf dem Kopf tragen.»

«Dann ist doch alles gut, oder?»

Regina schüttelte den Kopf. «Ich möchte keine weiteren Kinder mehr.»

«Dann sprich mit dem Feuerknecht.»

«Das ist es nicht; mein Mann lässt mich in Ruhe. Er arbeitet schwer, hat nun seinen Sohn, alt ist er außerdem. Das, was er jetzt hat, reicht ihm.»

Regina fasste nach Priskas Hand. «Aber mir ist es nicht genug.»

«Warum nicht? Du hast mehr als deine Schwestern und Brüder, die noch immer vor den Stadttoren hausen. Was, Regina, willst du eigentlich?»

Regina blickte Priska trotzig an.

«Du glaubst, ich brauche Mandelmilch und Kutsche, um zufrieden zu sein, nicht wahr?»

«Du selbst hast es so gesagt.»

Regina winkte ab. «Man sagt nicht immer, was man meint.» Der Trotz war immer noch in ihrer Stimme. «Aber ich habe auch nicht gelogen. Reichtum bedeutet mir etwas, Ansehen bedeutet mir etwas. Wenn ich in einer Kutsche

fahre, dann sehen mich die Leute an. Verstehst du? Sie bemerken mich, sie grüßen mich, sie tun mir schön. Ich bin
etwas für sie.»

«Das ist es?», fragte Priska und wunderte sich so sehr
darüber, dass sie verblüfft den Kopf schüttelte. Sie will dasselbe wie ich, dachte sie. Sind wir uns doch so ähnlich? Sie
will jemand sein. Das will ich doch auch nur. Für irgendwen
wichtig sein. Für irgendwas nützlich sein. Ein Mensch sein.
Und das war man erst, wenn es jemanden gab, der einen
sieht und bemerkt.

«Das ist es also?», wiederholte sie, noch immer verwundert.

Regina nickte. «Aber ich werde niemals in einer Kutsche
fahren. Du, Priska, hast sie mir weggenommen.»

«Es geht doch nicht um die Kutsche. Dem Feuerknecht
bist du bestimmt wichtig, oder?»

Regina schüttelte den Kopf. «Dietmar wollte eine Frau
und ein Kind. Welche Frau, welches Kind, Herrgott, das ist
ihm gleich. Du hättest es sein können, wärst es beinahe geworden. Oder eine andere, das wäre ihm egal gewesen.»

«Und der Zimmermannsgeselle?»

Regina zuckte die Achseln, ihre Augen füllten sich mit
Tränen. «Was soll mit ihm sein? Er tat mir schön, schenkte
mir Wiesenblumen, ließ mein Haar durch seine Finger rinnen und nannte mich liebreizend. Dann starb der Meister,
dem er gedient hat. Die Witwe wollte ihn zum Manne, gab
ihm dafür die Werkstatt. Jetzt lässt er seine Finger durch ihr
Haar, das schon grau und struppig ist, gleiten.»

«Du hast ihn geliebt, nicht wahr?»

«Ich weiß es nicht. Ja. Vielleicht. Manchmal grüßt er
nicht einmal, wenn er mich in der Stadt trifft. Dann kommt

er aber doch wieder, wenn Dietmar nicht zu Hause ist, wirft er einen Stein ans Fenster und wartet in der nächsten Gasse auf mich.»

«Warum wolltest du dann Adam heiraten?»

«Weil es mir die Meisterin geboten hat. Ebenso wie danach Dietmar. Was sie sagt, wird gemacht. Das weißt du doch. Aber bei Adam hätte ich wenigstens Ansehen und genügend Geld gehabt. Der Zimmermann hätte mich grüßen müssen. Mich und mein glänzendes, duftendes Haar.»

«Aber du gehst trotzdem noch zu ihm.»

Regina nickte. «Ja, weil er zu mir kommt und nach mir ruft. Das tut sonst niemand.»

Das Kind schrie. Regina stand auf, nahm es auf den Arm, barg sein Köpfchen an ihrer Brust. «Pscht, pscht», machte sie und wiegte es sanft hin und her.

«Warum wolltest du, dass ich dich besuche?», fragte Priska nach einer Weile. Das Kind hatte sich beruhigt, saugte nun an Reginas Brust.

«Ich möchte nicht noch einmal schwanger werden. Du musst mir dabei helfen, bist die Frau des Stadtarztes.»

«Nein, Regina, das kann ich nicht. Das ist verboten, du weißt es», antwortete Priska sofort. Sie wusste selbst nicht, warum sie ihr weniges Wissen nicht mit ihrer Schwester teilen wollte.

Regina ließ nicht locker. «Du warst es, die früher der Kräuterfrau zur Hand gegangen ist.»

Priska lachte auf, dann beugte sie sich zu Regina. «Du willst von mir wissen, wie man eine Schwangerschaft vermcidet? Ausgerechnet von mir? Ich bin mit einem Mann verheiratet, der mich nicht beschläft. Ich habe kein Kind geboren. Woher soll ich mein Wissen haben?»

Sie stand auf, hielt sich mit beiden Händen an der Tischkante fest. Ihre Welt war plötzlich ins Schwanken geraten.

«Kneif die Beine zusammen, Regina. Das ist alles, was ich dir raten kann.»

«Du hilfst mir nicht?», fragte Regina.

«Nein.»

«Warum hasst du mich so?»

Priska schüttelte den Kopf. «Ich hasse dich nicht.»

«Doch, das tust du. Du willst mich zerstören.»

Regina stand auf, ihre Augen sprühten Feuer. «Noch nie hast du mich neben dir gelten lassen. Noch nie. Schon als Kind hast du alles getan, um dich von mir zu lösen. Du tust nur so, als seist du gut und gottesfürchtig. In Wirklichkeit bist du die Schlimmste von allen. Verlass mein Haus, Priska. Und komm niemals wieder. Aber eines merke dir: Bevor du mich zerstörst, werde ich dich vernichten.»

Priska erschrak. «Du weißt nicht, was du sagst, Regina. Ich hasse dich nicht, ich will dir nichts Böses. Noch nie habe ich das gewollt.»

Regina winkte ab. Ihre Augen wirkten wieder leer. «Vielleicht», sagte sie, «weißt du es selbst nicht einmal. Aber ich … ich weiß, was ich weiß.»

Zwölftes Kapitel

Eigentlich hatte Priska über den Besuch bei Regina nicht weiter nachdenken wollen. Doch als sie sich das nächste Mal mit dem Mutterring für die Hübschlerinnen beschäftigte, kam ihr die Schwester wieder in den Sinn. Der Ring ließ sich inzwischen gut tragen, das hatte sie selbst ausprobiert. Doch die anderen offenen Fragen konnte sie nicht beantworten, weil es niemand gab, der sie beschlief. Sie konnte nicht herausfinden, ob der Ring tatsächlich Schwangerschaften verhinderte, sie konnte nicht fühlen, ob er Schmerzen bereitete, wenn ein Mann in sie eindrang. All das war ihr verwehrt. All das hatte Regina im Überfluss. Vielleicht hätte sie das Ansinnen der Schwester nicht so schnell ablehnen dürfen. Die Schwester hätte für sie den Bienenwachsring testen können. So könnte sie zwei Fliegen mit einer Klappe schlagen. Priska ging ins Laboratorium hinunter, nahm ein wenig Bienenwachs in die Hände, knetete es, bis es weich genug war, jede beliebige Form anzunehmen, und drückte es vorsichtig um einen Draht, den sie selbst gezogen hatte.

Als ihr Blick auf Adams Zeichnungen der weiblichen Scham fiel, kam auf einmal wilde Lust über sie. Lust, mit der sie nicht wusste, wohin, von der sie nicht wusste, woher. Sie war einfach da. Die Wollust, die die schlechte Liebe machte.

Priska stöhnte leise auf. Sie hob die Hände, legte sie auf ihr schnell schlagendes Herz. Ihre Brüste reagierten auf die Berührung. Priska ließ sich auf den Schemel sinken und schloss die Augen. Der Zimmermannsgeselle tauchte vor ihr auf. Sie sah sein rotes Haar, roch den Duft nach Holz und Leim, der in seinen Kleidern hockte. Jetzt bog sie den Kopf nach hinten, als ließe er seine Finger durch ihr Haar rinnen. Sie hob ihm ihr Gesicht entgegen, sein Mund kam näher ... und plötzlich zuckte Priska zusammen, fand sich auf dem Schemel im Laboratorium wieder, beide Hände auf die Brüste gepresst, das Bienenwachs auf dem Steinboden vergessen.

Sie schüttelte sich, ärgerlich mit sich selbst, hob die Bienenwachskugel auf und stand auf. Dann löschte sie das Licht der Öllampe, verschloss das Laboratorium, holte ihren Umhang und machte sich auf den Weg zu Regina.

«Da!» Priska hielt Regina den Ring hin. «Das ist alles, was ich dir geben kann.»

Regina sah auf den goldgelben Klumpen. «Was ist das?»

«Bienenwachs», erwiderte Priska und drängte sich an der Schwester vorbei durch die Tür. Sie sah sich in der kleinen Wohnung um, doch Regina war allein mit dem Kind, sie musste kein Blatt vor den Mund nehmen: «Ich weiß nicht, ob diese Art Mutterring eine Schwangerschaft verhütet. Woher auch? Er trägt sich gut. Aber wie er sich anfühlt, wenn der Mann den Schoß erstürmt, das weiß ich nicht. Das, Regina, musst du mir sagen.»

Die Schwester nickte langsam. «Wir haben also einen Handel, nicht wahr?», fragte sie. «Du gibst mir das Bienenwachs, das vielleicht hilft, vielleicht aber auch nicht. Dafür willst du von mir wissen, wie sich die Liebe anfühlt. Ist es das?»

Priska spürte, wie sie errötete, und schwieg. Ja, sie wollte endlich wissen, wie die Liebe war. Die richtige Liebe. Sie wollte wissen, ob man den Samen spüren konnte. Sie wollte das Kribbeln und Prickeln, wollte, dass jemand ihren Schoß zum Glühen brachte. Doch das konnte sie Regina ja wohl kaum sagen. «Du hast mich gebeten, dir zu helfen, obwohl du weißt, dass ich mich damit strafbar mache. Ich bin gekommen. Dafür schuldest du mir etwas.»

«Gut», sagte Regina langsam, und Priska erinnerte sich daran, dass sie dieses Wort schon einmal in diesem Tonfall ausgesprochen hatte. «Gut, ich werde tun, was du von mir willst. Wir haben einen Handel. Jeder hält sich daran, seinen Teil zu erfüllen. Jetzt aber geh, ich muss dem Zimmermann Bescheid geben.»

Kurze Zeit später fand die Leichenöffnung statt. Der Vorlesungsraum, der sich in den Gemäuern des Augustiner-Chorherrenstiftes befand, war bis auf den letzten Platz besetzt. Als Priska ihren Blick über die Zuhörerreihen schweifen ließ, konnte sie einen Ausruf des Erstaunens nicht unterdrücken. Neben den Studenten in ihren schwarzen Umhängen saßen Männer, die ganz gewiss zum ersten Mal in ihrem Leben eine Universität von innen sahen. Einige davon kannte sie; da war der Bader aus der Badestube in der Hainstraße, die jetzt, in den Zeiten der Franzosenkrankheit, allerdings nur noch schlecht besucht war. Neben ihm saß ein Zahnreißer. Sie hatte seinen Stand auf dem Markt gesehen, hatte auch schon die Zangen im Mund eines wandernden Gesellen gesehen, dem der Zahnreißer einen entzündeten Backenzahn gezogen hatte. Der Geselle hatte geschrien, als stecke er am Spieß, aus seinem Mund war Blut geschossen, doch der Zahnreißer hatte sich davon nicht stören lassen. Am Ende hatte er den Schmerzverursacher stolz in die Höhe gehalten, und die Umstehenden hatten ihm applaudiert. Dann hatte er dem Gesellen einen Klaps auf die Schulter gegeben und ihn von seinem Schemel hochgescheucht. Der Geselle war taumelnd davongeschlichen, doch das breite Grinsen auf seinem Gesicht zeigte, dass der Zahnreißer seine Arbeit zur Zufriedenheit ausgeführt hatte.

Neben dem Zahnreißer saßen ein Starstecher, ein Feldarzt in abgetragener Feldkluft, sowie zwei Steinschneider, die miteinander schwatzten. Das Getuschel der Hörer ließ den Saal wie einen Topf mit brodelnder Suppe wirken. Manch einer lachte, andere sahen die seltsamen Gäste mit einer Mischung aus Belustigung und Empörung an.

Ganz hinten aber, in der allerletzten Reihe und dem Ausgang am nächsten, da entdeckte Priska den Henker, ihren Vater.

«Was … wie … woher … kommen all die Leute, die nicht an der Universität studieren?», fragte Priska. Sie stand neben Adam hinter einem Vorhang, der das Podium von dem Zuhörerraum abschirmte.

«Ich habe sie eingeladen. Jeden Einzelnen.»

«Du hast was? Adam, das darfst du nicht. Die Universität ist nur für die, die dort studieren.»

«Wer sagt das? Wissen ist für alle da. Sollte für alle da sein. Auch das muss die neue Zeit bringen: Wissen für jeden, der es erwerben will.»

«Aber all die Bader und Steinschneider und sogar

der Henker, Adam! Das werden die Professoren nicht dulden.»

«Das ist mir gleich. Ich bin einer der Stadtärzte. Ich habe es auszubaden, wenn ein Bader, Zahnreißer oder Bruchchirurg Fehler macht. Sie arbeiten mit Menschen, am menschlichen Körper. Sie müssen darüber Bescheid wissen, dann machen sie weniger Fehler, verursachen weniger Schmerzen.»

«Und der Henker?»

«Auch er hat mit Menschen zu tun.»

Priska seufzte. Sie wusste, dass es Ärger geben würde. Sie konnte es an den Gesichtern der Studenten, die abfällig auf die anderen Gäste blickten, ablesen. «Sag die Leichenöffnung ab, Adam. Noch ist es nicht zu spät», bat sie.

«Ich denke gar nicht daran», erwiderte Adam. «Mein Wissen steht jedem zur Verfügung.»

Mit diesen Worten schob er den Vorhang zur Seite und fuhr den hölzernen Tisch auf Rädern hinaus auf das Podium. Beim Anblick des Tuchs, unter dem sich der Leichnam verbarg, verstummten die Hörer im Saal.

«Heute», hub Adam an zu sprechen, «habe ich euch zu einer Vorlesung gebeten, wie es sie in diesen heiligen Hallen noch nicht gegeben hat. Doch bevor ich mit der Leichenöffnung beginne, lasst mich noch ein Wort zur Wissenschaft sagen. Schon das Wort sagt, worum es dabei geht: um Wissen zu schaffen. Wissen, das dem Menschen nützt.»

Er ließ seinen Blick durch den Raum wandern, verharrte kurz bei den Professoren, von denen mehr als einer die Kleidung des Augustiner-Chorherrenstiftes trug, dann sprach er weiter. «Wissen, das dem Menschen zugute kommt, ist von Gott gewollt, von Gott gesegnet. Wissen ist

Allgemeingut. Für jeden da, der es sucht. Deshalb habe ich heute alle die Wissenshungrigen eingeladen, die sich Tag für Tag mit dem menschlichen Körper und seinen Gebrechen beschäftigen. Auch sie sollen in das Geheimnis der göttlichen Schöpfung eingeweiht werden, welches sich uns Sterblichen nur langsam und in kleinen Schritten offenbart.»

Er machte wieder eine Pause. Die Studenten hatten die Köpfe eingezogen und sahen furchtsam und erwartungsvoll zugleich zu ihren Professoren. Die Magister tuschelten miteinander, der Probst des Chorherrenstiftes sprach erregt auf den Dekan der Universität ein. Zwei der Stadtärzte schüttelten die Köpfe, einer hatte sich bequem zurückgelehnt, als erwarte er ein Schauspiel. Der älteste Stadtarzt aber, der sehr zurückgezogen lebte, nickte Adam aufmunternd zu.

«Ihr verletzt die Würde des Toten!», rief plötzlich ein Student. Er war von seinem Sitz aufgesprungen und fuchtelte wild mit den Armen herum. «Es geht nicht an, dass Hinz und Kunz zusehen dürfen, wie Ihr den Körper der Leiche öffnet.»

Der Saal brodelte. Adam machte eine weit ausholende Handbewegung und musste schreien, um sich verständlich zu machen: «Wenn ich es nicht tue, wenn ich diese Leiche nicht öffne, dann verletze ich die Würde der Menschen. Und zwar der Menschen, die elend liegen und leiden. Menschen, die sich vor Schmerz krümmen. Ich möchte ihnen ihre Würde erhalten oder wiedergeben. Um die Lebenden zu retten, brauche ich die Hilfe der Toten. Und diese Tote da, ein armes Weib aus der Vorstadt mit Namen Ursula, sagte zu mir in ihrer letzten Stunde: «Findet heraus, was mich gequält hat. Sucht den Grund für meinen Tod. Nehmt meinen Körper, wenn ich gestorben bin. Öffnet ihn und sucht. Meiner Seele tut es keinen Abbruch. Im Gegenteil: Wie könnte Gott jemanden zürnen, der die Leiden der Menschen verringern will?»

Der Student fuchtelte erneut mit den Armen: «Und wie, frage ich Euch, soll diese Frau am Tage des Jüngsten Gerichts wieder auferstehen? Soll sie mit offenem Leib, den jeder begaffen kann, durch das Himmelreich wandeln?»

Adam zögerte. Sein Blick fiel auf die Herren in den Kutten des Augustiner-Chorherrenstiftes. Lauernd saßen sie da und blickten ihn an. Er durfte jetzt nichts Falsches sagen. Er setzte an zu sprechen, doch im selben Augenblick stand der älteste Stadtarzt auf, hob die Hand und gebot Ruhe. Dann sagte er: «Meine Herren, wir befinden uns hier in einer Universität. Und an diesem Ort dient seit alters her der Tod dem Leben. Wir sind Mediziner. Der Gegenstand unserer Wissenschaft ist der menschliche Körper. Das Jüngste Gericht aber ist Sache der Theologen.»

Dann wandte er sich mit einem Lächeln an Adam. «Es wäre nun an der Zeit, die Vorlesung zu beginnen.»

Adam erwiderte sein Lächeln, zog mit einem Ruck das Tuch vom Leichnam der alten Ursula und machte Priska ein Zeichen.

Als sie neben die Leiche trat, gab es erneut Proteste im Saal. «Eine Frau», rief einer. «Was will eine Frau an einer Universität? Das Weib ist ein minderwertiges Wesen, das von Gott nicht nach seinem Ebenbilde geschaffen wurde. Es entspricht der natürlichen Ordnung, dass die Frauen den Männern dienen. So sagte es schon der Kirchenvater Augustinus. Was also will das Weib hier?»

Mit einem Zustimmung heischenden Blick wandte sich der Student an die Professoren. Adam ließ sich davon nicht beeindrucken.

«Ihr, Studiosus, habt Euch die Frage schon selbst beantwortet: Eine Frau hat dem Manne zu dienen. Die Wissenschaft ist Sache der Männer. Dies ist meine Frau, und deshalb wird sie mir dienen, indem sie bei der Leichenöffnung hilft.»

Ein anderer Studiosus war von seinem Sitz gesprungen. «Es ist gut und richtig, eine Frau dabeizuhaben. Jeder von uns weiß, dass es Unglück bringt, einen Toten zu berühren. Soll sich das Weib die Hände schmutzig machen.»

Adam sah kurz zu Priska. Und diese senkte den Kopf, ließ die Worte an sich abprallen. Adam nickte Priska zu, sie trat einen Schritt zur Seite und ließ den Prosektor, den Leichenöffner, heran. Wohl war ihr nicht in ihrer Haut. Natürlich wusste sie, wie wichtig die Leichenöffnungen für die Wissenschaft waren, sie hatte ja selbst dafür plädiert, dennoch beschlich sie ein merkwürdiges Gefühl. So, als täte sie etwas Verbotenes. In Gedanken bat sie Ursula um Verzeihung.

Der Prosektor setzte das Messer an und schnitt beinahe geräuschlos durch das welke, tote Fleisch. Er klappte die Hautlappen auseinander – und Priska musste einen kleinen Schrei unterdrücken.

Sie schüttelte den Kopf vor Verwunderung. Auf Abbildungen hatte sie schon gesehen, wie der Mensch im Inneren beschaffen war, aber das hier war etwas ganz anderes. Der Geruch stieg ihr süß und schwer in die Nase, aber sie achtete nicht darauf. Neugierig trat sie näher an den Tisch. Der Prosektor ließ das Messer in eine Schale fallen, wischte sich die Hände an einem Tuch ab und überließ Priska seinen Platz.

Jetzt war sie dran. Sie hatte einen Zeichenstock in der Hand, ihre Aufgabe war es, auf jedes Organ, das Adam beschrieb, zu zeigen.

Wie gebannt sah sie auf das Innere – und hatte plötzlich für den Begriff der göttlichen Ordnung ein Bild. Ja, das Innere der alten, kranken Ursula offenbarte Priska das Geheimnis der Schöpfung. Ordentlich lagen die Organe in dem toten Körper, als hätte eine reinliche Haushälterin darin gewirkt.

Im Saal herrschte Stille. Die Hörer in den hinteren Reihen hatten sich von den Plätzen erhoben, um besser sehen zu können.

Langsam und deutlich erklärte Adam jedes einzelne Organ.

«Das ist der Darm», sagte er, und Priska zeigte mit dem Stock darauf. «Dort befindet sich der Magen, da schlug einst das Herz.»

Sie war ergriffen. Angerührt auf eine ganz besondere Art und Weise. Mechanisch hob sie die Hand und zeigte auf die Dinge, die Adam benannte. Doch ihr Blick blieb an einer anderen Stelle haften. Dort, wo die weiblichen Geschlechtsorgane lagen.

Dreizehntes Kapitel
Acht Jahre später

Als sie noch in der Vorstadt wohnte, hatte Priska die Kräuterfrau gefragt, was Liebe sei.

Amalie hatte sie von der Seite angesehen und gefragt: «Wie alt bist du, Kind?»

Priska hatte mit den Schultern gezuckt. «Elf vielleicht, oder auch erst zehn.»

«Ein bisschen früh für solch eine Frage, nicht?»

Priska hatte wieder mit den Schultern gezuckt und die Kräuterfrau mit unbewegter Miene angesehen.

«Liebe, Herrgott, Kind, wie soll ich das erklären?» Amalie rührte mit einem Holzlöffel im Kessel, in dem der Sud braute. «Liebe ist, wenn dir jemand wichtig ist. Wenn du dich um jemanden sorgst, dann liebst du ihn.»

Priska sorgte um Adam, seit sie ihn kannte. Verletzlich war er ihr erschienen; sein Hals schien immer in der Schlinge zu stecken, sein weißer Nacken dem Fallbeil des Henkers stets entgegengebeugt. Ohne Adam war sie allein, war sie ein Nichts. Also hatte sie sich eher um sich gesorgt?

Damals, als er die Leichenöffnung zelebrierte und damit großes öffentliches Aufsehen erregte? Acht Jahre war es her, seine Stellung als Stadtarzt war gefährdet gewesen, und viele sagten, er habe die Universität, die Wissenschaft gar beschmutzt.

Priska fand, dass er damals richtig gehandelt hatte, als er die Bader und Starstecher, die Feldärzte und Chirurgen, die Bruchschneider und sogar den Henker dazugeholt hatte. Auch, wenn es ungewöhnlich gewesen war. Das Neue brauchte halt Zeit. Aber hatte sich seitdem etwas verändert?

Adam experimentierte immer noch an einer Arznei gegen die Franzosenkrankheit. Wieder und wieder änderte er die Quecksilberbeigabe. Tag und Nacht verbrachte er im Laboratorium; er braute, brannte, destillierte, er wog und maß. Er mischte winzige Mengen des Metalls mit Mehl und presste Pillen daraus. Oder er stellte Salben aus Fett und Quecksilber her und gab sie den von der Lustsseuche Befallenen, damit sie sie auf ihre Wunden taten.

Aber ein Durchbruch war ihm nicht gelungen. Nur ein wenig Linderung hatte er ihnen verschafft. Noch immer starben ihm die Kranken unter den Händen weg. Hilfe bekam er von denen, die er damals in die Universität gelassen hatte. Ein Feldscher berichtete vom Krieg gegen die Türken, an dem er teilgenommen hatte, erzählte, wie sie sich ernährt hatten. Wenig Fleisch und Fett, viel Gemüse. Einige, die vorher krank waren und über brennenden Urin klagten, waren gesund geworden.

Die Chirurgen kamen und beschrieben die Veränderungen an den Knochen derer, die zu ihnen kamen. Selbst der Henker hatte ihn geholt, wenn er wieder einen um Kopf und Kragen gebracht hatte. Doch die Arbeit war so mühsam, war so zäh, die Fortschritte kaum sichtbar. Und immer wieder diese Vorsicht, diese Heimlichkeiten. Das war es, worunter Priska am meisten litt. Als wären sie Verbrecher! Hinter vorgehaltener Hand sprachen einige von Zeit zu Zeit von Dämonen. Wer einmal das Ziel eines solchen Gerüchtes geworden war, der wurde es zeit seines Lebens nicht mehr los. Es meldeten sich immer wieder Nachbarn und andere Wohlmeinende zu Wort und sorgten dafür, dass nichts in Vergessenheit geriet.

Darum hatte auch Priskas Sorge um Adam nie ein Ende. Immer wieder gab es neue Anlässe. Doch auch um sich selbst sorgte sie sich, auch sie musste aufpassen.

Wenn sie bei den Huren im Frauenhaus war, so musste sie jedes Wort sorgsam wählen, um nicht in einen bösen Verdacht zu geraten. Sie erzählte den Frauen, was man außer beten noch tun konnte, um einem Kind das Leben zu schenken. Viel ausführlicher aber berichtete sie davon, was man tunlichst zu unterlassen hatte. Dazu holte sie den Mutterring aus Bienenwachs hervor. «Seht ihn euch genau an», forderte sie die Frauen auf. «Davor müsst ihr euch hüten wie vor dem Teufel selbst. Denn dieses Ding hier, dieser Mutterring, kann euch um die Früchte eurer Liebe bringen.»

Bedächtig nahmen die Frauen das Gebilde aus Bienenwachs in die Hand, lächelten leise und fragten: «Wo kann man dieses Bienenwachs kaufen? Wie stellt man daraus einen Mutterring her? Wir müssen dies wissen, Doktorsfrau, damit wir – der Herrgott möge es verhüten – nicht aus Versehen zum falschen Händler auf den Markt gehen und am Ende Dinge kaufen, die der Seele Schaden zufügen. Sonst sagen die Leute noch, wir würden gemeinsame Sachen mit einem Dämon machen.»

Dämonen. In jedem Mund fand sich das Wort. Schon immer hatten viele Leute Angst vor Dämonen, aber nun kam es Priska so vor, als würden immer mehr Leute verdächtig.

Das lag bestimmt auch an dem Brief, der wenige Tage nach der Leichenöffnung aus Rom gekommen war. Der

Heilige Vater, Papst Innozenz VIII., der zwar schon 1492 verschieden war, hatte im Jahre des Herrn 1484 verkündet: «Mit ernstester Bekümmernis haben Wir neulich vernommen, dass sehr viele Männer und Weiber vom allgemeinen Glauben abgefallen und mit dämonischen Wesen fleischliche Bündnisse eingegangen sind.»

Der Abfall vom allgemeinen Glauben. Dämonen. Natürlich wurde Adams Name da wieder genannt.

Und dann war die Pest gekommen und hatte gehaust. Der Henker, das Kräuterweib und die Hure Renate waren ihr zum Opfer gefallen. David Pfeiffer, ein selbst ernannter Prophet, hatte schwere Jahre vorhergesagt und damit auch noch Recht behalten. Nun waren die Leipziger erst recht alarmiert und witterten überall gotteslästerliches Verhalten. Und wie immer in diesen Situationen fand sich auch wieder jemand, der mit dem Finger auf Adam zeigte und die alten Geschichten herauskramte. Nein, Priskas Sorgen um Adam hörten nie auf. Aber war es wirklich das, was die anderen Liebe nannten?

Im Frühling nach dem Pestjahr hatte Priska am Freitag vor der Fastnacht ein Veilchen gesehen. Ein Veilchen im Februar! Was für ein Zeichen der Hoffnung nach all den dunklen Jahren. Sie hatte sich gebückt und es geborgen wie einen Schatz. Eine Geschichte fiel ihr ein, die sie einmal von der Lechnerin gehört hatte. Nein, nicht ihr hatte Ute Lechner die Geschichte erzählt. Für Eva war die Geschichte gewesen, damals, als sie sich gerade in David verliebt hatte. Vulkanus, der Gott, hatte sich in Venus verliebt. Sie aber verschmähte ihn. Erst als er sich am ganzen Leib mit Veilchen eingerieben hatte, sank Venus auf sein Lager.

In der Hand hat Priska die Liebesblume bis nach Hause getragen, geschützt unter ihrem Umhang. Lächerlich hatte sie sich gefühlt, weil sie das Veilchen als Zeichen sah. Wer ohne Hoffnung ist, der wartet auf Zeichen, dem ist alles und jedes ein Omen. Sie würde sich damit einreiben. Vielleicht zwang dies Adam in ihr Bett.

Zu Hause hatte sie daran gerochen. Sie hatte die Veilchenblüte zwischen die Lippen geschoben, hatte an den zarten blauen Blättern geleckt, hatte das Sanfte, Liebliche geschmeckt und gefühlt. Aber dann, Priska wusste nicht, was über sie gekommen war, hatte sie hineingebissen in das Sanfte, Zarte. Ihre Zähne hatten die Blütenblätter auseinander gerissen, sie hatte den bitteren Brei geschluckt, hatte nach dem Stil gefasst, den grünen Blättern und auch diese zerfetzt und ungekaut verschlungen. Die Liebesblume hatte sich in der Kehle zu einem Klumpen gesammelt, der brannte und Priska beinahe die Luft nahm. So, wie ihr die Liebe die Luft nahm und wie sie ihr gleichzeitig zu Atem hätte verhelfen können, wenn …

Aber das Wenn gab es nicht; Adam begehrte sie nicht. Er mochte sich sorgen, doch das reichte Priska nicht. Je länger sie mit ihm lebte, umso heftiger wurde ihr Begehren. Manchmal wollte sie sich dem Nächsten vor die Füße werfen, der da kam, wollte ihn anflehen, das Brennen in ihrem Schoß zu entfachen und gleichzeitig zu stillen. Der Dämon der Wollust, wie der Probst ihn nannte, hatte Besitz von ihr ergriffen. Mit jedem Tag ein wenig mehr. Lag es daran, dass es schon 1800 Pesttote in der Stadt zu beklagen gab? Man sagte, wo der Tod war, da war die Sehnsucht nach Leben am stärksten. Und war die Wollust nicht eine Art Sehnsucht nach dem Leben?

205

Am schlimmsten war es, wenn sie zu den Frauen ins Hurenhaus ging. Die hatten im Übermaß, was Priska so ersehnte, und es half ihr gar nichts, wenn die Hübschlerinnen dieses Übermaß als Geißel ansahen. Sie redete von den Ringen aus Bienenwachs, die mittlerweile ein Gerüst aus Silberdrähten bekommen hatten, und wünschte sich nichts mehr, als selbst einen solchen Ring gebrauchen zu können.

Als Kaiser Maximilian am 23. Juni 1507 den Messebann um Leipzig auf 15 Meilen ausweitete, erwachte Priskas Hoffnung erneut. Leipzig war jetzt als Messestadt etabliert und hatte Erfurt überflügelt. Immer mehr Menschen kamen in die Stadt. Und mit ihnen neue Gedanken und Ideen. Vielleicht war etwas darunter, das Adam verändern und in ihre Arme treiben konnte. Ja, auch diese Hoffnung war töricht, doch es war besser als gar nichts.

Aber nichts geschah. Nicht 1507 und auch nicht zwei Jahre später, 1509, als die Universität ihren 100. Geburtstag feierte und Ärzte aus vielen Teilen des Deutschen Reiches kamen, um über ihre Forschungen zu berichten. Nicht einer war unter ihnen, der wusste, wie man den Dämon der widernatürlichen Unzucht in den Dämon der natürlichen Unzucht verwandeln konnte.

Auch ein anderer, der kam, wusste keine Hilfe: Johann Tetzel, der Ablassprediger. Ohne Beichte vergab er alle Sünden. Kirchenraub und Meineid wurden für 9 Dukaten vergeben, ein Mord kostete 8 Dukaten. Für das, was Priska wollte, für die Sünde, die sie ersehnte, gab es keinen Ablassbrief. Mit keinem Dukaten der Welt konnte sie die Liebe erkaufen, die sie ersehnte.

«Hast du keine Seele?», fragte sie ihren Mann eines Abends, als sie es kaum noch aushielt.

«Was meinst du?», fragte Adam.

«Ich verhungere und verdurste neben dir. Du hast alle Mittel, um mich von meinem Leid zu erlösen, könntest bewirken, dass mich die Leute nicht mehr mitleidig anschauen und hinter der vorgehaltenen Hand vom vertrockneten Schoß sprechen. Das alles könntest du, wenn du nur wolltest.»

«Priska, mein Herz. Manchmal reicht der Wille allein nicht aus. Und ich will, glaube mir. Nichts wünsche ich mehr, als dich glücklich zu machen.» Seine Augen waren leer, nicht das geringste Fünkchen glomm in ihnen. Priska verstand ihn nicht. «Liebe mich!», gab sie zur Antwort. «Komm endlich in mein Bett.»

Er nickte ihr zu und ging stumm hinunter in sein Laboratorium. Priska aber blieb allein zurück.

Später entschloss sie sich, Regina einen Besuch abzustatten. Sie war lange nicht bei ihr gewesen. Heute aber trieb es sie hin. Sie ging in die Küche, nahm Schinken und Wurst aus der Speisekammer, legte sie in einen Weidekorb. Die Magd runzelte die Stirn. Dann holte Priska einen Krug mit Essig, einen anderen mit Öl, packte Salben dazu und tat sogar einen bunt bestickten Gürtel, den Adam ihr erst vor kurzem geschenkt hatte, in den Weidekorb.

«Zu meiner Schwester gehe ich», teilte sie der Magd mit, deren Gesicht bei dieser Nachricht nicht froher wurde. «Sagt dem Herrn, es kann später werden.»

Regina empfing sie mit ihrer üblichen Begrüßung: «Was willst du?»

Priska hielt ihr den Korb hin und schüttelte sich den Regen, der seit Tagen in Strömen vom Himmel kam, von ihrem Umhang.

Regina nahm den Korb, trat einen Schritt zur Seite und ließ Priska ein. In der Küche stellte sie den Korb achtlos auf den Boden, verschränkte die Arme vor der Brust und sah Priska an. Priska hielt ihrem Blick stand. Schlecht sieht sie aus, dachte sie, und war nicht traurig darüber. Fahl ist ihr Gesicht, glanzlos Haar und Augen. Alt ist sie geworden, alt und sogar ein wenig verhärmt.

Aber die Lippen waren rot und ein wenig wund. Priska spürte den Stachel des Neides in sich. Ach, was gäbe sie darum, wundgeküsste Lippen zu haben.

«Wie geht es dir?», fragte sie.

Regina zuckte mit den Schultern. «Wie soll es mir gehen? Ich schufte den ganzen Tag, kümmere mich um Mann und Kind, schaffe sonntags kaum den Kirchgang.»

Priska nickte, dann senkte sie den Blick und fragte leise: «Und das Bienenwachs? Es kommt dir doch zugute, oder nicht?»

«Ach, darum geht es. Natürlich, worum auch sonst. Ohne Eigennutz kommst du nicht zu mir. Aber ja, das Bienenwachs kann ich gut brauchen. Das Leben ist kurz, die frohen Stunden knapp.»

«Du gehst noch immer zu dem Zimmermann?», fragte Priska.

Regina lächelte und entblößte dabei ihre Zähne. Schwarz waren sie geworden, in der oberen Reihe fehlten bereits zwei.

Sie ist hässlich, dachte Priska. Aber sie hat, was ich nicht habe.

«Soll ich gar nichts vom Leben haben?», fragte sie, sah Priska an und fügte hinzu: «So wie du.»

«Wieso wie ich? Ich habe alles, was ich brauche, was ich mir immer gewünscht habe. Ich habe Kleider und Daunenkissen, habe Weißbrot und ...» Sie stockte, fügte aber dann doch hinzu: «... und Mandelmilch.»

«Macht sie dich glücklich, die Mandelmilch, he? Macht sie dich satt?»

Priska antwortete nicht. Sie schwiegen eine Weile, Priska bereute, dass sie hergekommen war. Schließlich suchte sie Reginas Blick. «Liebst du ihn, den Zimmermann?»

«Und wenn? Was geht es dich an?»

«Also liebst du ihn», stellte Priska fest. Sie saß am Küchentisch, wie immer, wenn sie hier war, während Regina mit verschränkten Armen an der Tür zur Vorratskammer lehnte, als befürchte sie, Priska würde etwas daraus stehlen.

Jetzt stützte Priska die Ellbogen auf den Tisch und beugte sich weit nach vorn. «Was ist Liebe, Regina? Sag es mir. Du musst es doch wissen.»

«Ach Gott», erwiderte die Schwester und lachte ein wenig. «Was ist Liebe?, fragst du. Was soll Liebe schon sein, hm? Ein Gefühl, sonst nichts. Kaufen kannst du dir nichts davon.»

«Sorgst du dich um den Zimmermann?»

«Sorgen?» Regina schüttelte verwundert den Kopf. «Nein, ich sorge mich nicht um ihn. Hab mit mir selbst genug zu tun. Und mit dem Kind. Er kann allein für sich sorgen. Er ist doch kein Kind.»

«Du sagst, du liebst ihn, aber du sorgst dich nicht um ihn, richtig?»

«Ja. So ist es.»

«Dann», erwiderte Priska. «liebst du ihn auch nicht. Liebe ist sich sorgen. Du begehrst ihn nur. Du Arme, das ist wenig. Der Dämon der Wollust hat von dir Besitz ergriffen.»

«Ach, lass mich in Ruhe, Schwester. Du redest und redest, aber nichts ist dabei, was Sinn hätte. Sich sorgen, lieben und all das Zeug. Dafür habe ich keine Zeit. Verstehst du? Ich muss arbeiten, Brot backen, Essen kochen, Wäsche waschen, mich um Mann und Kind kümmern. Du hast zu viel Zeit und zu wenig zu tun, das ist dein ganzer Kummer.»

Sie machte eine wegwerfende Handbewegung und sah Priska verächtlich an. «Was weißt du schon vom Leben und von der Liebe?», fragte sie.

«Eben. Nichts weiß ich davon. Deshalb bin ich zu dir gekommen.»

Plötzlich veränderte sich Reginas Gesicht. Die Lippen wurden zu schmalen Strichen, die sich wie Würmer in ihrem Gesicht wanden. Aus ihren Augen schossen kalte Blitze. «Was fragst du mich? Bist du blind und taub? Oder dumm? Frag doch den Deinen, woher er am Abend kommt. Frag ihn, was Liebe ist. Er wird dir alles darüber sagen können!»

«Wie ... wie meinst du das?», fragte Priska. Ein Schauer lief über ihren Rücken.

«Weißt du es nicht? Er hat sein Liebchen immer noch. Versteckt halten sich die beiden, aber ich habe Augen im Kopf und Ohren, die alles hören.»

«Du lügst.»

«Pff! Das hättest du gern, nicht wahr? Nein, Schwester, ich lüge nicht. Du kannst groß und hochfahrend tun, ich aber weiß, dass das Unglück mit großen Schritten auf dich zukommt.»

«Reden die Leute schon?»

«Wer weiß?»

Reginas Blick hatte etwas Lauerndes an sich. Plötzlich verstand Priska.

«Was willst du haben, damit du den Mund hältst?», fragte sie.

«Willst du dich freikaufen? Ich handle nicht mit Ablässen.»

«Was willst du dann?»

«Nur das, was mir zusteht.»

«Was, Regina, meinst du damit?»

«Nun, Adam sollte mich heiraten. Du hast ihn mir weggenommen. Haben möchte ich, was dir gehört. Es steht mir zu. Deine Kleider will ich, deinen Schmuck. Und Geld. Ich bin arm wegen dir, habe nichts anzuziehen.»

Priska schüttelte den Kopf. «Nein, meine Liebe. O nein. So nicht. Du wolltest ihn nicht. Plötzlich war dir dein Seelenheil wichtiger als Reichtum. Jetzt hast du deine reine Seele. Kleide dich damit, stille so Hunger und Durst. Von mir bekommst du nichts. Keinen roten Heller.»

«Guuuut», sagte Regina im bekannten Tonfall, der Priska Schlimmes befürchten ließ. «Gut. Ich weiß, was ich weiß. Du erhebst dich über mich. Aber das Leben wird dich bald lehren, dass du nichts als Dreck bist.»

Priska erschrak bei diesen Worten. Vorsichtig bewegte sie ihre Füße, ob sie noch in der Lage waren, sie zu tragen. Dann stand sie auf. Ohne ein weiteres Wort verließ sie die Küche. Sie wusste, das war das letzte Mal, dass sie als Schwester in Reginas Heim gesessen hatte. Von nun an waren sie Feinde, und Priska blieb nur die Hoffnung, dass Regina Erbarmen haben möge.

Es war schon dunkel, als Priska auf die Straße trat. Die Gedanken in ihrem Kopf wirbelten wie Schneeflocken durcheinander. Sollte wahr sein, was Regina gesagt hatte? Traf sich Adam tatsächlich wieder mit seinem Liebsten? War er also doch von einem Dämon besessen? Nein, nein, nein! Das konnte nicht sein! Das durfte nicht wahr sein. Regina log. Bestimmt war sie nur neidisch.

Entschlossen ging Priska die dreckige Gasse hinauf, doch je näher sie ihrem Heim in der Klostergasse kam, umso langsamer wurden ihre Schritte. Und wenn Regina nicht gelogen hatte? Ein Wort von ihr auf dem Markt, eine Bemerkung am Brunnen, und Adam wäre wieder in Gefahr. Aber nein, das würde Regina nicht wagen. Oder doch? Und wenn Regina etwas gesehen hatte, dann würden auch die anderen Leipziger etwas bemerken.

Tief in Gedanken versunken, blieb Priska stehen. Die Glocken verkündeten die sechste Abendstunde. Um diese Zeit kam Adam für gewöhnlich nach Hause. Plötzlich wusste sie, was sie zu tun hatte.

Sie lief die Hainstraße hinauf, eilte durch die Barfüßergasse und verbarg sich in einem Hauseingang so, dass sie die Ecke Barfüßergasse und Klostergasse gut im Blick hatte.

Sie brauchte nicht lange zu warten. Adam ging im Schutz der Häuser, mit schnellen, eiligen Schritten. Seine Arzttasche trug er in der Hand. Außer ihm war weit und breit kein Mensch zu sehen. Es war der Ausdruck seines Gesichtes, der Priska das Fürchten lehrte. Sie sah seine klaren Augen, den leise lächelnden Mund, die glatte, rosige Haut.

Eine unbändige Wut packte sie. Sie stürzte aus ihrem Versteck. Ihre Fäuste trafen ihn überall. Sie schlug, ohne hinzusehen. Adam rührte sich nicht, nahm die Schläge hin wie eine verdiente Strafe.

Die Tränen rannen ihr über das Gesicht. Sie keuchte, als wäre sie sehr lange und sehr schnell gerannt. «Du Schuft, du Lügner, du Herzdieb, du Elender, ich hasse, hasse, hasse dich!»

Adam machte keine Anstalten, Priska zu beruhigen. Er stand da, hielt den Blick gesenkt und ließ sich schlagen. Dann, als Priska nur noch schluchzen konnte, nahm er sie in den Arm und führte sie weg wie eine Kranke.

In der Wohnstube erst ließ er sie los. Er nahm ihr den nassen Umhang ab, trocknete ihr mit einem Handtuch das Haar, holte die Kanne mit dem Wein, schaffte Becher herbei, füllte ein und gab Priska das Getränk in die Hand.

«Trink, Liebes», sagte er. «Trink, das beruhigt.»

Er sah ihr zu, wie sie den Becher an die Lippen setzte und bis zum letzten Tropfen trank. Ihre Augen waren geschwollen und brannten. Priska fühlte sich so unendlich müde.

Sie stellte den Becher ab, sah zu Adam. Zärtlichkeit überkam sie, als sie seinen leeren Blick sah, den geschwungenen Mund, das blasse Gesicht und das Haar, welches ihm bis auf die Schultern fiel. Er war ein schöner Mann. Seine Verletzlichkeit war so offensichtlich, dass Priska Angst um ihn bekam. Ihre Wut war verflogen.

Sie stand auf, kniete sich vor seinen Stuhl, legte den Kopf in seinen Schoß. «Du bist mein Mann», sagte sie. «Verstehst du? *Mein* Mann.»

«Das werde ich immer sein, Priska. Und du bist meine Frau, meine Freundin und Gefährtin. Ich will dir nicht wehtun. Gott weiß es.»

«Du tust auch dir weh, Adam. Früher oder später.»

«Ich weiß», sagte er leise. «Und ich fürchte mich so davor.»

«Ist es so schwer, ihn zu lassen? Hast du so wenig Willen? Ist der Wunsch nach ihm so stark?»

«Willen und Wünschen. Priska, es ist nicht so einfach. Ich wünsche mir so sehnlich, dich glücklich zu machen. Ich wünsche mir mehr als alles andere auf der Welt, dich so lieben zu können, wie du es brauchst. Ich wünsche mir von ganzem Herzen, dich zu begehren. Aber wir sind nicht die Herren unserer Wünsche. Ich wünsche mir, ihn nie mehr zu treffen. Ich wünsche mir, nicht an ihn zu denken, ihn nicht zu begehren. Aber auch hier bin ich nicht der Herr meiner Wünsche. Unsere Wünsche haben nichts mit unserem Willen zu tun. Ich will nicht und tue es trotzdem immer wieder. Ich handle gegen meinen Wunsch und meinen Willen. Ich weiß nicht, wie sich die Kraft nennt, die da am Werke ist. Ich weiß nur, dass ich ihr ausgeliefert bin.»

«Nein, Adam. Ich glaube dir nicht. Das sind Ausreden. Du musst nur fest genug wollen. Du kannst dir verbieten, ihn zu sehen. Geh einfach nicht mehr hin zu ihm. Das kann doch nicht so schwer sein! Bleib zu Hause, geh in dein Laboratorium, sprich mit mir, dann wirst du deinen Wunsch schnell vergessen.»

«Manchmal, Priska, gibt es Dinge, die ein Mensch einfach nicht tun kann. Ich kann und kann mich nicht dazu bringen, nicht zu ihm gehen zu wollen. Ich will zu ihm, auch, wenn ich es nicht will. Mein Kopf, mein Verstand sagt mir immer wieder: Bleib hier, Adam. Vergiss ihn. Es ist besser so für alle. Aber eine andere Kraft wirkt in mir, die mich dazu bringt, meinen Umhang zu nehmen und das Haus zu verlassen.»

«Nein, nein, nein!» Priska schüttelte den Kopf. «Du machst es dir zu einfach, Adam. Du schiebst eine fremde, geheimnisvolle Kraft vor. Ich glaube nicht an diese Kraft, ich glaube daran, dass du zu wenig Kraft hast für das, was sein soll. Du redest und redest, ich aber sage dir: Nutze deine Kraft dafür, wie ein gewöhnlicher Mann mit einer gewöhnlichen Frau zu leben. Das sollst du tun, das ist deine Aufgabe vor Gott und den Menschen.»

«Ich kann mir nicht verbieten, mich nach ihm zu sehnen. Es geht einfach nicht. Und ich kann wollen und wünschen so viel ich will, ich kann eine Frau nicht begehren.»

Priska hob den Kopf und sah ihn an. Sein Gesicht war ernst, verzweifelt beinahe, hilflos auf jeden Fall. Er hob die Hand, um Priska zu streicheln, dann ließ er sie sinken, als wisse er nicht, ob er noch das Recht dazu habe.

Sie begriff, dass er sie nicht belog.

«Wenn es ist, wie du sagst, dann stimmt die Welt nicht», sagte sie leise. «Dann lügen die Priester von der Kanzel, dann lügt auch Johann von Schleußig, wenn er und die anderen vom eigenen Platz erzählen, den man sich suchen kann.»

Sie wurde ein wenig blass, ihre Augen dunkel und groß. «Wenn es ist, wie du sagst, Adam. Wenn du nicht der Herr deines Willens und deiner Wünsche bist, dann muss es ein Dämon sein. Anders kann ich mir die Welt nicht mehr erklären. Dann ist es so, dann gibt es Dämonen, dann gibt es den Teufel, und wir können nichts tun als beten.»

Adam schwieg. Dann nickte er. «Vielleicht hast du Recht mit dem, was du sagst. Aber wo steht geschrieben, dass nur der frei von Dämonen ist, der Herr über seinen Willen und über seine Wünsche ist? Und wenn es die Dämonen sind, die Wunsch und Willen lähmen, wie kann dann der Mensch dafür bestraft werden?»

Priska stand auf. Die Müdigkeit war so heftig über sie hereingebrochen, dass sie kaum noch die Augen offen halten konnte. Alles in ihr war leer und dunkel und schwer. Heute, das wusste sie, hatte sie den letzten Funken Hoffnung verloren. Nein, sie glaubte nicht mehr daran, Adam zum Begehren bringen zu können. Sie musste sich damit abfinden, eine Frau mit trockenem Schoß zu sein und zu bleiben.

Sie hob die Hand, legte sie auf Adams Schulter. «Es ist spät», sagte sie. «Wir werden heute Abend keine Antworten finden. Nicht heute, vielleicht nicht einmal in unserem Leben. Lass uns schlafen gehen.»

Er griff nach ihrer Hand, stand auf dabei. Dann legte er den Arm um ihre Schulter und presste sie an sich. Er vergrub das Gesicht in ihren Haaren und seufzte. Umschlungen verließen sie das Wohnzimmer. Vor der Tür von Priskas Kammer blieb Adam stehen. «Ich würde heute gern bei dir schlafen, würde gern in deinen Armen liegen.»

Sie sah ihn lange an. Dann erwiderte sie leise: «Du verlangst zu viel von mir, Adam. Dich zu begehren, aber wie eine Schwester in deinem Arm zu liegen, nein, Adam, das kann ich nicht, das will ich nicht.»

Mit diesen Worten drehte sie sich um und ließ Adam allein zurück.

Vierzehntes Kapitel

Am nächsten Morgen kam die Betreiberin des Hurenhauses gleich nach Öffnung der Stadttore in die Klostergasse.

«Ihr müsst helfen, Doktorsfrau. Eine von uns hat es erwischt. Ein Freier, keiner von hier, hat sich an einer so vergangen, dass sie vor Schmerzen schreit.»

«Sollte da nicht lieber der Doktor selbst kommen?», fragte Priska.

Die Frau schüttelte den Kopf. «Nach Euch hat sie gerufen. Ihr sollt kommen.»

Priska nickte. Es war nicht das erste Mal, dass die Frauen nach ihr und nicht nach Adam riefen, wenn es ein Problem gab. «Sagt mir, welche Wunden sie hat.»

Die Hurenmutter breitete die Arme aus und schüttelte den Kopf. «Schmerzen hat sie im Unterleib. Ihr Schoß, sagt sie, sei ganz wund gescheuert.»

Priska nickte. Sie nahm einen Tiegel mit Salbe, ein Säckchen mit Kräutern und folgte der Frau. Unterwegs betete sie im Stillen: Lieber Gott, lass es nicht Margarete sein, die da leidet. Bitte, lieber Gott.

Sie hätte die Hurenmutter fragen können, doch sie wollte noch ein wenig länger glauben können, dass mit ihrer Schwester alles in Ordnung sei.

Und dann war sie es doch. Priska betrat die kleine Kammer, sah ihre Schwester zusammengekrümmt auf der Bettstatt liegen, ein Leinentuch in den Armen.

Sie machte der Hurenmutter ein Zeichen, dass sie mit Margarete gern allein bleiben möchte. Dann setzte sie sich auf den Bettrand.

«Was ist geschehen?», fragte sie leise.

Das Mädchen schluchzte auf, klammerte sich an das Leinentuch und vergrub das Gesicht in einem Kissen.

«Willst du es mir nicht erzählen?»

Priska legte eine Hand auf Margaretes Schulter, strich langsam über ihren Arm, dann über den Rücken. Langsam beruhigte sich das Mädchen.

Sie wandte sich um, das Tuch noch immer fest umklammernd, und sah Priska an. «Ich bin keine gute Hure», sagte sie leise. «Ich mache meine Arbeit schlecht. Die Freier sind selten zufrieden mit mir.»

«Was meinst du damit? Was werfen die Freier dir vor?»

Das Mädchen drückte das Tuch fester, dann flüsterte sie: «Sie tun mir immer weh. Wenige genießen das. Die meisten wollen, dass auch ich Lust empfinde. Aber das kann ich nicht. Beleidigt sind sie, wenn ich mich unter ihnen krümme und das Gesicht verziehe. ‹Kalte Ziege› nennen sie mich. ‹Trockenpflaume› haben sie auch schon gesagt.»

«Du hast immer Schmerzen, wenn jemand in dich eindringt?», fragte Priska beruhigend und strich dem Mädchen eine Haarsträhne aus der Stirn. Sie versuchte, so freundlich zu reden und zu schauen, wie sie nur konnte. Ihr Leid tat ihr weh.

«Ja. Ich habe immer Schmerzen. Oft bin ich wund, und dann tut es noch mehr weh.»

Priska nickte, dann fragte sie weiter, ohne dabei aufzuhören, das Mädchen zu streicheln. «Hast du dich mit den anderen Frauen darüber unterhalten?»

Margarete bejahte. «Sie sagen, mir fehlt es an der Lust. Und das stimmt. Ich habe keine Lust auf diese Männer. Aber ich weiß, dass alles leichter wäre mit der Lust.»

«Du könntest aufhören, hier zu arbeiten.»

«Wie denn? Wovon soll ich dann leben?»

«Vielleicht findest du eine Anstellung als Magd in der Stadt?»

«Pfff!» Margarete lachte bitter auf. «Niemand nimmt eine zur Magd, die aus einem Hurenhaus kommt. Es gibt keine andere Arbeit für mich. Ich muss hier bleiben und die Lust lernen, sonst werde ich verhungern.»

Priska versuchte nicht, ihr das Gegenteil zu beweisen. Sie wusste, dass Margarete Recht hatte.

Das Mädchen fasste nach ihrer Hand.

«Könnt Ihr mich nicht die Lust lehren?», fragte sie.

«Nein», wollte Priska erwidern. «Nein. Ich kann es noch weniger als alle anderen Frauen. Ich weiß nicht, was Lust ist.»

Doch Margarete sah sie mit solch großen, hoffnungsvollen Augen an, dass Priska gar nicht anders konnte, als zu nicken. «Ja, ich werde dir helfen. Aber dafür brauche ich Zeit.»

Plötzlich fiel ihr ein, dass Regina ihr früher einmal von der Nässe im Schoß berichtet hatte. Schamhaft dachte sie daran, was sie gefühlt hatte, als sie mit dem Spiegel zwischen den Beinen im Laboratorium gestanden hatte.

«Bist du ganz trocken, wenn die Freier zu dir kommen?», fragte sie.

Margarete nickte. «Es tut so weh, wenn sie in mich eindringen. Es reibt und brennt.»

Priska holte einen kleinen Tiegel mit Salbe heraus. «Da. Reibe dich damit ein, wenn der letzte Freier gegangen ist. Es ist eine Ringelblumensalbe. Sie hilft gegen die Wundheit.»

Sie wühlte weiter in ihrem Korb, fand endlich das kleine Päckchen mit dem Gänseschmalz, das vom gestrigen Markteinkauf übrig geblieben war.

«Bevor die Freier kommen, reib dich damit ein. Nimm nicht zu wenig und schmiere auch dein Loch.»

«Ich soll Gänsefett …?»

Priska nickte energisch. «Die Männer bewegen sich in dir. Weil du aber ganz trocken bleibst, reiben sie dich wund. Das Gänseschmalz hilft dagegen.»

Misstrauisch betrachtete das Mädchen das Schmalz.

«Probiere es aus», drängte Priska. «Was man essen kann, kann auch deinem Schoß nicht schaden.»

Das Mädchen nickte, stippte einen Finger in das Fett und leckte ihn ab. «Ihr habt Recht, Doktorsfrau. Was mir durch die Mundlippen geht, geht auch durch die anderen.»

Sie lächelte schüchtern. Priska nahm noch ein Säckchen mit Kamillenblüten heraus, reichte es Margarete. «Mach damit Spülungen. Fülle einen Zuber mit warmem Wasser, verteile das Kraut darin und nimm ein Sitzbad. Das lindert.»

Wieder nickte das Mädchen, dann fasste sie nach Priskas Arm. «Ich danke Euch schön für Eure Hilfe», sagte sie. «Aber ich habe nicht viel Geld, um Euch zu bezahlen.»

Priska winkte ab. «Sorge dich darum nicht. Es ist schon alles in Ordnung.»

«Helft Ihr mir trotzdem dabei, die Lust zu finden?», fragte Margarete.

Wieder dachte Priska: Ich bin nicht die Richtige. Die anderen Frauen solltest du fragen. Doch sie antwortete: «Ja, ich helfe dir.»

Dennoch hakte sie nach: «Sag, können die anderen Frauen dir nicht helfen? Sie wissen viel mehr über diese Dinge als ich.»

Margarete schüttelte den Kopf. «Wir sind Huren», sagte sie. «Wir wissen nichts über weibliche Lust. Wir machen die Beine breit, um Brot zu bekommen. Um anderes kümmern wir uns nicht.»

Priska nickte, dann streichelte sie Margarete ein letztes Mal übers Haar und verließ die Kammer.

Auf ihrem Weg aus dem Haus wurde sie von mehreren Huren aufgehalten. Eine fragte nach einem Mittel gegen Blähungen, und Priska gab ihr den Auftrag, Kümmel zu kauen. Eine andere hatte für teures Geld von einer wandernden Händlerin eine Salbe gekauft, die vor einer Schwangerschaft schützen sollte, und klagte nun, dass die Salbe ihr nicht geholfen habe. Priska zuckte mit den Achseln und versuchte, dem bittenden Blick der Hübschlerin auszuweichen. Nein, sie würde keine Abtreibungen vornehmen. Sie konnte es nicht und wollte es auch nicht können. Zu tief saß in ihr der Gedanke an die Schuld und Sünde, die sie damit beging.

So klopfte sie ihr nur ermunternd auf die Schulter und drängte sich rasch an ihr vorbei.

Draußen schöpfte sie tief Atem. Es gab etwas in ihr, das sie zu den Huren hinzog. Priska wusste nicht genau, was es war, aber es hatte etwas mit dem Begehren zu tun. Nun wusste sie, dass das Begehren ein seltener Gast in diesem Hause war.

Nachdenklich ging Priska über die lehmigen Gassen zurück in Richtung Stadttor. Einmal blieb sie stehen, sah zum Himmel hinauf, der zartblau leuchtete. Es roch nach Frühling. Die ersten Schneeglöckchen blühten am Weg, die ersten Vögel erprobten ihre Stimmen. Die blasse Sonne wärmte noch nicht, doch sie spendete Licht. Mit dem Frühling kehrten die Farben zurück, die der Winter geraubt hatte. In den letzten Monaten war alles grau gewesen: Der Himmel, die Gassen, die Häuser, sogar die Luft war ihr grau erschienen. Heute aber waren die Farben wieder da. Fröhlichkeit machte sich in ihr breit. Zum ersten Mal seit vielen Wochen fühlte sie sich unbeschwert. Priska beschloss, hinüber in die Auen zu gehen und nach den ersten Kräutern zu sehen.

Obwohl sie schon kurz vor dem Stadttor war, vor dem sich die Wagenkolonnen der Händler aus aller Herren Länder drängten, die zur Fastenmesse nach Leipzig kamen, kehrte sie um und machte sich auf den Weg in die Auen.

Als Erstes suchte sie nach Eichenrinde. Kochte man einen Sud daraus, half dieser bei Nasenbluten, Entzündungen, Monatsbeschwerden, Erbrechen und Durchfall. Außerdem hatte Priska von der Kräuterfrau gelernt, aus der Rinde ein Mittel herzustellen, das die Haare schwarz färbte. Die Nachbarin wollte es haben.

Vor allem aber wollte sie heute zu den Weiden, die am Flussufer wuchsen. Die Kräuterfrau hatte früher immer die Blätter fein gerieben, mit etwas Pfeffer gemischt und in Wein gestreut. Dieses Mittel sollte Schwangerschaften verhüten. Darüber konnte Priska inzwischen nur lachen. Sie glaubte eher, dass ein Weidenmittel den Männern die Lust nahm, aber das war ja auch schwangerschaftsverhütend. Sie selbst benutzte den Sud aus Weidenrinden und -blättern, um fiebersenkende Tränke daraus herzustellen. Auch Schmerzen ließen sich damit gut lindern.

Sie raffte ihre Röcke, denn in den Auen gab es sumpfige Stellen. Dann schob sie ihre Haube zurecht, stellte den Korb neben sich und begann, die zarten Weidenblätter zu pflücken. Plötzlich war ihr, als höre sie ein Röcheln. Sie hielt inne, schaute sich nach allen Seiten um. Die Moorfrau fiel ihr ein, von der die Fischer erzählten, sie schwebe über den Sümpfen und locke Ahnungslose in den Tod.

Sie schüttelte sich und ärgerte sich über ihren Aberglauben. Es gab keine Moorfrauen. Adam hätte sie ausgelacht.

Sie zupfte ein paar Blätter von der Weide, als das Röcheln wieder zu hören war. Ganz nah war es. Und es klang, als käme es von einem Menschen!

«Ist da jemand?», rief Priska und hörte selbst, dass ihre Stimme ein wenig schrill klang. «Ist da wer?»

Nichts. Nur der Wind spielte in den Blättern der Weide und ließ sie raunen und flüstern.

Priska zuckte die Achseln. Sie wollte weitermachen, als sie eine Ahnung überkam. Langsam drehte sie sich um, lehnte mit dem Rücken an der Weide. Ganz still war es nun, selbst die Vögel hatten aufgehört zu singen. «Ist da jemand?», fragte Priska, doch diesmal so leise, dass sie sich selbst kaum hören konnte.

«Hier», hörte sie da die Stimme. Gebrochen klang sie, kraftlos.

Priska stieß sich von dem Stamm ab. Ihr Herz schlug ruhig und gleichmäßig. Obwohl sie allein in den Flussauen war, in denen sich oft Zigeuner, Spitzbuben und entlaufene

Söldner versteckten, hatte sie keine Angst. Sie griff nicht einmal nach dem kleinen Messer, das sie gewöhnlich in einer Lederscheide am Gürtel trug. Leicht vornübergebeugt, um besser hören zu können, suchte sie nach dem Ursprung der Stimme.

«Wo?», rief sie.

«Hier!»

Endlich, nach ungefähr 30 Schritten, sah sie ein Bündel am Boden liegen. Nein, das war kein Mensch mehr, das war nichts als ein Haufen blutbesudelter Kleider.

Sie beugte sich nieder und sah einen Mann mit langem Haar, langem Bart und Schläfenlocken. Er versuchte, aus seinem zu Brei geschlagenen Gesicht ein Lächeln in Priskas Richtung zu senden, doch es gelang ihm nicht. Das linke Auge war so zugeschwollen, dass Priska nicht wusste, ob sich darunter nur noch die leere Höhle verbarg. Sein Mund war blutverkrustet, an der Schläfe klaffte eine Wunde.

«Was tut Euch alles weh?», fragte Priska.

«Fragt lieber, was mir nicht wehtut», erwiderte der Mann. Er wollte sich drehen, doch dies musste ihm solche Schmerzen bereiten, dass er nur aufstöhnte und sich langsam in die alte Lage zurückgleiten ließ.

Priska hockte sich neben ihn und musterte seinen Körper.

«Ich fürchte, Eure Schulter ist aus den Gelenken gesprungen. Euch fehlen ein paar Zähne, und wahrscheinlich ist Euer Körper von blauen Flecken übersät. Habt Ihr Blut gespuckt?»

«Nein, nur Zähne», murmelte der Mann.

«Hmm!», machte Priska. «Wenn ich nur wüsste, ob Ihr auch im Inneren Verletzungen habt.»

Der Mann schüttelte leicht den Kopf und stöhnte gleich darauf wieder.

«Ich habe Tritte bekommen, aber es geht schon, glaube ich. Meine Rippen scheinen etwas abbekommen zu haben, die Schulter tut höllisch weh, und auch im unteren Bereich des Rückens habe ich Schmerzen von den Stiefeltritten.»

«Stiefeltritte? Was ist hier eigentlich geschehen?»

Priska half dem Mann, sich aufzurichten. «Ich werde Euch mit nach Hause nehmen. Mein Mann ist der Stadtarzt. Er wird Euch helfen können.»

Als Priska die Hand des Mannes ergriff, war es plötzlich um sie geschehen. Sie sah nicht mehr den Verletzten, sondern den Mann.

Und er sah Priska.

Das war alles. Nur zwei Blicke, die sich trafen.

Was mache ich hier?, dachte Priska. Allein im Wald mit einem Fremden? Müsste ich nicht Angst haben? Oder wenigstens Vorsicht walten lassen? Jeder weiß, was für Gesindel sich gerade hier herumtreibt. Aber ich habe keine Angst. Ganz im Gegenteil. Alles kommt mir so richtig vor.

«Danke für Euer Angebot, Doktorsfrau, aber ich kann es nicht annehmen. Ich bin Jude. Und wie Ihr wohl wisst, haben Juden kein Aufenthaltsrecht in der Stadt. Während der Messe achtet man nicht so streng auf diese Regel, aber noch hat die Messe nicht begonnen. Euer Ruf würde Schaden nehmen.»

«Pff! Unser Ruf! Adam hat sich noch nie um unseren Ruf geschert.»

Der Satz war aus ihr herausgebrochen. Sie hatte gesprochen, ohne nachzudenken, doch jetzt fragte sie: «Ein Jude seid Ihr? Ein Hostienschänder?»

Der Mann lachte, dann stöhnte er. «Das Lachen bereitet mir Schmerzen. Aber ja, ich bin das, was die Christenmenschen einen Hostienschänder nennen. Ich bin einer derjenigen, die verpflichtet sind, einen spitzen Hut zu tragen. Einer von denen, denen eine Tischgemeinschaft mit Christen verboten ist. In vielen Städten leben wir Juden von den Christen getrennt in eigenen Straßenzügen mit Toren hinten und vorn. Und in Leipzig sind wir gar nicht erwünscht.»

Die Rede war mit lächelndem Mund vorgetragen, doch Priska konnte die Bitterkeit dahinter spüren.

«Was ist geschehen?», fragte sie wieder.

«Ich bin überfallen worden. Mein Hab und Gut war wohl zu wenig. So meinten die Spitzbuben, mir das Blut aus dem Leib schlagen zu müssen.»

Er stöhnte wieder und hielt sich die Brust. Erst jetzt sah Priska, dass auch dort Blut durch den Stoff seines Leinenhemdes quoll.

«Lasst mich sehen, was Ihr da habt!»

Behutsam öffnete sie das Hemd und schrak zurück. Auf der linken Brust klaffte eine Fleischwunde, die heftig blutete. Priska betrachtete den Wundrand, zog ihn vorsichtig mit zwei Fingern auseinander. «Die Wunde ist nicht tief, habt keine Sorge», sagte sie. «Aber Ihr müsst hier weg. Ihr könnt nicht im Wald liegen bleiben. Die Nächte sind noch zu kühl.»

Sie redete, sah dabei auf ihre Hand, die noch immer auf der Brust des Fremden lag. Plötzlich glaubte sie ihren Augen nicht zu trauen, denn die Hand – ihre Hand – begann, den Mann zu streicheln. Priska starrte darauf, unfähig aufzuhören, unfähig, woanders hinzusehen. Ihre Hand wollte ihr nicht mehr gehorchen, streichelte sanft die Haut des Fremden.

Lüstern kam sie sich vor, sünd- und triebhaft, aber ihre Hand hörte einfach nicht auf. Scham stieg in Priska hoch. Was würde der Fremde von ihr denken? Würde er sie für eine wie Regina halten? Oder schlimmer?

«Das tut gut», hörte sie ihn sagen. «Streicheln, das erzählte mir schon meine Mutter, ist die beste Medizin.»

«Ich … ich …», stotterte Priska, schloss für einen Moment die Augen und wandte alle Kraft auf, um ihre Hand zurück unter ihren Willen zu zwingen.

«Verzeiht. Ich weiß auch nicht, was gerade in mich gefahren war.»

«Entschuldigt Euch nicht», bat der Fremde. «Wir alle holen uns das, wonach wir uns sehnen.»

«*Nein!* Das ist nicht wahr, das stimmt nicht. Ich habe mich nicht danach gesehnt», sprudelten die Worte aus Priskas Mund hervor.

Anstelle einer Antwort griff der Mann nach ihrer Hand und küsste ganz leicht ihre Fingerspitzen. Priska spürte, wie sie errötete. Die Scham überflutete sie mit einer solchen Wucht, dass sie am liebsten davongelaufen wäre. Gleichzeitig aber hatte sie den Eindruck, dass hier, genau hier, ihr eigentlicher Platz war.

Sie rang um Fassung. Schließlich sagte sie noch einmal: «Ihr könnt hier nicht bleiben. Ihr würdet erfrieren. Oder noch einmal zusammengeschlagen. Ich werde Euch in die Stadt bringen.»

«Was wollt Ihr den Torwächtern sagen?», fragte der Mann und zupfte an seinen Schläfenlocken. «Sie werden mich niemals in ihre Stadt lassen.»

«Nichts werde ich sagen», erwiderte Priska. «Die Torwächter kennen mich. Aber von Euren Schäfchenlocken müsst Ihr Euch wohl trennen.»

Sie machte das Messer von ihrem Gürtel los.

Er widersprach: «Ich soll mir die Peies, die Schläfenlocken, abschneiden? Aber in der Bibel steht geschrieben: ‹Ihr sollt euer Haar am Haupt nicht rundherum abschneiden!›»

Priska schüttelte den Kopf. «Ich kenne die Stelle nicht. Auch die Torwächter werden nicht wissen, was genau in der Heiligen Schrift geschrieben steht. Diese Locken sind das Kennzeichen der Juden. Also müssen sie ab! Ihr dürft nur während der Messe in die Stadt. Und diese beginnt erst übermorgen. Bis dahin könnt Ihr unmöglich hier bleiben. Also!»

Der Mann seufzte, dann lächelte er. «Ich ergebe mich.»

Priska griff das Messer fester und nahm die erste Strähne in die Hand.

«Ihr nehmt mir meine Manneskraft», scherzte der Mann. «Ich habe immer gewusst, dass es eines Tages so weit kommen wird.»

Priska erschrak. «Ich nehme Euch die Manneskraft?», fragte sie verwirrt und schuldbewusst zugleich. «Wie das?»

Der Mann lachte. «Kennt Ihr Eure Heilige Schrift so wenig? Im Buch der Richter steht die Geschichte von Samson und Delila. Samson ist stärker als sonst ein Mensch. Seine heuchlerische Geliebte fragt ihn, wo der Sitz dieser Kraft sei. Dreimal belügt er Delila, doch dann erzählt er ihr, dass das Geheimnis seiner Kraft sein Haar ist, das seit der Geburt nicht geschnitten worden sei. Als er schläft, schneidet Delila sein Haar – und nimmt ihm damit die Kraft.»

Er lachte und stöhnte zugleich. «So sind die Weiber», setzte er hinzu. «Kein Mann kann einen anderen so leicht besiegen wie ein Weib.»

Priska war noch immer verwirrt. Sie verstand die Botschaft nicht. «Delila hat ihn verraten?», fragte sie und kam sich töricht dabei vor. «Ich bin nicht Delila. Noch nie habe ich einen Menschen verraten.»

Doch eine Stimme in ihr fragte: «Stimmt das? Hast du tatsächlich noch nie einen Menschen verraten? Was ist mit Regina? Sie ist kein Mann, aber ein Verrat an der Schwester wiegt womöglich noch schwerer. Und Adam? Hast du nicht auch ihn verraten, als deine Hand über die Brust des Fremden fuhr?»

«Und Adam? Wie oft hat er mich verraten?», schalt sie ihre innere Stimme.

«Ist Euch nicht wohl?» Der Fremde betrachtete Priska belustigt.

«Wie? Nein, ja, natürlich ist mir wohl. Wir sollten jetzt gehen, damit ich die Wunden versorgen kann. Schafft Ihr es, allein aufzustehen?»

Der Fremde nickte. Mühsam und immer wieder stöhnend raffte er sich auf. Er stützte sich auf Priska, diese umfasste seine Hüfte mit dem einen Arm. Mit kleinen Schritten und sehr langsam kamen sie voran. Die Dämmerung war bereits angebrochen, als sie das Stadttor erreichten.

Die beiden Torwächter begrüßten Priska höflich, doch den Mann musterten sie sehr genau.

«Wer ist der Fremde? Wo will er hin, wo kommt er her? Was treibt ihn in unsere Stadt?»

Für einen Augenblick hatte Priska Angst. Sie spürte, wie sich der Körper des Fremden versteifte.

Also reckte sie das Kinn so hoch sie konnte und erklärte mit dem größten Hochmut, zu dem sie fähig war: «Ich glaube, Ihr Tölpel wisst nicht, wen Ihr vor Euch habt. Ich bin die Frau des zweiten Stadtarztes. Es steht Euch nicht an, nach meinem Woher und Wohin zu fragen, und es steht Euch ebenfalls nicht an, diese Fragen meinem Begleiter zu stellen.»

Sie spürte den Blick des Fremden auf sich. Und ja, sie schämte sich für ihren Hochmut, aber ging es denn anders?

«Los jetzt, gebt das Tor frei. Sonst werde ich meinen Mann über Eure Unfähigkeit in Kenntnis setzen. Mal sehen, wie lange es dann noch dauert, bis die Stadtbüttel kommen und den Knüppel tanzen lassen.»

Die Torwächter sahen sich verunsichert an. Dann sagte der eine: «Wir müssen wissen, wer der Fremde ist. Deshalb stehen wir hier.»

«Einen Dreck müsst Ihr wissen», versetzte Priska. «Oder wollt Ihr etwa damit andeuten, dass eine ehrliche und anständige Bürgersfrau wie ich ungebetene Gäste in die Stadt bringt? Ist es das, was Ihr sagen wollt?»

Ihre Stimme hatte so drohend geklungen, dass die beiden Torwächter wortlos den Weg räumten.

Erleichtert schritt Priska weiter. Würde der Fremde sie jetzt für hochmütig halten? In Gedanken bereitete sie eine Rede zu ihrer Verteidigung vor, doch der Fremde blieb still. Sie hatten den Brühl schon beinahe hinter sich gelassen, als er fragte: «Wohin bringt Ihr mich nun?»

«Ich werde Euch bei meiner Schwägerin unterbringen. Ihr habt Recht, in unserem Haus könnt Ihr nicht bleiben. Das Augenmerk der Leute ist ohnehin schon viel zu sehr auf uns gerichtet. Die Silberschmiedin Eva aber hat genügend Platz für Euch und verfügt auch über die nötige Freiheit.»

Sie führte den Mann in die Hainstraße. «Dort ist es. Wir sind gleich da.»

Der Mann blieb stehen. Ein Karren, der leer vom Markt kam, musste ihnen ausweichen. Zwei Frauen, die Priska nicht kannte, zeigten mit dem Finger auf sie und tuschelten leise. Auch eine Gruppe von Studenten, die laut miteinander redend vorüberging, verstummte plötzlich.

«Ihr seid bekannt hier», stellte der Fremde fest und blieb noch immer stehen, obwohl Priska an seinem Ärmel zupfte. «Wir sollten uns wenigstens einander vorstellen», sagte er mit leisem Spott. «Ich bin Aron Salomon aus der Nähe von Krakau. Und mit wem habe ich das Vergnügen?»

«Ich ... ich bin Priska Kopper.»

«Ah, Priska, die Ehrwürdige also.»

«Die Ehrwürdige? Wieso?»

Aron lachte. «Priska ist lateinisch. Die Bedeutung Eures Namens ist ‹die Ehrwürdige›. Und Ihr macht Eurem Namen alle Ehre.»

«Welcher Ehre?», fragte Priska, die mehr damit beschäftigt war, die Reaktionen der Vorübergehenden zu beobachten, als auf Aron zu achten. Sie wusste selbst nicht, warum sie das tat, denn eigentlich war es nicht ungewöhnlich, in Begleitung zu sein. Aber Priska fühlte sich, als täte sie etwas Verbotenes, etwas, worüber die Leute zu Recht tratschen konnten. Zum Glück war die Dämmerung inzwischen so weit fortgeschritten, dass niemand den Zustand Arons erkennen konnte.

«Wir sind gleich da», sagte sie und zog erneut an seinem Ärmel. «Kommt, wir sollten nicht ewig hier herumstehen.»

Kurz darauf klopfte sie an Evas Haustür. Die Magd öffnete ihr und stieß einen kurzen Schrei aus.

«Kreisch nicht», herrschte Priska sie an. «Hol die Herrin und lass uns hinein.»

«Die ... die Herrin hat Besuch.»

«Johann von Schleußig, nicht wahr?»

«Ja. Der Priester ist hier.»

«Ein Priester?», fragte Aron entsetzt und schüttelte den Kopf. «Nein, ehrwürdige Priska Kopper, ich glaube nicht, dass hier die richtige Bleibe für mich ist.»

Priska lächelte. «O doch, das ist sie. Johann von Schleußig ist ein Priester der neuen Zeit. Außerdem seid Ihr blass und schwach. Wo wollt Ihr sonst hin? Ich versichere Euch, dass Ihr hier gut aufgehoben seid.»

Behutsam, aber mit Nachdruck schob Priska Aron ins Haus. Schon hörte sie Schritte auf der Treppe.

«Priska!», rief Eva. «Wie schön, dass du da bist.»

Sie war nun im Flur angelangt.

«Wen hast du mitgebracht?»

Priska öffnete die Küchentür, sodass Licht in den dunklen Flur fiel und Eva die Verletzungen und die blutbesudelte Kleidung Arons sehen konnte.

«Oh!», rief sie aus. «Was ist passiert?»

In diesem Augenblick stöhnte Aron auf, dann sank er gegen Priska, die unter seinem Gewicht taumelte.

«Schnell, hilf mir!»

Eva fasste mit an, und gemeinsam gelang es den Frauen, Aron Salomon in die Küche zu bringen und auf die Bank zu setzen.

«Hol Wasser», befahl Eva ihrer Magd. «Und dann gib dem Priester Bescheid. Er soll runterkommen.»

Die Magd schlug das Kreuzzeichen und eilte, die Aufträge auszuführen.

«Wer ist der Mann?», fragte Eva. «Was ist geschehen?»

Priska ließ sich auf einen Stuhl sinken. «Er ist zusammengeschlagen worden. All seine Habe ist ihm geraubt. Ich habe ihn in den Flussauen gefunden.»

«Ein Messfremder?»

Priska zuckte mit den Achseln. «Aus Krakau kommt er. Und», sie zögerte einen Augenblick, «und er ist Jude.»

In diesem Moment kam Johann von Schleußig in die Küche.

Er betrachtete den Mann, der mit geschlossenen Augen und leichenblassem Gesicht an der Wand lehnte. «Ein Jude also», sagte er, und seine Stimme verhieß nichts Gutes.

Dann wandte er sich an Priska.

«Warum habt Ihr ihn hergebracht, Kopperin?»

«Er ist verletzt, braucht Hilfe. Zu uns kann ich ihn nicht bringen. Ihr wisst selbst, dass die Leute so schon genug über uns reden.»

Johann von Schleußig runzelte die Stirn. «Ein Jude, Priska! Das ist verboten!»

«Ich weiß, Priester.» Sie reckte das Kinn und sah Johann von Schleußig direkt in die Augen. «Juden sind Menschen wie alle anderen auch. Wart Ihr es nicht, der gesagt hat, ein jeder sei gleich vor Gott?»

Johann von Schleußig nickte. «Ja, schon. Aber er ist ein Jude. Wahrscheinlich ein Geldverleiher, der Wucherzinsen nimmt und sich am Elend der Christenmenschen bereichert.»

«Seit wann beurteilt Ihr die Menschen nach dem, womit sie ihr Geld verdienen? Juden dürfen kein Handwerk ausüben, die Universitäten sind ihnen verschlossen. Aber von irgendetwas müssen sie ja auch leben.»

Johann von Schleußig betrachtete den blassen Mann ausgiebig, dann kratzte er sich am Kinn und sagte leise und irgendwie unschlüssig: «Die Juden haben unseren Herrn Jesus verraten. Judas Ischariot ist schuld daran, dass er am Kreuz gestorben ist.»

«Jesus ... war ... war auch ein Jude», stöhnte plötzlich der Fremde.

Johann von Schleußig runzelte die Stirn. Dann hob er die Arme und ließ sie sogleich hilflos fallen.

«Für theologische Streitgespräche ist jetzt nicht der richtige Zeitpunkt», stellte Eva fest. «Ob Jude oder Christ, das ist mir gleich. Hier ist ein Mensch, der Hilfe braucht. Für alles andere ist später noch Zeit.»

Sie wandte sich an die Magd: «Mach Wasser heiß und fülle einen Zuber. Die Wunden müssen gereinigt werden, der Mann gewaschen. Dann hole altes Leinenzeug, damit wir Verbände machen können. Ein Becher roter Wein mit einem Ei darin und einem Löffel Honig kann dem Mann auch nicht schaden.»

Zu Priska aber sagte sie: «Und du hole meinen Bruder. Er muss die Schulter einrenken.»

Priska nickte, froh, dass Eva den Fremden aufnahm. Sie raffte ihren Umhang zusammen und wollte gerade zur Tür hinaus, als der Priester sich einmischte. «Bleibt, Priska. Eva muss sich um Aurel kümmern. Ihr habt von uns allen am meisten Erfahrungen in der Heilkunde. Es ist besser, wenn Ihr Euch um den Fremden kümmert, bis Adam kommt. Ich werde ihn holen.»

Die Magd brachte den Wein, Eva reichte Priska den Becher. «Johann hat Recht, ich muss nach meinem Sohn sehen. Rufe mich, wenn du mich brauchst. Ansonsten kann die Magd dir zur Hand gehen.»

Priska nickte, legte den Umhang ab. Sie trat zu Aron, der noch immer mit geschlossenen Augen an der Wand lehnte. Behutsam, um ihn nicht zu erschrecken, strich sie über seine Wange. Er zuckte. «Pscht», machte sie wie zu einem kleinen Kind und bemerkte dabei nicht, dass ein Lächeln ihre Züge ganz sanft werden ließ. «Pscht, es wird alles gut.»

Aron öffnete die Augen und sah Priska an. Wieder versanken ihre Blicke ineinander.

Die Magd kam herein, knallte den Eimer auf den Boden, goss das Wasser in den Zuber, legte Seife daneben und das Leinenzeug.

«Braucht Ihr sonst noch etwas?», fragte sie grämlich. Der Blick, den sie Aron zuwarf, war voller Misstrauen. «Ein Jude in diesem Haus. Zustände sind das!», murmelte sie leise und schüttelte den Kopf.

«Danke. Wir haben alles», sagte Priska.

«Kann ich gehen? Es wartet noch mehr Arbeit auf mich», murrte die Magd.

Priska nickte, die Tür flog hinter der Magd ins Schloss.

Auf einmal war Priska mit Aron allein. Ich werde ihn waschen müssen, dachte sie unsicher. Ihr Blick fiel auf den Mann. Er lächelte, und Priska schien es, als könne er ihre Gedanken lesen.

Sie räusperte sich, senkte den Blick und tauchte ihre Hand in den Zuber, um die Wärme des Wassers zu prüfen.

«Ihr solltet Euer Wams und Euer Hemd ablegen», sagte sie.

«Ich kann nicht. Meine Schulter …»

Priska trocknete sich sehr langsam die Hände ab, als hoffe sie, dass einer hereinkäme, der ihr diese Arbeit abnehmen würde. Gleichzeitig sehnte sich etwas in ihr danach, seine Haut zu berühren.

Wieder räusperte sie sich, dann machte sie sich daran, ihm das Wams abzustreifen, wobei sie besonders auf seine verletzte Schulter achtete. Er stöhnte dabei, lächelte aber weiter tapfer.

Priska wich seinem Blick aus. Sie legte das Wams, welches völlig verdreckt und zerrissen war, übertrieben ordentlich auf die Wandbank. Sie faltete es, richtete den Kragen, zupfte an den Ärmeln.

«Das Wasser wird kalt werden, wenn Ihr nicht gleich beginnt», unterbrach Aron ihre Tätigkeit.

Priska holte ganz tief Luft. Ihr Herz schlug laut und hart. Jetzt konnte sie nicht mehr davonlaufen. Jetzt musste sie seine Haut berühren. Ihre Hände zitterten. Was ist los mit mir?, fragte sie sich, aber die Antwort wollte sie besser nicht wissen.

Mit spitzen Fingern zupfte sie an dem Leinen. Doch dann, als ihre Fingerspitzen mit seiner Haut in Berührung kamen, wäre sie beinahe zurückgezuckt, als hätte sie sich verbrannt.

Seine Haut schien mit ihr zu sprechen. Berühre mich, sagte die Haut. Streichle mich. Priska schüttelte den Kopf. «Unfug», dachte sie und bemerkte nicht, dass sie laut sprach. «Haut kann nicht sprechen. Das bilde ich mir nur ein.»

«Doch», erwiderte Aron. «Die Haut kann sprechen. Habt Ihr das noch nicht erfahren? Und sie kann sogar noch mehr: Sie kann Erinnerungen speichern.»

Priska wurde rot. Sie fühlte sich ertappt, hatte beinahe den Eindruck, als kenne Aron ihre Gedanken bereits vor ihr.

Etwas gröber als beabsichtigt riss sie an seinem Hemd, sodass er aufstöhnte. Endlich hatte sie es geschafft, ihm das Hemd auszuziehen. Mit bloßem Oberkörper saß er da. Priska tunkte den Leinenlappen in das Wasser, wrang ihn aus, kam näher. Er sah sie an, und diesmal gelang es ihr nicht, seinem Blick standzuhalten. Sie fuhr mit dem Lappen über sein Gesicht, versperrte damit die Sicht.

Doch ihre eigenen Blicke konnte sie nicht stoppen. Sie glitten über seinen Oberkörper. Ein großes Gefühl von Zärtlichkeit überkam sie. Priska war verwirrt. Was war bloß los mit ihr? Was brachte sie so aus der Fassung? So kannte sie sich gar nicht.

Als sie die Haustür hörte, war sie froh und enttäuscht zugleich. Kurz darauf betraten Adam und der Priester die Küche.

«Gott zum Gruße, Fremder. Ich bin der Stadtarzt und gekommen, um Euch zu versorgen», sagte Adam freundlich.

«Ich», erwiderte Aron leise und sah dem Arzt fest in die Augen, «bin Aron Salomon und grüße und danke Euch.»

Adam betrachtete die Verletzungen, die Wunde, die Schulter, dann nickte er und sagte: «Ich werde Euch jetzt wehtun müssen. Das Gelenk muss wieder eingerenkt werden. Ihr werdet starke Schmerzen dabei haben.»

Priska wusste das alles. Sie war schon oft dabei gewesen, wenn jemandem die Schulter eingerenkt wurde. Aber dieses Mal hielt sie nichts mehr in der Küche.

Zart berührte sie Adams Hand. «Wenn du mich nicht brauchst, so schaue ich nach Eva», sagte sie und wandte sich zum Gehen, als Adam nickte.

Fünfzehntes Kapitel

Die Kirche war nicht besonders voll. Priska schien es sogar, als wären einige Plätze, die sonst immer besetzt waren, heute leer. Doch das verwunderte sie nicht. Die Leipziger – und nicht nur sie – hingen an dem, was sie kannten.

Und Martin Luther, Augustinermönch und frisch gebackener Doktor der Theologie, kannten sie nicht.

Johann von Schleußig aber, der Doktor Luther bei einem Besuch in Wittenberg begegnet war, war angetan von ihm. «Er ist einer von uns», hatte er begeistert berichtet, als er aus Wittenberg zurückkam. «Er sucht nicht nur nach der neuen Zeit; er ist die neue Zeit. Wir werden noch viel von ihm hören, ihr werdet sehen.»

Priska betrachtete den Mönch aufmerksam und musste lächeln. Er sah genauso aus wie die Mönche, die sie kannte: nicht besonders groß, aber von stattlichem Umfang, das Gesicht teigig und von der ungesunden Farbe derer, die die meiste Zeit ihres Daseins hinter dicken Mauern verbrachten.

Er sieht aus, dachte sie, wie einer, der das Alte noch mit Händen und Klauen verteidigt, wie einer, der Wasser predigt und Wein säuft, zur Tugend aufruft, aber die Sünde nicht nur aus der Bibel kennt.

Sie lehnte sich zurück und wartete gespannt, was dieser dicke Mönch zu predigen hatte.

Luther sprach überraschend leise, und Priska hatte Mühe, ihn zu verstehen, doch dann, als er über den wahren Glauben sprach, der einzig aus dem Glauben komme, war ihre Aufmerksamkeit geweckt. Eine Bürgersfrau neben ihr schnarchte leise, doch Priska saugte die Worte des Theologen auf, als wären sie Nektar.

«Nicht die Ablässe vergeben Euch Eure Schuld. Ablasshändler sind die Beutelschneider der Kirche», wetterte er und hob sogar drohend die Faust. «Nicht die Kirche vergibt Eure Schuld. Gott allein kann dies bewirken.»

Bei diesen Worten schüttelten einige der Zuhörer den Kopf, Priska sah es genau. Und als der dickliche Mönch dann noch hinzufügte: «Ihr selbst seid es, die über Eure Schuld entscheidet. Die Sünde liegt in Eurer Hand», spuckte sogar ein alter Mann auf den Boden der Kirche.

Danach, draußen auf dem Vorplatz von St. Nikolai, standen die Gläubigen in Grüppchen beieinander.

«Der Wittenberger tut gerade, als wären wir für alles allein verantwortlich», wetterte eine Schankwirtin. «Dabei weiß doch jeder, dass es Dämonen gibt, Boten des Teufels, die sich einer Seele annehmen, ganz gleich, ob man will oder nicht.»

Eine andere Frau beschwerte sich: «Ablässe haben schon immer geholfen. Was soll der Mensch sonst tun, um sich zu entschulden? Nein, nein, ich glaube diesem Dr. Luther nicht. Ich kaufe weiter Ablässe, um meine Seele und die meiner Lieben aus dem Fegefeuer zu retten.»

Johann von Schleußig stand neben Priska und Eva. «Die Menschen wollen einfach nicht für sich selbst verantwortlich sein», sagte er und schüttelte den Kopf. «Deshalb haben die Beutelschneider der Kirche so große Macht. Es ist auch leicht, Schuld auf sich zu laden und dann ein paar Dukaten zu geben, damit alles wieder gut ist. Reue aber ist das nicht.»

«Wollt Ihr damit sagen, dass die Ablässe die Menschen von aufrichtiger Reue abhalten?», fragte Eva.

Johann von Schleußig nickte langsam. «Es ist zu einfach und zu ungerecht. Die Armen, die die Ablässe nicht bezahlen können, sind nicht sündiger als die Reichen. Gottes Gerechtigkeit kann nicht so aussehen, dass die Reichen, die ihr Geld auf dem Rücken der Armen verdient haben, auch noch im Himmel belohnt werden, während die Armen sogar nach dem Tod noch in der Hölle schmoren müssen.»

Adam griff Johann von Schleußig am Arm. «Redet nicht so laut, Priester. Ihr wisst ja, seit dem Papstdekret hat die Dämonenjagd neue Ausmaße angenommen.»

Der Priester nickte und schwieg. Sein Blick, mit dem er die plaudernden Schäfchen seiner Gemeinde bedachte, war mutlos.

«Wie geht es dem Fremden?», wandte sich Adam an Eva.

«Gut, soweit ich das beurteilen kann. Er isst mit gesundem Appetit, er hat gut geschlafen und berichtet, die Schmerzen wären weniger geworden.»

Eva zupfte Priska am Arm. «Und nun lasst uns gehen. Das Mittagsmahl ist bestimmt schon fertig.»

Doch Priska reagierte nicht. Sie hatte ihre Schwester Regina mit ihrem Mann Dietmar gesehen. Priska hob die Hand zum Gruß, öffnete den Mund für ein Wort, doch Regina sah sie nur kurz aus zusammengekniffenen Augen an, warf dann den Kopf in den Nacken und ging ohne Wort und ohne Gruß an ihrer Schwester vorbei, als wäre sie eine Fremde.

Hilflos sah Priska ihr hinterher.

«Hattet Ihr Streit?», fragte Johann von Schleußig. «Ihr wisst, dass es für Euch besser ist, Gerede zu vermeiden.»

Adam nickte. «Ja, das wissen wir. Und wir tun unser Bestes, aber es ist nicht einfach mit Regina.»

Er nickte seiner Frau aufmunternd zu.

Eva rief nach Aurel, dann gingen die vier Erwachsenen langsam über den Markt zurück in die Hainstraße.

Der Tisch in der Wohnstube war für vier Personen gedeckt.

«Und Aron?», fragte Priska. «Ist er nicht Euer Gast?»

Sie blickte Eva anklagend an.

«Johann meinte ...», setzte Eva an, doch der Priester unterbrach sie: «Es ist den Juden nicht gestattet, Tischnachbarn der Christen zu sein. Eva wollte Aron Salomon nicht in Verlegenheit bringen.»

Eva war enttäuscht. Sie hatte sich so darauf gefreut, Aron zu sehen. Nur ansehen wollte sie ihn, sich davon überzeugen, dass alles mit ihm in Ordnung war. Jeden Tag hatte sie bisher einen Grund gefunden, zu Eva zu gehen. «Ich bringe Salbe für die Wunden», «Ich habe einen Breiumschlag gemacht», «Ich wollte fragen, ob du etwas für den Kranken brauchst».

Und so hatten sie ihn jeden Tag gesehen. Sie kannte sein Gesicht auswendig: den Blick seiner braunen Augen, in denen gelbe Punkte tanzten, die lange, gerade Nase, die dunklen Brauen, das dunkelbraune Haar, die für einen Mann recht sinnlichen Lippen, die sich immer kräuselten, wenn Aron Priska sah.

Einmal hatte er seine Hand nach ihr ausgestreckt. Und sie hatte ihre in seine gelegt. Dann hatte er seine Hand an sein Herz geführt. Dabei hatte er sie angesehen mit einem Blick, der voller Trauer und Fröhlichkeit zugleich war. Aron. Wie oft hatte Priska in der Nacht leise seinen Namen vor sich hin gesprochen. Aron. Der Name klang dem Namen ihres Mannes so ähnlich, und doch lagen Welten zwischen den beiden Männern. Aron. Sie hatten wenig miteinander gesprochen, aber sie hatten sich viel erzählt. Die stumme Unterhaltung, bei der Eva stets anwesend war und von der sie doch nichts hörte, begann immer gleich.

Sie kam herein und sah in seine Augen. Seine Lippen kräuselten sich, die Falten zwischen den Brauen verschwanden.

«Doktorsfrau!», sagte er, mehr nicht.

«Aron!», erwiderte Priska.

Dann legte Aron seine Hand auf sein Herz und sah sie an. Und Priska fuhr sich mit der Hand an die Kehle und lächelte.

«Geht es Euch gut?», fragte sie dann.

«Ja. Besonders jetzt.»

«Braucht Ihr etwas?»

«Ich habe mehr als jemals im Leben und weniger zugleich», antwortete er.

«Ich werde Euch den Verband wechseln.»

Ohne weitere Worte öffnete Aron sein Hemd, legte seine Brust frei, offenbarte seine Wunde, als wäre sie der Sitz seines Lebens. Und immer berührte Priska ihn mit der ganzen Fläche ihrer Hand, drückte sie auf sein Herz, ganz leicht nur, und kümmerte sich erst dann um die Wunde.

Sie dachte an ihn, wo sie ging und stand. Sie sah seinen

Blick in der Menge auf dem Markt, hörte seine Stimme inmitten des Lärms, der aus einer Schankstube drang. Selbst die Schatten an den Wänden erinnerten sie an ihn.

Nein, sie wollte nicht an ihn denken. Sie hätte es bei Gott geschworen, doch sie konnte nicht anders. Sie war nicht Herrin ihrer Wünsche. Zum ersten Mal bekam sie eine leise Ahnung von dem, was Adam ihr einst gesagt hatte. Man kann die Liebe nicht lassen; selbst, wenn man es will.

Und nun würde sie ihn heute nicht sehen. Traurigkeit schlich sich ins Priskas Herz. Johann bemerkte es nicht, doch nach dem Essen brachte er das Gespräch wieder auf den Juden.

«Er kann nicht mehr länger hier bleiben. Es ist nicht gut für Eva, einen Fremden im Haus zu haben. Die Magd wird die Neuigkeit schon weitergetratscht haben. Und auch für dich, Adam, wäre es besser, der Jude verschwände.»

«Wo soll er denn hin?», fragte Priska. «Er hat nichts außer Wunden.» In ihr wurde alles kalt.

Adam legte ihr seine Hand auf den Arm, damit sie sich beruhigte, doch Priska riss sich los und herrschte Johann von Schleußig an: «Ihr könnt doch einen Hilflosen nicht vor die Tür setzen! Oder sind alle Eure Worte über Nächstenliebe und Christenpflicht nur leere Versprechungen?»

«Priska, bitte!»

Adams Stimme klang streng, und Priska senkte den Blick. Er hat ja Recht, dachte sie. Es ist gefährlich für uns.

«Er ist ein Jude. Einen Anspruch auf Christenpflicht hat er nicht. Es sei denn, er bekehrt sich», stellte Johann von Schleußig fest.

Priska blickte den Priester entsetzt an. «Er ist ein

Mensch! Er glaubt an denselben Gott wie wir!», schrie sie. Ihre Augen funkelten, und über ihren Hals und den Brustansatz hatten sich rote Flecke ausgebreitet.

«Ich werde mich um Aron Salomon kümmern», entschied Adam und griff wieder nach Priskas Arm. «Das kleine Haus der alten Ursula aus der Vorstadt steht leer. Aron kann getrost eine Zeit lang dort bleiben. Auch vor Verfolgung braucht er keine Furcht zu haben; immerhin hat er die Stadttore damit vor und nicht hinter sich.»

«Ja, das ist eine gute Idee», stimmte Priska zu. «Ich werde seine Verbände wechseln, dafür sorgen, dass er genügend Lebensmittel hat.»

«Gut. Adam darf aber trotzdem nicht zu ihm gehen», wendete der Priester ein. «Damit bringt er sich selbst in Gefahr.»

«Aber er braucht noch ärztlichen Beistand!», widersprach Priska. «Noch ist er nicht vollkommen geheilt.»

«Dann wirst du dich allein um ihn kümmern müssen», sagte Adam und sah Priska mit einem Blick an, der ihr wie ein Abschied schien. «Du wirst zu ihm gehen. Es wird nicht auffallen, da du ja ohnehin öfter im Hurenhaus zu tun hast.»

Die Hübschlerinnen! Priska hatte sie in den letzten Tagen fast vergessen und gar nicht mehr daran gedacht, dass sie ihnen etwas versprochen hatte: Sie wollte sich um die Lust kümmern. Aber wie sollte sie das anstellen?

Ich kann darüber nachdenken, so viel ich will, die Lösung wird nicht über den Verstand kommen, erkannte sie schließlich und machte sich auf den Weg zu den Hübschlerinnen. Es war wieder zu einer Schlägerei im Hurenhaus gekommen. Zwei Scholaren hatten zu den Knüppeln gegriffen und um sich geschlagen, als die Wirtin sie mangels Zahlkraft hinauswerfen wollte.

Als sie ins Hurenhaus kam, waren die Hübschlerinnen gerade beim Aufräumen. Überall lagen zerbrochene Bänke und kaputtes Geschirr. Priska sah auf den ersten Blick, dass zwei der Frauen Verletzungen hatten. Die eine, deren Namen sie nicht kannte, trug ein riesiges Veilchen im Gesicht. Die andere, deren Name Sophie lautete, hatte eine aufgesprungene Lippe.

Priska behandelte die Wunden und sah sich nach Margarete um. Das Mädchen war nicht da. «Wo ist die Kleine, der es bei meinem letzten Besuch nicht so gut ging?», fragte sie.

Sophie zuckte mit den Schultern. «Es geht ihr noch immer nicht besser. Ich fürchte, sie ist für unsere Arbeit nicht gemacht. Besser wäre es, sie fände anderswo ihr Auskommen.»

«Das wäre für uns alle besser», rief eine andere dazwischen und wischte sich die Hände am Kleid sauber. «Aber wir haben nun mal keine Wahl. Wenn wir hier weggehen, dann verhungern wir.»

Die anderen nickten. Eine fügte hinzu: «Wenigstens haben wir genug zu essen, und es ist warm. Ich bin sicher, manch andere ehrbare Frau hat es schlechter als wir. Wie viele werden von ihren Männern geschlagen? Wie vielen wird nachts Gewalt angetan? Nein, nein, ich werde mich nicht beklagen. Es hätte schlimmer kommen können.»

Wieder nickten die anderen. Dann begann eine ein Lied, die Frauen stimmten ein, und schon bald herrschte eine Fröhlichkeit hier, die gespielt sein mochte, aber doch der Seele gut tat.

Als sie das Haus verließ, vergaß sie – wie jeden ersten Montag im Monat – ihren Weidenkorb, in dem Bienenwachs war. Kaum war sie ein Dutzend Schritte gegangen, da wurde ihr Name gerufen. Diesmal war es Margarete, die ihr den Korb zurückbrachte. Leer war er nun. Nein, nicht ganz. Die Hübschlerinnen hatten wie meist ein selbst gemachtes Blumengebinde und ein paar Kupferstücke hineingelegt.

«Hier, Euer Korb, Ihr habt ihn vergessen», sagte Margarete.

Priska dankte und betrachtete die junge Frau. «Wie geht es Euch? Hat das Schmalz geholfen?», fragte sie.

Margarete nickte. «Ja, es ist besser geworden.»

«Gut», erwiderte Priska und wollte weitergehen, doch das Mädchen hielt sie am Arm fest. «Bitte, Ihr hattet mir etwas versprochen», sagte sie leise. «Wisst Ihr noch?»

«Ja. Ich erinnere mich. Und ich habe dich auch nicht vergessen. Du musst noch ein wenig Geduld haben.»

Priska wandte den Blick ab. «Ich muss weiter», sagte sie.

«Vergesst mich nicht. Ich bitte Euch», erwiderte Margarete. Sie scharrte mit dem Fuß über den gestampften Lehm, als ob sie noch etwas sagen wollte, doch dann drehte sie sich um und rannte davon. Priska sah ihr hinterher. Sie läuft wie ein übermütiges Kind, dachte sie und seufzte.

Dann machte sie sich auf den Weg zu Aron.

Die Tür von Ursulas Hütte war repariert worden; Priska sah es sofort. Die Fenster standen zum Lüften offen, zwischen zwei Bäumen hinter dem Haus hing ein Leinenhemd.

Sie klopfte, doch Aron hatte sie schon gesehen. Er beugte sich aus dem offenen Fenster und lachte. «Kommt herein, Doktorsfrau, Ihr kennt ja den Weg.»

Priska öffnete die Tür und trat in den Wohnraum. Aron stand an der offenen Herdstelle und rührte mit einem Löffel in einem Kessel.

«Ich habe noch Linsen gefunden», sagte er. «Und Möhren. Habt Ihr Lust auf eine gute Suppe?»

«Ja!» Priska setzte sich an den Tisch und streckte die Beine von sich. Sie betrachtete Aron, der ihr den Rücken zugewandt hatte. Plötzlich wurde ihr ganz leicht zumute. Die Sorgen fielen einfach ab von ihr. Ich werde schon herausfinden, wie es sich mit der Lust verhält, dachte sie. Aber zuerst werde ich essen.

Aron stellte zwei irdene Schüsseln auf den Tisch, holte Holzlöffel dazu. Dann hob er den Kessel vom Gestell und platzierte ihn in der Mitte des Tisches.

«Greift zu, Doktorin.»

Priska zögerte. Sie hatte gesehen, dass die Suppe gerade knapp den Boden des Kessels bedeckte. Sie wusste, dass Aron nicht viel zum Leben hatte. Die Mahlzeit, die er ihr angeboten hatte, würde ihm heute als Abendbrot fehlen.

Sie schob die Schüssel in die Mitte. «Danke, nein. Ich habe doch keinen Hunger», sagte sie.

Aron sah sie aus zusammengekniffenen Augen an. «Ah», sagte er und nickte mehrmals. «Ich verstehe, Doktorsfrau.»

«Was versteht Ihr?»

«Nun, dass Ihr nicht mit einem Juden an einem Tisch sitzen wollt.»

«Unfug!» Priska schüttelte den Kopf. «Es ist mir gleich, an welchen Gott Ihr glaubt.»

Er schob seine Schüssel ebenfalls in die Mitte des Tisches, dann sah er sie an. Wieder schien es, als würden sich ihre Blicke ineinander verfangen.

«Wer seid Ihr, Doktorsfrau?», flüsterte Aron, und seine Stimme klang ein wenig heiser dabei. «Wer seid Ihr, was wollt Ihr wirklich, und wovon sucht Ihr Erlösung?»

«Erlösung?» Priska schüttelte den Kopf. Sie hätte den Blick gern abgewandt, doch es gelang ihr nicht. Und plötzlich sprudelten die Worte aus ihrem Mund wie ein Quell, der sich um nichts in der Welt verstopfen ließ.

«Erlösung suche ich als Weib.»

Der Satz war gesagt, sie konnte die Worte nicht zurücknehmen. Scham stieg in ihr auf. Sie wand sich auf ihrem Stuhl, wäre am liebsten aufgestanden und davongelaufen. Jetzt, da er ihr Geheimnis kannte, konnte sie dem Mann nicht mehr in die Augen sehen. Er sagte nichts. Nur seine Hand griff nach ihrer und streichelte sie. Sie spürte, wie sich ihre Nackenhärchen aufstellten.

«Nicht», bat sie leise, doch Aron stand auf, zog auch sie vom Stuhl hoch und so nah an sich heran, dass sie seinen Atem auf ihrem Haar spüren konnte.

«Ich begehre Euch», sagte er, «und Ihr wisst es längst. Alles in mir drängt danach, Euch zu berühren. Und auch Ihr habt dieses Verlangen.»

Priska schluckte. Am liebsten hätte sie geweint. Sie fühlte sich so ertappt wie ein Kind beim Honigdiebstahl. Und gleichzeitig war eine große Freude in ihr.

«Ihr müsst keine Angst haben», versprach Aron leise. «Ich werde Euch nicht wehtun. Ich werde nur Euer Begehren stillen.»

Ich begehre Euch. Der Satz klang in Priska nach, machte sie zittern. Sie schloss die Augen, spürte seinen warmen Atem, roch seinen Duft. Jede Faser ihres Körpers drängte nach seiner Berührung.

Der Raum löste sich auf, die Zeit verlor ihre Macht, die Geräusche verstummten. Nur das eigene Blut hörte Priska noch durch den Körper rauschen, nur der Schlag des eigenen Herzens dröhnte in ihren Ohren.

Sie schloss die Augen, ließ sich langsam nach vorn sinken, bis sie spürte, dass sie gehalten wurde. Arons Hände hatten sie aufgefangen. Sie schlug die Augen auf, fand wieder festen Stand.

«Sieh mich an», bat Aron leise.

Priska gehorchte. Mit dem Finger zeichnete er ihr Gesicht nach, fuhr sanft über die Nase, umkreiste die Lippen. Priskas Zittern wurde stärker.

«Berühre mich», sagte sie leise.

Aron erwiderte ebenso leise: «Du hast Zeit. Sehr viel Zeit.» Dann löste er ihre Haube, das Kennzeichen der ehrbaren Ehefrau, und streifte sie ihr vom Kopf. Er ließ ihr Haar über seine Hände gleiten, presste sein Gesicht hinein. Priska spürte seinen heißen Atem, wandte den Kopf und schmiegte ihr Gesicht an seine Wange.

Doch schon fuhr Aron zurück. «Sieh mich an», sagte er wieder. Priska kam seiner Bitte nach. Sein Gesicht war ernst, aller Spott daraus verschwunden. Langsam hob Aron die Hand, strich damit über Priskas Kehle. Sie bog den Kopf zurück, gab sich ganz dem Streicheln hin. Das Zittern ihres Körpers war stärker geworden. Arons Hand glitt weiter nach unten, fuhr über ihre Brüste. Bei den zarten Spitzen verharrte er, rieb darüber, sodass sie sich aufrichteten und gegen den Stoff des Kleides drängten.

«Lehre mich die Lust», bat Priska.

Aron lachte leise.

Er öffnete Priskas Kleid, streifte es ihr von den Schultern

bis hinunter zu den Hüften, sodass sie mit bloßen Brüsten
vor ihm stand. Er umfasste sie mit beiden Händen, rieb erneut mit dem Daumen jeder Hand über die zarten Brust-
warzen. Noch immer hatte Priska den Kopf in den Nacken
gelegt, doch jetzt stöhnte sie leise auf. Ihre Arme wollten
nach Aron fassen, doch er wich ihnen geschickt aus.

Priska spürte seinen Blick über ihren Leib gleiten. Sie
nahm die Arme hoch, wollte damit ihre Brüste bedecken,
doch Aron zog sie sanft hinunter.

«Du bist wunderschön», sagte er. «Schön wie eine
Blume im ersten Morgenlicht.»

Dann küsste er sie, so wie ein Mann eine Frau küsst.
Seine Hände glitten über ihren Rücken bis hinunter zum
Po.

Lange dauerte der Kuss. So lange, bis sich Priskas Zittern
zum Beben ausgewachsen hatte. Die Knie wurden ihr
weich. Sie drängte ihren Leib fest gegen Arons, rieb ihre
Brüste am Stoff seines Hemdes, war nicht mehr Priska, sondern nur noch Weib, war ganz Lust, war ganz Körper.

Aron hob sie auf seine Arme und legte sie auf sein Bett-
lager, das er auf dem Boden der Hütte in einer Ecke gebaut
hatte.

Dann zog er ihr Kleid und Unterkleid ganz aus. Nackt
lag sie nun vor ihm. Wieder hob sie die Arme, um ihre
Blöße zu bedecken, wieder wurde sie von Aron daran gehindert.

«Lass», sagte er. «Ich möchte dich ansehen, möchte
mich an deiner Schönheit berauschen wie an einem guten
Wein.»

Wieder glitten seine Finger langsam über ihren Körper,
streichelten sanft über die Brüste, über den Bauch, fuhren

hinunter bis zu ihrem Venushügel. Priska schrak zusammen, als Aron sie dort berührte, doch er ließ seine Hand dort liegen, übte sanften, dann stärkeren Druck aus. Beinahe wie von selbst öffnete Priska ihre Schenkel. Als Arons Finger über ihre Schamlippen glitten, stöhnte sie leise auf. Sie warf den Kopf auf die Seite.

«Soll ich aufhören?», fragte Aron leise.

«Nein, ich bitte dich.»

Ganz sanft öffnete er den Eingang ihres Schoßes, glitt über die kleinen Blütenblätter, drang ein in die Feuchtigkeit und Wärme. Priska stöhnte lauter. Sie hielt die Augen fest geschlossen, ihre Nasenflügel bebten, die leicht geöffneten Lippen zitterten.

Noch weiter spreizte sie ihre Schenkel, war nun ganz bereit für den Mann.

Sie presste ihren Schoß, ihre feuchte Scham gegen seinen Handballen, rieb sich daran.

«Es ist wunderschön, deine Lust zu spüren», raunte Aron, küsste sie leicht auf den Mund, drang mit der Zunge in sie ein, drang mit dem Finger in sie ein, bewegte ihn in ihr, bis Priska es nicht mehr aushielt. Als sich ihr Körper aufbäumte, schlüpfte er aus seinen Beinkleidern. Er legte sich auf sie, nahm ihr Gesicht in beide Hände.

«Möchtest du, dass ich deine Lust stille?»

«Ja!», flehte Priska.

«Möchtest du deine Ehe brechen?»

«Ja! Komm endlich!», keuchte sie und presste ihren Schoß gegen seinen.

Als er in sie eindrang, schrie sie leicht auf. Das Zittern verwandelte sich in Bewegung, in ein Auf und Ab unbändiger Lust und tiefer Freude, fand seine Krönung im Tanz zweier Leiber, die so fest miteinander verschmolzen waren, dass auch Priskas Seele zu zittern begann und sich erst beruhigte, als sie geborgen und gewärmt an Arons Brust lag.

«Du warst noch Jungfrau», sagte er leise.

Priska nickte und sah Aron an. Sie hätte es ihm gern erklärt, aber er legte den Zeigefinger über ihre Lippen und sagte: «Du musst mir nichts erklären. Ab heute gilt die Vergangenheit nicht mehr. Heute beginnt eine neue Zeitrechnung.»

Später, als sie nach Hause ging, war ihr Schritt beschwingt. Der Wind strich liebkosend über ihr Gesicht, die Sonne übergoss sie mit freundlichen warmen Strahlen, die Vögel zwitscherten ihr einen Gruß zu, und selbst die Menschen schienen ihr freundlicher zu sein als sonst.

Sie passierte das Stadttor, lief über den Brühl, bog in die Katharinenstraße ein, die zum Markt führte. Ein junges Mädchen mit roten Wangen schenkte ihr einen Apfel, eine Katze rieb sich an ihrem Bein.

Ich lebe, dachte Priska. Noch nie war das Leben so schön. Sie verspürte den Drang, jemandem von diesem Nachmittag zu erzählen. Sie wollte aussprechen, was geschehen war, damit es vielleicht morgen nicht nur ein Traum gewesen war. Sie wollte Zeugnis ablegen davon. Doch vor wem? Eva? Nein, sie konnte ihr nicht erzählen, dass sie gerade ihrem Bruder Hörner aufgesetzt hatte. Dem Priester? Nun, sie hatte eine Todsünde begangen. Adam?

Plötzlich hielt sie inne. Sie hatte Regina entdeckt, die ihr entgegenkam. Ihr konnte sie nun wirklich nichts von Aron erzählen, ihr wäre sie am liebsten ausgewichen. Sie wollte sich jetzt nicht mit ihrer Schwester und deren Neid beschäftigen. Doch sie konnte es nicht vermeiden.

Also blieb sie stehen, den Korb fest in beiden Händen, die Lippen noch warm und rot von Arons Küssen.

Regina musterte sie aus zusammengekniffenen Augen von oben bis unten.

«Na, brennt dir die Haube noch nicht auf dem Kopf?», giftete sie.

Priska wusste im ersten Augenblick nicht, wie die Frage gemeint war.

«Schämst du dich immer noch nicht, das Zeichen der verheirateten Frauen zu tragen?», drang Regina weiter.

Priska lächelte, schüttelte den Kopf. «Nein, Schwester, ich schäme mich nicht. Ich bin verheiratet, und ich bin eine richtige Frau. So wie du.»

Sie reckte den Kopf und sah Regina lächelnd in die Augen. Jetzt wusste sie, wie sich die Lust anfühlte, was das Begehren war. Regina hatte ihren Vorteil eingebüßt. Der Nachmittag mit Aron hatte Priska stolz und sicher gemacht.

«Das glaubt dir niemand! Du hast dir deinen Stand erschlichen. Jeder weiß, dass dein Schoß längst schon vertrocknet ist.»

Wieder lächelte Priska. «Mein Schoß soll vertrocknet sein?», fragte sie, warf den Kopf in den Nacken und lachte lauthals los.

Sie sah das Glitzern in Reginas Augen nicht, sondern lachte weiter. Selbst, als Regina ihr die Haube vom Kopf riss, war sie nicht zu stoppen. «Du glaubst wirklich, eine Haube mache eine ehrbare Frau?» Sie betrachtete Regina ohne Groll, hielt ihr die Hand entgegen, damit sie ihr die Haube zurückgäbe. Dabei fiel ihr Blick auf Reginas Leib, der merklich gerundet war.

«Du bist in gesegneten Umständen?», fragte sie freundlich, bereit, der Schwester jedes böse Wort zu verzeihen.

«Ja, ich bin schwanger. Und du bist schuld daran. Doppelt und dreifach schuldig geworden an mir. Dein Mutterring aus Bienenwachs hat versagt!», schrie Regina, warf Priskas Haube auf den Boden und trat mit ihren Holzpantinen darauf herum.

Priska sah ihr unbewegt dabei zu. Gestern noch hätte sie diese Handlung tief getroffen, hätte sie zum Weinen gebracht. Heute aber blieb sie gelassen, noch immer bereit, alles und jedem zu verzeihen.

«Nun, deine Schwangerschaft ist bestimmt ein Grund zur Freude», erwiderte Priska und sah sich um. Ein paar Neugierige waren stehen geblieben. Eine dicke Bürgersfrau hatte sogar ihren Henkelkorb auf den Boden gestellt und die Arme bequem vor der Brust verschränkt. Priska war es egal. «Schließlich bist auch du unter der Haube. Dietmar wird sich bestimmt darüber freuen», antwortete sie. Noch während Priska dies sagte, wusste sie, dass das Kind nicht von Dietmar sein konnte.

In Reginas Augen glomm Hass. «Du hast mir alles weggenommen», zischte der Zwilling. «Und ich werde es mir wiederholen. Ich habe lange genug gewartet.»

«Was willst du tun?», fragte Priska. Sie warf einen Blick auf die dicke Bürgersfrau, beugte sich dicht zu Regina und sagte, so leise, dass niemand außer der Schwester sie hören konnte: «Hast du noch nicht begriffen, dass jeder seines eigenen Glückes Schmied ist? Du kannst mir nichts. Selbst, wenn du wolltest. Auf dich hört niemand. Du bist nur die

Frau des gehörnten Feuerknechtes. Mehr nicht. Glück hast du, wenn er dein Kind anerkennt. Sonst aber wirst du mit dem Strohkranz auf dem Haar durch die Stadt gejagt. Und jetzt entschuldige mich bitte; ich muss mich um meinen Mann kümmern.»

Mit diesen Worten drängte sich Priska an der Schwester vorbei, maß die Bürgerin mit einem langen Blick und ging grußlos von dannen.

Am Abend aber überkam sie die Furcht. Sie saß mit Adam in der Wohnstube. Im Kamin brannte ein Feuer, denn die Nächte waren noch kühl. Sie hatte an Aron gedacht, doch dann fielen ihr Regina und ihre Drohungen wieder ein.

Sie sah ihren Mann an, versuchte, in seinem Gesicht zu lesen, ob er noch immer der widernatürlichen Unzucht frönte.

Doch Adams Gesicht war freundlich wie immer. Sie konnte nicht darin lesen. Er schaute sie an, nahm ihre Hand und sagte: «Du siehst schön aus, mein Liebes. Du strahlst richtig von innen heraus. Gibt es einen Grund dafür?»

«Nein», erwiderte Priska. «Ich freue mich des Lebens. Das ist alles.»

Sie schluckte, doch dann sprach sie von Regina. «Sie ist wieder schwanger und hat uns gedroht. Nichts Genaues zwar, Worte, aber ich habe Angst vor ihr.»

Adam lachte: «Uns kann nichts passieren, Priska. Ich bin inzwischen zweiter Stadtarzt. Viele kennen mich. Man wird mir glauben. Immer.»

Sechzehntes Kapitel

Jeden zweiten Tag ging Priska von nun an zu Aron. Sobald die Glocke von St. Nikolai die elfte Vormittagsstunde verkündete, machte sich Priska auf den Weg. Ihr Schritt war leicht, die Haut strahlte, Haar und Augen glänzten. Arons Liebe hatte Priska schöner gemacht. Schöner und besser. Sie verteilte Almosen mit freien Händen, sie lachte mit der Magd, gab den Krüppeln am Weg gute Worte. Doch manchmal in der Nacht kamen ihr Zweifel. Sie hatte vor Gott geschworen, ihrem Mann die Treue zu halten. Diesen Schwur hatte sie freudig gebrochen. Im Grunde war sie nicht besser als Regina. Auch sie buhlte mit einem Mann, der ihr nicht angetraut war. Sie versuchte sich damit zu trösten, dass sie die Lust, die sie lernte, weitergeben konnte an die Hübschlerinnen, doch sie wusste selbst, dass diese eine Lüge war. Es gab nur einen einzigen Grund für das, was sie tat: Liebe.

Sobald sie das Stadttor hinter sich gelassen hatte, begann ihre Haut zu kribbeln. Ihr Herz schlug heftiger mit jedem Schritt. Sie stieß die Tür auf, sank in Arons Arme und ließ sich auf das Bett fallen. Nichts war mehr wichtig. Nicht ihr Name, nicht ihr Stand. Nur Arons Hände, die nach ihren Brüsten griffen, in sie eindrangen, sie zum Stöhnen brachten.

Längst hatte Aron ihr gezeigt, wo die Lust ihren Sitz

hatte. Er ließ seine Finger auf ihrer Venusperle tanzen, bis Priskas Lust sich durch kleine Schreie Luft verschaffte. Er trieb ihre Lust höher hinauf, bis ihre Gedanken verloschen und ihre Sinne nichts als seine Liebkosungen empfanden. Er zeigte ihr, dass die Lust den Willen besiegen konnte. Jetzt lernte sie, was Adam widerfahren war.

Nichts gab es mehr für sie, nichts war mehr wichtig, wenn Aron sie berührte. Ihr ganzes Ich war nur auf die Erlösung gerichtet. Die Lust machte, dass Priska sehnsüchtig wurde, dass sie nur auf den Augenblick wartete, in dem Aron in sie eindrang und ihre Lust stillte.

Jetzt wusste sie, warum die Wollust eine der Todsünden war. Bisher hatte sie nicht geglaubt, dass es etwas geben könnte, das sie von Gott entfernte. Jetzt aber wusste sie, welche Macht die Wollust, welche Gewalt die Hingabe hatte.

Dann, wenn die Lust gestillt war, lag sie noch eine Weile bei Aron, roch den frischen Schweiß seiner Achseln. Sie redeten, lachten, streichelten sich, genossen einander. Aber niemals sprachen sie über die Zukunft.

Heute jedoch stand er alsbald auf und kochte einen Kräutertrank.

«Ich kann nicht mehr lange hier bleiben, Priska», sagte er leise, trat zu ihrem Lager und streichelte sanft ihren Bauch.

«Ich muss zurück nach Krakau. Hier kann ich nicht leben, kann keine Geschäfte machen, kein Geld zum Leben verdienen. Außer dir kenne ich niemanden hier. Und du, du stiehlst dich immer nur für kurze Zeit aus deinem Leben und kommst zu Besuch zu mir. Das reicht mir auf Dauer nicht, Priska.»

Priska erstarrte. «Du willst mich verlassen, Aron?»

Der Mann nickte.

«Und ich? Was wird aus mir?»

«Du hast einen Mann, hast eine Aufgabe, hast Freunde und Verwandte hier. Vielleicht liebst du nicht mich, Priska. Vielleicht liebst du nur die Liebe an sich.»

Priska wurde rot. Liebe ich ihn?, fragte sie sich. Sorge ich mich um ihn? Liebe ich nur das Fleischliche?

«Und du?», fragte sie. «Liebst du mich denn?»

Aron setzte sich zu ihr. «Ich unterdrücke meine Liebe zu dir. Ich lasse sie nicht zu, denn ich würde daran leiden. Die Wahrheit aber ist: Ich liebe dich, obwohl ich es nicht möchte. Du brauchst mich nicht, Priska. Dein Leben ist auch ohne mich reich. Ich würde leiden, würde ich dich weiterhin sehen und dabei wissen, dass du niemals die Meine werden kannst.»

«Aber mit dir ist mein Leben reicher.»

Aron gab ihr einen Becher mit einem Trank aus frischer Minze. Priska roch daran, doch dann sprang sie auf, rannte zur Tür und erbrach sich.

Aron eilte ihr nach, brachte klares Wasser, ein Tuch, tupfte ihr das Gesicht ab.

Priska sah ihm in die Augen, dann sagte sie leise: «Ich muss mich in letzter Zeit oft übergeben.» Mehr nicht.

Aron zog sie zurück ins Haus, schälte ihre Brüste aus den Kleidern, betrachtete sie, berührte sie sanft. Dann küsste er die Spitzen und sagte: «Vielleicht, Priska, könnte ich bleiben, wenn wir eine Zukunft hätten. Doch das haben wir nicht. Ich werde gehen. In den nächsten Tagen schon.»

«Bittest du mich, meinen Mann zu verlassen und mit dir zu leben?», fragte sie.

«Nein, Priska, ich würde dich nie darum bitten. Wenn

deine Liebe so stark ist, dass du meinst, nicht ohne mich sein zu können, dann würdest du mitkommen. Aber ich habe nicht das Recht, dir alles, was dir wichtig ist, zu nehmen. Ich bin ein Jude. Du bist eine Christin. Du hast einen Bürgerbrief, ich nur den spitzen Judenhut. Dein Mann hat einen angesehenen Beruf.»

«Ich weiß so wenig von dir», gab Priska zu. «Ich weiß nicht, womit du dein Brot verdienst, weiß nicht, wie du in Krakau gelebt hast.»

«Es ist gleichgültig, woher ich komme, was ich bin. Ich werde weggehen, und eines Tages wirst du mich vergessen haben.»

Der Heimweg war lang. Viel länger als sonst. Ihre Füße schienen sich zu weigern, Abstand zwischen sich und Aron zu legen. Immer wieder drehte sie sich um. Der Wind fuhr ihr hart ins Gesicht, die Strahlen der Sonne schmerzten in den Augen, sodass sie zu tränen begannen. Unwillig stieß sie einen Bettler zur Seite, der sie am Kleid festhielt und ihr die Hand entgegenstreckte. Den freundlichen Gruß einer Magd übersah sie.

Der Tag war grau und schwer geworden.

Am Abend kam Adam später als gewöhnlich nach Hause. Er strahlte über das ganze Gesicht, packte Priska bei der Hüfte und wirbelte sie herum: «Denk dir nur, dem Kannengießer Justus geht es besser!»

«Oh, Adam, das ist wunderbar! Wie hast du das geschafft?»

Adam ließ sie los, lächelte verlegen und kratzte sich am Kinn. «Genau weiß ich es nicht, Priska. Ich habe das Quecksilber geringer dosiert, mit Mehl vermischt, zu Pillen gepresst und sie Justus mit reichlich Wasser verabreicht, dazu die Quecksilbersalbe auf seine Wunden geschmiert. Es scheint gewirkt zu haben. Ein Hundertstel Quecksilber brauche ich. Mehr nicht.»

«Dann hast du es gefunden! Dann hast du endlich ein Mittel gegen die Franzosenkrankheit entdeckt!»

Priska versuchte, so viel Begeisterung wie möglich in ihre Stimme zu legen. In Gedanken war sie noch immer bei Aron.

«Langsam, Priska. Noch ist es nicht so weit. Justus geht es besser, mehr nicht. Vielleicht rührt sein Zustand vom Wetter her, vielleicht helfen ihm Butter und Milch. Noch kann ich es nicht mit Bestimmtheit sagen. Ich muss warten, muss noch weitere Experimente machen. Aber ein Anfang ist gemacht!»

«Du darfst nicht aufhören zu forschen, Adam. Die Menschen brauchen dich. Deine Arbeit ist wichtig für sie. Wichtiger als du oder ich. Du kannst, wenn es gelingt, den Tod besiegen.»

Priska nickte heftig. Ja, dachte sie, Adam hat einen Lebenssinn. Wenn ich fortginge, wäre er traurig, aber er würde nicht gebrochen davon. Er hat so viel anderes außer mir.

Priska fand in der Nacht keinen Schlaf, aber sie kam zu einem Entschluss. Ich gehe mit Aron, beschloss sie. Adam braucht mich nicht, aber ich brauche Aron. Nur mit ihm spüre ich mich ganz, nur mit ihm bin ich glücklich, bei ihm kann ich alles sein, das ich bin. Einen Moment lang war sie unsicher. War es wirklich so? Hier, bei Adam, hatte sie eine Aufgabe. Wie würde es in Krakau sein? Einen Augenblick dachte sie an die Hübschlerinnen und an Margarete. Ich werde zu ihr gehen und ihr sagen, was ich weiß, entschuldigte sie sich. Doch dann gehe ich mit Aron.

Am nächsten Morgen, sobald Adam das Haus verlassen hatte, stellte sie sich vor die Kleidertruhe und überlegte, was sie mitnehmen sollte. Unschlüssig hielt sie ein Kleid in der Hand, es war aus gutem Stoff, Adam hatte es ihr erst neulich gekauft. Schließlich legte sie es zurück. Sie wollte nichts mitnehmen. Sie war mit nichts gekommen, und sie würde mit nichts gehen.

Dann setzte sie sich an den Tisch, nahm Papier und die Schreibfeder zur Hand und schrieb:

Lieber Adam,
ich verlasse dich. Es tut mir leid, aber ich kann nicht anders.
Verzeih mir, wenn du kannst.
Ich habe dich so lange geliebt. Ich liebe dich noch immer, aber diese Liebe zu dir hat etwas Verzweifeltes und Hoffnungsloses in sich, das mich ganz klein und verzagt sein lässt, das mich daran zweifeln lässt, eine richtige Frau zu sein. Du weißt, Adam, was ich meine. Ja, du hattest Recht. Man kann sich nicht aussuchen, wie und wen man liebt. Liebe geschieht sogar gegen den eigenen Willen.
Ich wollte mich nicht in Aron verlieben. Gott weiß, dass ich dir treu bleiben wollte. Aber mein Wille war zu schwach.
Wir sind einander nichts schuldig, Adam.
Ich bitte dich heute nicht um einen Scheidebrief. Wenn ich aber irgendwann einen benötigen sollte, so hoffe ich, dass du ihn mir nicht verweigerst.
Ich wünsche dir Erfüllung und Frieden.
Gott segne dich
Priska.

Als sie den Brief versiegelte, tropfte ihr das heiße Wachs auf die Hand. Unvermittelt brach Priska in Tränen aus. Nein, sie verließ Adam nicht leichten Herzens. Noch einmal sah sie sich in dem Raum um, der ihr jahrelang ein Heim gewesen war. Sie betrachtete den Kamin, die Wandbehänge, die goldgelben Holzdielen mit den einfachen Teppichen darauf. Dann aber stand sie entschlossen auf, strich ihr Kleid glatt und setzte die Haube auf.

Sie hatte den Umhang schon vom Haken genommen, da hörte sie jemanden an der Tür klopfen. Einen Augenblick lang war sie versucht, so lange zu warten, bis der Besucher sich von dannen gemacht haben würde. Doch das Klopfen wurde lauter, drängender, und so hängte sie den Umhang zurück an den Haken und öffnete.

Johann von Schleußig stand vor der Tür. Er sah abgehetzt aus, das schwarze Samtbarett saß schief auf seinem Kopf.

«Was ist los?», fragte Priska.

Johann von Schleußig schob sie zur Seite, trat ein, schloss die Tür hinter sich und deutete auf die Küche. «Kann uns jemand hören?», fragte er.

Priska schüttelte den Kopf. «Ich bin allein im Haus; die Magd ist unten bei den Fischern am Fluss.»

Der Priester nickte, ging in die Küche und ließ sich auf die Bank fallen. Er fächelte sich mit einem Tuch Kühlung zu, obwohl es draußen noch recht frisch war.

Priska füllte einen Becher mit Wasser und reichte ihn dem Mann.

«Was ist geschehen?», fragte sie erneut.

Johann von Schleußig holte ganz tief Luft, dann sagte er ernst: «Regina hat Euch beim Rat angezeigt. Eure Ehe mit

Adam sei keine Ehe, hat sie angegeben. Gottes Fluch liege darüber. Nicht umsonst seiet Ihr noch immer nicht schwanger. Sie hat Adams Liebsten mit Namen benannt und Ort und Zeit der Zusammenkünfte angegeben. Ein Stadtbüttel ist ebenfalls als Zeuge aufgetreten. Gesehen hat dieser, wie der Mönch sich dem Euren an den Hals warf. Zwar hat Adam sich aus seinen Armen gelöst, doch das tut nichts mehr zur Sache. Der Rat hat heute verhandelt. Morgen wird Adam zur Anhörung geholt. Ich habe mich erboten, die Vorladung zu überbringen.»

Er holte eine Schriftrolle hervor und überreichte sie Priska. Sie brach das Siegel, las mit eigenen Augen. Ihr Gesicht wurde weiß, Schweiß brach ihr aus.

«Es ist Adams Todesurteil, nicht wahr?», fragte sie.

Der Priester seufzte. «Ich weiß es nicht. Wo finde ich ihn?»

«Bei Justus, dem Kannengießer», erwiderte Priska.

Der Priester erhob sich. In Priskas Kopf überschlugen sich die Gedanken. Adam war in Gefahr, wahrscheinlich ging es sogar um sein Leben. Gerade jetzt brauchte er sie. Sie konnte ihn nicht im Stich lassen.

«Es steht wirklich schlimm?», fragte sie und presste die Hände aneinander. Sie dachte an die Zeit vor ihrer Hochzeit zurück. Auch damals war er in Gefahr gewesen. Lernte er denn nichts dazu? Ärger stieg in ihr hoch, aber auch Angst. Johann von Schleußig sah sie lange an. Dann entgegnete er: «Er wird Euch brauchen, Priska.»

Sie nickte und seufzte. Wäre der Priester nur fünf Minuten später gekommen, wäre sie bereits weg gewesen. Aber sie war da. Und vielleicht war dies ein Zeichen Gottes.

«Wartet, er wird in der nächsten Stunde zurückkommen. Es nützt niemandem, jetzt schon die Pferde scheu zu machen», entgegnete Priska.

Sie goss dem Priester einen Becher Wein ein. Dann setzte sie sich zu ihm, legte eine Hand auf ihr pochendes Herz und wartete gemeinsam mit Johann auf Adam. Ihre Gedanken flogen zu Aron. Ob er schon gepackt hatte? Oh, einmal noch wollte sie ihn sehen. Einmal noch seinen Kuss schmecken. Und ihm sagen, dass sie ihn liebte. So sehr, dass sie mit ihm gekommen wäre. Plötzlich packte sie die Wut auf Adam. Er, immer er, stand ihrer Erfüllung im Weg. Weil er von seiner Liebe nicht lassen konnte, musste sie auf ihre Liebe verzichten. Das war so ungerecht. Tränen stiegen in ihr auf, und Priska hatte alle Mühe, sie zu unterdrücken. So saß sie einfach stumm da und ließ die Hände in ihrem Schoß den Stoff ihres Kleides zerknüllen.

Die Minuten dehnten sich endlos. Priska starrte vor sich auf die Tischplatte. Die Gedanken wirbelten durch ihren Kopf wie ein Herbststurm. Wenn Adam stirbt, dachte sie und hasste sich gleichzeitig für diesen Gedanken, wenn alles, was ich tun kann, vergebens ist, dann bin ich frei für Aron und frei von aller Schuld. Ist es das, was ich will? Nein, nein! Sie schüttelte den Kopf, ohne es zu bemerken. Im selben Augenblick ging die Haustür auf, und Adam kam zurück.

Wortlos reichte Priska ihm das Schreiben. Adam las es, dann wurde auch er blass, sah angstvoll zwischen Priska und dem Priester hin und her.

«Sie werden Euch morgen fragen, ob Ihr der widernatürlichen Unzucht noch frönt», sagte Johann von Schleußig leise. «Antwortet Ihr mit ‹Ja›, so ist Euch diesmal der Tod sicher. Antwortet Ihr mit ‹Nein›, so besteht noch eine geringe Hoffnung. Der Barfüßer aber wird heute noch aus seinem Orden ausgestoßen. Die Exkommunikationsurkunde ist bereits ausgestellt.»

«Woher wisst Ihr das?», fragte Adam. Priska sah, dass die Hände, die das Schreiben noch immer hielten, zu zittern begonnen hatten.

«Ganz einfach: Ich bin der Vorsteher der Stadtkirche St. Nikolai. Auch meine Unterschrift muss unter diese Urkunde.»

«Und Ihr habt sie gegeben?»

Johann von Schleußig nickte. «Was sollte ich tun? Außerdem …», er brach ab, hob beide Hände und ließ sie fallen.

«Was außerdem?», fragte Adam.

Der Priester sah hoch. Sein Blick flackerte, doch er erwiderte tapfer: «Außerdem finde ich den Beschluss des Rates richtig. Widernatürliche Unzucht ist eine Sünde, die nicht ohne Strafe bleiben kann. Ich hatte Euch gewarnt, Adam, doch Ihr wolltet nicht hören. Ich kann mich nicht mehr für Euch einsetzen.»

«Habt Ihr Angst um Eure Stellung?»

Priska erschrak. Adams Stimme klang bitter und war nicht frei von Gehässigkeit.

«Nein, das habe ich nicht. Alles, was ich tue, kann ich vor den Menschen und vor Gott verantworten.»

«Oh, ein Gerechter Gottes seid Ihr? Dann seid Ihr am Ende noch froh darüber, nicht wahr? Wo aber wart Ihr, als ich Euch bat, mir den Dämon auszutreiben? Glaubt Ihr im Ernst, ich möchte so leben? In dieser Heimlichkeit, mit dieser Schuld? O nein, Gott weiß, was ich alles getan habe, um ebenfalls ein Gerechter zu sein. Aber Gott will mich nicht zum Gerechten. Gott zürnt mir, seit ich lebe.»

265

«Ihr seid ein Narr, Adam, wenn Ihr das glaubt. Gott zürnt nicht Euch, Ihr zürnt Gott!», entgegnete der Priester.

Adam sah ihn verächtlich an und schnaubte. «Was wisst Ihr schon vom Zorn Gottes?», fragte er. «Was wisst Ihr schon von Gott? Einen Gott, den ich nie erreiche? Wer ist es, an den Ihr Euch mit Euren Gebeten wendet? Wer ist dieses Wesen, und was stellt es dar? Hat er Euch beauftragt, festzulegen, was die rechte und was die unrechte Liebe ist? Hat er Euch beauftragt, dem einen Vergebung zu gewähren und dem anderen nicht? Wer entscheidet? Nein, nicht Gott fällt sein Urteil. Ihr, Priester, entscheidet! Ihr bestimmt die Strafe für eine jegliche Sünde!»

«Adam!», rief Priska und stampfte ärgerlich mit dem Fuß auf. «Johann von Schleußig will dir nur helfen.»

Adam schlug die Hände vor das Gesicht, schüttelte den Kopf und ließ sich auf die Küchenbank sinken.

«Entschuldigt», sagte er und nahm die Hände runter. «Ich weiß selbst nicht, was mit mir los ist. Seit Jahren frage ich mich, wofür mich Gott mit dieser unseligen Liebe straft.»

«Nun, Ihr habt gewiss bald Zeit, darüber nachzudenken. Jetzt aber solltet Ihr lieber überlegen, was Ihr morgen sagen werdet.»

Adam nickte, legte seine Hand auf die des Priesters. «Danke!», sagte er.

Der Priester zog seine Hand weg. «Ich muss weiter, muss ins Barfüßerkloster.»

«Wohin bringt Ihr ihn?»

«Wen?», fragte der Priester.

«Ihr wisst, wen ich meine.»

«Sprecht seinen Namen aus. Ihr müsst es tun. Spätestens morgen. Ihr solltet sichergehen, dass Eure Stimme dabei nicht zittert.»

Adam schloss die Augen und atmete tief ein und aus. «Was geschieht mit Baptist?», fragte er.

Johann von Schleußig hob die Achseln. «Ich weiß es nicht. Wahrscheinlich kommt er ins Verlies, bis das Gericht entschieden hat, was mit ihm geschieht.»

Johann von Schleußig setzte sein Barrett auf den Kopf, legte Priska kurz eine Hand auf die Schulter und verließ mit einem Nicken das Haus.

Adam saß mit gesenktem Kopf am Tisch und starrte vor sich hin. Priska sah ihm dabei zu und spürte wieder eine unbändige Wut in sich aufsteigen. Am liebsten hätte sie ihren Mann geschüttelt und geschlagen, hätte ihn angeschrien: Warum machst du mir mein Leben kaputt? Reicht es nicht, wenn du das deine zerstörst?

Adam schaute auf und sah sie flehentlich an.

Da wandte Priska den Blick ab und ging hinauf in ihre Kammer.

Am nächsten Morgen brachte Adam beim Frühstück keinen Bissen hinunter. Er verschmähte sogar die frische Milch.

Priska betrachtete ihn mit Sorge. Er war grau im Gesicht, die Ringe unter seinen Augen tief und dunkel. Ob er geweint hat?, fragte sich Priska. Hat er um den verlorenen Liebsten, die verlorene Liebe geweint? So wie ich?

«Wirst du gestehen?», fragte sie.

Adam zuckte mit den Achseln. «Ja, das werde ich wohl. Es gibt ja Zeugen für mein Tun. Die Vorwürfe werden überdies nicht zum ersten Mal erhoben.»

«Adam, das darfst du nicht, du darfst nichts davon zugeben!»

Priska hatte sich weit über den Tisch gebeugt, fasste nach seiner Hand. «Hörst du, Adam! Nichts gestehst du! Gar nichts! Es geht nicht nur um dich!»

«Priska, ich bin müde. Was soll das alles noch? Was soll mir dieses Leben? Ich begehre Männer, und keine Geißelung, keine Askese bringen mich davon ab. Soll ich den Rest meines Lebens leiden? Wenn ich sterbe, Priska, so bist du frei. Du bist jung, hast dein Leben noch vor dir. Du wirst wieder einen Mann finden, der dich liebt und der dich auch begehren kann.»

«Darum geht es nicht nur, Adam. Du bist gerade dabei, eine Arznei gegen die Franzosenkrankheit zu finden. Du kannst vielen hundert Menschen damit das Leben retten. Vielleicht schon im nächsten Jahr, vielleicht in zwei Jahren. Das ist deine Aufgabe! Du darfst die Kranken jetzt nicht im Stich lassen.»

«Und der Preis dafür?»

«Du musst deinen Geliebten bezichtigen, dich verführt zu haben. Er stirbt sowieso, ganz gleich, was du sagst. Die Zeugenaussage des Büttels belastet ihn so schwer, dass Worte dagegen nichts mehr ausrichten können. Die Leute wollen diesmal, dass ein Kopf rollt. Ungeschoren kommt ihr nicht noch einmal davon. Du weißt es. Was aber nützt es, wenn du mit auf dem Scheiterhaufen brennst? Wem ist damit gedient? Hier, auf der Erde, in dieser Stadt, kannst du Gutes tun, kannst den Menschen helfen, dich so vielleicht sogar ‹entschulden›.»

«Aber ich kann Baptist nicht verraten, Priska. Versteh das doch! Das kann ich einfach nicht!»

«Gut!» Priska nickte. «Das verstehe ich. Dann versprich mir wenigstens, dass du gar nichts sagst. Kein einziges Wort. Weder zu den Vorwürfen noch sonst.»

Adam sah auf den Tisch, fuhr mit der Hand über die raue Holzplatte. «Auch schweigen ist Verrat. Baptist ist nicht schuldiger, als ich es bin.»

«Trotzdem! Die Menschen brauchen dich, die Kranken brauchen dich und dein Wissen. Niemand außer dir hat bisher etwas gegen die Franzosenkrankheit bewirkt. Es ist deine Pflicht, bei diesen Menschen zu bleiben!»

Adam schwieg. Priska rüttelte an seiner Hand, doch er saß wie erstarrt.

«Wenn du redest, dann bist du nicht ehrlich, sondern nur eigensüchtig. Denk an die, die dich brauchen. Denk einmal auch an … an mich!»

Wieder schwieg Adam, seufzte nur und murmelte leise: «Ich wünschte, ich wäre dir der Ehemann gewesen, den du gebraucht hättest. Auch du wärst ohne mich besser dran.»

Ja, schrie alles in Priska. Ja, das stimmt. Ich könnte ohne Schuld mit Aron gehen. Doch kein Wort davon kam über ihre Lippen.

«Ich werde dich begleiten», sagte sie stattdessen. «Es wird mir als deiner Frau gestattet sein, bei der Anhörung anwesend zu sein.»

Adam schüttelte den Kopf. «Nein, Priska. Das verlange ich nicht von dir. Du hast genug ausgestanden.»

Er sah sie nicht an dabei, sondern stand auf und verließ die Küche.

«Du kannst mich nicht einfach hier sitzen lassen», rief Priska ihm nach. «Es geht nicht nur um dich; es geht auch um mein Leben, um meine Zukunft.»

Doch sie bekam keine Antwort, nur das heftige Klappen der Tür verriet, dass Adam das Haus verlassen hatte.

Priska schlug mit der flachen Hand auf den Tisch, dass die Schüssel mit der Grütze hüpfte. Dann schüttelte sie den Kopf und sagte: «Nicht mit mir, Adam Kopper. Ich bin deine Frau. Wenn deine Sache verhandelt wird, so geht es auch um mich.»

Sie stand auf, zog sich in ihrer Kammer das schönste Kleid an, bürstete das Haar, bis es glänzte. Dann band sie sich die Haube sorgfältig um den Kopf, legte eine kleine goldene Kette mit einem Kreuz um den Hals, warf sich den Umhang über und eilte mit raschen Schritten zum Rathaus.

Unterwegs grüßte sie eine Nachbarin, doch diese wandte den Kopf ab und schlug ein Kreuzzeichen.

So schlimm ist es schon?, fragte sich Priska, doch sie hatte keine Zeit, noch länger darüber nachzudenken.

Der Stadtknecht, der das Rathaustor bewachte, ließ sie ohne weiteres ein, doch auch er sah sie voller Mitleid an.

Sie betrat in dem Augenblick das Richterzimmer, als der Gerichtsdiener den Beginn der Sitzung verkündete.

Vorn, am Richtertisch, saß der ehrenwerte Advokat Höfler. Neben ihm zwei Männer, die Priska nicht kannte. Im Publikum aber saßen der Probst des Augustiner-Chorherrenstiftes, der Abt der Barfüßer, einige Professoren der Jurisprudenz von der Universität, zwei Theologen und natürlich Johann von Schleußig.

Der Richter Höfler sparte sich lange Vorreden. «Euch wird vorgeworfen, Dr. Kopper, der widernatürlichen Unzucht mit dem Barfüßermönch Baptist gefrönt zu haben. Es gibt dafür zwei Zeugen, deren Aussagen uns bereits vorliegen.»

Er machte dem Gerichtsdiener ein Zeichen, und dieser verlas die Aussage Reginas und danach die des Büttels.

«Was habt Ihr dazu zu sagen? Bekennt Ihr Euch schuldig?», fragte er anschließend.

Adam erhob sich, den Blick gesenkt.

«Nun?», drängte der Richter.

«Ich ... ich habe.» Adam räusperte sich, seine Stimme brach, sein Blick irrte hilflos durch den Saal.

«Nun? Ich höre!»

Adams Blick suchte Priska. Sie schüttelte den Kopf, beschwor ihn stumm, doch sie sah ihm an, dass all ihre Reden nichts geholfen hatten. In wenigen Augenblicken würde er zugeben, ein Sodomit zu sein. In wenigen Augenblicken war ihr altes Leben vorbei – und sie frei für den Mann, den sie liebte.

Aber nein! Nicht um diesen Preis!

Priska sprang auf, breitete die Arme aus und sprach: «Ehrwürdiger Richter, verzeiht der Ehefrau des Geladenen, dass sie sich ungefragt zu Wort meldet.»

Alle Blicke wandten sich zu ihr. Totenstille herrschte plötzlich im Saal.

Priska sah zum Richter, wartete darauf, weitersprechen zu dürfen. Schließlich nickte der Mann.

«Ich bin schwanger. In sechs Monaten werden mein Mann und ich ein Kind bekommen.» Sie strich mit der Hand über ihren Bauch, bog den Rücken durch, sodass die winzige Wölbung deutlich hervortrat. «Und ich frage Euch: Wie kann ein Mann, der vom Dämon der widernatürlichen Unzucht befallen ist, ein Kind mit seiner Ehefrau zeugen? Ist meine Schwangerschaft nicht der Beweis dafür, dass mein Mann unschuldig ist? Und hat nicht der Büttel ausgesagt, nur der Mönch hätte sich widernatürlich verhalten, mein Mann jedoch seine Zudringlichkeiten abgewehrt?», beendete Priska ihre Rede. Der Schweiß stand ihr auf der Stirn, und ihr war plötzlich ein wenig schwindelig. Doch sie blickte den Richter tapfer an. Der starrte sie an, als hätte er noch nie eine Frau gesehen, dann aber überzog ein Lächeln sein Gesicht.

«Ich dachte mir gleich, dass die Aussagen durch Missgunst entstanden sind. Ihr seid ein tüchtiger Arzt, Dr. Kopper. Wir möchten Euch in unserer Stadt nicht missen.»

Er wandte sich an den Schreiber und befahl: «Notiert Folgendes: Dr. Kopper, Stadtmedicus, hat sich der Vorwürfe nicht schuldig gemacht.»

Dann klopfte er mit einem Hämmerchen auf den Tisch und verkündete: «Die Anhörung ist geschlossen.»

Die Leute erhoben sich, drängten zu Adam, schlugen ihm auf die Schulter, gratulierten ihm.

Priska sah, dass er die Glückwünsche wie erstarrt entgegennahm. Sie drängte sich durch die Menge, nahm Adam bei der Hand und sagte leise: «Komm! Komm mit nach Hause.»

Dann zog sie ihn aus dem Saal, aus dem Rathaus, über den Marktplatz, einen Teil der Barfüßergasse entlang bis zu ihrem Haus in der Klostergasse.

Siebzehntes Kapitel

«Du bist noch da! Oh, mein Gott, wie froh ich bin!»

Priska stand atemlos vor Aron und streckte die Arme nach ihm aus. Er ergriff sie, küsste ihre Hände, jeden einzelnen Finger, dann zog er sie an sich. «Du bist eine tapfere Frau, eine starke Frau», sagte er leise.

«Ich?», fragte Priska verwundert zurück.

Einmal, als sie noch bei Eva als Lehrmädchen lebte, hatte auch die Silberschmiedin sie eine starke Frau genannt. «Du bist stark, du wirst deinen Weg gehen», hatte sie gesagt. «Was immer du tust, ich bin sicher, ich kann stolz auf dich sein.»

Damals hatte Priska sich darüber gewundert. Nein, sie empfand sich nicht als stark. Nicht damals und nicht jetzt. Regina war ihr immer sehr viel stärker erschienen. Aber vielleicht war es ja auch Stärke, sich dem Bösen in sich selbst zu widersetzen, der Eigensucht Einhalt zu gebieten. Doch ausgerechnet jetzt fühlte sie sich klein und schwach. Ohne es zu wollen, brach sie in Tränen aus.

Aron wiegte sie, wie man ein kleines Kind tröstet, das sich an einer Tischkante gestoßen hat. Lange hielt er sie so, dann machte sie sich los, sah ihn an.

«Ich wollte zu dir kommen, Aron. Ich wollte mit dir gehen, ganz gleich, wohin du auch gehst. Ich bekomme ein

Kind von dir, Aron. Mein Bündel war schon gepackt, ich war auf dem Weg zu dir, da kam der Priester.»

Plötzlich hielt sie inne. «Woher weißt du eigentlich, was geschehen ist?»

Aron lächelte. «Die Leute in der Vorstadt wissen ebenso viel wie die Leute innerhalb der Mauern. Sie reden über nichts anderes als darüber, wie die Doktorsfrau den Stadtmedicus gerettet hat.»

«Ja», entgegnete Priska und wurde von Traurigkeit plötzlich ganz schwer. «Ihm habe ich geholfen, aber um den Preis, nicht bei dir sein zu können.»

Aron nahm ihr Gesicht in beide Hände. «Ich lasse dich nicht allein, meine Liebe. Ich werde mich hier niederlassen. Zuvor muss ich noch einmal zurück nach Krakau. Nur für ein paar Tage. Ich muss noch einiges erledigen, muss mein Haus verkaufen, dann komme ich wieder.»

«Und wo willst du leben? Hier, in der Vorstadt?»

Aron schüttelte den Kopf. «Nein. Hier möchte ich nicht bleiben. Ich werde nach Zuckelhausen gehen.»

«Zuckelhausen?»

«Ja, das Dorf liegt vor den Toren der Stadt. Vom Grimmaischen Tor ab ist es ein Ritt von zwei Stunden. Dort werde ich mich niederlassen, denn dort regiert der Kurfürst. Er hat den Juden kein Aufenthaltsverbot erteilt.»

«Das würdest du tun?»

«Ja, Priska. Weil ich dich liebe und weil ich unser Kind lieben werde. Weil du heute so gerecht gehandelt hast und ich dich dafür sehr achte. Du bist die Frau, nach der ich gesucht habe. Und wenn wir auch nicht unter einem Dach leben können, so können wir doch auf andere Art miteinander sein.»

Priska war so glücklich, dass sie erneut zu weinen begann. Aron bedeckte zuerst ihre Tränen mit Küssen, dann ihren ganzen Leib. Gemeinsam feierten sie das Fest ihrer Liebe, tanzten den wilden Tanz der Begierde, aßen gemeinsam das Brot der Freude und tranken den Wein der Geborgenheit.

Die Sonne schickte sich an, sich hinter den Dächern der Stadt zur Ruhe zu legen, als Priska fragte: «Aron, welchen Beruf hast du? Bist du ein Geldverleiher wie alle Juden?»

Aron schüttelte den Kopf. «Nein, Priska. Ich bin ein Pferdehändler aus dem Polnischen. Ich kaufe Pferde auf, bringe sie zu den Messen und verkaufe sie dort. Das ist mein Geschäft.»

Als Priska in der Dämmerung in die Klostergasse kam, war Adam gerade aufgestanden. Am Morgen, nachdem sie ihn vom Rathaus nach Hause gebracht hatte, hatte er am ganzen Körper gezittert wie eine Pappel im Sturm. Sie hatte ihm einen Baldriantee gebraut, hatte kräftig Branntwein dazugeschüttet und bei ihm gesessen.

Er hatte geweint. «Ich habe ihn verraten», hatte er geschluchzt. «Ich habe ihn verraten. Ich wünschte, ich wäre tot.»

Priska hatte dazu geschwiegen, denn alles, was sie dazu zu sagen hatte, war bereits gesagt.

«Du musst dich ausruhen. Heute Abend sprechen wir. Jetzt habe ich noch einen Weg zu erledigen.»

Sie war aufgestanden und hatte sich das Kleid glatt gestrichen. Adam hatte nach ihrer Hand gefasst. «Ich werde das Kind als das Meine anerkennen», hatte er versprochen.

Priska hatte genickt und kein Wort mehr dazu gesagt.

Dann hatte sie ihm ein wenig mütterlich eine Haarsträhne aus der Stirn gestrichen und war gegangen, als er endlich eingeschlafen war.

Jetzt aber war Adam wach. Er sah noch immer sehr blass aus. Seine Augen waren leer und ohne Glanz, seine Lippen farblos, sein Haar hing in wirren Strähnen um seinen Kopf.

Er saß im Wohnzimmer im Armlehnstuhl und starrte auf den Kamin, in dem nichts brannte.

«Wie geht es dir?», fragte Priska.

«Er ist ins Verlies gebracht worden», erwiderte Adam.

«Wer hat es dir gesagt?»

«Keiner. Sie haben ihn durch die Straßen geschleift, direkt an unserem Haus vorbei. Die Leute haben gejohlt und mit faulen Eiern nach ihm geworfen.»

«Du hast es gesehen?»

Adam sah hoch, fasste nach ihrem Kleid. «Als er vor unserem Haus vorüberkam, hat er zu unserem Fenster hoch gesehen, Priska. Ich ... ich konnte es nicht ertragen!»

«Du bist weggegangen vom Fenster?»

Adam nickte.

Priska machte sich los, setzte sich in den Lehnstuhl neben Adam. Sie hatte kein Mitleid mehr mit ihrem Mann; er hatte auch keines mit ihr. Eine starke Frau hatte Aron sie genannt. Nun kam ihr der Gedanke, dass Adam wohl schwach war. Schwach und ja ... vielleicht sogar ein wenig feige.

«Das musst du aushalten, Adam» war alles, was sie an Trost aufbrachte.

Plötzlich richtete er sich auf. «Ich muss zu ihm, Priska. Er wird den Tod auf dem Scheiterhaufen sterben. Seine Fußsohlen werden verbrennen, er wird am Rauch ersticken. Die Leute werden ihm beim Sterben zusehen. Vor Angst wird er nicht an sich halten können und seinen Darm entleeren vor aller Augen.»

«Du wirst daran nichts ändern können.»

«Doch!» Adam sprach das Wort leise, aber bestimmt aus. «Doch, Priska. Eines Tages haben wir uns geschworen, wenn einem von uns etwas geschehen sollte, so sorgt der andere dafür, dass der Tod schnell und schmerzlos kommt. Dieses Versprechen, Priska, kann ich nicht brechen. Wenigstens das bin ich ihm schuldig.»

Priska seufzte. «Hört das nie auf?», fragte sie. «Ist es noch nicht genug? Hast du nicht genügend Ärger und Leid über dieses Haus gebracht? Musst du dir nun auch noch die Sünde des Mordens aufladen?»

Doch Adam war nicht zu halten. Er stand auf, lief die Treppe hinunter in sein Laboratorium. Priska eilte ihm hinterher.

«Eisenhut. Wo ist das Säckchen mit dem Eisenhut?»

Priska reichte es ihm. «Es gibt nichts, was dich von deinem Vorhaben abhalten kann, nicht wahr?», fragte sie.

Adam schüttelte den Kopf. «Ich bin es ihm schuldig.»

«Gut», sagte sie. «Dann werde ich auch dieses Mal mit dir gehen.»

«Du?»

«Ja. Ich. Du wirst wohl kaum als Stadtarzt in das Verlies zu deinem Liebsten gelassen werden. Der Rat mag träge sein, aber er ist nicht dumm. Du brauchst mich, um die Stadtknechte abzulenken.»

Adam richtete sich auf. «Nein, Priska, das ist meine Sache. Du hast schon so viel für mich getan. Mehr, als man von seinem Ehepartner verlangen kann.»

«Ja», stimmte Priska zu. «Du hast mir viel abverlangt,

aber du hast mich zu nichts gezwungen. Nicht jetzt und auch nicht früher. Ich habe alles freiwillig getan. Und ich werde dich auch ins Verlies begleiten.»

Sie lauschte nach draußen. Von der Kirche St. Nikolai hörte sie fünf Schläge.

«In einer Stunde wechseln die Wächter. Bis dahin sollten wir alles zusammenhaben, was wir brauchen. Ich schlage vor, du packst auch einen Krug Wein, etwas Brot und gebratenes Fleisch ein. Der Barfüßer soll es gut haben.»

«Und wie willst du vorgehen?»

«Ganz einfach. Ich werde kurz vor sechs ein Riesengeschrei entfachen. Die Stadtbüttel werden herbeigelaufen kommen, und ich werde berichten, dass einer der Scholaren mir Gewalt antun wollte. Nach alldem, was geschehen ist, werden sie es mir glauben und vermuten, dass jemand an der Frau des Sodomiten Rache nehmen will. Dann werden sie dem Scholaren nacheilen. Das ist der Moment, in dem du aus deinem Versteck kommst und hinunter ins Verlies gehst. Der Wächter dort unten ist träge. Er wird nicht weiter fragen. Es wird ihm reichen, dass die Stadtknechte dich hereingelassen haben.»

«Und wenn nur einer der Büttel dem vermeintlichen Scholaren nachjagt?», fragte Adam.

«Nun, so werde ich in Ohnmacht fallen und mit letzter Kraft nach einem Becher Wasser verlangen. Es wäre nicht das erste Mal, dass einer Schwangeren die Sinne schwinden.»

«Danke, Priska», sagte Adam und sah sie hilflos an. «Ich stehe tief in deiner Schuld.»

Priska wandte sich ab. Sie wollte Adams Dankbarkeit

nicht. Was sollte sie damit? Sich damit ein neues Leben bauen? Nein, sie war hier mit ihm und zeit ihres Lebens an ihn gebunden.

Kurz bevor die Glocke die sechste Abendstunde verkündete, brachen Priska und Adam auf. An der Ecke Klostergasse und Sporergässchen trennten sie sich. Während Adam sich in einem Hauseingang verbarg, rannte Priska schreiend und mit den Armen rudernd auf die Büttel zu, die vor der Rathaustür standen und sich träge auf ihre Hakenbüchsen stützten.

«Hilfe, so helft mir doch!», schrie sie und brach beinahe zusammen, als sie die Büttel erreicht hatte.

Einer von ihnen kam gelaufen und fasste sie am Arm. «Was ist los, Frau?»

«Ein … ein Scholar … er … er wollte mir Gewalt antun.»

Sie zeigte mit dem Finger in Richtung Hainstraße. «Dort hinunter ist er gelaufen. Schnell, Ihr müsst Euch eilen.»

Die Stadtbüttel sahen sich unentschlossen an.

«Na, schnell doch, los!», rief Priska erneut und keuchte, was das Zeug hielt.

«Los, rennen wir ihm nach», sagte der eine und machte eine Bewegung mit der Hand.

Der andere sah unschlüssig auf die Rathaustür. «Wir können doch nicht …»

«Los, mach! Unsere Ablösung kommt jeden Moment.»

Er wandte sich an Priska. «Ihr bleibt hier und seht zu, dass niemand das Rathaus betritt.»

Priska faltete die Hände und nickte brav. Die Büttel stürmten davon.

279

Adam hatte das Geschehen vor dem Rathaus beobachtet. Nun kam er schnell über den Platz gelaufen.

Priska hielt die Rathaustür offen. Die beiden schlüpften hinein.

«Willst du nicht draußen warten?», fragte Adam beim Weiterhasten.

Priska schüttelte den Kopf. «Ich komme mit. Ich möchte sicher sein, dass nicht auch du von dem Eisenhut nimmst.»

Adam öffnete den Mund, doch dann sah er Priskas entschlossenen Blick und sparte sich jede Entgegnung.

Sie eilten die schmale Steintreppe hinab, die zum Verlies führte. Der Wächter, ein dickwanstiger Mann mit roter Weinnase, hatte die Hände über dem Bauch gefaltet und schnarchte genüsslich.

«He da, aufwachen!», brüllte Adam mit einer Stimme, die an Kanonendonner erinnerte.

Der Wächter zuckte zusammen. «Geht Ihr so Eurer Aufgabe nach?», fuhr Adam den Mann an, der sich ängstlich zusammenduckte.

«Schnell, meine Gehilfin und ich müssen in die Zellen der Eingeschlossenen.»

Noch ehe der Wächter reagieren konnte, schnappte sich Adam den dicken Schlüsselbund, der vor ihm auf einem klapprigen Holztisch lag. «Ihr bleibt hier und passt auf, dass niemand meine medizinischen Untersuchungen stört. Habt Ihr mich verstanden?»

Der Wächter sprang auf und nickte heftig mit dem Kopf. «Alles zu Eurer Zufriedenheit», stammelte er.

Adam sah ihn noch einmal von oben bis unten an, dann wies er Priska mit der Hand die Richtung. «Hier entlang.»

Sie eilten durch einen schmalen, dunklen Gang, in dem

es muffig und feucht roch und der überdies so schlecht beleuchtet war, dass man kaum die Hand vor Augen erkennen konnte. Einmal streifte etwas Priskas Fuß, und sie schrie leise auf. «Was war das?»

«Nichts weiter. Eine Ratte vielleicht. Die gibt es hier unten zuhauf», erwiderte Adam und spähte durch die vergitterten Türen, hinter denen die armseligsten Gestalten hockten. Endlich hatten sie die Zelle von Bruder Baptist gefunden.

Adam schloss auf. Der Mönch, der sich nun nicht mehr so nennen durfte, lag auf einem fauligen Strohsack mit dem Rücken zur Tür und rührte sich nicht.

Adam eilte zu ihm, rüttelte leicht an seiner Schulter. «Baptist, ich bin es.»

Langsam drehte der Mann sich um, und Priska erschrak über seine Jugend. Das Kinn war weich wie das eines Jungen, die Haut zwar grau, aber straff und glatt.

«Adam, du bist gekommen! Ich wusste es.»

Er griff nach Adams Hand und bedeckte sie mit Küssen. Priska wandte sich ab.

«Ich bin gekommen, um mein Versprechen einzulösen», sagte Adam leise. «Und um von dir Abschied zu nehmen.»

«Du wirst nicht brennen, nicht wahr, mein Lieber? Du hast dich retten können? Sag mir, dass es so ist, damit mir das Sterben leichter wird.»

Adam antwortete nicht. Er holte den Wein aus dem Korb, nahm auch Brot und Braten heraus. Baptist stutzte: «Warum der Wein und das Essen? Ich dachte, du bist gekommen, um mir den Tod zu bringen. So, wie du es mir versprochen hast.»

Adam seufzte. Er strich Baptist über das Haar und sagte leise: «Ja, ich bin gekommen, um dir den Tod zu bringen. Doch bis er eintritt, sollst du dich stärken für deine Reise.»

«Mach schnell», forderte Baptist. «Ich will nicht länger leiden. Ich warte bei Gott auf dich.»

Priska sah, dass Adam zögerte. Seine Hände zitterten so stark, dass er den Leinenbeutel mit den Eisenhutblättern kaum aufbekam.

Sie nahm ihm den Beutel aus der Hand, öffnete ihn und schüttete die blauen Blüten in Adams Hand.

«Was ist das?», fragte Baptist.

«Eisenhut», erklärte Adam mit zitternder Stimme. «Ich habe reichlich davon mitgebracht. Es wird schnell gehen.»

«Gib es mir», verlangte Baptist. Er hatte sich aufgerichtet und lehnte mit dem Oberkörper an der feuchten Zellenwand. Priska sah, dass sein Kopf mit Beulen und blauen Flecken übersät war.

Adams Hand bewegte sich nicht. Er hielt den Eisenhut und starrte darauf.

«Adam, gib mir das Kraut», drängte der Mönch. Er trug eiserne Ketten an den Füßen, die an einem Ring in der Wand verankert waren, und konnte sich kaum bewegen.

«Komm, gib!»

Adam rührte sich nicht. Er starrte auf das Kraut, als sähe er den Teufel vor sich. Nach einer kleinen Weile, die Priska endlos erschien, blickte er auf, und sie sah, dass in seinen Augen Tränen standen. «Ich kann es nicht», murmelte er.

«Doch, du musst, und du kannst», befahl Priska streng.

«Willst du mich wirklich im Rauch ersticken lassen?», fragte Baptist gequält. «Willst du wirklich so grausam sein?»

Adam bewegte sich immer noch nicht. Seine Schultern waren zusammengesunken, Priska erkannte feine Schweißperlen auf seiner Oberlippe. Sie packte seine Hand am Gelenk und zog daran. Nicht fest, aber doch so, dass Adam aus seiner Erstarrung gerissen wurde. Sie zog ihn hoch, führte ihn zu Baptist und drückte ihn auf den Boden. Adam ließ alles mit sich geschehen, als wäre ihm der eigene Wille abhanden gekommen.

«Gib mir das Kraut», bat Baptist. «Lieber, ich bitte dich. Wenn du mich liebst, so lässt du mich nicht länger leiden.»

«Gerade weil ich dich liebe, kann ich dich nicht leiden sehen», entgegnete Adam.

«Jetzt mach endlich», fuhr Priska wenig feinfühlig dazwischen. «Er hat es nicht verdient, dass du ihn so hinhältst.»

Adam sah zu Priska. Ganz grau war sein Gesicht, ganz eingefallen. Hilf mir, ich kann das nicht, flehte sein Blick, doch Priska schüttelte stumm den Kopf.

Diesen kurzen Augenblick nutzte Baptist. Er packte Adam, zog dessen Hand zu seinem Mund und fraß den Tod aus der Hand des Liebsten. Dann seufzte er und sagte: «Gib mir Wein, bitte.»

Adam füllte den Becher. «Du musst schnell trinken», sagte er. «Gleich beginnt dein Mund zu kribbeln, dann geht das Kribbeln auf den ganzen Körper über.»

Baptist, dessen Augen wie glühende Kohlenstücke loderten, nickte, nahm den Becher, trank ihn in einem Zug und hielt ihn Adam erneut hin. Auch den zweiten Becher trank er gierig, ebenso den dritten.

Seine Augen begannen zu schwimmen. «Es kribbelt, als liefen tausend Ameisen über meinen Körper», sagte er mit schwerer Zunge, doch auf seinem Gesicht stand ein Lächeln. «Wird es lange dauern?»

Adam schüttelte den Kopf. «Nicht länger als eine halbe Stunde», sagte er.

Priska wäre am liebsten gegangen. Sie fühlte sich, als würde sie durch ein Schlüsselloch in eine verbotene Kammer sehen, doch sie wusste, dass sie bleiben musste. Sie setzte sich mit angezogenen Knien auf den kalten Steinboden, wandte den beiden Männern den Rücken zu und wiegte sich leise hin und her. Sie hätte sich gern die Ohren verschlossen, doch sie hörte jedes Wort, das die beiden sprachen.

«Nimm mich in den Arm», hörte sie die Stimme des jungen Baptist. «Halte mich! Sei bei mir, wenn der Tod kommt.»

Und Adam antwortete: «Hab keine Angst, mein Lieber. Ich bin bei dir und bleibe bei dir.»

Dann hörte sie nichts mehr, nur noch leise Geräusche, die nach einem Streicheln klangen und nach einem Kuss. Sie schnellte herum, wollte verhindern, dass Adam den Tod von den Lippen des Liebsten schlürfte. Doch das tat er nicht. Er hatte Baptist an seine Brust gedrückt, presste den Mund auf die Tonsur des ehemaligen Mönches und netzte dessen Kopfhaut mit Tränen. Baptist klammerte sich mit beiden Händen an den Leib Adams und röchelte. Zuerst leise, dann immer lauter und quälender.

Priska hielt sich die Ohren zu. Nein, sie wollte nicht hören, wie der Geliebte, der Bettschatz ihres Mannes, in dessen Armen starb. In Armen, die sie noch nie so gehalten hatten und niemals so halten würden.

Was mache ich hier?, fragte sie sich. Das Röcheln drang

durch ihre Hände hindurch, und Priska begann ein Lied zu summen, um das Sterben nicht länger mit anhören zu müssen. Sie wollte aufstehen und hinausrennen, doch sie saß wie gelähmt.

«Wie lange dauert es noch?», fragte sie leise. Niemand antwortete ihr. Nur ein Röcheln, so qualvoll, dass sie sich zusammenkrümmte, drang an ihr Ohr. Und endlich antwortete Adam mit einer Stimme, die ganz blass und klein war: «Er ist bewusstlos, Gott sei Dank. In wenigen Minuten ist es vorbei.»

Priska legte die Hände wieder auf die Ohren, schloss die Augen und wünschte sich ganz weit weg. Plötzlich überkam sie eine Kälte, wie sie noch nie eine erlebt hatte. «Das ist der Eishauch des Todes», flüsterte sie leise vor sich hin. Schreckliche Angst stieg in ihr auf. Sie fühlte sich so allein und verlassen wie noch niemals zuvor in ihrem Leben. Eine unendliche Zeit verging. Dann hörte sie, wie Adam sich bewegte. Sie nahm die Hände von den Ohren, öffnete die Augen und wandte sich um.

Adam bettete seinen Liebsten ganz behutsam auf das Stroh, faltete ihm die Hände und schloss ihm die Augen.

Dann kniete er noch einen Moment neben ihm, und Priska sah seine Tränen auf den Leichnam tropfen.

Achtzehntes Kapitel

Vielleicht hätte Adam seine Frau in dieser Nacht dringend gebraucht. Bis in ihre Kammer hörte Priska sein Schluchzen, sein Aufheulen und Keuchen. Doch sie ging nicht zu ihm hin. Starr lag sie in ihrem Bett, die Arme unter dem Kopf verschränkt, und starrte an die Decke. Ohne es zu bemerken, knirschte sie mit den Zähnen. Als sie sich dessen bewusst wurde, begann sie zu weinen. Oh, sie war so wütend auf Adam. So wütend, dass sie beinahe daran erstickte. Immer musste sie für ihn da sein. Sie war seine Frau, sie hatte es vor dem Altar geschworen.

Damals, als sie den Schwur getan hatte, hatte sie ihn reinen Herzens und besten Willens getan. Sie hatte geglaubt, Adam zu lieben. Doch sie hatte nicht gewusst, wie schwer es war.

Liebe ich ihn noch immer?, fragte sie sich. Es war ihre Pflicht, an seiner Seite zu sein. Nun, sie war da gewesen, hatte ihn nicht im Stich gelassen. Dafür zürnte sie ihm nun, gab ihm die Schuld daran, nicht mit Aron gehen zu können.

Sie fand ihr Verhalten richtig – und gleichzeitig litt sie darunter, wünschte sich so sehr, anders gehandelt zu haben. Sie stritt mit sich, stritt in Gedanken mit Adam.

Adam hatte sich seine Liebe gegönnt, hatte ihr nicht widerstanden. Von ihr nun verlangte er das Gegenteil. Nein, dachte Priska, das ist ungerecht. Er hat nichts von mir verlangt. Ich habe alles freiwillig getan.

Ihre Liebe zu Adam war anders als die Liebe zu Aron.

Die erste war von Sorge erfüllt, von Treue und Zusammenhalt. Die andere von Leidenschaft, von Sehnsucht und Neubeginn.

Sie hätte gern geweint, doch die Tränen kamen nicht. Immer wieder sah sie das Bild aus dem Verlies vor sich: Adam, der seinen Liebsten ans Herz gedrückt hielt. Baptist hatte Adam am Herzen gelegen. Sie, Priska, noch nie.

Ihr Platz war an Arons Herzen gewesen. Nein, beschloss sie in diesem Augenblick, in dem die ersten Hähne zu krähen begannen. Ich werde den Platz an Arons Herzen nicht wegen Adam aufgeben. Ich werde versuchen, beides zu haben: eine gottgefällige Ehe und eine Liebe.

Priska stand auf, wusch sich, richtete das Frühstück. Die Magd klapperte mit den Eimern, lief zum Brunnen, um Wasser zu holen.

Als die ersten Sonnenstrahlen durch das Küchenfenster drangen, stand ein Kessel mit dampfender Grütze auf dem Tisch. Adam kam herein, sprach kein Wort, doch seine rot geränderten Augen und seine zerbissenen Lippen erzählten von der letzten Nacht. Stumm setzte er sich zu Tisch, stocherte in der Grütze herum.

«Iss!», befahl Priska. «Es hat keinen Sinn zu hungern. Damit änderst du nichts.»

Adam rührte sich nicht. Die Magd sah Priska an, nahm den Henkelkorb und flüchtete: «Ich gehe auf den Markt.»

Kaum war sie draußen, ließ Priska ihren Löffel fallen.

«Es reicht mir», sagte sie so laut, dass Adam zusammenzuckte. «Dein Selbstmitleid kennt offenbar keine Grenzen mehr. Dir ist Schlimmes widerfahren, das ja. Aber nun ist es genug. Du wirst dich heute um deine Kranken kümmern, wirst ins Laboratorium gehen und endlich wieder das machen, was du zu deinem Ziel erklärt hast.»

Adam sah hoch. «Ich bade im Selbstmitleid, glaubst du?»

Priska nickte heftig.

«Nun, wenn du das meinst, dann weißt du nichts von den Qualen der Liebe.»

«Wie kannst du das sagen? Wer gibt dir dieses Recht? Was weißt du von meinen Gefühlen …»

Das Hämmern an der Tür schnitt ihr das Wort ab. Sie stand auf, bedachte Adam mit einem wütenden Blick und ging hinaus.

Der Richter, der den Vorsitz bei Adams Anhörung innehatte, stand vor der Tür. «Gott zum Gruße, Kopperin», sagte er und nahm sein Barett ab. Priska sah, dass sich die Nachbarin weit aus dem Fenster lehnte, um nichts zu verpassen.

«Kommt herein», bat sie deshalb schnell und führte den Mann in die Küche.

«Gott zum Gruße, Stadtarzt», grüßte der Richter, setzte sich und ließ sich von Priska einen Becher gewürzte Milch einschenken.

«Was führt Euch zu uns?»

Der Richter legte sein Barett auf den Tisch, faltete die Hände und legte sie auf die Holzplatte. «Der Barfüßer wird heute noch zum Tode verurteilt. Für übermorgen ist die Hinrichtung angesetzt. Ich habe den ältesten der Stadtärzte zum Richtplatz beordert. Aber es wäre gut für Euch, wenn Ihr bei der Hinrichtung dabei wärt.»

«Warum das?», fragte Adam kraftlos. «Haben meine Familie und ich nicht genug gelitten?»

«Nun, für Euer Leid bin ich nicht zuständig. Wohl aber für die Gerechtigkeit in dieser Stadt. Eure Anwesenheit könnte so manches Schandmaul stopfen.»

Er trank den Becher mit der Milch aus, wischte sich den Mund ab, nahm sein Barett. «Es ist ein guter Rat, Dr. Kopper. Ihr entscheidet, ob Ihr ihn annehmt oder nicht.»

«Wir werden kommen!», sagte Priska.

«Das ist gut», erwiderte der Richter, legte kurz eine Hand auf Adams Schulter, dann fragte er: «Wollt Ihr gar nicht wissen, wie es ihm geht?»

Adams Blick, mit dem er den Richter ansah, war verstört.

«Natürlich möchten wir wissen, wie es ihm geht!», mischte sich Priska sofort ein.

«Ich würde sagen, es geht ihm den Umständen nach gut», sprach der Richter, grüßte und verließ das Haus. Priska seufzte erleichtert auf. Offensichtlich würde Adams und ihr Besuch im Verlies keine Folgen haben.

Jede Hinrichtung glich einem Volksfest. Immer wenn der Galgen oder der Scheiterhaufen aufgebaut worden war, kamen die fliegenden Händler aus allen Teilen der Stadt herbei. Die Garküchen verkauften mehr als an einem normalen Markttag. Gaukler fanden sich am Rande, spien Feuer, jonglierten mit Bällen; Wahrsagerinnen lasen aus der Hand, Bettelmönche und Flagellanten verkündeten den drohenden Weltuntergang. Die Mägde hatten sich bunte Bänder ins Haar geflochten und kicherten, auch Ablasshändler machten gute Geschäfte.

Sogar das Wetter war in Volksfeststimmung. Die Sonne strahlte von einem blitzblauen Himmel herab. Kein Wölkchen trübte ihren Glanz.

Die Handwerker standen nach Zünften verteilt beieinander und sahen zur großen Gruppe der Barfüßermönche hinüber, die sich nahe des Rathauses eingefunden hatten und stumm mit gefalteten Händen dastanden.

Adam und Priska waren nicht inmitten der Menge, sondern hatten auf den Bänken Platz genommen, die für die Honoratioren reserviert waren. Johann von Schleußig und Eva saßen bei ihnen. Der kleine Aurel hüpfte auf Evas Schoß auf und ab und quengelte, weil er nicht herumlaufen konnte.

Adam saß zusammengesunken da und starrte auf den Boden. Priska wusste, dass ihm der fröhliche Lärm in den Ohren schmerzte. Der Scheiterhaufen war aufgeschichtet, der Scharfrichter legte gerade die letzte Hand an. Priska sah ihren Mann von der Seite an. Er zitterte am ganzen Körper, als wäre ihm unendlich kalt.

Eva, neben ihr, reckte den Hals, um alles gut sehen zu können. Sie wirkte unbekümmert, und Priska sah, dass Johann von Schleußig heimlich ihren Arm tätschelte, dann beiläufig ihre Hand berührte. Sie sah auch die Blicke voller Zärtlichkeit, die die beiden austauschten. Priska wandte sich ab. So wütend sie auch auf Adam war; sie fand Evas Benehmen an einem solchen Tag ungehörig.

«Er leidet sehr», sagte sie und stieß die Schwägerin leicht in die Seite. «Es geht ihm wirklich schlecht.»

Eva nickte. «Ja», sagte sie, bot aber sonst keine Unterstützung an.

Ein Wasserverkäufer schritt am Rande des Geschehens

entlang und pries seine Ware an. «Ich werde Wasser holen», sagte Priska und tippte Adam leicht an. «Du wirst es brauchen.» Adam nickte, ohne sie anzusehen, dann aber griff er nach ihrer Hand und drückte sie. Seine Hand war eiskalt und feucht vor Schweiß.

Priska drängte sich durch die Reihen, in denen die Menschen dicht an dicht standen. Sie spürte die misstrauischen und verächtlichen Blicke derer, die nicht an Adams Unschuld glaubten. Eine Frau, dick wie eine Tonne, sagte sogar sehr laut: «Eine richtige Frau hat es noch immer geschafft, das Ehebett warm zu halten.»

Die Umstehenden lachten. Priska warf den Kopf in den Nacken, straffte die Schultern und ging mit hochmütiger Miene an der Frau vorbei. Sie war gerade mal drei Schritte weiter gekommen, als sie plötzlich spürte, wie etwas gegen ihre Haube knallte. Sie fuhr mit der Hand an die Stelle und zuckte zurück. Jemand hatte ein faules Ei nach ihr geworfen. Priska atmete ganz tief ein, dann ging sie weiter, als wäre nichts geschehen. Doch schon traf sie etwas am Rücken; wieder war es ein faules Ei. Ein Mann stieß sie gegen die Schulter, ein anderer spuckte nach ihr.

Priska konnte sich nicht erklären, warum sie plötzlich im Mittelpunkt des Interesses stand. Sie drehte sich um – und sah Regina. Ihre Schwester zeigte mit dem Finger auf sie und feuerte die Umstehenden an: «Da ist sie! Sie ist schuld am Tod des armen Mönches! Ihr kalter Schoß hat den Stadtmedicus aus ihrem Bett getrieben! Sie ist schuld! Diese Schlampe da, die sich unter der Haube der ehrbaren Ehefrau verbirgt!»

«Nicht die Schuld des Mannes ist es, wenn er das Weib flieht», stimmte nun eine Männerstimme ihr zu, und Priska erkannte den Zimmermann. «Sie muss brennen; sie hat die Lenden ihres Ehemannes verhext.»

Die Menge schloss sich um Priska. Sie schwankte unter den Püffen und Stößen hin und her.

«Seid Ihr noch bei Sinnen?», schrie sie zurück. «Was habe ich mit dem Mönch zu schaffen?»

Wieder flog ein Ei, traf Priska schmerzhaft an der Stirn, zerplatzte und ließ seinen Inhalt über ihr Gesicht, in ihre Augen strömen. Blind fuchtelte sie mit der Hand herum, taumelte vor – und wurde plötzlich gehalten.

«Hier», sagte eine Stimme. «Nehmt das Tuch!» Eine Hand ergriff Priskas Arm und führte sie aus der Menge. Als sie wieder sehen konnte, erkannte sie Margarete.

«Du?», fragte sie. «Ich danke dir.»

«Ja, ich», erwiderte Margarete. «Wisst Ihr nicht? Zu den Hinrichtungen dürfen auch die Huren kommen.»

Priska sah sich um. «Aber du bist allein. Wo sind die anderen?»

Margarete lächelte.

«Du lügst», sagte Priska und lächelte ebenfalls zaghaft, befühlte dabei die Beule, die auf ihrer Stirn wuchs. «Du bist nicht als Hure hier, du trägst den gelben Schleier, das Hurenzeichen, nicht.»

Margarete nickte, wischte eine Eierschale von Priskas Wange.

«Wer hat dich geschickt?», fragte sie.

«Der Fremde war es, der in der Hütte der alten Ursula wohnt.»

Plötzlich konnte Priska vergessen, was ihr gerade widerfahren war. Die Beule schmerzte nicht mehr, die Ohren rauschten nicht mehr von den Schmähungen.

«Danke, Margarete, sag auch dem Fremden meinen Dank.»

«Er ist weg, der Fremde.»

Priska nickte. Margarete aber sah sie an, als warte sie auf etwas. «Was ist?», fragte Priska.

«Ihr ... Ihr habt mir etwas versprochen», sagte sie.

«Ja, das habe ich», erinnerte sich Priska.

Im selben Augenblick kündigten die Stadtpfeifer an, dass die Hinrichtung nun begann. Priska wandte sich um, sah, wie Baptist leblos zwischen zwei Bütteln hing, die ihn zum Scheiterhaufen schleppten.

Gott sei Dank ist er tot, dachte sie, dann wandte sie sich an Margarete.

«Du kannst mich nach Hause begleiten», sagte sie. «Ich muss mich umziehen. Dabei kann ich dir erklären, was du wissen musst.»

Sie nahm das Mädchen beim Arm, sah sich noch einmal nach Adam um, dessen Blick fest auf Baptist gerichtet war. Ich habe auch Verpflichtungen, dachte sie und verließ mit Margarete den Platz.

Im Haus in der Klostergasse war es angenehm kühl. Priska führte Margarete in die Küche, bot ihr einen Platz und einen Becher Wasser an. Dann reinigte sie ihr Gesicht, wechselte Haube und Kleid und setzte sich zu ihr.

«Du willst wissen, wie man Lust gewinnt – oder?»

Margarete nickte. Von draußen drang der Lärm vom Marktplatz durch das Sporergässchen bis in die Klostergasse.

«Meint Ihr, es ist der rechte Zeitpunkt?», fragte das junge Mädchen schüchtern. «Wollen wir nicht lieber warten? Bis zur nächsten Woche vielleicht?»

Priska lächelte und schüttelte den Kopf. «Nein, Margarete. Tod und Leben gehören zusammen wie Tag und Nacht. Während da draußen ein Mensch in den Flammen steht, werden wir uns mit den Flammen beschäftigen, die Menschen ineinander entfachen können. Tod und Lust sind Zwillinge, Margarete. Und jede Hingabe ist wie ein kleiner, süßer Tod.»

Das Mädchen nickte zaghaft. Priska setzte ein sachliches Gesicht auf. «Ich werde zu dir von Frau zu Frau sprechen. Aber ich werde nichts tun, um deine Lust zu entfachen. Das musst du selbst tun.»

Sie stand auf, schloss die Fensterläden und verzichtete darauf, ein Licht zu entzünden.

«Ich habe den Raum verdunkelt, damit du dich nicht schämen musst. Nun schlage dein Kleid bis über die Schenkel nach oben, sodass dein Schoß frei ist.»

Sie hörte das Rascheln der Kleider.

«Bist du so weit?»

«Ja», erwiderte Margarete.

Und dann, während draußen die Flammenzungen nach dem toten Körper des jungen Mönches Baptist züngelten, während Adam erstarrte und meinte, niemals wieder froh sein zu können, während Johann von Schleußig laut für die Seele des Gemarterten betete und Eva voll dunkler Ahnungen nach der Hand ihres Sohnes griff, machte Priska die junge Hübschlerin mit ihrem Körper und dem Sitz der Lust bekannt.

Dritter Teil

Neunzehntes Kapitel
Leipzig, im Jahre 1517

Sechs Jahre war es her, seit der Mönch Baptist auf dem Scheiterhaufen gebrannt hatte.

Fünfeinhalb Jahre alt war die Tochter, die Priska zur Welt gebracht hatte. Nora hatte sie das Kind genannt, und oft sprach sie ihren Namen rückwärts aus.

Alles hatte sich seitdem verändert.

Aron war weggegangen. Er war zurück nach Krakau gekehrt, seine Geschäfte verlangten nach ihm. Nach Zuckelhausen war er doch nicht gezogen; es ging nicht. Das Dorf war zu klein, zählte gerade mal elf Höfe. Wer sollte dort mit ihm Geschäfte machen? Außerdem wollten die Zuckelhausener keinen Juden bei sich.

«Es ist noch nicht die rechte Zeit, Priska. Aber alles bewegt sich. Ich bin sicher, wir werden eines Tages zusammen sein können. Und dann für immer.»

Er kam zu jeder Messe. Dreimal im Jahr hatten Priska und er einige Stunden für sich allein. Immer kam Priska diese Zeit viel zu kurz vor, doch sie wusste, sie hatte mehr als manch andere. Sie beklagte sich nicht, ging ganz in ihrer Arbeit auf. Seit sie ein Kind hatte, kamen die Leipzigerinnen wieder zu ihr. Sie war jetzt eine anerkannte Ehefrau, die nicht mehr von Gott gestraft wurde, denn er hatte ihr ja ein Kind geschenkt. Ihre Vorträge über den Bau des weiblichen Körpers und über den Sitz der Lust hatten die Runde gemacht. Die Hübschlerinnen hatten es ihren Kunden erzählt, die Kunden ihren Frauen – und diese wandten sich an sie. Zumeist verschämt und unter einem Vorwand. «Ich hätte gern ein Säckchen Kamille», sagten sie. Und Priska erwiderte stets: «Ich verkaufe keine Arzneien. Dies ist die Aufgabe des Apothekers. Wenn ich Euch jedoch sonst helfen kann, so tue ich es gern.»

Manche kamen zwei- oder gar dreimal, bis sie den Mut fanden, ihr Begehr vorzutragen. Dann holte Priska die Zeichnungen hervor, anhand deren ihr Adam einst ihren Körper erklärt hatte. «Streichelt Euch selbst. Findet heraus, was Euch Spaß macht!», forderte sie die Frauen auf und fügte hinzu, wenn diese erröteten und den Blick schamhaft senkten: «Ich habe es auch getan und es nie bereut.»

Den ganz Mutigen und Wissbegierigen berichtete sie ausführlicher, an welchen Stellen die Lust saß und mit welchem Mittel sie hervorgelockt werden konnte. «Nehmt ein Stück Fell, eine Feder», riet sie. «Aber seid vorsichtig mit der Perle der Lust. Sie ist sehr empfindlich und zieht sich zusammen, wenn Ihr zu heftig oder zu trocken seid.»

Auch über die Verhütung von Schwangerschaften sprach sie, doch stets so, dass ihr niemand einen Strick daraus drehen konnte. Einmal hatten sich einige Frauen auf dem Markt um sie herum versammelt und nach dem Bienenwachs gefragt. Priska aber hatte gesehen, dass einer der Augustiner-Chorherren vorher mit ihnen gesprochen hatte. Wahrscheinlich hatte er sie geschickt, um sie auszuhorchen.

«Hütet Euch vor dem Bienenwachs», hatte sie also gesagt und sich dabei bekreuzigt. «Es kann Euch um die

Frucht Eures Leibes bringen. Hütet Euch vor allen Dingen, die das Leben in Euch zunichte machen könnten. Tragt keine schweren Eimer, ruht Euch aus.»

Unzufrieden waren die Frauen abgezogen. Eine jedoch war geblieben und hatte ihr auf die Schulter geklopft. «Ihr seid eine gute Heilerin», hatte sie Priska zugeraunt.

«Nein, ich bin keine Heilerin», hatte sie erwidert. «Ich möchte nur vor Unheil bewahren.»

Doch ihr Ruf war inzwischen bis ins letzte Haus der Stadt vorgedrungen. Viele nannten sie die «Heilerin»; manche sagten sogar «Wunderheilerin» zu ihr. Priska wollte zwar nichts davon hören, doch sie hatte einfach schon zu vielen Menschen geholfen. Natürlich hatte sie keine übersinnlichen Kräfte, doch sie kannte die Seele der Menschen und wusste darum oft Rat, wenn die Ärzte bereits verzweifelten.

Vor allem bei den Frauen war sie sehr beliebt, so vielen hatte sie schon geholfen. Besonders bei Empfängnisproblemen hatte sie immer eine Empfehlung bereit. Der einen trug sie auf, jeden Tag zwei Wochen lang drei frische Hühnereier zu essen. Einer anderen empfahl sie, nach dem Verkehr ein Kissen unter den Hintern und die Beine hochzulegen, damit der Samen besser durch den Schoß gelangte. Einer Dritten erklärte sie den weiblichen Zyklus. «Merkt Euch gut, wann Ihr blutet. Dann wählt am besten die Zeit zwischen zwei Blutungen, genau die Mitte. Schlaft zwischen dem 10. und 24. Tag zweimal täglich mit Eurem Mann. Ich bin sicher, übers Jahr werdet Ihr schwanger sein.»

Und so war es auch. Immer wieder wurde Priska gefragt, ob sie nicht einen Säugling über die Taufe halten wolle, immer wieder kamen Frauen, die ihr erzählten, sie hätten ihre Töchter nach ihr benannt. Und immer wieder stellte sie fest, welch guter Lehrmeister Aron in den Dingen der Lust war. Zu gern gab sie ihr Wissen an Margarete weiter. Doch alles, was sie der jungen Hure riet, half nicht viel. Zwar war es ihr gelungen, Margarete die Schmerzen zu nehmen, doch die Lust wollte sich einfach nicht einstellen.

Aber auch die Männer kamen zu Priska. Nicht viele, nur hin und wieder sprach einer sie an, wenn er sie allein antraf.

«Sagt, könnt Ihr auch die Lust des Mannes entfachen? So, wie Ihr es bei den Weibern könnt?»

«Sagt Eurem Weib, sie soll eine Suppe von Sellerie kochen. Auch Rotwein am Abend, in Maßen getrunken, bewirkt manchmal Wunder. Nehmt etwas Räucherwerk in Euer Schlafgemach. Sandelholz und Moschus entfacht die Sinne. Legt die Finger wie einen Ring um Euren Schaft, genau an der Wurzel, und presst ein wenig. Und auch die Stelle zwischen dem Schwanz und dem hinteren Loch eignet sich gut, um die Lust zu locken.»

«Meint Ihr nicht, dass mein Nachbar mich verzaubert hat?»

«Nein, gewiss nicht.»

Meist gab sie ihnen eine Salbe aus Ringelblumenblättern oder einfaches Schweineschmalz, dem sie ein Tröpfchen Rosenöl zugesetzt hatte. «Reibt Eure Männlichkeit damit ein. Aber ganz langsam und behutsam. Streicht von oben nach unten und dann umgekehrt. Am besten macht Ihr es Euch ganz bequem dabei, damit die Salbe gut einziehen kann. Vielleicht kann Euch Eure Frau dabei zur Hand gehen.»

«Ihr meint, ich soll meinen ...»

«Ja. Genau das. Und wenn nichts von dem, was ich Euch sagte, hilft, nun, so kommt wieder.»

Während sie tagaus, tagein Ratschläge erteilte, dort mit Salben und da mit Erklärungen half, arbeitete Adam noch verbissener. In aller Herrgottsfrühe verließ er das Haus, ging in die Vorstadt, in die Spitäler, ins Verlies und zu den Bürgern. Dreimal in der Woche stand er in der Universität auf dem Podium und hielt seine Vorlesungen ab.

Es hatte einen kleinen Aufschrei gegeben, als Adam damit begonnen hatte, sowohl in lateinischer Sprache für die Studiosi als auch in deutscher Sprache für die Barbiere, Starstecher und die anderen, die sich am Menschen zu schaffen machten, zu referieren. Doch als die Stadträte bemerkten, dass es weniger Streitigkeiten zu schlichten gab, seitdem die Bruchschneider und Feldscherer ihre Arbeit nach Adams Anweisungen machten, waren sie es zufrieden und machten ihm keine weiteren Schwierigkeiten.

Wenn er abends nach Hause kam, so begab er sich sogleich in sein Laboratorium. Noch immer hatte er die Arznei, die zweifelsfrei und zuverlässig gegen die Franzosenkrankheit half, nicht gefunden. Doch seine Patienten lebten immer länger – und vor allem sparsamer, da er ihnen kein Guajak verschrieb. Das brachte ihm zwar den Zorn einiger Kaufleute ein, doch darum kümmerte Adam sich nicht.

Er kümmerte sich überhaupt nur noch um sehr wenige Dinge, die nichts mit seinem Beruf zu tun hatten. Schweigsam war er geworden. Wenn er abends nicht arbeitete, so saß er im Schein des Kaminfeuers in der Wohnstube und starrte in die Flammen. Stundenlang konnte er so sitzen, ohne ein Wort zu sagen.

«Sprich mit mir», hatte Priska ihn am Anfang gebeten. «Sage mir, was dich bedrückt.»

«Es ist nichts», hatte er geantwortet. «Du kannst mir nicht helfen.»

Und Priska hatte sich damit abgefunden, dass ihr Mann zur Melancholie neigte. Nur wenn Nora bei ihm war, lächelte Adam ab und zu. Das Kind kümmerte sich nicht um seine Traurigkeit, kletterte unbefangen auf seinen Schoß, zupfte ihn am Bart. Und er nahm es in den Arm, zeigte ihm die Welt und lachte dabei, streichelte die Kleine, als ob sie seine wäre.

«Ich liebe Nora», hatte er einmal zu Priska gesagt. «Und ich bin dankbar, ein Kind haben zu dürfen.»

«Niemand weiß, dass du nicht der Vater bist», hatte Priska gesagt und mit Erschrecken erkannt, dass Adam diese Tatsache längst verdrängt hatte.

Manchmal nahm sie Nora mit zu Eva. Dort konnte sie mit Aurel spielen, obwohl er mit schon 14 Jahren fast zu alt dafür war. Bald, in zwei Jahren schon, sollte er auf die Universität gehen und Arzt werden wie sein Großvater und sein Onkel.

Eva liebte ihren Sohn über alles. Doch nicht nur Aurel bereitete ihr Freude, auch Johann von Schleußig war ihr immer wichtiger geworden. Er kam sie jeden Tag besuchen. Manch einer in der Stadt behauptete, er bliebe über Nacht. Am Morgen hätte man ihn beim ersten Licht aus Evas Tür kommen sehen, doch darüber sprach Eva nicht. Ihr Gesicht, ihre Haltung, ihre stets heitere Laune aber zeigten, dass sie glücklich war. Die Franzosenkrankheit, oder welche Krankheit auch immer es gewesen war, hatte sie überwunden, sie war gesund und munter.

Nur in den Zusammenkünften der Fraternität, zu denen nun auch Priska ging, konnte Eva in Erregung geraten, das hatte sie inzwischen mehrmals erlebt. Früher war Priska nie zu den Zusammenkünften des Geheimbundes mitgegangen. Adam hatte sie nie gefragt, und sie hatte auch nie gewollt. Was sollte sie dort? Sie war eine Henkerstochter. Sie hatte das Wissen der anderen nicht, konnte nicht reden wie Eva, wusste nichts von der Welt wie die Lechnerin, kannte sich in der Theologie und Philosophie nicht aus wie Adam und die anderen.

Doch dann, als Aron weg war und ihre Arbeit ihr zeigte, wie ungleich die Menschen nicht vor Gott, wohl aber vor den Vertretern Gottes auf Erden waren, da hatte sie angefangen, sich für das zu interessieren, worüber sie bereits so vieles gehört hatte: für die Unruhen im Land und ihre Gründe.

Bei den Zusammenkünften erfuhr sie mehr: Von Mönchen und Nonnen wurde berichtet, die Keuschheit gelobt, aber der Sünde verfallen waren. Im Süddeutschen sollte es gar ein Nonnenkloster geben, das durch einen geheimen Gang mit einem Mönchskloster verbunden war. Die Leibesfrüchte der Nonnen würden im klostereigenen Findelhaus großgezogen.

Und vom Pfründewesen hörte sie, von der unerschöpflichen Gier der Kardinäle und Bischöfe, die das Land unter sich aufteilten und den Bauern so hohe Steuerlasten auferlegten, dass diese darunter beinahe zusammenbrachen und nicht mehr genügend Brot für die eigenen Kinder hatten.

Am meisten aber diskutierten sie über Johann Tetzel, den Ablassprediger, der Geld für den Bau der Peterskirche in Rom eintreiben sollte. Johann von Schleußig aber hatte es anders erklärt.

«Albrecht, der Erzbischof von Mainz, hat Schulden bei den Fuggern. Sehr hohe Schulden, die er gemacht hat, um vom Papst zum Erzbischof geweiht zu werden. Nun wollen die Kaufleute ihr Geld zurück, doch Albrecht ist pleite. Sein Hofstaat verschlingt ungeheure Summen für Prunk und Pomp. Der Papst hat ihm einen Ablass zugestanden. Die Hälfte der eingenommenen Gelder geht nach Rom, mit der anderen Hälfte bezahlt der Erzbischof seine Schulden. Er lebt weiter und ohne Gewissensbisse in Saus und Braus, geht in Brokat und Hermelin, während die Armen ihr letztes Kupferstück nehmen, um sich von ihren kleinen Sünden zu befreien.»

«Sobald der Pfennig im Kasten klingt, die Seele aus dem Fegefeuer springt.» Mit diesen Worten begleitete der Ablasshändler Tetzel seine Verkäufe.

Johann von Schleußig konnte darüber wütend werden, wie ihn Priska sonst nie erlebt hatte. Doch alle Worte, die er von der Kanzel über seine geduckten Schäfchen donnerte, änderten nichts an Tetzels Zulauf.

«Wer soll uns sonst aus dem Fegefeuer holen, wenn nicht ein Ablass?», fragten die Leute, und Johann von Schleußig konnte sie nicht davon abbringen. Nur einige Studiosi von der Universität gaben dem Priester Recht und nannten den Mönch Tetzel einen Beutelklopfer und Ablasskrämer, dessen läppische Posen sie nicht länger ertragen konnten.

Als Tetzel erneut nach Leipzig kam, war Johann von Schleußigs Ärger noch größer als sonst. Denn diesmal hatte der «Ablasskrämer», wie der Priester und einige andere Tetzel nannten, sich eine ganz besondere Überraschung ausgedacht. Nicht nur vergangene Sünden wolle er vergeben, nein, auch für die kommenden wolle er einen Ablass gewähren.

«Dem werde ich es zeigen», drohte der Priester. «Mit seinen eigenen Waffen werde ich ihn schlagen.»

Und als nach der Sonntagspredigt die Menschentraube um den Mönch Tetzel besonders dicht war, kam von Schleußig hinzu und verlangte laut nach einem Ablass.

«Nun, Priester, was soll Euch vergeben werden?», fragte der Mönch.

«Eine Sünde, die ich erst zu begehen gedenke», antwortete von Schleußig.

Der Mönch grinste. «Welche Sünde wollt Ihr begehen, mein Sohn?»

Der Priester tat, als wage er nicht auszusprechen, was er plante. Die Menge ringsumher war still geworden. Ein jeder sah auf den Priester und wartete gespannt.

«Nun», flüsterte Johann von Schleußig leise, aber doch laut genug, dass ihn alle gut verstehen konnten. «Ich habe vor, einen Überfall im Dienste Gottes zu begehen.»

Der Mönch runzelte die Stirn. «Ein Überfall im Dienste Gottes? Was soll das denn sein?»

«Nun, Bruder Johann Tetzel, das werde ich Euch nicht verraten. Am Ende wollt Ihr mich noch daran hindern, wie es Eure Christenpflicht wäre.»

«Hahaha! Meine Christenpflicht», lachte der feiste Mönch. «Aber nein, ich werde Euch von gar nichts abhalten. Ihr wisst doch: Sobald das Geld im Kasten klingt, die Seele aus dem Fegefeuer springt. Fünf Gulden, dann seid Ihr frei.»

Johann von Schleußig gab ihm das Geld, nahm den Brief und ging. Tetzel wandte sich seiner nächsten Kundin zu. Johann von Schleußig aber ließ den Mönch nicht aus den Augen. Er folgte ihm den ganzen Sonntag lang, war dabei, als er zur Thomaskirche ging und dort seinen Handel trieb, und beobachtete mit Grimm, wie der Kasten von den vielen Geldstücken immer schwerer wurde.

Es war schon dunkel, als sich der Mönch zu seiner Schlafstelle im Paulinerkloster begab. Er schlenderte, ein lustiges Lied auf den Lippen, durch eine stille Gasse, als ihm plötzlich ein Sack über den Kopf geworfen wurde. Dann zog jemand seine Arme nach hinten, sodass Tetzel mit einem Aufschrei die Geldlade fallen ließ.

Seine Arme kamen frei, er riss sich den Sack vom Kopf und starrte entgeistert – in das Gesicht von Johann von Schleußig, der sich den Kasten unter den Arm klemmte und mit einem spöttischen Gruß davonlief.

Der Gottesdienst am nächsten Tag war so gut besucht wie an einem hohen kirchlichen Feiertag. Johann von Schleußig hatte dafür gesorgt, dass ganz Leipzig von seinem Abenteuer erfuhr.

Nun stand er auf der Kanzel, Tetzels Geldlade vor sich.

Tetzel aber stand unter der Kanzel, hatte den Richter neben sich und schrie nach oben: «Ihr seid ein gemeiner Dieb, Priester, Ihr bringt die Kirche um das, was ihr gehört. Bestraft sollt Ihr werden; beide Hände sollen Euch abgehackt werden.»

Johann von Schleußig aber lachte, holte seinen Ablassbrief hervor und teilte den Zuhörern und dem aufgebrachten Mönch mit, dass er nicht bestraft werden könne, da er für diese Sünde bereits einen Ablass gekauft habe.

Der Mönch wurde rot vor Wut und eilte unter dem Gelächter der versammelten Menge und sogar des Richters aus der Kirche. Das erbeutete Geld aber stellte Johann von

Schleußig dem Richter zur Verfügung, der es unter die Armen der Stadt verteilen ließ. Er war es auch, der den Leipziger Stadtrat schließlich davon überzeugte, gegen Tetzel Beschwerde zu führen.

Das war im Frühsommer des Jahres 1517 gewesen. Am 31. Oktober desselben Jahres erschütterte ein Ereignis das Deutsche Reich, von dessen Auswirkungen niemand etwas ahnte.

Dr. Martin Luther schlug seine 95 Thesen an die Schlosskirche zu Wittenberg. Bereits zwei Tage später brachten Boten die Kunde nach Leipzig.

Auf dem Marktplatz herrschte reges Gedränge. Viele Leipziger fanden sich ein, um mit Nachbarn und Bekannten das Ereignis zu besprechen. Noch kannte keiner den genauen Wortlaut, doch schon wenig später hatte der Leipziger Drucker Jakob Thanner Flugblätter davon gedruckt, die nun in der Stadt die Runde machten.

«... Deshalb irren jene Ablassprediger, die sagen, dass durch die Ablässe des Papstes der Mensch von jeder Strafe frei und los werde.

Der Papst erlässt den Seelen im Fegefeuer keine einzige Strafe, die sie nach den kirchlichen Satzungen in diesem Leben hätten abbüßen müssen.

Wenn überhaupt irgendwem irgendein Erlass aller Strafen gewährt werden kann, dann gewiss allein den Vollkommensten, das heißt aber, ganz wenigen. Deswegen wird zwangsläufig ein Großteil des Volkes durch jenes in Bausch und Bogen und großsprecherisch gegebene Versprechen des Straferlasses getäuscht ...», war da zu lesen.

«Heißt das also, die Ablässe haben allein den Kirchen und Klöstern gedient?», fragten die Leute einander.

«Heißt das, dass sich der Papst, die Kardinäle, Bischöfe und Klostervorsteher die Taschen füllen?», schallte es über die Plätze.

Nicht alle schlossen sich dieser Meinung an. «Ein Ketzer ist er, dieser Dr. Martin Luther. Er zweifelt an der Redlichkeit der Mutter Kirche. Aufgeknüpft gehört er, dieser Mönch. Ein Nestbeschmutzer ist er, dieser Mann, der sich Doktor nennt.»

Von überall her brachten nun Boten die Nachricht von Unruhen und Erhebungen im ganzen Land. Auch in der Fraternität wurde heftig über den Doktor aus Wittenberg gestritten.

Die Lechnerin und ihr Mann sprachen sich gegen ihn aus. «Er ist ein Ketzer. Zwar hat jeder Mensch das Recht auf seinen Platz, doch dürfen dabei keine Zweifel am Glauben gesät werden. Wer die Stellung des Papstes angreift, ist ein Ketzer und bringt Unheil.»

Eva, die wenig sagte, aber immer sehr gut zuhörte, empörte sich: «Wie kannst du so etwas sagen, Ute? Ausgerechnet du! Du warst es doch, die mir damals geholfen hat, Priska und Regina aus der Vorstadt zu holen und an ihnen zu beweisen, dass jeder Mensch unabhängig von Stand und Gut Großes und Gutes zu leisten vermag. Du warst es auch, die sich damals gegen den vorherrschenden Glauben ausgesprochen hat, dass Gott den Menschen auf seinen Platz gestellt hat.»

«Das war etwas anderes. Hier geht es nicht mehr um den Einzelnen, hier geht es um den Glauben an sich. Wenn der Papst und die Bischöfe, Kardinäle und Priester angegriffen und verunglimpft werden, wie sollen die Gläubigen dann zu Gott sprechen können?»

«Das ist es ja gerade», sprach Eva laut und aufgeregt. «Wir brauchen keine Vermittler, wenn wir mit Gott reden wollen. Von Angesicht zu Angesicht sollen wir sprechen mit ihm. So sagt es Luther.»

Von diesem Tage an war die Freundschaft von Ute Lechner und Eva vorbei. Sie besuchten einander nicht mehr, und die Grüße beim Kirchgang waren kühl und knapp.

Zwei Jahre später kam es zur Leipziger Disputation zwischen Martin Luther und Dr. Johann Maier aus Eck, Vizekanzler der Universität in Ingolstadt.

Eck traf am 21. Juni in Leipzig ein und nahm Quartier beim Bürgermeister Benedikt Beringshain in seinem Haus in der Petersstraße. Der Zug der Wittenberger passierte am nächsten Tag die Stadttore und wurde vom Buchdrucker Melchior Lotter in der Hainstraße, unweit von Evas Haus, beherbergt. Martin Luther kam nicht allein; er wurde von Philipp Melanchthon und dem Rektor der Universität zu Wittenberg begleitet.

Die Leipziger sammelten sich vor dem Haus des Buchdruckers, um einen Blick auf den Mann zu werfen, der ihre kleine Welt in Unordnung gebracht hatte. Und wieder bildeten sich zwei Lager. Ja, Priska erschien es sogar, als wäre die ganze Stadt zweigeteilt. Die einen, die Anhänger Luthers waren und sich Lutheraner nannten, wurden von Johann von Schleußig angeführt. Die anderen scharten sich um den Vorsteher des Augustiner-Chorherrenstiftes. Aber jeder, ganz gleich, zu welchem Lager er gehörte, wartete auf den Ausgang der Disputation.

Sechs Tage lang disputierten Eck und Luther miteinander. Melanchthon, berichteten die, die dabei gewesen waren, hätte hinter Luthers Katheder gestanden und ihm eingeflüstert. Sogar Zettel soll er ihm geschrieben haben.

Auch Eck hatte sich mit seinen Getreuen umgeben. Es waren ausgewählte Theologen der Leipziger Universität und einige andere Professoren, zu denen auch der Ehemann der Lechnerin gehörte. Doch von denen wurde berichtet, sie hätten allzeit sanft geschlafen.

Am 15. Juli dann beendete der Rektor der Leipziger Universität mit einer Schlussrede die Disputation und erklärt beide Gelehrte zu Siegern. Der Thomanerchor sang, die Stadtpfeifer spielten dazu.

Mit Luthers Bekenntnis, dass weder Papst noch Konzil die höchste Autorität in Glaubensdingen besäßen, wurde der Bruch zwischen dem Doktor aus Wittenberg und Rom offensichtlich.

Herzog Georg der Bärtige aber, der der Disputation ebenfalls beigewohnt hatte, ging von nun an mit aller Strenge gegen die Lutherfreunde vor. Es brachen schlimme Zeiten an.

Zwanzigstes Kapitel

Ein Riss ging durch die ganze Stadt. Überall war er zu spüren. Es ging nicht mehr nur um Luther und seine Kritik am Ablass. Es ging um die ganze Gesellschaft. Die Gesellen erhoben sich gegen ihre Herren. Sie hatten die Nase voll vom Ständewesen, das ihnen nur so geringe Rechte einräumte. Sie hockten in Wirtschaften, tranken ihre dumpfe Wut weg oder aber zogen durch die Gassen, wüste Parolen grölend. Die Büttel kamen mit ihrer Arbeit nicht mehr nach, bald jeden Tag gab es Schlägereien. Auch die Studenten rebellierten. «Es wird etwas geschehen», prophezeite Eva düster und drückte ihren Sohn an sich, als ahne sie bereits das kommende Unglück.

«Was soll denn geschehen?», fragte Priska. «Meinst du, es wird zu einem Krieg kommen? Bauern gegen ihre Grundherren? Gesellen gegen Meister? Christen gegen Juden?»

Eva nickte. «Johann war gestern in Zuckelhausen. Inzwischen leben dort 27 Bauern. Sie haben keinen geistlichen Beistand. Eigentlich hat Johann dort nichts zu suchen, denn das Dorf gehört nicht mehr zum Gebiet unseres Herzogs Georg von Sachsen, sondern zum Kurfürsten, der den Lutheranern freundlich gesinnt ist.»

«Was wollte er dann dort?»

«Nun, die Bauern haben sich erhoben. Eine neue Steuer sollen sie zahlen, doch sie weigern sich. Der Lehnsherr, das Augustiner-Chorherrenstift, hat einen Trupp Söldner geschickt, um die Bauern niederzuschlagen. Übermorgen sollen sie in Zuckelhausen eintreffen. Johann hat versucht, eine gütliche Lösung zu finden, doch es gibt einfach keine. Entweder verhungern die Bauern, oder aber sie werden von den Söldnern erschlagen. Nun geht Johann durch die Stadt. Es gibt viele Lutheraner unter den Leipzigern. Er will sie gewinnen, sich gemeinsam mit den Zuckelhausener Bauern gegen die Söldner zu stellen.»

Eva strahlte. «Und Aurel wird mit Johann gehen.»

«Hast du keine Angst um ihn?»

Eva schüttelte den Kopf. «Weißt du», sagte sie leise, «seit David mich umbringen wollte, habe ich vor nichts und niemandem mehr Angst. Mir scheint, das Schlimmste, das einem Menschen geschehen kann, habe ich bereits erlebt. Nicht einmal die Franzosenkrankheit konnte mir etwas anhaben. Wovor soll ich mich noch fürchten?»

Priska nickte. «Es wird schon alles gut gehen», sagte sie, konnte aber die Besorgnis in ihrer Stimme nicht unterdrücken.

Als Priska am nächsten Morgen erwachte, erschien ihr die Sonne giftig gelb. Das Atmen fiel ihr schwer. Sie holte tief Luft, versuchte dann die dunklen Gedanken abzuschütteln und ging zu den Hübschlerinnen.

«Wie geht es euch heute?», fragte sie und stellte ihren Weidenkorb, in dem sich – wie jeden Monat – Bienenwachskugeln befanden, auf eine Bank.

Die Hübschlerinnen saßen müde um einen großen

Holztisch herum. Niemand sang heute, kein Gelächter erklang in der stickigen Wirtsstube.

«Was ist los?», fragte Priska Margarete.

«Ein Eiferer war gestern Abend hier», erzählte sie. «Einer von denen, die dem Doktor Luther anhängen. Unser Beruf sei eine Sünde, erklärte er, als ob wir das nicht selbst wüssten.»

«Warum dann die missmutigen Gesichter?», fragte Priska und sah sich um.

«Er hat ein solches Geschrei in der Gaststube veranstaltet, dass alle Freier zusammengelaufen sind. Gegeifert hat er über unsere Sittenlosigkeit und darüber, dass die Männer sich nun nicht mehr mit Ablässen von der Schuld des Ehebruchs freikaufen könnten. Mit dem Fegefeuer hat er gedroht.»

«Na und?» Priska verstand nicht.

«Ein Teil der Männer ist gegangen», erklärte die Wirtin knapp. «Und denen, die geblieben sind, hat er die Stimmung verdorben. Er hat angekündigt, dass die Frauenhäuser bald allesamt geschlossen würden. Was soll dann aus uns werden?»

«Hat Luther sich gegen die Hübschlerinnen ausgesprochen?», fragte Priska verwundert. «In all den Schriften, die seit Monaten in der Stadt verbreitet würden, habe ich nichts davon gelesen.»

«Der Eiferer war sich ganz sicher. Luther hätte ihn von Angesicht zu Angesicht vor den Dirnen gewarnt.»

«Und Ihr habt ihm geglaubt?»

Die Hübschlerinnen nickten, eine aber sprach: «Es ist gleichgültig, was wir denken. Wenn die Männer glauben, was dieser Kerl erzählt, so reicht das, um uns ins Elend zu

313

stürzen. Seit dieser unseligen Disputation ist das Geschäft schlechter geworden. Es scheint, als würden sich plötzlich alle ernsthaft Sorgen um ihr Seelenheil machen.»

«Die nächste Messe kommt bestimmt», versuchte Priska zu trösten. «Am 29. September beginnt die Michaelis-Messe. Jetzt haben wir bereits Mitte August. Ihr werdet sehen, bis dann haben die Männer alle ihre guten Vorsätze vergessen.»

Die Hurenmutter schüttelte den Kopf. «Seid Ihr blind und taub, Doktorsfrau?», fragte sie, und ihre Stimme klang beinahe ärgerlich.

«Das Johannisspital vor dem Grimmaischen Tor, in dem früher die Leprösen untergebracht waren, ist zum Spital für die von der Franzosenkrankheit Befallenen gemacht worden. Die Seuche verbreitet sich immer weiter. Die meisten Männer haben Angst. Das Hurenhaus, so heißt es, ist zum Haus des Todes geworden.»

«Ich weiß», sagte Priska. «Leider kann ich euch nicht helfen. Noch gibt es keine Arznei dagegen.»

«Vier von uns sind schon gestorben daran», erinnerte sich eine der Huren und brach in Tränen aus. «Wer ist die Nächste?»

«Gibt es eine unter euch, die Anzeichen hat?», fragte Priska streng. «Leidet eine von euch an Ausschlag? Hat eine von euch Knoten oder Geschwüre?»

Die Huren sahen sich betreten und beinahe schon lauernd an. Dann schüttelte eine nach der anderen den Kopf.

«Es hat keinen Sinn zu schweigen», ermahnte sie die Frauen. Sie war sicher, dass einige von ihnen logen. «Ihr werdet sterben, wenn ihr euch nicht bekennt.»

«Sterben werden wir sowieso», erwiderte eine trotzig.

«Dann lieber bis zum letzten Tag Geld verdienen, als im Johannisspital dahinzuvegetieren.»

«Dann müsst ihr die Männer dazu bringen, sich Schafsdärme oder Schweinsblasen über den Schwanz zu ziehen.»

«Das macht keiner mit!», schrie eine der Huren.

«Dann zwingt sie dazu. Wenn keine von euch bereit ist, ohne Schutz mit den Männern zu schlafen, dann werden sie sich fügen. Ihr seid geschützt und die Männer auch.»

«Dann gehen die Männer zu den heimlichen Huren in der Stadt», erregte sich die Wirtin.

«Ja, am Anfang wird das wohl so sein», gab Priska zu. «Aber sobald bekannt wird, dass euer Haus frei ist von der Krankheit, wird kein Mann sich mehr mit einer heimlichen Hure treffen. Jeder hat Angst um sein Leben, auch ein geiler Mann.»

Die Huren lachten, und auch Priska lächelte. Manchmal, dachte sie, braucht es deftige Worte, um diese Frauen zu erreichen.

«Ich werde euch Schafsdärme und Schweinsblasen bringen», versprach sie. «Und ich werde dafür sorgen, dass der Stadtarzt kommt und euch untersucht. Eine Bescheinigung kann er euch schreiben, dass dieses Haus ohne Krankheit ist. Ihr werdet sehen, wie die Männer euch hernach die Stube einrennen.»

Priska hätte gern noch allein mit Margarete gesprochen, doch noch während sie die Sauberkeit kontrollierte und den Huren kleine Heilmittel gegen Allerweltskrankheiten gab, erhob sich draußen Geschrei.

Die Huren hasteten an die Fenster. Ein Trupp Gaukler in völlig zerrissenen Sachen zog vorbei. Einer Frau lief Blut über die Stirn, ein Mann wurde von zwei anderen gestützt.

«Was ist los? Seid Ihr überfallen worden?», schrie eine der Frauen.

Ein junges Mädchen, dessen Gesicht vom Weinen rot und fleckig war, schüttelte den Kopf. «Aus der Grimmaischen kommen wir, wollten zur Michaelismesse. In Zuckelhausen, nicht weit von hier, tobt eine Schlacht. Die Söldner wüten, als gäbe es kein Morgen mehr. Ein Junge hat sich schützend vor die Bauern gestellt. Doch ein unglückseliger Bauer hat ihn im Eifer des Gefechts für einen Söldner gehalten und ihn mit einem Dreschflegel erschlagen.»

Als Priska diese Worte hörte, gefror ihr das Blut. Sie drängte sich zwischen die Huren ans Fenster. «Wer war der Junge? Kennt Ihr seinen Namen? Wie sah er aus? Wie war er gekleidet? War es ein Bauernsohn?»

Das junge Mädchen schüttelte den Kopf. «Er war ungefähr so alt wie ich. Die Farbe seiner Haare habe ich nicht erkennen können; alles war voller Blut. Man sagt, er käme aus der Stadt. Ein Priester kniete neben ihm und weinte», berichtete sie.

«Aurel!»

Priskas Schrei ließ die Huren verstummen. «Der Sohn meiner Schwägerin ist dort draußen!» Ohne weiter zu warten, raffte sie ihre Röcke und lief so schnell sie konnte zurück in die Stadt. Sie drängte sich durch die Karren der Bauern am Stadttor, stieß zwei Nonnen zur Seite, stolperte über einen schlafenden Hund und lief, bis sie am Rathaus angekommen war. «Ist mein Mann im Verlies?», schrie sie die Büttel an. «Ist er hier?»

Die Stadtknechte nickten, und schon drängte sich Priska an ihnen vorbei und rannte hinunter ins Verlies.

«Adam», schrie sie so laut sie konnte durch die dunklen

Gänge. «Adam, komm schnell, Aurel ist etwas geschehen.» Wenig später rannte sie hinter Adam her über den Marktplatz zum nächsten Mietstall.

Die Pferde waren schweißgebadet, als sie in Zuckelhausen ankamen. Ohne nach einer Tränke zu suchen, sprangen Priska und Adam ab und hasteten durch das verlassene Dorf. Eine unheimliche Stille lag in der Luft.

Als sie die letzte Hütte hinter sich gelassen hatten und auf ein Stück Feld kamen, sahen sie das Ausmaß des Unheils.

Verletzte Männer warfen sich, brüllend vor Schmerzen, auf dem Boden herum. Einem steckte ein Messer im Hals, einem anderen hingen die Eingeweide aus dem Leib.

Eine Frau schrie hysterisch und rüttelte an einem Mann, der bewegungslos am Boden lag.

«Aurel», schrie Priska. «AUREL!»

Doch niemand antwortete ihr.

Adam kniete schon neben einem Verwundeten, riss Stoff von dessen Hemd und verband ihm den Kopf, doch Priska schüttelte ihn an der Schulter.

«Lass den Mann. Wir müssen Aurel finden.»

«Priska, ich kann ihn doch nicht verbluten lassen!», entgegnete Adam.

«Es geht um deinen Neffen, Adam. Lass die Bauern. Sie sterben ohnehin. Such Aurel.»

Und wieder stellte sie sich hin, formte die Hände zu einem Trichter vor ihrem Mund und schrie den Namen von Evas Sohn. Wieder bekam sie keine Antwort, hörte nur das Röcheln und Jammern der Verwundeten, das Weinen der Frauen.

«Johann!», schrie sie nun. «Wo seid Ihr um Gottes willen?»

Endlich entdeckte sie den Priester. Er kniete neben einer Gestalt, deren Kopf ein einziger blutiger Klumpen war.

Priska rannte zu ihm, fiel neben dem Priester zu Boden und schrie auf. «Aurel! Aurel, jetzt sag doch etwas.»

Johann von Schleußig versuchte sie zu beruhigen. «Er ist tot, Priska. Wir können ihm nicht mehr helfen.»

Inzwischen war auch Adam dazugekommen. Ein Blick genügte ihm, um die bittere Wahrheit festzustellen. Behutsam hob er den Jungen auf, trug ihn auf seinen Armen zurück zum Dorf und bettete ihn vorsichtig auf sein Pferd.

Johann von Schleußig und Priska folgten ihm. Johann nahm Priskas Pferd, schwang sich herauf und zog Priska hoch. Schweigend ritten sie zurück zur Stadt. Nur einmal fragte Priska unter Tränen: «Ist es das alles wert? Wenn Luther und wenn ihr aus der Fraternität Recht habt, warum lässt Gott dann Unschuldige sterben?»

Keiner sagte etwas. Doch in Johann von Schleußigs Augen stand Zorn. Schließlich sagte er: «Aurel ist nicht wegen der Bauern gestorben. Nicht Luther ist schuld an seinem Tod, nicht der Bauer, der den Dreschflegel geschwungen hat. Es war ein Unglück, Priska. Der Mann hat ihn für einen der Söldner gehalten. Schuld an seinem Tod sind die, die es so weit haben kommen lassen. Schuld sind die Herren, die Grundbesitzer und alle anderen, die sich auf Kosten der Armen bereichern.»

«Aber warum Aurel? Warum ausgerechnet er? Er hat doch nichts getan! Warum hat Gott das zugelassen?», rief Priska erneut, doch Johann von Schleußig zuckte nur mit den Schultern.

Am Stadttor kamen sie ungehindert durch. Einer der

Torwächter riss sein Barett vom Kopf, der andere bekreuzigte sich. Auf der Grimmaischen Straße, die sie langsam entlangritten, wichen ihnen die Leute aus. Einige schlugen das Kreuzzeichen, zwei Frauen brachen in Tränen aus, ein Mann schüttelte den Kopf. «Was ist geschehen?», rief er. «Stimmt es, dass es in Zuckelhausen einen Aufstand gegeben hat?»

Johann von Schleußig betrachtete den Mann flüchtig und nickte ihm zu.

Dann, sie hatten den Markt fast erreicht, trafen sie Ute Lechner. Als sie die Reiter sah, blieb sie wie angewurzelt stehen. Mit großen, vor Entsetzen weit aufgerissenen Augen sah sie auf das tote Kind ihrer ehemals besten Freundin, dann zeigte sie mit dem Finger darauf und schrie: «Seht, das kommt davon, wenn man dem Ketzer Luther anhängt. Seine Lehre bringt Unheil und Tod! Hütet Euch, Ihr Leute, hütet Euch, und schützt Eure Kinder vor dem Dämon aus Wittenberg!»

«Seid still», fauchte Priska. «Ist der Tod des Jungen nicht schlimm genug?»

«Verdient ist er, der Tod! Seine Mutter ist schuld daran. Sie hätte sich von den Lutheranern fern halten sollen! Gestorben ist das Kind deshalb.»

Priska wollte etwas Scharfes erwidern, doch dann sah sie, dass der Lechnerin die Tränen über das Gesicht rannen und dass sie am ganzen Körper wie Espenlaub zitterte. Priska begriff und wandte sich ab.

Wenige Minuten später hatten sie das Haus in der Hainstraße erreicht. Eine Menge Schaulustiger hatte sich eingefunden und beglotzte den Leichnam. «Was ist passiert?», fragten die Leute erneut.

Der Priester setzte an, etwas zu sagen, doch er brachte

kein Wort hervor. Schließlich seufzte er nur ganz tief, dann schüttelte er den Kopf und sagte leise: «Geht nach Hause, Leute. Oder wollt Ihr Euch etwa am Leid anderer ergötzen?»

Bärbe öffnete die Tür. Als sie den toten Jungen in Adams Armen sah, brach sie in Wehklagen aus. «Ich habe es gewusst», schrie sie. «Dieses Haus ist verhext! Unheil hängt über dem Dach. Schon bei seiner Geburt habe ich es gewusst. Und die Hebamme hat Recht gehabt. Schon damals hat sie seinen Tod gesehen!»

«Halt den Mund!», herrschte Adam die Magd an, die mit beiden Händen ihren Rosenkranz umklammerte und mit sensationslüsternen Blicken um sich sah.

Priska hielt die Luft an, als sie Eva durch den dunklen Flur herbeieilen sah. Am liebsten wäre sie ihr entgegengegangen, hätte sie in den Arm genommen, ihr die Augen verschlossen vor Aurels Anblick, die Ohren taub gemacht vor dem Gerede der Leute und vor dem Lamento der Magd. Doch sie blieb stehen, als wäre sie angenagelt.

Eva betrachtete mit unbewegtem Gesicht ihren toten Sohn, dann nickte sie, als hätte sie seinen Tod bereits geahnt, und sagte mit fester Stimme: «Bring ihn nach oben, Adam, und leg ihn auf das Bett. Du aber, Bärbe, geh zur Leichenwäscherin. Sie soll kommen und ihn fertig machen. Morgen will ich ihn beerdigen.»

Dann bat sie die anderen ins Haus, als wären sie lang erwartete Gäste. Sie ging Adam nicht hinterher, sondern lief in die Küche. «Was möchtet ihr trinken? Ihr müsst durstig sein nach dem Ritt. Wasser? Milch? Bier? Wein?»

Hektisch öffnete sie die Tür zur Vorratskammer, holte einen Weinkrug heraus, griff nach einem Becher.

Priska nahm ihr die Sachen vorsichtig ab, stellte sie auf den Tisch, trat dann zu Eva. «Möchtest du, dass ich heute bei dir bleibe?», fragte sie.

Eva sah sie erstaunt an. «Warum denn? Nein, nein, geh nach Hause. Geht ruhig alle nach Hause. Es ist schon spät. Du musst für Adam das Abendmahl bereiten.»

Ihre Worte kamen über die Maßen ruhig und gelassen, auf ihrem Gesicht lag ein freundliches Lächeln, bei dessen Anblick es Priska grauste.

Sie wechselte einen Blick mit Johann von Schleußig. Der Mann stand hilflos neben ihr, die schwarze Kutte voller dunkler Flecke. Seine Blicke hingen an Eva, die Arme hielt er halb erhoben, als fürchte er, sie würde jeden Augenblick umfallen.

Adam kam von oben herunter. Er wusch sich die Hände und achtete dabei darauf, dass Eva nicht sah, wie sich das Wasser hellrot verfärbte.

Als er sich die Hände abgetrocknet hatte, machte er Anstalten, Eva in den Arm zu nehmen. Da verschwand das Lächeln aus ihrem Gesicht. Sie wurde bleich, wächsern beinahe, und ihre Züge wirkten wie erstarrt.

Sie hob die Hände schützend vor das Gesicht und wimmerte: «Nicht, nicht. Fass mich nicht an! Der Teufel ist mit dir, ist mit euch allen. Luther hat uns den Teufel ins Haus gebracht. Nicht, nicht! Fass mich nicht an.»

Adam blieb stehen. «Eva», rief er sie leise an. «Eva, ich bin es, dein Bruder.»

«Geh, geh fort! Fass mich nicht an!»

Eva wich bis zur Wand zurück, sank dann hinunter auf den Boden, kauerte dort wie ein Kind im dunklen Wald.

«Geht fort, geht alle fort», wimmerte sie.

Hilflos standen die drei in der Küche.

«Wir können sie nicht allein lassen», sagte Priska hilflos. Schließlich, es waren quälende Minuten vergangen, sprach Johann von Schleußig: «Ich werde heute Nacht hier bleiben. Geht Ihr ruhig nach Hause. Ihr könnt hier nichts mehr tun.»

Priska fasste nach Adams Hand, froh über diese Entscheidung. «Komm!», sagte sie und zog ihn zur Tür.

Einundzwanzigstes Kapitel

Als Priska am Morgen erwachte, bemerkte sie sofort die Stille im Haus. Sonst war das Klappern der Wassereimer zu hören, der Gesang der Magd, das Knistern des Herdfeuers. Heute aber war alles still.

Totenstill.

Priska erschrak. Sofort fielen ihr Eva und Aurel ein. Sie stand auf und wollte hinunter in die Küche gehen, doch auf der Treppe hörte sie das Schlagen einer Tür im Wind. Unterm Dach stand die Tür zum Zimmer der Magd auf. Priska trat ein und sah, dass die Kleidertruhe leer war und sämtliche Habseligkeiten fehlten. Die Magd hatte, ohne ein Wort zu sagen, ihre Sachen gepackt und in aller Stille und Heimlichkeit das Haus verlassen.

Warum nur?, wunderte sich Priska. Sie hatte es doch gut bei uns, war immer bester Laune. Kopfschüttelnd ging sie in die Küche, nahm die beiden Eimer und machte sich auf den Weg zum städtischen Brunnen. Unterwegs traf sie die Gattin des Bäckers aus dem Thomasgässchen. Schon des Öfteren war die Frau bei ihr gewesen; sie hatte von Priska nicht nur sehr viel über ihren eigenen Körper erfahren, sondern war obendrein nach Jahren des vergeblichen Kinderwunsches schwanger geworden. Priska machte sich mit einem Lächeln bemerkbar: «Grüß Euch

Gott, Bäckerin. Wir sehen uns ja heute zur Vesperstunde, nicht wahr?»

Die Bäckerin blieb stehen, sah sich hastig nach allen Seiten um, dann kam sie ganz nah an Priska heran und raunte ihr zu: «Nein, Doktorsfrau, ich komme heute nicht und auch nicht morgen oder übermorgen. Ich komme gar nicht mehr. Mein Mann hat es mir verboten.»

Priska zog die Augenbrauen zusammen. «Warum das, Bäckerin? Hat ihm die Salbe letztens nicht geholfen?»

«Doch, doch, sein bestes Stück hat gestanden, als wäre es aus Eichenholz.» Die Bäckerin kicherte und schlug sich dann verschämt die Hand vor den Mund.

«Was ist dann?»

«Nun, man erzählt sich, dass der Doktor und Ihr zu den Lutherischen gehört. Mein Alter sagt, Ihr wärt mit dem Teufel im Bunde. Und gestern nun der Tod des Silberschmiedejungen. Das kann nur die Strafe Gottes dafür sein, dass Ihr Euch mit einem Ketzer sehen lasst.»

«Der Junge ist von einem Bauern erschlagen worden», erklärte Priska, doch die Bäckerin wischte den Einwand mit einer Handbewegung zur Seite. «Ob Bauer oder Söldner, das ist doch ganz gleichgültig. Schließlich habt Ihr Umgang mit dem Ketzer-Priester, nicht wahr?»

«Wen meint Ihr damit, Bäckerin?»

«Na, wen schon? Johann von Schleußig natürlich! Er war es, der diesen Martin Luther nach Leipzig gebracht hat. In seiner Kirche hat er zum ersten Mal vor Jahren schon gegen den Ablass gewettert.»

Priska schüttelte den Kopf. Sie hatte noch immer nicht verstanden. «Ihr kommt nicht mehr, weil wir uns für die neuen Lehren des Wittenbergers interessieren?»

Die Bäckerin nickte. «Deshalb und weil Ihr gegen den Papst seid. Wir sind einfache Leute und halten uns an das, was in der Schrift geschrieben steht.»

Die Bäckerin trat einen Schritt zurück. «Nehmt es mir nicht übel, Doktorin, Ihr seid ein nettes Frauchen. Aber mein Seelenheil will ich nicht gefährden.»

Damit wandte sie sich ab und stapfte schweren Schrittes die Gasse hinab.

Priska sah ihr nach, dann schüttelte sie den Kopf, nahm ihre Eimer und ging zum Brunnen.

Als sie ankam, verstummten die Gespräche. «Na, ist Euch die Magd davongelaufen?», rief schließlich ein abgerissenes Weib, mit dem sie Regina manchmal gesehen hatte. Priska antwortete nicht. Sie stellte sich als Letzte in die Reihe und wartete, bis sie am Brunnen war, doch immer wieder wurde sie von anderen Frauen zur Seite gedrängt.

«Haut ab hier!», beschimpfte sie eine. «Ihr Ketzer vergiftet womöglich noch die Brunnen. Wahrscheinlich seid ihr mit den Juden im Bund.»

Eine andere aber, ein großes Weib mit breiten Hüften, packte Priskas Eimer und stellte sie auf den Brunnenrand. «In dieser Stadt hat jeder, der hier wohnt, ein Anrecht auf Wasser aus dem städtischen Brunnen. Dem Wasser ist es schließlich gleichgültig, ob es von den Lutherischen oder von den Papsttreuen getrunken wird.»

Sie füllte die Eimer und reichte sie Priska mit einem Lächeln. «Wir sehen uns am nächsten Sonntag in der Kirche. Ich freue mich schon jetzt auf die Predigt des Priesters von Sankt Nikolai.»

Zwei andere, die bisher geschwiegen hatten, stellten sich neben das Prachtweib und nickten Priska freundlich zu.

«Und zum Begräbnis kommen wir auch. Sagt Eurer Schwägerin, dass es uns leid tut um ihren Jungen.»

Dankbar nickte Priska, dann ging sie langsam zurück nach Hause. Auch auf dem Rückweg stellte sie fest, dass einige der alten Bekannten sie nicht mehr grüßten. Andere wiederum, mit denen sie noch nie etwas zu tun gehabt hatte, nickten ihr lächelnd zu, zwei Männer zogen sogar den Hut vor ihr und verbeugten sich.

Als sie nach Hause kam, war Adam gerade damit beschäftigt, das Feuer zu schüren.

«Wo ist die Magd?», fragte er und nahm ihr die beiden Wassereimer ab.

Priska zuckte mit den Achseln. «Sie ist fortgelaufen.»

«Warum das?»

«Ich habe keine Ahnung. Vielleicht, weil sie uns zu den Lutherischen zählt. Manchen gelten wir als Ketzer. Die Bäckerin hat mir heute sogar abgesagt. Sie wird nicht mehr zu mir kommen, ihr Mann hat es ihr verboten.»

Adam schüttelte den Kopf, doch er äußerte sich nicht weiter darüber.

Priska zuckte die Achseln. «Wenn niemand mehr kommt, so werde ich wohl Zeit für das Essenmachen und das Putzen finden. Wenigstens so lange, bis wir eine neue Magd haben.»

Plötzlich kam es ihr unsinnig, ja, fast unverständlich vor, wie sie hier mit ihrem Mann über die entlaufene Magd sprach, während Eva nur ein paar Häuser weiter vor Schmerz und Leid beinahe den Verstand verlor. «Gehst du zu ihr?», fragte sie ihren Mann.

Adam nickte. «Ja, ich mache mich gleich auf den Weg. Und glaub mir, ich habe Angst davor.»

Zur Beerdigung am nächsten Tag kamen viele Leipziger. Priska wunderte sich über die zahlreichen unbekannten Gesichter, und auch Adam wusste nicht, wer die Leute waren. Andere aber, die sie unter den Trauergästen erwartet hatte, waren ferngeblieben. Eva ging mit versteinertem Gesicht dem Trauerzug voran. Sie hatte Priskas und Adams Hilfe abgelehnt. Kein Wort hatte sie gesagt, sondern nur mit brennenden Augen geschaut und den Kopf geschüttelt.

Auch Johann von Schleußig duldete sie nicht mehr in ihrer Nähe. Das Verwunderlichste aber war, dass die Lechnerin dicht hinter ihr ging.

«Sieh nur, Adam, Ute ist gekommen», freute sich Priska. «So hat Eva wenigstens ihre Freundin zurück.»

«Mach dir nichts vor, Priska. Die Lechnerin kam nicht als Freundin; sie kam als Papstgetreue. Das ist der Grund.»

Der Sarg wurde nun langsam in die Grube hinuntergelassen. Priska hörte Eva aufschluchzen, und das Mitleid schnürte ihr beinahe das Herz ab. Sie presste Nora an sich. Plötzlich durchdrang ein schriller Schrei die Stille.

Eva tobte, sie riss sich die Haube vom Kopf und schrie. «Geht fort, ihr Luthersöhne», schrie sie. «Verschwindet, ihr Dämonen.»

Johann von Schleußig trat auf sie zu, wollte ihren Arm nehmen, sie beruhigen, doch schon war die Lechnerin an Evas Seite und verteidigte sie wie eine Wölfin ihr Junges. «Lasst sie!», fauchte sie. «Ihr habt gehört, was sie gesagt hat! Geht und verunreinigt das Grab dieses unschuldig Hingemeuchelten nicht.»

«Sprecht nicht so, Lechnerin. Eva braucht Ruhe. Ihr solltet ihren Kummer nicht dazu benützen, sie gegen mich und ihre Familie aufzuwiegeln.»

Er trat noch einen Schritt auf Eva zu, doch diese griff nach ihrem Gürtel, holte einen kleinen Dolch aus einer silbernen Scheide und richtete ihn auf den Priester.

«Keinen Schritt näher, du Ungläubiger!», schrie sie ihn an und hielt das Messer drohend auf seine Brust gerichtet.

Johann von Schleußig hob die Hände und entfernte sich Schritt für Schritt. Tränen der Verzweiflung und der Trauer liefen ihm über die Wangen.

Auf dem Weg nach Hause fragte Priska Adam: «Wir gelten nun als Lutheraner, nicht wahr?»

«Ja, so ist das wohl.»

Adam sah sie fragend an. «Wärst du lieber etwas anderes? Fühlst du dich zu den Papstgetreuen hingezogen?»

Priska hob die Schultern. «Ich fühle mich weder lutherisch noch päpstisch. Für mich bin ich weder das eine noch das andere. Aber wenn die Leute meinen, mich zu den Lutheranhängern zählen zu müssen, dann werde ich nichts dagegen tun können.»

«Gefällt dir nicht, was der Wittenberger sagt?»

Sie waren inzwischen in der Klostergasse angekommen. Priska nahm den schwarzen Umhang von den Schultern und hängte ihn an einen Haken hinter der Tür, schlüpfte aus den Lederschuhen und hinein in ihre Holzpantinen, die sie zu Hause trug.

«Woher will Luther das alles wissen?», fragte sie dann.

«Was meinst du?»

«Luther sagt, dass der Papst nicht die Allmacht der christlichen Kirche ist. Wer aber ist es dann? Und woher weiß Luther dies? Der Papst wiederum sagt, er sei das Oberhaupt der christlichen Kirche, der Vertreter Gottes auf Erden. Einer sagt dies, der andere sagt das. Woher soll ich, die Henkerstochter Priska, wissen, wer Recht hat? Und wie soll ich da entscheiden, ob ich Luther oder dem Papst anhänge? Woher weißt du, Adam, was richtig ist?»

«Auch ich weiß nichts, Priska. Aber Luthers Worte beruhen auf dem, was er in Rom, in Erfurt, in Wittenberg erlebt hat. Fest steht, dass die Kirche sich bereichert. Fest steht, dass viele Geistliche nicht nach dem Gesetz der Heiligen Schrift leben. Nun, wenn ich dem Wittenberger da Glauben schenken kann, warum soll ich ihm in anderer Hinsicht misstrauen? Luther scheint mir ein Menschenfreund zu sein. Der Papst aber ist in erster Linie ein Freund seiner selbst.»

Priska runzelte die Stirn und wiederholte: «Ich bin weder das eine noch das andere. Ich bin Priska. Und ich glaube an Gott, an Jesus Christus und an den Heiligen Geist.»

Adam lächelte. «Und außerdem glaubst du noch daran, dass der Mensch sich selbst seinen Platz suchen kann, nicht wahr?»

Priska schüttelte den Kopf. «Da bin ich mir noch nicht so sicher.»

Am nächsten Tag war Eva verschwunden. «Das Haus ist leer, doch ihre Kleider sind alle noch da. Die Magd sagte nur, dass sie am Morgen das Haus verlassen hat und sich vorher Asche ins Gesicht und auf das Haar gestreut hätte», stammelte der Priester, der ganz verzweifelt im Haus in der Klostergasse ankam.

«Meint Ihr, sie wird sich das Leben ...»

Priska fuhr sich mit der Hand an die Kehle.

Der Priester zuckte ratlos mit den Achseln.

«Wir müssen sie suchen», erklärte Adam. «Zuerst gehen wir an jedes Stadttor und fragen dort nach ihr. Dann sehen wir weiter.»

«Und deine Kranken?», fragte Priska.

«Auch Eva ist krank. Ihre Seele leidet unsägliche Qual. Sie braucht mich jetzt am dringendsten.»

Zwei Stunden später trafen sie sich wieder. Keine Spur von Eva. Niemand hatte sie gesehen, keinem der Torwächter war sie aufgefallen. Das allerdings war nicht verwunderlich, denn in den Morgenstunden herrschte großes Gedränge. Doch sie war auch nirgendwo anders zu finden. Nicht an den Flussufern, nicht in den Auen und nicht bei der Lechnerin, die Priska zwar die Tür vor der Nase zugeschlagen hatte, aber ihre Bestürzung nicht hatte verbergen können.

«Was nun?», fragte Johann von Schleußig und sah aus, als würde er am liebsten in Tränen ausbrechen.

«Ich weiß es nicht», erwiderte Adam ratlos.

Priska hörte den Männern nicht zu. Wo bist du, Eva?, fragte sie in Gedanken. Was würde ich tun, hätte mir einer meine kleine Nora genommen?

Plötzlich wusste sie, wo sie Eva finden würde. Doch die Männer würden dafür kein Verständnis haben. Sie musste sie allein aufsuchen.

«Ich wollte heute hinaus ins Dorf Zschocher reiten», sagte sie so leichthin wie möglich. «Es gibt dort eine Kräuterfrau, die über die Gabe verfügt, aus Mutterkorn ein Mittel für die Frauen herzustellen. Ich wollte ihr ein wenig davon abkaufen.»

Die Männer hörten ihr zerstreut zu. «Nimm ein Pferd

aus dem Mietstall, der gleich um die Ecke ist», empfahl Adam. «Und pass gut auf dich auf. Komm vor dem Abendläuten zurück.»

«Ja, ich werde pünktlich zurück sein», versprach Priska, drückte Johann von Schleußig die Hand und machte sich auf den Weg zum Mietstall.

Sie ritt allerdings nicht aus dem Peterstor hinaus, sondern verließ die Stadt durch das Grimmaische Tor. Dann trieb sie das Pferd an, so schnell sie konnte. Trotzdem brauchte sie fast zwei Stunden, ehe sie Zuckelhausen erreicht hatte. Sie band das Pferd bei einem Bach an einen Baum, sodass es ausruhen und trinken konnte, und ging dann zu Fuß in das kleine Dorf.

Die wenigen Höfe lagen verstreut. Zumeist waren es Katen, aber auch einige Steinhäuser mit Nebengebäuden und Stallungen gab es. In der Mitte des Dorfes war ein kleiner Weiher. Priska wusste, dass die Karren im Sommer dort hindurchgefahren wurden.

Aber jetzt waren kein Karren, kein Mann, keine Maus zu sehen. Auch in den winzigen Gärtchen hinter den Katen arbeitete niemand. Eine ungemütliche Stille herrschte. Priska sah sich um. Dann lief sie zu einer Hütte, deren blau gestrichene Tür offen stand. «Ist hier jemand?», rief sie.

Nach einigen Augenblicken kam eine alte Frau angeschlurft. Das Haar hing ihr in einem dünnen grauen Zopf den Rücken hinunter. Ihr Gesicht war verwittert und von unzähligen Falten bedeckt, der Mund lächelte ihr zahnlos zu, die Augen aber blickten stumpf.

«Was kann ich für Euch tun, Herrin aus der Stadt?», fragte die Alte.

«Vor einigen Tagen gab es hier eine Schlacht, nicht wahr?»

Die Alte kicherte. «Ihr wart hier, ich habe Euch gesehen. Warum fragt Ihr nach Dingen, die Ihr selbst wisst?», fragte sie listig.

Priska lächelte verlegen. «Ja, Ihr habt Recht, ich war hier. Ein Junge ist bei dieser Schlacht zu Tode gekommen. Einer der Zuckelhausener Bauern hat ihn mit dem Dreschflegel erschlagen. Ein Unglück war es wohl, der Bauer wollte einen Söldner treffen. Der Junge war mein Neffe.»

«Ich weiß, ich weiß. Was aber wollt Ihr nun hier? Den Bauern vor das Gericht in der Stadt zerren? Das geht nicht, wir gehören nicht zum Besitz Herzog Georgs.»

«Fragen wollte ich, wo dieser Mann wohnt.»

«Weshalb?»

Die Alte kam vor die Tür und verschränkte ihre dürren Arme vor der flachen Brust. «Der Junge ist tot, der Bauer kann Euch keine Entschädigung zahlen. Er hat nichts als das nackte Leben. Und die Seligkeit hat er nun auch verwirkt.»

Priska seufzte. Sie musste der Frau wohl die Wahrheit erzählen, sonst erfuhr sie nichts.

«Nicht den Bauern suche ich, sondern die Mutter des Jungen. Sie ist verschwunden. Ich vermute, dass sie hierher gekommen ist, an den Ort, an dem ihr einziger Sohn sein Leben gelassen hat. Habt Ihr eine Frau gesehen, nicht mehr jung, noch nicht alt, ein wenig größer als ich und vornehm gekleidet?»

Die Alte kniff die Augen misstrauisch zusammen. «Niemanden habe ich gesehen. Keine Frau, keinen Mann, kein gar nichts.»

«Ich fürchte um den Verstand meiner Schwägerin. Sie muss zurück nach Hause. Ihr Bruder ist Arzt, er wird ihr helfen können. Sie ist verstört und irrt allein durch die Gegend. Wie schnell könnte sie das Opfer einer Räuberbande werden.»

«Ich werde die Augen aufhalten», erwiderte die Alte mürrisch.

Priska nickte und scharrte mit der Spitze ihres Lederschuhs auf dem staubigen Boden umher.

«Ist noch etwas?», fragte die Alte.

«Sie ist schon da, nicht wahr?»

Die Alte antwortete nicht, sondern knallte Priska die Tür vor der Nase zu.

Da wusste Priska, dass Eva bereits in Zuckelhausen angekommen war. Sie sah sich auf der Straße um. Wo sollte sie Eva suchen?

Langsam ging sie an jedem einzelnen der 27 Höfe vorbei. Ein Hund kläffte sie wütend an, ein Ferkel jagte im Schweinsgalopp über die Gasse, eine Katze lag träge in der Sonne.

Zwei kleine Kinder, halb nackt und staubig, spielten mit Stöcken im Straßendreck. «Habt ihr eine Frau gesehen, die nicht hier wohnt?», fragte sie.

Das eine Kind, ein Mädchen, wischte sich mit der Hand den Rotz von der Nase. «Meint Ihr die Prinzessin?»

Priska nickte langsam. «Ja, die Prinzessin mit der Asche auf dem Kleid.»

Das Mädchen überlegte, dann zeigte sie mit dem Finger zu einem nahen Wäldchen. «Dorthin ist sie gegangen. In den Wald hinein zu ihrem Königreich.»

«Gibt es dort eine Jagdhütte oder eine verlassene Kate?», fragte Priska.

Die Kinder sahen sich an und schüttelten die Köpfe. «Mutter sagt, dort wohnt die Moorfrau. Wir dürfen nicht in den Wald», erwiderte das Mädchen.

Priska strich ihr flüchtig über den Kopf, dann ging sie den schmalen Trampelpfad entlang, der zum Wald führte.

Die Sonne brannte erbarmungslos vom Himmel. Priska schwitzte unter ihrer Haube, das Haar klebte ihr im Nacken. Sie vermied jeden Blick nach links oder rechts, denn noch immer waren die Reste der Schlacht über die Felder verstreut. Ein einzelner Stiefel lag da, ein Teil eines Schildes, ein zersplitterter Knüppel.

Hastig schritt sie aus und musste ein Würgen unterdrücken, denn der Geruch von getrocknetem Blut nahm ihr beinahe den Atem.

Endlich hatte sie das schattige Waldstück erreicht. Aufatmend lehnte sie sich an einen Baum und tupfte sich mit einem Tuch den Nacken und die Stirn trocken. Dann sah sie sich um. Der Trampelpfad wurde schmaler, doch Priska war oft genug in den Wäldern und Auen um Leipzig herum unterwegs gewesen, um auch die verschwiegensten Pfade zu finden. Sie bog die Zweige einiger Sträucher zurück, stieg über Baumstämme, zerkratzte sich das Gesicht an einem Dornengestrüpp und gelangte schließlich zu einer kleinen Lichtung, an deren Rand sich eine klapprige und sichtbar unbenutzte Jagdhütte befand. Priska blieb stehen. Was soll ich ihr sagen?, fragte sie sich. Soll ich sie zurückbringen? Oder ist es besser, sie das zu Ende führen zu lassen, was sie sich vorgenommen hat? Sie kam zu keinem Ergebnis. Ich muss hören, was sie selbst sagt, beschloss sie und ging mit zögerlichen Schritten auf die Jagdhütte zu, klopfte an die Tür.

Von drinnen kam kein Laut, und doch war sich Priska ganz sicher, dass Eva da war. Noch einmal klopfte sie, dann öffnete sie die Tür.

Eva saß mit angezogenen Knien auf einer Holzbank, die an der Wand stand, und starrte aus dem Fenster in den Wald.

«Grüß dich Gott, Schwägerin», sagte Priska. «Darf ich mich setzen?»

Eva nickte, doch sie hielt den Blick weiter auf die Bäume gerichtet. Sie schwieg, und auch Priska wusste nichts zu sagen. Erst nach einer Weile fragte sie leise: «Was willst du hier, Eva? So ganz allein im Wald. Komm mit mir nach Hause. Du brauchst Ruhe.»

Eva schüttelte den Kopf.

«Warum willst du nicht mit mir kommen?»

Leise, unhörbar fast, erwiderte Eva: «Ich habe kein Zuhause mehr. Es ist vollkommen gleichgültig, wo ich bin. Ein Ort ist so gut wie der andere.»

«Das stimmt nicht, Eva. Johann vermisst dich sehr. Er ist vor Angst um dich fast wahnsinnig.»

Eva zuckte gleichgültig mit den Schultern.

«Auch Adam und ich brauchen dich.»

Eva drehte den Kopf und sah Priska an. «Niemand vermisst mich. Niemand braucht mich. Und auch ich vermisse niemanden außer Aurel.»

«Was willst du hier, Eva?»

«Ich möchte den Mann kennen lernen, der meinen Sohn getötet hat. Ich möchte ihm in die Augen sehen, auf den Grund seiner verdammten Seele blicken. Verstehen möchte ich, warum mein Kind sterben musste.»

«Willst du ihn töten?», fragte Priska.

Eva hob die Schultern und senkte sie wieder. «Tot oder lebendig, was macht das für einen Unterschied? Ist es nicht ohnehin besser, tot zu sein? Das Himmelreich. Ich stelle es mir vor wie die Auen im Frühling. Überall duftet es nach Blumen. Die Menschen dort haben niemals Hunger oder Durst. Sie frieren auch nicht oder sehnen den Schlaf herbei. Und sie leiden nicht. Keiner kann ihnen etwas antun, niemand sie verletzten, ihnen das Liebste rauben.»

Sie sah Priska nun direkt an. «Ich sehne mich nach dem Tod. Schon sehr lange. Eigentlich, seit David mich töten wollte. Schon damals habe ich mich nicht gegen den Tod gewehrt. Ich hätte ihn angenommen, Priska. Ohne Klagen. Aber es sollte nicht sein. Aurel kam wie ein Geschenk über mich. Für ihn habe ich gelebt. Jetzt ist auch er tot. Was also soll ich noch hier auf dieser Erde? Nur in die Augen des Mörders möchte ich schauen. Das ist alles, was ich noch begehre.»

Sie legte ganz langsam den Kopf in den Nacken, und Priska sah die Tränen in ihren Augen wie Tautropfen glitzern.

«Das Leben ist zu schwer für mich, Priska. Ich habe alles falsch gemacht. Und jetzt gibt es kein Leben mehr. Du hast es gut, Priska. Du hast wenig gefragt, sondern einfach gemacht. Die Leute lieben dich, die Frauen lieben dich. Du hast eine Aufgabe, hast ein Leben, um das ich dich beneiden würde, wäre ich dazu noch fähig. Du bist stark, Priska. Ich dagegen bin schwach.»

Schon wieder sagte ihr Eva, dass sie stark sei, aber Priska glaubte es auch dieses Mal nicht. Sie fühlte sich so hilflos bei Evas Anblick, doch das Schlimmste war, dass sie Eva verstand.

«Ja», sagte sie. «Das Leben ist schwer. Für manche zu schwer.»

Sie hätte der Schwägerin gern Trost zugesprochen, doch es gab nichts, was sie ihr sagen konnte. Eva hatte alles verloren.

Obwohl – einen gab es doch noch: «Hast du nie daran gedacht, mit Johann zusammenzuleben? Als seine Haushälterin vielleicht? Damit ihr zusammen sein könnt. Du liebst ihn doch, oder?», fragte Priska.

«Ich weiß nicht, ob ich Johann liebe. Er war einfach da, als ich ihn gebraucht habe. Das ist viel, Priska, sehr viel. Aber ob es Liebe ist, das weiß ich nicht. Nun aber bin ich zu weit schon vom Leben entfernt, als dass ich lieben könnte.»

Priska stand auf. Sie hatte begriffen, dass sie Eva nicht umstimmen konnte.

«Hast du alles, was du brauchst?», fragte sie.

Eva nickte. «Ich habe ein wenig Geld dabei. Es wird für Essen und Trinken reichen.»

«Ich komme wieder», versprach Priska.

«Ja, bitte komm. Aber schwöre, dass du niemandem sagst, wo ich bin.»

Zweiundzwanzigstes Kapitel

Auf dem Rückweg dachte Priska noch lange über Eva nach. War es richtig, sie allein zu lassen? Sollte sie mit Adam darüber sprechen? Oder gar mit Johann von Schleußig?

Doch was würde es nützen? Eva suchte nicht den Tod. Nein, ihr ging es darum, einen Weg aus dem Leid zu finden. Und Johann von Schleußig konnte ihr dabei nicht helfen. Vielleicht, wenn er bereit wäre, die Mönchskutte samt Priesterweihe an den Nagel zu hängen und sich um Eva zu kümmern, ganz für sie da zu sein, dann wäre es etwas anderes. Dann würde sie ihm verraten, wo er Eva finden konnte. Doch davon war er noch weit entfernt. Er lebte für die neue Zeit, für Luthers Lehren. Eva würde bei ihm bestimmt nicht den Halt finden, den sie im Moment brauchte.

Als ihr eine Gruppe von Mägden in den Auen begegnete, fiel ihr Regina ein. Sie hatte seit Jahren nicht mehr mit ihr gesprochen. Manchmal sah sie sie von weitem, erschrak über ihr Aussehen, über ihr Mundwerk. Roh war sie geworden, hatte ein Maul wie ein Waschweib und war stets bereit, sofort und bei jeder Gelegenheit loszukeifen. Dietmar, ihr Mann, war kurz vor der Geburt des zweiten Kindes vollkommen überraschend gestorben, und Priska hatte sich damals gefragt, wem dieser plötzliche Tod wohl gelegen kam. Seither lebte Regina mit ihren beiden Kindern allein. Sie war immer noch Magd im Hause des Gold-schmieds. Armut schien sie nicht zu leiden, doch ihr Ge-sicht war griesgrämig mit schmalen Lippen und zusam-mengekniffenen Augen.

Wenn sich die Blicke der Schwestern auf dem Markt oder beim Kirchgang trafen, dann erschrak Priska über den Hass, der in Reginas Augen stand.

Priska seufzte. Regina würde sich wohl nie ändern. Gott sei Dank stand die nächste Messe vor der Tür. Schon mor-gen würde Aron kommen, und sie würde bei ihm Trost fin-den.

Am nächsten Morgen nahm sie in aller Herrgottsfrühe ihren Umhang und eilte zur Waage. Vielleicht war Aron ja schon da, denn der erste Weg eines jeden Händlers führte dorthin. Das Gedränge, das zu Beginn der Messe hier herrschte, war unbeschreiblich. Jeder Karren, jedes Fuhr-werk mussten ihre Waren an der Waage wiegen lassen, be-vor sie zum Verkauf freigegeben wurden. Priska sah Men-schen in fremder Kleidung, elegante Herren, vornehme Damen, die in teuerste Spitze gehüllt waren. Sie hörte ita-lienische, spanische, polnische und sogar russische Satzfet-zen, roch die seltensten Gerüche und war glücklich, über all das Leben und Treiben hier, welches ihr die baldige An-kunft ihres Geliebten versprach. Aron ließ jedoch auf sich warten. Erst zur Mittagszeit erblickte sie seine vertrauten Umrisse. Er hatte sich in einer winzigen, aber sauberen Her-berge ein Zimmer genommen.

«Wie geht es meiner kleinen Nora?», war die erste Frage, die er Priska stellte, und nahm sie lachend in den Arm.

«Groß ist sie geworden. Lesen und schreiben hat sie gelernt. Oh, Aron, sie wird dir immer ähnlicher. Sie hat dein Haar, deine Augen, deinen Mund.»

Als alle Worte gesagt waren, badeten sie einander in Zärtlichkeiten, wurden zu einem Leib, zu einem Herz, zu einer Seele. Sie sättigten und labten sich aneinander, wanden sich umeinander, versanken ineinander und kehrten Hand in Hand, Seite an Seite in die Welt zurück.

Priska hatte den Kopf auf Arons Brust gelegt, lauschte seinem Herzschlag. Ihre Wangen waren noch erhitzt, das Haar klebte feucht im Nacken, der Atem ging schnell.

Sie schloss die Augen und sagte leise: «Wenn ich bei dir bin, dann kann ich meine Umrisse spüren. Ich weiß, wer ich bin, was ich möchte, wer ich sein möchte. Dann gehst du wieder, und ich bin eine Frau, die das Leben an einen Platz gestellt hat und die diesen Platz ausfüllen muss. Eben, weil sie dort und nirgendwo anders gerade steht.»

«Wo wärst du stattdessen gern?», fragte Aron.

Priska sah zu ihm auf und blinzelte die Tränen weg. «Ich wäre gern bei dir, Aron. Ich würde gern mit Nora und dir leben und glücklich sein. Ich möchte dich hören, dich sehen, dich spüren. Immer. Nicht nur dreimal im Jahr. Mein Kopf sagt mir, dass es so, wie es ist, richtig ist und etwas anderes nicht möglich ist. Mein Kopf erzählt mir etwas von meinen Pflichten. Aber mein Herz, Aron, möchte zu dir. Möchte immer nur bei dir sein. Am liebsten würde ich mir dieses Herz aus der Brust reißen und in deine Hände legen.»

Aron schwieg, drückte sie an sich, küsste ihr Haar, hielt sie ganz fest.

Dann, der Abend hatte sich schon über die Dächer gelegt, sagte er: «Auch ich möchte immer nur bei dir sein. Bei dir und Nora, die doch meine Tochter ist. Und Gott allein weiß, wie oft ich mich schon gefragt habe, was ich mit dem Leben des Arztes Dr. Adam Kopper zu tun habe. Warum ich wegen ihm auf dich verzichten muss. Ich habe keine Antwort auf diese Frage gefunden. Ja, ich weiß, es geht um Verantwortung, um Treue und um all die anderen Tugenden. Was aber ist eine Tugend wert, die einen anderen unglücklich sein lässt?»

Priska hörte, dass seine Stimme zitterte. Sie lagen beieinander, hielten sich fest, hatten sich und hatten sich doch nicht.

Es war das erste Mal, dass Priska die ganze Nacht bei Aron blieb. Sie dachte nicht an Adam, nicht an Eva, nicht daran, was die Leute sagen könnten. Nur Aron war wichtig in dieser Nacht.

Doch am nächsten Morgen, als die Sonne durch das schmale Herbergsfenster auf das zerwühlte Bett fiel und die Geräusche der erwachenden Stadt in das Zimmer drangen, da waren die Gedanken und Gefühle der Nacht zusammen mit dem Mond untergegangen.

«Ich muss gehen», sagte Priska und hatte es plötzlich eilig. Sie dachte daran, dass Wasser geholt werden musste, denn noch immer hatten sie keine neue Magd. Nora würde schon aufgewacht sein und sich fragen, wo ihre Mutter war.

Rasch zog sie sich das Kleid an, nahm die Haube zur Hand. Sie kam sich lächerlich vor. Sie war eine erwachsene Frau, die über ihre Blütenträume längst hinausgewachsen sein sollte. Sie hatte eine Familie, eine Aufgabe, ein Haus, hatte Mann und Kind, hatte Freunde und Verwandte.

Sie hob die Haube und brachte es nicht fertig, das Zeichen ihres Familienstandes auf das Haar zu bringen. Hilflos betrachtete sie das Stoffgebilde, dann sah sie zu Aron.

«Ich kann sie nicht tragen. Ich gehöre einem Mann an, aber dieser Mann ist nicht der, mit dem ich lebe. In dieser Nacht bin ich nicht zu Hause gewesen. Die Haube, sie brennt mir jeden Tag mehr auf dem Kopf. Ich kann es nicht mehr verschweigen. Nicht vor Adam, meinem Mann, nicht vor Nora, deiner Tochter. Ich muss mich bekennen zu dir. Anders kann ich nicht mehr leben.»

«Trag sie», sagte Aron. «Setz sie auf, bedecke dein Haar damit. Halt noch eine kleine Weile aus. Ich verspreche dir, alles wird gut.»

Er sah sie direkt an, und sie las in seinen Augen, dass er glaubte, was er sagte.

«Wie lange noch?», fragte Priska.

«Komm her, komm noch einmal her zu mir.»

Sie ließ sich von ihm in die Arme nehmen, ließ sich streicheln und herzen.

«Luther, von dem alle Welt jetzt spricht, hat auf einem Flugblatt geschrieben, dass die Juden, so sie sich taufen lassen und Christen werden, ihren Platz in den Städten finden werden. Verstehst du, was das heißt, Priska?»

Sie schüttelte den Kopf.

«Ich werde mich taufen lassen. Ich werde in deine Nähe ziehen.»

«Und dann, Aron? Dann bin ich noch immer die Frau des Stadtarztes.»

Aron nickte. «Das stimmt. Aber Adam wird dich freigeben. Er weiß um seine Unfähigkeit zur Ehe. Er hat nicht das Recht, dich noch länger bei sich zu behalten. Er ist ein Mann von Ehre, wird dich freigeben, sobald ich ein Christ geworden bin.»

Wärme durchflutete Priska bei diesen Worten. Ihr Herz

wurde leicht wie ein Schmetterling. «Du würdest dich taufen lassen, Aron? Das würdest du wirklich tun?»

Er nickte. «Unser Gott ist derselbe, Priska. Ich glaube nicht, dass ich mir die Ewigkeit verspiele, wenn ich aus Liebe handele. Liebe braucht Mut, weißt du. Und Bekenntnis.»

«Aber in der Schrift steht, du sollst Gott mehr lieben als den Menschen.»

«Das ist wahr. Aber Gott hat den Menschen geschaffen. Wenn ich dich liebe, Priska, so liebe ich doch auch Gottes Schöpfung. Ich werde mit deinem Mann reden.»

Priska erschrak. «Nicht jetzt, Aron. Seine Schwester ist verschwunden, es geht ihm nicht gut, er braucht mich jetzt.»

«Das sagst du seit Jahren. Aber hat er das Recht, dich daran zu hindern, glücklich zu werden? Ich werde nichts tun, Priska, was dir nicht gefällt. Aber ich möchte mit dir leben. Lieber heute als morgen.»

Sie nickte, hielt noch immer unschlüssig die Haube. Nein, jetzt konnte sie diese noch viel weniger als zuvor aufsetzen. «Ich muss gehen, Aron. Heute Abend komme ich wieder», versprach sie, dann verließ sie das Zimmer.

Als sie aus der Tür der Herberge trat, blinzelte sie in die Sonne, weil die Helligkeit des Morgens sie blendete. Dann nahm sie die Haube, nestelte an den Bändern und wollte sie gerade auf ihr Haar setzen, als eine Hand danach griff.

Priska sah auf. Regina stand vor ihr.

Sie sah aus wie eine streunende Katze. Abgemagert, mit verfilzten Haaren und riesigen hungrigen Augen. Ihr Gesicht wirkte grau und verhärmt. Als sie den Mund öffnete, sah Priska, dass ihr zahlreiche Zähne fehlten. Wie eine alte Frau sah die Zwillingsschwester aus. Selbst der einst so üppige Busen war verschwunden.

Priska empfand weder Freude noch Mitleid. Es war, als wäre die Schwester eine Fremde. In ihrer Brust regte sich nichts, noch nicht einmal Hass oder Groll.

«Was willst du?», fragte sie und trat einen Schritt zurück, als sie den Geruch, der aus Reginas schäbigen Kleidern drang, wahrnahm.

Regina schwenkte die Haube vor ihr. «Ich wollte sehen, wie es meiner Schwester und meinem Schwager geht. Wollte hören, was ihr macht.»

«Bei uns ist alles in bester Ordnung, danke schön», erwiderte Priska knapp, riss Regina die Haube aus der Hand und setzte sie auf. Dann wollte sie an Regina vorbei, doch der Zwilling hielt sie fest. «Du musst mir helfen, Schwester.»

Priska zog erstaunt die Augenbrauen hoch. «Wobei soll ich dir helfen? Und wie kommst du auf den Gedanken, dass ich helfen *muss*? Hast du wieder etwas in Erfahrung gebracht, das uns Misshelligkeiten bringt?»

Priska legte absichtlich so viel Hohn, wie sie nur konnte, in ihre Stimme.

«Ich brauche Hilfe, Priska. Ich bin krank. Die Franzosenkrankheit hat mich erwischt. Ich werde sterben, wenn du mir nicht hilfst.»

«Du wirst sterben, weil du noch immer nicht gelernt hast, die Beine zusammenzukneifen. Ich habe mit deiner Krankheit und deinem Tod nichts zu schaffen.»

«Wir sind doch Schwestern, Priska. Zwillinge sogar, und wir teilen uns …»

«… eine Seele. Ich weiß, Regina, habe es oft genug gehört. Aber du wolltest in den letzten Jahren nur eines: meine Familie und mich vernichten. Deine Schuld ist es, dass der Barfüßermönch Baptist auf dem Scheiterhaufen verbrannt wurde. Du hast ihn getötet; und meinen Mann hättest du zu gern auch brennen sehen. Warum, um alles in der Welt, soll ich dir jetzt helfen? Meine schwesterlichen Gefühle hast du dein Leben lang missbraucht. Nein, Regina, wir beide haben nichts mehr miteinander zu schaffen. Was immer du tust, was immer du lässt, was immer dir geschieht: Ich wünsche dir Gottes Segen und alles Gute im weiteren Leben.»

Priska warf den Kopf in den Nacken und wollte davonlaufen, doch irgendetwas lähmte ihre Füße. Sie ist meine Schwester, dachte sie. Trotz allem ist sie nach Nora und Margarete der einzige Mensch, dessen Blut auch durch meine Adern fließt.

Sie biss sich auf die Lippe. Regina erkannte dieses Zeichen der Schwäche sofort. «Hilf mir! Lass mich nicht sterben! Dein Geheimnis ist bei mir gut aufgehoben.»

Priska fuhr herum. «Wovon redest du? Ich habe keine Geheimnisse.»

In Reginas Augen war wieder dieser verschlagene Ausdruck getreten. Priska sah es und erschrak. Sie schüttelte den Kopf und wollte sich an Regina vorbeidrängen, doch Regina zischte leise: «Du bist eine Judenhure. Du hast bei ihm übernachtet.»

Dann lachte sie laut und böse, zischte weiter: «Du denkst, du bist etwas Besseres als ich, aber das bist du nicht. Ja, vielleicht habe ich Ehebruch begangen, aber ich habe es mit einem Christen getan. Du aber hast für einen Hostienschänder die Beine breit gemacht. Und ich weiß auch ganz genau, wer der Vater deiner Tochter ist. Nora heißt sie, nicht wahr? Und Aron heißt dein Liebster.»

«Du redest wirres Zeug», erwiderte Priska mit fester Stimme. «Geh doch zum Rat, wenn du meinst, etwas zu sagen zu haben. Geh hin, bring vor, was immer du willst. Ich habe keine Angst mehr vor dir. Sieh dich an. Wer soll dir Glauben schenken?»

Regina senkte den Kopf. «Du hast mir alles weggenommen», sagte sie. «Du hast mein Leben zerstört. Genau so, wie die Silberschmiedin Eva das Leben ihrer Schwester Susanne zerstört hat. Ich hätte es wissen müssen.»

Dann sah sie hoch. «Ich werde sterben, Priska. Du kannst auf meinem Grab tanzen, wenn du willst, aber sobald ich tot bin, werde ich lebendiger sein, als du es dir vorstellen kannst.»

«Unfug. Ich habe dein Leben nicht zerstört. Du wolltest Adam nicht mehr heiraten, du hast dich mit dem Zimmermann herumgetrieben, du hast dir – wo auch immer – die Franzosenkrankheit geholt.»

Priska wollte noch weiterreden, doch plötzlich sah sie Tränen in den Augen ihrer Schwester – und erschrak. Noch nie hatte sie Regina weinen sehen.

«Ich will doch nur leben, sonst nichts. Ein bisschen Liebe vielleicht noch. Ist das zu viel verlangt?»

Diese Worte trafen Priska ins Mark. Auch sie wollte doch nur leben und dazu ein bisschen Liebe. Und auch sie fragte sich, ob das zu viel verlangt war.

«Wo sind deine Kinder?», fragte sie.

«Mein Sohn, der Älteste, ist weggegangen. Ins Erzgebirgische. Als Knappe wollte er sich dort verdingen. Ich habe seit Ostern des letzten Jahres nichts mehr von ihm gehört.»

«Und dein zweites Kind? Ich habe es noch nie gesehen.»

Regina lächelte traurig. «Sie ist gestorben, vor drei Jahren schon. Sie hat in den Flussauen gespielt und sich die Kleider nass gemacht. Dann ist sie krank geworden. Bluthusten. Am Ende ist sie gestorben.»

«Das tut mir leid. Warum hast du nicht nach dem Arzt geschickt?»

Regina antwortete nicht, sondern sah ihre Schwester nur lange an.

«Ich verstehe», sagte Priska.

Regina aber schüttelte den Kopf. «Nichts verstehst du. Ich hatte solche Angst um sie. Aber ich konnte nicht nach dem Stadtarzt rufen. Ich war es schließlich, die ihn in Verruf gebracht hat. Einmal war ich bei euch, doch außer der Magd war niemand da. Sie hat mir ein paar Blüten gegeben gegen den Husten; ich habe sie angefleht darum.»

«Blüten? Was für Blüten?»

«Aus einem kleinen Säckchen. Blaue Blüten. Ich habe einen Trank daraus gemacht. Und eine Stunde, nachdem mein Kind davon getrunken hat, war sie tot.»

«Eisenhut», flüsterte Priska und dachte: Sie hat ihre eigene Tochter umgebracht.

«Du hast deine Kinder geliebt?», fragte sie.

Regina nickte. «Ja, ich liebe sie noch. Sie sind die Einzigen, die ich jemals geliebt habe und die mir meine Liebe vergolten haben.»

Priska glaubte ihr. Sie schwieg. Niemals durfte Regina erfahren, dass ihre Tochter durch ihre eigene Hand zu Tode gekommen war. Jetzt regte sich Mitleid in ihr. Vielleicht, dachte sie, hat Regina gelernt.

«Komm mit zu mir», sagte sie. «Ich bin sicher, Adam

wird dir ein Mittel geben. Aber gegen die Lustseuche ist auch er machtlos.»

Da fiel Regina vor ihr auf die Knie, fasste nach Priskas Kleidersaum.

«Ich habe mein Haus und meine Arbeit verloren. Ich habe nichts mehr. Hilf mir, Priska. Sonst verrecke ich im Rinnstein wie eine Bettlerin.»

Priska runzelte die Stirn. «Was erwartest du von mir?»

«Nimm mich auf in deinem Haus. Deine Magd ist weggelaufen, weil ihr lutherisch seid. Noch habt ihr keine neue. Nimm mich, so, wie Eva einst ihre Schwester gehalten hat. Ich werde dir eine gute Dienstmagd sein.»

Alles sträubte sich in Priska. Nein, sie wollte Regina nicht bei sich haben. Noch nicht einmal in ihrer Nähe. Aber war sie nicht verpflichtet, ihr zu helfen? Und wenn sie ihr schon helfen musste, hatte sie dann nicht auch das Recht, von ihr etwas zurückzubekommen? Und wenn es nur das morgendliche Wasserholen war, welches Regina für sie erledigte.

«Nein, Regina, das geht nicht. Wir brauchen keine Magd.»

Die Worte waren ausgesprochen, noch ehe sie nachgedacht hatte. Einen Augenblick fühlte Priska sich schuldig.

Doch da tauchte wieder dieser lauernde Ausdruck in Reginas Gesicht auf. «Du bist eine Judenhure», sagte sie. «Ich weiß es. Und wenn ich es den richtigen Leuten erzähle, wenn ich zur Lechnerin gehe und zur Universität, was meinst du, was dann geschieht? Mag ich auch nur eine arme Frau sein; Adam aber hat genug Feinde in der Stadt.»

Priska war nicht überrascht. Eigentlich hatte sie nur darauf gewartet. Regina hatte sich nicht geändert. Noch immer loderte der Hass in ihr. Und sie wusste zu viel. Aber war es nicht besser, den Feind vor den Augen zu haben?

«Gut», willigte sie ein. «Ich nehme dich mit. Vielleicht kannst du uns nützlich sein. Aber eins sage ich dir: Wenn du meine Liebe zu Aron in den Schmutz ziehen willst, so werde ich nicht verhindern, dass die Liebe dich zerstört. Verrecken wirst du an der Franzosenkrankheit so oder so. Ich aber kann dafür sorgen, dass dein Leid erträglich ist.»

Sie sah noch einmal auf ihre Schwester, über deren Gesicht ein leises Lächeln lief, dann drehte sie sich um und ging davon, ohne darauf zu achten, ob Regina ihr folgte.

Dreiundzwanzigstes Kapitel

Adam hatte kein Wort darüber verloren, als Priska ihm ihre Schwester als neue Magd vorstellte. Er hatte sie angesehen und genickt, dabei aber so gleichgültig gewirkt, als sähe er sie zum ersten Mal.

«Kannst du sie ertragen?», hatte Priska später gefragt.

«Warum nicht?»

«Nun, sie war es, die Baptist und dich beim Rat angezeigt hat.»

Adam hatte mit den Schultern gezuckt. «Das ist nicht mehr wichtig.»

«Nicht mehr wichtig, Adam? Sie hat deinen Liebsten auf dem Gewissen!»

Er antwortete nicht. Priska stand auf, trat zu ihm an seinen Arbeitstisch, legte ihm die Hand auf die Schulter. Er zuckte zusammen und drehte sich weg.

«Was ist los mit dir, Adam? Als Baptist tot war, hast du begonnen zu schweigen. Ich dachte damals, dass es von der Trauer käme. Doch das ist nun schon Jahre her. Du hast nicht mehr gelacht seither, es sei denn mit Nora. Du redest nicht mehr mit mir, du isst ohne Appetit, du ziehst dich von der Welt zurück. Einzig deine Kranken und deine Experimente interessieren dich noch.»

«Was erwartest du, Priska? Glaubst du, ich könnte lachen und feiern mit all der Schuld, die ich auf mich geladen habe? Nein, ich habe nicht nur Baptists Leben zerstört, sondern auch deines. Du liebst einen anderen. Ich bin dir noch nicht einmal mehr ein guter Freund.»

Gern hätte ihm Priska widersprochen, doch sie tat es nicht. Er hatte Recht.

«Wie geht es deinen Kranken?», fragte sie und erwartete im Grunde keine Antwort darauf, denn auch über seinen Beruf sprach Adam nicht mehr.

«Es geht ihnen so gut wie möglich. Aber es reicht nicht. Sie sterben.»

«Kommst du nicht voran mit deinen Experimenten?»

Er schüttelte den Kopf, stand auf. «Lass es gut sein, Priska.»

Jetzt wurde sie ärgerlich. Sie stampfte mit dem Fuß auf. «Nein, Adam. Ich lasse es nicht gut sein. Du versinkst im Selbstmitleid. Um dein Unglück drehen sich alle deine Gedanken. Um deine Ziele dreht sich der Rest.»

«Das denkst du?», fragte er und sah sie so verwundert an, als hätte sie in einer fremden Sprache zu ihm gesprochen. «Das denkst du? Du glaubst, ich versinke im Selbstmitleid?»

«Ist es nicht so?»

Er zuckte mit den Achseln. «Nein, ich glaube nicht. Es ist mir vollkommen gleichgültig, was mit mir geschieht. Ich lebe nicht mehr, Priska. Ich atme. Und allein das erfordert meine ganze Kraft.»

Mit diesen Worten ging er aus dem Zimmer.

«Und deine Schwester?», rief Priska ihm hinterher. «Deine Schwester ist seit Wochen verschwunden. Warum kümmerst du dich nicht wenigstens um ihr Schicksal?»

Er blieb stehen, schloss die Tür, die er schon aufgemacht hatte, wieder hinter sich, lehnte sich mit dem Rücken daran. «Vielleicht liegt ein Fluch auf unserer Familie», erwiderte er leise. «Die Pelzhändlerin Sibylla, meine Stiefmutter, hat viel Kummer gehabt in ihrem Leben. Auch Eva ist mit dem Leid vertrauter als mit der Freude. Vielleicht sind wir einfach nicht dafür gemacht, glücklich zu sein. Vielleicht fehlt uns die Begabung zum Glück.»

«Das ist Geschwätz, Adam. Worte, die niemandem helfen und nichts erklären. Sorgst du dich nicht um sie?»

«Doch, das tue ich. Aber ich kann ihr nicht helfen.»

Er drehte sich um und öffnete erneut die Tür.

«Du machst es dir zu einfach», rief Priska ihm nach, doch er hörte sie nicht mehr.

Am Abend ging sie zu Aron. Mehr als je zuvor wollte sie mit ihm leben, wollte nur ihm angehören. Doch, obwohl Adam sie jeden Tag mehr enttäuschte, fühlte sie sich immer noch nicht frei, den Wünschen ihres Herzens zu folgen. Aron war ein wenig enttäuscht, doch er versprach wiederzukommen. Diesmal blieb Priska nicht über Nacht, sie hatte Angst vor der üblen Nachrede Reginas. Mit schwerem Herzen ging sie in der Nacht zurück in das Haus in der Klostergasse. Die nächste Messe war so weit weg, sie wusste gar nicht, wie sie die Zeit überstehen sollte.

Am nächsten Tag holte sie sich wieder ein Pferd aus dem Mietstall und ritt nach Zuckelhausen. Als sie durch das Dorf kam, winkte ihr die Alte und rief ihr einen Gruß zu. Priska grüßte zurück, dann bog sie in den Feldweg ein.

Das Jagdhaus lag still am Rande der Lichtung, doch Priska sah, dass die hölzernen Läden aufgeklappt waren.

«Eva?», rief sie schon von draußen. «Ich bin es, Priska.»

Sie nahm die Lebensmittel und die Kleidung aus den Satteltaschen, schleppte die schweren Sachen in die Hütte. Eva saß wieder mit angezogenen Knien auf der Wandbank und starrte aus dem Fenster.

«Schau, er ist da», sagte sie statt eines Grußes.

«Wer? Wer ist wo?»

«Der Mörder. Er ist hier draußen, hinter dem Haus. Er fällt einen Baum.»

Priska trat hinter Eva und sah aus dem Fenster. Ein junger Mann mit breiten Schultern und nacktem Oberkörper hackte mit einer Axt gegen einen Baum. Der Schweiß lief ihm in Strömen über den Oberkörper. Er holte weit mit dem Arm aus; Priska konnte die Muskelberge gut erkennen, dann hieb er die Axt so kraftvoll in den Baum, dass die Holzspäne links und rechts zur Seite flogen.

«Dieser Mann war es, der Aurel getötet hat?», fragte Priska.

Eva nickte.

«Woher weißt du das?»

«Seine Mutter war bei mir. Sie bringt mir Brot und Milch, manchmal eine Schüssel Suppe und ein wenig Seife.»

«Seine Mutter?»

Priska begriff nicht. Doch dann kam ihr ein Verdacht. «Ist seine Mutter eine alte Frau ohne Zähne mit einem dünnen grauen Zopf?»

«Ja», erwiderte Eva. «Sie sagte, dass sie dich kennen gelernt hat.»

Priska setzte sich. Sie war so verblüfft über das, was hier draußen geschehen war, dass ihr die Fragen entfallen waren.

«Du ... du hast mit ihr gesprochen?», fragte sie schließlich.

«Ja.»

«Und?», fragte Priska weiter. «Was nun?»

«Nichts. Ich beobachte ihn.»

«Jetzt rede doch endlich mit mir, Eva. Erzähl mir, was geschehen ist!» Priskas Stimme hatte einen flehentlichen Ton.

Im selben Augenblick verhallte draußen der letzte Axtschlag. Der Mann warf sich einen Arbeitskittel über und verließ, die Axt lässig über der Schulter, die Lichtung.

«Er geht zum Mittagessen», erklärte Eva. «In einer Stunde kommt er zurück.»

Priska schlug leicht mit der Hand auf den Tisch, sodass Eva sich umwandte.

«Erzähl mir, was hier geschehen ist», sagte sie. «Wir machen uns alle Sorgen um dich. Johann ist verzweifelt, und Adam weiß auch nicht, wo er dich noch suchen soll. Du musst mit mir reden, Eva.»

«Ich habe nichts zu sagen. Einen Tag, nachdem du hier warst, kam plötzlich eine alte Frau. Sie hatte eine Kanne Milch dabei, ein Töpfchen mit Honig und einen Laib Roggenbrot. Sie stellte die Sachen auf den Tisch und setzte sich zu mir ans Fenster. Kurze Zeit später kam der Mann und begann, den Baum zu fällen.

‹Melchior heißt er›, sagte sie zu mir. ‹Er ist mein Sohn.› Dann schwieg sie. Wir sahen ihm zu, und nach einer Weile begann die Alte zu erzählen. ‹Er ist mein einziges Kind. Seine beiden Schwestern und sein Bruder sind mir weggestorben. Er ernährt mich, sorgt dafür, dass ich genügend zu essen habe und Holz für den Winter. Er war immer ein guter Sohn. Und er war ein guter Arbeiter. Er hat für den Grundherrn auf dem Feld geschuftet.›

‹Wer ist der Grundherr?›, habe ich sie gefragt.

‹Die Augustiner-Chorherren›, erwiderte die Alte. ‹Schon seit er zwölf Jahre alt ist, hat er sich auf den Feldern und in den Wäldern hier krumm gemacht für die Leipziger Chorherren. Beinahe hatte er das Geld für eine eigene kleine Hütte zusammen. Er wollte heiraten. Gustelies aus dem Dorf. Sie kannten sich seit Kindertagen. Gustelies hütete die Gänse; manche nannten sie deshalb die Gänseliesel. Aber kurz bevor es so weit war, erließen die Chorherren eine neue Steuer. Das gesparte Geld war weg; Melchior begann ganz von vorn. Dann endlich heiratete er seine Gustelies. Sie lebten glücklich, hatten einander von Herzen lieb. Großmutter sollte ich werden. Ich freute mich am Glück der beiden Kinder, die für mich sorgten und mir den Altenteil so leicht wie möglich machten. Dann aber, Gustelies war schon rund wie eine Kugel, kam ein Bluthusten ins Dorf. Melchior ging zu den Chorherren und bat sie, ihm den Zehnt zu stunden, damit er für seine Frau einen Doktor und Arzneien bezahlen konnte. Nun, die Chorherren ließen nicht mit sich reden. Mit Gewalt holten sie, was ihnen zustand. Gustelies starb. Und mit ihr das Kind. Seither hat Melchior einen Hass auf die, die sich an den Armen bereichern. Einen Hass auf die, die Nächstenliebe predigen und sie aber doch nicht walten lassen. Er hat alles verloren. Seit Gustelieses Tod hat er nicht mehr gelacht. Die Wut hat ihm den Mund schmal gemacht. Geschmerzt hat es mich, ihn so zu sehen. Jede Mutter leidet mit ihrem Kind, ganz gleichgültig, wie alt es ist. Aber Melchior hatte noch nicht einmal Zeit für seine Trauer. Er musste auf den Feldern schuften, denn die Chorherren ließen sich auch von einer schlechten Ernte nicht dazu bewegen, auch nur auf ein Lot ihres Zehnten zu verzichten. Als sich die Zuckelhäuser Bauern dann aber erhoben und beschlossen, den Zehnt nicht zu zahlen, damit ihre Kinder nicht verhungern mussten, da schickten die Chorherren ein kleines Heer Söldner.›»

Eva unterbrach sich und schluckte, dann sah sie Priska aus großen Augen an. «Seine Mutter liebt ihn, wie ich Aurel geliebt habe», sagte sie leise, und dabei rannen ihr Tränen über die Wangen.

«Komm nach Hause, Eva», bat Priska leise. «Es gibt jemanden, der auf dich wartet.»

Eva schüttelte den Kopf. «Nein. Ich bleibe hier, ich will nicht zurück nach Leipzig, will die feisten Gesichter über den schwarzen Kutten nicht mehr sehen. Auch der Dr. Martin Luther ist ein Augustiner. Kein Chorherr zwar, aber ein Mönch.»

«Er steht auf der Seite der Armen. Er hat sich gegen den Ablass ausgesprochen. Gerechtigkeit für alle will Dr. Luther. Den Papst hat er aufgefordert, nach seinen Ablasskrämern zu sehen.»

«Mag sein», erwiderte Eva. «Gerade 21 Jahre ist der Melchior alt. Mein Aurel war 14 Jahre, als er starb.»

Von draußen waren Schritte zu hören. Melchior war zurückgekehrt, trug wieder die Axt über der Schulter.

Priska betrachtete ihn. Er hatte ein Gesicht mit feinen, weichen Zügen, ganz und gar nicht wie das eines Bauern. Sein Haar glänzte in der Sonne. Nur der Mund war schmal von Sorgen und Kummer.

«Was hast du mit ihm vor?», fragte Priska.

«Ich will ihm in die Augen sehen», erwiderte Eva. «Er ist

vielleicht kein gewöhnlicher Mörder. Doch mir hat er den Sohn gemetzelt. Sehen will ich die Schuld in seinem Blick. Krümmen soll er sich unter meinen Augen.»

«Willst du ihn töten?», fragte Priska. «Willst du Leid auf Leid häufen?»

«Frieden will ich, Priska. Jede Nacht höre ich Aurel im Traum nach mir rufen. Jede Nacht wache ich auf, und das Kleid klebt an meinem Körper. Jeden Abend habe ich Furcht, mich niederzulegen, habe schon am Nachmittag Angst vor den nächtlichen Träumen. ‹Mama›, höre ich Aurel rufen. ‹Mama, wo warst du? Warum hast du mir nicht geholfen?› Es ist, als wäre seine Seele unerlöst, als könne auch er keinen Frieden finden.»

Sie griff nach Priskas Händen und sah sie mit brennendem Blick an. «Ich werde alles tun, was nötig ist, um meinem Kind seinen Frieden zu geben. Denn erst dann werde auch ich Frieden haben.»

«Man kann einen Tod nicht mit einem anderen vergelten, Eva. Mach dich nicht unglücklich.»

«Ich bin unglücklich, Priska. Was soll mir schon geschehen? Ich sagte schon, dass ich mich nach Ruhe und Frieden sehne. Nach nichts sonst.»

Priska wusste keine Antwort. Sie hielt Evas kalte Hände in ihren, dachte an Nora und verstand die Schwägerin plötzlich. Auch sie würde keinen Frieden finden, wenn die Seele ihrer Tochter unerlöst wäre.

«Bevor ich Mutter wurde», sagte sie leise, «kannte ich die Kraft der Liebe nicht, die man zu seinem Kind empfindet. Nun scheint mir, dass diese Kraft die stärkste ist, die es gibt auf dieser Welt. Sie ist größer als die Liebe zum Manne, größer als die Liebe zu Gott.»

Sie löste ihre Hände aus Evas, umarmte die Schwägerin und küsste sie. «Gott sei bei dir.»

Dann verließ sie die Hütte. Draußen blieb sie stehen, auch sie wollte den Mann sehen, der ihrer Schwägerin so viel Leid zugefügt hatte.

«Grüß Euch Gott», rief sie.

Melchior hielt inne, ließ die Axt sinken. «Grüß Euch Gott, Herrin. Was führt Euch in unseren Wald?»

Seine Augen blickten sie misstrauisch an. «Kommt Ihr aus der Stadt?»

Priska nickte. «Ich war schon einmal hier in Eurem Dorf», sagte sie. «An dem Tag, als die Schlacht war.»

Der junge Bauer zog die Augenbrauen zusammen. «Ein schwarzer Tag war das für unser Dorf.»

«Und für Euch?»

Das Gesicht des Mannes verdunkelte sich. «Es war der schwärzeste Tag meines Lebens.» Priska sah ihn an. An Oberarmen, Schultern und Rücken entdeckte sie verknotete Narben, die von Rutenschlägen stammten. Priska musste ihn nicht fragen, sie wusste auch so, dass seine Lehnsherren ihn gezüchtigt hatten. Er ist kein Mörder, dachte sie. Er ist ebenso arm wie Eva. Sie tragen beide keine Schuld.

Sie nickte ihm einen Gruß zu, dann ritt sie nachdenklich nach Hause.

Schon vor der Tür hörte sie das Geschrei: «Du willst mir nicht helfen. Ich wusste es von Anfang an. Du willst dich rächen an mir, an einer armen, schwachen Frau.»

Es war Regina, die da schrie.

Schnell öffnete Priska die Tür und eilte in die Küche.

Ihre Schwester stand da, hatte einen Wischlappen in der Hand und funkelte Adam wütend an.

«Was ist hier los?», fragte Priska.

Regina fuhr herum und trat mit dem Fuß gegen den Wischeimer, sodass das dreckige Wasser herausschwappte. «Du hast gesagt, er würde mir helfen. Dass es ihm gleichgültig sei, was in der Vergangenheit war. Ein Arzt sei er, der einen Eid geleistet hat und allen Kranken ohne Ansehen und Stand zur Hilfe verpflichtet sei.»

«Und? Was ist daran falsch? Haben wir dich nicht aufgenommen? Bekommst du nichts zu essen? Hast du kein Bett, in dem du schlafen kannst?»

«Ja, schon! Aber was ist mit der Arznei? Eine Pille hat er mir gegeben, die nur aus Mehl besteht. Ihr denkt wohl, ich merke nicht, wenn man mich täuscht. Die gute Arznei ist nur für die, die ihn mit Gulden bezahlen können. Ich aber kann hier verrecken.»

«Ich habe dir schon erklärt, dass in der Pille aus Mehl noch andere Stoffe drin sind. Ein Metall, das man nur in winzig kleinen Dosen nehmen kann, damit es wirkt. Du bekommst dasselbe wie die anderen Kranken. Deine Klage ist unbegründet», widersprach Adam kraftlos.

Er wandte sich an Priska. «Ich muss hinunter in das Laboratorium, kann mich nicht um das Gekeife Reginas kümmern. Sag du ihr, was sie wissen muss, und sorge dafür, dass sie Ruhe gibt.»

Mit diesen Worten drehte er den Schwestern den Rücken und verschwand.

«Er hat Recht. In den Pillen sind winzige Mengen von Quecksilber. Dieses Quecksilber bewirkt, dass es dir bald besser gehen wird.»

«Warum gibt er mir so wenig davon?», keifte Regina weiter.

«Weil es nur in winzigen Mengen hilfreich ist. Nimmt man zu viel davon, wirkt es wie Gift.»

«Du bist genauso geizig und rachsüchtig wie dein Mann», zischte Regina. «Hinhalten wollt ihr mich, damit ich deinen Juden nicht verrate, damit nicht bekannt wird, dass deine Tochter ein Bastard ist.»

Der Schlag kam überraschend. Regina riss vor Schreck die Augen weit auf.

«Nenne meine Tochter niemals mehr einen Bastard. Hörst du? Nie wieder!», fauchte Priska.

Dann atmete sie einmal tief durch und fuhr fort: «Wasch die Wäsche. Ich habe sie neben den Zuber gelegt. Wenn du damit fertig bist, so kaufe auf dem Markt ein Huhn, rupfe es und brate es für den Abend.»

Vierundzwanzigstes Kapitel

In der Fraternität ging es hoch her. Ein berühmter Besuch war zu Gast. Ulrich von Hutten, ein Anhänger Luthers und Verfasser der Dunkelmännerbriefe. Sie diskutierten über Luthers Schrift «Von der Freiheit eines Christenmenschen», die soeben erschienen und von Kunz Kachelofen gedruckt worden war. «Luther sagt, dass der Mensch aus Leib und Seele besteht», erklärte Johann von Schleußig und nahm sich das Flugblatt vor: «Was hilft's der Seele, dass der Leib ungefangen, frisch und gesund ist, isset, trinkt, lebt, wie er will! Wiederum, was schadet das der Seele, dass der Leib gefangen, krank und matt ist, hungert, dürstet und leidet, wie er nicht gern wollte! Diese Dinge reichen keines bis an die Seele, sie zu befreien oder zu fangen, fromm oder böse zu machen.»

Er ließ das Blatt sinken und sah von einem zum anderen. Zwei Professoren der Universität waren anwesend, Adam und Priska, dazu die Drucker Melchior Lotter und Kunz Kachelofen und eben Ulrich von Hutten. «Was aber will Luther damit sagen?», fragte der Priester.

«Er sagt, dass nicht die Kutte den frommen Mann mache, sondern die Seele. Er sagt, dass auch ein Kirchenmann böse sein kann, wenn denn die Seele es ist. Nicht deine Kleidung, dein Stand, dein Geld entscheiden über dein

Schicksal, sondern die Güte und Barmherzigkeit, der wahre Glaube und die Nächstenliebe», erklärte von Hutten. «Es ist keiner ein guter Mensch und dem Himmel nahe, nur, weil er ein Geistlicher ist.»

«Heißt das, die Seligkeit steht allen offen, die guten Glaubens sind?», fragte Priska. Ihr Herz begann plötzlich aufgeregt zu schlagen.

Von Hutten nickte. «Es ist sogar ganz gleichgültig, was du gemacht hast, bevor du zum rechten Glauben kamst.»

«Gilt das auch für die Juden?»

Von Hutten sah zu Johann von Schleußig, bevor er antwortete. «Auch Jesus war zuerst ein Jude. Das vergessen die Christen nur allzu gern. Wenn einer, der beschnitten ist, sich zum rechten Glauben bekehren will, dann sei er herzlich eingeladen.»

«Sagt das auch Luther?»

Wieder sahen die beiden Kirchengelehrten sich an, dann entschied Hutten: «Ja, auch Luther hat irgendwann einmal so etwas gesagt. Seine Schriften haben für alle Menschen Gültigkeit.»

«Wie aber sieht es bei uns, in unserer Stadt, mit dem rechten Glauben, der aus der Seele kommt, aus?», lenkte Johann von Schleußig ab. «Die Augustiner-Chorherren bestimmen bei uns, was der rechte Glaube ist. Und dort, wo sie keine Antwort wissen, da reden die Barfüßer und die Pauliner. In ihren Klöstern werden die Ablasskränze ausgelegt. Sie sind es auch, die die Bauern in der Umgebung zur Verzweiflung bringen mit immer neuen Steuern und Zehnten.»

«Und sie sind es, die die Wissenschaft behindern», warf Adam ein. «Sie beherrschen die Leipziger Universität. Wir könnten die neuesten Erkenntnisse lehren, die aus Italien oder gar aus Arabien zu uns kommen, denn dort ist die Heilkunst schon einen Schritt weiter. Aber sie nehmen die Lehren derer, die in ihren Augen ungläubig sind, nicht an. Ich will mir gar nicht ausmalen, wie viele Kranke schon gestorben sein mögen, weil die Kirche die Wissenschaft beschneidet. Eine Trennung von Geistlichkeit und Universität ist nötig.»

«Langsam, langsam», warf Johann von Schleußig ein. «Wir können nur mit kleinen Schritten vorangehen. Die Leipziger sind verwirrt. Sie wissen nicht, wonach sie sich richten sollen. Viele gibt es, die Luther anhängen. Doch Herzog Georg der Bärtige ist ein Feind Luthers. Was also sollen sie glauben? Wonach sich richten? In den Gassen und Straßen, am Brunnen und auf dem Markt hören sie von Luther. Was sie hören, gefällt ihnen. Am Sonntag aber donnern die Priester das Gegenteil von der Kanzel. Einen Ketzer nennen sie den Doktor aus Wittenberg, einen, der schon nach Rom vorgeladen worden war. Was sollen die braven Bürger denken? Was sollen sie tun? Wie viele gibt es, die nicht lesen können? Wie viele gibt es, die das Denken nicht gewohnt sind? Die Priester haben große Macht auf das, was die Leute meinen.»

«Nun», sagte von Hutten. «Dann müsst Ihr, der Ihr auch ein Priester seid, dem etwas entgegensetzen. Ihr habt die Macht der Worte.»

«Unmöglich! Ich bin der Priester von St. Nikolai. Niemals kann ich von der dortigen Kanzel nach Luther predigen.»

«Dann seid Ihr nicht besser als die, die ihr anprangert. Dann gehört Ihr zu denen, die Wasser predigen und Wein saufen. Schließlich sagt Ihr dort, wo Ihr reden könnt, nicht das, was Eure Seele Euch befiehlt.»

Priska sah, dass Johann von Schleußig errötete. Seine Kieferknochen mahlten, und eine blaue Ader auf seiner Stirn war hervorgetreten.

Adam sprang ihm zur Seite. «Wenn er auch nicht das sagt, was in seinem Herzen umgeht, so redet er wenigstens nicht wider seine Seele. Er belügt die Leute nicht; er betrügt sie nicht, verkauft ihnen das Seelenheil nicht für einen Ablasszettel.»

«Das reicht nicht», erwiderte Ulrich von Hutten. «Einer müsste sich finden, der in der Kutte von der Kanzel zu den Leuten spricht. Sein Wort sollte durch die Kirchen donnern. Alles, was einer in der Kirche sagt, gilt als wahr. Das war schon immer so, das ist so, und das wird auch so bleiben.»

«Ihr meint, ich solle nach Luther predigen?», fragte Johann von Schleußig.

Von Hutten nickte. «Wer, wenn nicht Ihr?»

«Aber nicht in St. Nikolai!»

«Nun, es gibt noch mehr Kirchen in der Stadt. Wie wäre es zum Beispiel mit der Johanniskirche in der Altstadt? Auch diese Kirche untersteht Euch, Johann von Schleußig, aber einen eigenen Priester hat sie nicht. Mal predigen die Chorherren, mal die Pauliner, ein anderes Mal die Barfüßer. Ihr habt das Recht, ebenfalls dort zu predigen.»

Der Priester seufzte, fuhr mit dem Finger unter seinen engen Kragen und rieb sich den Hals. «Wohl ist mir dabei nicht», sagte er.

Adam nickte. «Das versteht jeder. Die neue Zeit verlangt von uns allen Opfer. Meine Schwester hatte gar ihr einziges Kind hergeben müssen.»

Er blitzte den Priester an. Priska trat unter dem Tisch an sein Schienbein, um ihn zu bremsen, doch Adam war in Fahrt gekommen. «Nichts nützt es, wenn wir heimlich im dunklen Kämmerlein bereden, was alles gut und was schlecht ist. Wenig nützt es, den Leuten auf dem Markt die Flugblätter vorzulesen. Sie brauchen jemanden, der ihnen die neue Zeit erklärt. Noch haben wir es in der Hand. Wer weiß wie lange noch. Unser Landesherr will den Lutheranern nichts Gutes. Kann sein, dass wir bald in Leipzig kein Bleiberecht mehr haben. Wenn wir aber mehr und immer mehr werden, wenn halb Leipzig zu uns gehört, dann hat der Herzog keine Möglichkeit. Er kann nicht die Hälfte seiner Bewohner der Stadt verweisen.»

«Gut!», sagte Johann von Schleußig und schlug mit der flachen Hand auf den Tisch. «Gut. Ich werde in Johannis predigen. Ich werde die Schriften Luthers als Grundlage für meine Worte nehmen, werde erklären, was die Menschen wissen möchten, werde sie überzeugen von dem, was Luther sagt.»

Mit diesen Worten stand er auf und beendete die Fraternitätssitzung.

Auf dem Heimweg fragte Priska: «Hat er zu dir über Eva gesprochen?»

Adam schüttelte den Kopf. «Nein. Aber ich weiß, dass er sich schuldig fühlt. Schließlich war er dabei, als Aurel zu Tode kam. Und er hat es nicht vermocht, Eva zu trösten und ihr Halt zu geben. Gehört habe ich, dass er jeden Tag stundenlang in der Kirche sitzt und betet.»

«Vielleicht reicht beten allein nicht aus», meinte Priska. «Es reicht nicht, Gott zu lieben und darüber den Menschen zu vergessen. Wenn ich einen Menschen liebe, dann liebe ich in ihm auch Gottes Schöpfung. Er aber hat über der Liebe zu Luther und Gott die Liebe zu Eva vergessen. Soll er sich ruhig quälen; er hat es verdient.»

«Was redest du da, Priska? Weißt du etwa, wo Eva ist?»

Priska nickte. «Ja, ich weiß es. Ich habe nach ihr gesucht, und ich habe sie gefunden. Aber kein Wort werde ich euch darüber sagen.»

Adam bat noch lange, doch Priska ließ sich nicht erweichen. «Ich sage auch dir erst, wo sie ist, wenn ich sicher sein kann, dass du genügend Verständnis aufbringst. Sie braucht dich jetzt nicht, und es geht ihr gut. Das muss dir reichen.»

Zwei Wochen später hielt Johann von Schleußig in Leipzig einen Gottesdienst, der als erste evangelische Predigt Eingang in die Annalen der Stadt fand. Der Tag war grau, doch manchmal drang die Sonne ein wenig durch die Wolken. Ein frischer Wind wehte, zupfte die ersten Blätter von den Bäumen und warf sie auf die feuchte, satte Erde. Vögel formierten sich am Himmel und zogen in keilförmigen Reihen über die Stadt.

«Es wird bald Herbst werden», sagte Priska und zog ihren leichten Umhang enger um ihre Schultern. «Man kann es bereits riechen.»

Adam nickte abwesend. Er stand vor St. Johannis und betrachtete die Besucher aufmerksam. Viele Bauern aus der Umgebung waren gekommen, Handwerker in einfachen Kitteln, Mägde und Knechte. Aber auch einige Kaufleute waren dabei, Scholaren und Professoren der Universität, ein paar Beginen und sogar zwei Ratsherren. Beinahe vollständig war die Zunft der Drucker vertreten, allen voran Kunz Kachelofen und Melchior Lotter.

«Lass uns hineingehen», drängte Priska und zog Adam am Ärmel.

Sie setzten sich sehr weit nach vorn und nickten Johann von Schleußig zu, der bereits unter der Kanzel stand und mit zwei Männern redete, die an ihrer Kleidung als wandernde Gesellen zu erkennen waren. Priska sah, dass Johann von Schleußig sehr aufgeregt war. Immer wieder fuhr er mit der Hand unter dem Kragen entlang, drehte den Kopf nach rechts und links. Dann verkündete die Glocke den Beginn des Gottesdienstes.

Der Anfang des Gottesdienstes zog sich in die Länge. Schließlich aber stand Johann auf der Kanzel. Er sprach nicht von Luther, nannte seinen Namen nicht. Aber er redete von der Freiheit der Christenmenschen und davon, wie man zum Heil und zum rechten Glauben gelange. Einfache Worte wählte er – und er predigte auf Deutsch. Jeder verstand ihn. Der arme Bettler, der sich neben die Kirchentür gehockt hatte, ebenso wie die Begine, der Landmann und die Kaufmannsgattin.

Priska sah die leuchtenden Augen der Zuhörer. Sie waren bewegt von seinen Worten, sie glaubten ihm. Und auch sie, die keine Lutherische zu sein meinte, war überzeugt. Ja, so wie Johann von Schleußig sprach, so war es richtig. So war auch früher heimlich in der Silberschmiede geredet worden. Und jetzt war die neue Zeit schon so weit, dass man sie öffentlich verkünden durfte.

Stolz überkam Priska. Stolz und Glück, dass sie dabei sein durfte.

Doch lange währten das Glück und der Stolz nicht. Nur wenige Wochen nach der Predigt ließ Herzog Georg einen strengen Befehl gegen die Lutherischen ergehen. Keine Schriften durften mehr verteilt, keine Predigten mehr gehalten werden.

«Was werdet Ihr jetzt tun?», fragte Priska den Priester beim nächsten Treffen der Fraternität.

Johann von Schleußig lächelte. «Ich werde weitermachen wie bisher. Ich werde in der Nikolaikirche predigen und sagen, was ich meine, aber den Namen Luthers werde ich nicht mehr erwähnen.»

Einer der Professoren räusperte sich. «Ich habe gehört, dass sich mancherorts die Klöster auflösen, als wären sie in Säure gebadet. Die Mönche und Nonnen entlaufen scharenweise und wollen nach dem wahren Glauben leben. Ich bin mir nicht sicher, ob das rechtens ist.»

«Was heißt hier rechtens? Wie viele der Nonnen und Mönche sind gezwungen worden, ins Kloster zu gehen? Nun wollen sie aus freien Stücken entscheiden, wie sie leben wollen», entgegnete Priska. Dabei dachte sie: So wie ich niemals entscheiden durfte. Aber vielleicht bringt auch mir die neue Zeit diese Freiheit.

«Wie seid Ihr eigentlich zum geistlichen Stand gekommen?», fragte Adam leise.

Der Priester lächelte. «Meinem Vater gehörte das Gut Schleußig vor den Toren der Stadt. Ich bin der zweite Sohn. Nun, das Gut ist nicht besonders groß. Schlecht wäre es gewesen, es zu teilen. Also wurde ich in ein Kloster geschickt. Dort habe ich Theologie studiert und die Weihen empfangen.»

«Auch Ihr lebt also ein Leben, das Ihr nicht frei gewählt habt?», fragte Priska nach.

Wieder lächelte der Priester. «Ich habe mein Leben

Gott geweiht. Das ist nicht die schlechteste Wahl. Ich darf Seelsorge betreiben. Das habe ich immer gewollt. Auch, wenn mir ansonsten manches fehlt.»

Er senkte die Stimme, sah vor sich auf den Tisch. «Kinder hätte ich gern gehabt. Aurel war mir wie ein Sohn. Es ist schrecklich, jemanden zu verlieren, den man liebt.»

Priska sah ihn aufmerksam an und begriff, dass er litt. Er wollte Eva lieben. Aus ganzem Herzen. Doch er durfte nicht. Sein Leben war Gott geweiht. Aber wenn die Nonnen und Mönche aus den Klöstern flohen, dann gab es vielleicht auch für ihn eine Möglichkeit, die Kutte abzulegen?

Womöglich, dachte Priska, braucht er nur einen Grund. Aber er denkt ja, dass Eva nicht mehr da ist.

Sie überlegte lange, doch dann ging sie nach der Sitzung zu ihm. «Ich weiß, wo Eva ist», sagte sie. «Wenn Ihr Euch entscheiden könntet, sie ebenso zu lieben, wie Ihr Gott liebt, so werde ich Euch sagen, wo Ihr sie findet.»

Dann drehte sie sich um und lief, ohne auf die Rufe des Priesters zu achten, davon.

Am nächsten Morgen wurde Priska vom Lärm auf der Straße geweckt. Sie öffnete die hölzernen Läden und beugte sich, nur ein Tuch über dem dünnen Nachtkleid, hinaus.

«Was ist los?», rief sie einem Lehrjungen zu, der mit erhitzten Wangen die Gasse entlangeilte.

«Ein Überfall auf das Hurenhaus», brüllte er zurück und verschwand um die nächste Ecke.

Die Nachbarin gegenüber hatte ebenfalls das Fenster aufgerissen. «Das geschieht den Dirnen recht», keifte sie und sah Beifall heischend zu Priska. «Nur durch diese Weiber ist die Franzosenkrankheit in die Stadt gekommen. Die Sünde haben sie zu uns gebracht. Es ist nur gut und billig, dass sie nun alle tot sind.»

«Sie sind tot?», rief Priska und erschrak bis ins Mark.

«Ich hoffe es», plärrte die Frau zurück. «Es wird Zeit, dass der Rat Ordnung schafft. Die Lutherischen und die Dirnen, das sind die Geißeln unserer Tage. Früher, ja, früher, da herrschten noch Zucht und Ordnung. Da wurde von der Kanzel die Tugend gepredigt, und jeder hielt sich daran. Aber heute?

Seht Euch die Weiber doch an! Mit roter Paste bestreichen sie ihre Wangen und wackeln mit den Ärschen, dass den Männern der Sabber aus dem Maul rinnt. Und die Lutherischen hetzen gegen den Ablass. Wie soll ein anständiger Mensch sonst Reue zeigen? Zeit wurde es, dass Gott, der Herr, ein Zeichen sendet.»

«Was genau ist denn passiert?», fragte Priska und hatte Mühe, sich zu beherrschen.

«Ein paar beherzte Männer haben sich die losen Weiber vorgenommen und ihnen gezeigt, wie anständige Frauen sich zu benehmen haben.»

«Welche Männer?»

«Aufrechte Burschen. Handwerker oder Scholaren, was weiß ich denn?»

Priska hatte genug gehört. Ihr war plötzlich speiübel. Sie musste an Margarete denken. Hoffentlich war ihr nichts passiert. Sie schlüpfte in ihre Kleider, dann eilte sie zu Adams Kammer und hämmerte mit den Fäusten an die Tür.

«Adam! Du musst aufstehen, im Hurenhaus ist etwas Schreckliches geschehen.»

Sie hörte, wie Adam aus dem Bett sprang. Wenig später stand er vor ihr, hatte sich ebenfalls nur das erstbeste Hemd und Wams übergeworfen.

Er eilte an ihr vorbei die Treppen hinunter. «Wir müssen Verbandszeug holen», rief er. «Pack alles in einen Korb, was du finden kannst.»

Priska holte Beruhigungstränke, Salben, Stoffstreifen aus Leinen, aber auch Butter und Wein und stürzte mit Adam aus dem Haus. Sie hatte Mühe, seinen weit ausholenden Schritten zu folgen. Am Stadttor drängten sich die beiden rücksichtslos an den Wartenden vorbei, grüßten die Torwachen nur knapp und hasteten weiter.

Schon von außen sahen sie, dass hier mit Gewalt vorgegangen worden war. Die hölzernen Läden hingen schief in den Angeln. Die Wäsche, die üblicherweise auf der Leine neben dem Haus hing, war auf den Boden geworfen und zerrissen worden. Sogar die Haustür hatte einen klaffenden Riss, als wäre eine Axt in sie hineingetrieben worden. Doch das war nicht das Schlimmste. Das war die beängstigende Stille. Kein Lied und kein Laut waren zu hören.

«Oh, mein Gott», flüsterte Priska und schlug die Hand vor den Mund. Sie hatte Angst, in das Haus hineinzugehen. Was war wohl mit Margarete geschehen? Sie machte sich Vorwürfe. Ich hätte sie hier wegholen müssen, dachte sie und wäre am liebsten in Tränen ausgebrochen.

«Komm! Wo bleibst du denn? Drinnen wirst du gebraucht», erinnerte sie Adam und gab ihr einen leichten Schubs.

Priska stolperte vorwärts. Als sie das Haus betreten hatte, hörte sie leises Weinen, Wimmern und Schluchzen.

Die Holzbänke und Tische waren umgestoßen, Kleiderfetzen, Holzstücke und Geschirrsplitter bedeckten den Boden. Nahe der Tür, die zu den Zimmern im ersten Geschoss führte, war eine Lache getrockneten Blutes zu sehen.

Auf dem Boden aber kauerte die Herbergsmutter, schüttelte den Kopf und murmelte dabei vor sich hin: «Diese Schweine, diese Schweine.»

Adam trat auf sie zu und legte der Frau eine Hand auf die Schulter. Sie schrak zusammen und begann zu schreien.

«Ruhig, ganz ruhig. Ich bin es, Dr. Kopper.»

Die Frau hörte auf zu schreien, doch in ihren Augen las Priska Entsetzen.

«Was ist geschehen? Wo sind die anderen?»

Die Dirnenmutter begann zu weinen. «Männer sind in der Nacht gekommen. Sie haben die Tür aufgebrochen, alles kurz und klein geschlagen und sind in die Kammern der Mädchen eingedrungen.

«Wo sind die Mädchen?»

Die Frau zuckte die Achseln. «Zwei sind davongelaufen, haben sich retten können. Ich hoffe, sie kommen nicht wieder. Isabell ist tot. Einer hat ihr die Kehle durchgeschnitten. Sie liegt noch oben. Und die anderen …?»

Sie schlug die Hände vor das Gesicht und weinte zum Gotterbarmen.

Priska bahnte sich einen Weg durch die Wirtsstube und rannte die wackelige Treppe hinauf. «Margarete!», rief sie. «Margarete, wo bist du?»

Sie hörte keine Antwort.

Die Tür von Margaretes Kammer war geschlossen. Priska klopfte, als niemand ihr antwortete, ging sie hinein.

Margarete kauerte auf dem Bett, das Gesicht zur Wand gedreht. Die Decken und Kissen waren zerrissen, überall lag das herausquellende Stroh herum. Auch in Margaretes Haar war es zu finden.

Behutsam setzte sich Priska auf den Bettrand. Das Mädchen rührte sich noch immer nicht. Nur am Heben und Senken der Schultern erkannte Priska, dass sie noch lebte. «Margarete, sag doch was», bat Priska leise, doch das Mädchen blieb so steif liegen, als bemerke sie nicht, was um sie herum geschah.

Langsam strich Priska über ihren Rücken. Plötzlich bebte der Körper, und Margarete begann zu weinen. Priska zog sie in ihre Arme, wiegte sie hin und her, pustete über ihr Haar, strich über ihren Rücken.

Nach einer ganzen Weile erst ebbte das Schluchzen ab.

«Was ist dir passiert?», fragte Priska. «Was hat man dir und den anderen angetan?»

Margarete sah Priska mit großen leeren Augen an. Ihre Lippen zitterten, doch kein Wort kam aus ihrem Mund.

Priska presste die Schwester an sich.

«Was haben sie mit dir gemacht?», fragte sie wieder.

Margarete schwieg, sah Priska nur mit diesem unglaublich wissenden und zugleich verlorenen Blick an.

«Tut dir etwas weh?»

Wieder Schweigen.

Priska stand auf, ging nach unten und traf dort die Herbergsmutter. «Was hat man den Mädchen angetan?», fragte sie.

Auch die Frau schwieg, kniff die Lippen zusammen und schüttelte den Kopf. Priska legte ihre Hände auf deren Schultern. «Ihr müsst mir sagen, was passiert ist, sonst können wir euch nicht helfen.»

«Niemand kann uns helfen.»

«Rede!»

«Sie sind vergewaltigt worden. Alle, die da waren. Aber nicht nur einmal. Die Männer waren zu acht. Zum Schluss haben sie Axtstiele benutzt. Roswitha ist verrückt geworden darüber. Sie ist nackt in den Wald gelaufen. Ich weiß nicht, wo sie ist. Eine Gauklerin, deren Planwagen am Waldrand stehen, hat heute Morgen von einer erzählt, die sich aufgehängt habe an einem Baum. Ich hoffe, dass es nicht Roswitha war, aber mein Herz weiß es besser. Isabell ist tot. Sie hat so geschrien, dass sie ihr die Kehle mit einem Messer aufgeschlitzt haben. Sabine und Margarete sind am besten davongekommen, wenn man davon überhaupt reden kann. Es ist alles so furchtbar!»

Die Herbergsmutter schlug wieder die Hände vor das Gesicht und weinte hemmungslos.

«Und Euch? Ist Euch nichts geschehen?», fragte Priska und strich der Frau beruhigend über den Arm.

Die Herbergsmutter schüttelte den Kopf. «Ich war gerade im Hof, als die Männer kamen. Zum Stadttor bin ich gelaufen, um Hilfe zu holen. Aber die Torwächter haben mich ausgelacht. «Was gehen uns die Huren an?», haben sie gefragt. «Scher dich weg, Alte, ehe wir einen Kübel Scheiße über dich schütten.»

«Ich brauche warmes Wasser», sagte Priska leise. «Ich möchte Margarete waschen. Auch Sabine braucht Hilfe.»

Die Frau weinte noch immer, zeigte aber mit dem Finger auf den Kessel, der über dem Herdfeuer hing. «Nehmt Euch, was Ihr braucht. Und seid sanft zu meinen Mädchen. Sie haben Schlimmes durchgemacht.»

Priska ging zum Kessel, schüttete Wasser in einen Zuber, gab kaltes hinzu. «Was werdet Ihr tun?», fragte sie.

«Weggehen werde ich. Was gestern passiert ist, kann wieder geschehen.»

Sie sah Priska mit brennenden Augen an. «Ich habe Angst. Angst vor den Lutherischen und Angst vor den Papsttreuen. Die, die gestern gekommen sind, haben Luther einen Ketzer genannt und das Hurenhaus einen Hort der Sünde und der Krankheit. Zucht und Ordnung wollten sie herstellen, haben sie geschrien.»

«Was waren das für Männer?»

Die Frau zuckte mit den Achseln. «Ich weiß es nicht. Junge Männer. Vielleicht von der Universität. Sie trugen Kapuzen, die das ganze Gesicht bedeckten. Ihre Gesichter habe ich nicht gesehen. Nur gehört, was sie geschrien haben: «Im Namen des Vaters, des Sohnes und des Heiligen Geistes strafe ich dich, damit du auf den Pfad der Tugend zurückfindest.»

Priska hätte der Frau gern Trost zugesprochen, aber sie fand keine Worte. Sie nahm den schweren Zuber und wuchtete ihn die Treppe hinauf, schleppte ihn keuchend zu Margaretes Kammer.

«Steh auf, mein Herz», sagte sie sanft. «Ich habe dir einen Zuber gebracht. Steig hinein und wasche ich. Das wird dir gut tun. Danach wird der Doktor deine Wunden besehen.»

Das Mädchen streifte sich schweigend ihr zerrissenes und besudeltes Kleid vom Körper und ließ sich in das warme Wasser sinken. Als Priska ihren nackten Körper sah, wäre sie am liebsten in Tränen ausgebrochen. Der Leib war nicht nur mit zahlreichen blauen Flecken bedeckt, nein. Das Allerschlimmste war die geritzte Wunde, die sich über beide Brüste zog.

«Hure», hatte jemand mit einem Messer in Margaretes Haut geschrieben.

Behutsam half Priska ihr beim Waschen, tupfte vorsichtig die Wunden sauber, wusch ihr das lange, braune Haar. Sie holte ein sauberes Kleid aus einer einfachen Truhe und setzte das Mädchen, das alles wie im Schlaf mit sich geschehen ließ, auf den Bettrand.

«Ich hole jetzt den Doktor», sagte Priska.

Margarete schüttelte heftig den Kopf; in ihren Augen war die nackte Angst zu sehen.

«Du musst dich nicht fürchten; du kennst ihn doch. Er kommt seit Jahren hierher, er ist mein Mann.»

Wieder schüttelte das Mädchen so heftig den Kopf, dass die Haare um ihr Gesicht schlugen wie sanfte Peitschen.

Priska verstand. «Gut», sagte sie. «Dann werde ich sehen, was sie dir angetan haben.»

Sie schob das Mädchen auf das Bett, spreizte ihr die Beine – und musste einen Aufschrei unterdrücken.

«Es war die Axt, die dich so verletzt hat, nicht wahr?», fragte sie.

Margarete antwortete nicht, drehte nur den Kopf zur Seite. Priska machte ihr einen Umschlag aus heilender Ringelblumensalbe. Die Verletzungen im Schoß Margaretes würden bald abgeheilt sein. Doch wie sollte sie dieses schreckliche Erlebnis jemals vergessen können?

Ruhe, dachte Priska. Sie brauchte jetzt Ruhe und gute Pflege. Am besten von Frauen.

«Was willst du jetzt tun?», fragte sie.

Margarete begann erneut zu wimmern. Sie krümmte sich auf dem Bett zusammen, drehte den Kopf zur Wand und schien niemals wieder aufstehen zu wollen.

Plötzlich fiel Priska etwas ein. «Ich weiß, wo ich dich hinbringen kann. Noch heute. Du kommst in gute Hände, das verspreche ich dir.»

Dann lief sie hinaus und suchte Adam. Dieser war gerade bei Sabine, die noch immer wimmernd wie ein gequältes Kätzchen in einer Ecke saß.

«Was wird aus ihr?», fragte sie.

Adam zuckte mit den Achseln. «Sie wird es verkraften. Irgendwann. Sie ist noch jung.»

«Wo soll sie hin? Sie kann hier nicht bleiben.»

«Die Herbergsmutter geht nach Naumburg. Sie hat dort Verwandte. Eines der Mädchen könne sie mitnehmen, hat sie gesagt.»

«Gut», erwiderte Priska. «Dann soll Sabine mit ihr gehen. Ich kümmere mich um Margarete.»

«Du kannst sie nicht zu uns bringen, das weißt du», erinnerte Adam.

«Ja. Ich weiß. Dort, wo ich sie hinbringen werde, wird sie es gut haben.»

«Wo soll das sein?»

Priska lächelte und legte Adam eine Hand auf den Arm. «Mach dir keine Sorgen. Sie wird es gut haben. Lass mich nur machen.»

Dann stand sie auf und ging davon.

Eine Stunde später kam sie mit einem Pferd zurück. «Du musst reiten, Margarete, musst dich vor mich auf den Sattel setzen. Kannst du das?»

Die junge Frau nickte. Priska packte ihre wenigen Sachen in eine Satteltasche, dann stützte sie Margarete, der jeder Schritt Schmerzen zu bereiten schien.

Wenig später hatte sie Margarete mit Adams Hilfe vor

sich auf den Sattel gelehnt, beide Beine auf der rechten Seite.

«Reite vorsichtig», sagte Adam. «Und pass auf euch beide auf.»

«Mach dir keine Sorgen», erwiderte Priska und ritt langsam davon, stets darauf bedacht, den Schlaglöchern auszuweichen.

Der Ritt nach Zuckelhausen dauerte lange, weil Priska das Pferd so sanft wie möglich bewegte, um Margarete keine unnötigen Schmerzen zu bereiten. Als sie endlich die kleine Jagdhütte erreichten, war die Mittagszeit lange vorüber. Priska sprang vom Pferd. «Warte hier auf mich, ich komme gleich wieder», sagte sie und ging zur Hütte. Doch wie sehr erschrak sie, als sie die kleine Behausung leer fand! Sie rief nach Eva, schaute in jeden Winkel, doch alles deutete darauf hin, dass die Hütte schon eine Weile nicht mehr bewohnt war.

Wo ist sie?, dachte Priska. Wo kann sie nur sein?

Langsam ging sie zum Pferd und ritt zum Dorf zurück. Vor der Kate der alten Frau blieb sie stehen. Wenn jemand etwas über Eva wusste, dann war sie das.

Zögernd klopfte sie an die Tür. Sie hatte ihre Hand noch nicht zurückgezogen, als die Tür bereits geöffnet wurde.

«Ich habe auf Euch gewartet. Grüß Euch Gott, Stadtfrau», sagte die Alte und lächelte Priska zahnlos an.

«Wisst Ihr, wo meine Schwägerin Eva ist?», fragte Priska und vergaß, den Gruß zu erwidern.

«Sicher weiß ich das. Sie ist bei mir.»

«Kann ich sie sehen, mit ihr sprechen?»

«Aber ja. Kommt herein und bringt auch Euren Gast mit.»

Vorsichtig half Priska Margarete aus dem Sattel. Die Alte stand dabei. «Ist sie krank?», fragte sie.

«Acht Männer haben ihr gestern Nacht Gewalt angetan. Seither spricht sie nicht mehr.»

«Eine aus dem Hurenhaus?»

«Ihr habt davon gehört?»

Die Alte nickte. «Ein Gauklertrupp ist durch das Dorf gezogen und hat Wasser am Brunnen geholt. Eine junge Frau hat uns erzählt, was vor der Stadt geschehen ist. Eines der Mädchen hat sich aufgehängt im Wald.»

Priska nickte. «Das stimmt. Zwei sind davongelaufen, zwei sind tot und zwei geschändet. Die Herbergsmutter geht weg. Margarete aber weiß nicht, wo sie hin soll. Sie hat niemanden», sagte Priska und dachte: Niemanden außer mir. Ich bin ihre Schwester. Es ist meine Pflicht, mich um sie zu kümmern. Aber ich würde es auch ohne diese Pflicht und Verantwortung tun.

«Meine Hütte ist klein», erwiderte die Alte. «Brot und Milch sind teuer. Fleisch und Butter haben wir schon seit Monaten nicht mehr gesehen.»

Priska verstand. Sie löste die Geldkatze von ihrem Gürtel und reichte der Alten einige Gulden. Die Alte nahm das Geld und biss darauf herum, um zu prüfen, ob es auch echt war.

«Vier Gulden», sagte sie. «So viel, wie man für ein ganzes Schwein bezahlen muss. Euch scheint sehr an dem Mädchen zu liegen.»

Priska antwortete nicht auf diese Bemerkung, sondern sagte: «Ich komme einmal in der Woche zu Euch. Ich bringe Euch Fleisch, Butter und Käse. Und einen halben Gulden, wenn Ihr das Mädchen gut behandelt.»

Die Alte nickte und betrachtete Margarete, die ganz abwesend neben Priska stand und auf einen Punkt in der Ferne zu blicken schien.

«Das arme Ding», flüsterte die Alte. Laut aber sagte sie: «Komm mit rein, mein Herzchen. Hier tut dir niemand etwas.»

Und zu Priska gewandt: «Sie wird es gut haben bei mir.»

Dann nahm sie das Mädchen sanft am Arm und führte sie in die Kate. Priska folgte ihr.

Eva saß in dem einzigen Raum an einem hölzernen Tisch und schnitt Bohnen. Ein Lächeln glitt über ihr Gesicht, als sie Priska sah. Sie sprang auf, umarmte die Schwägerin.

Priska war überrascht. So unbeschwert hatte sie Eva schon lange nicht mehr gesehen.

«Es ist schön, dich zu sehen», sagte sie, dann deutete sie auf das Mädchen. «Wer ist das? Was ist mit ihr?»

«Ich werde die Bohnen weiterschnippeln», teilte die Alte mit. «Das Mädchen wird mir dabei helfen. Ihr geht am besten hinüber zum Brunnen und holt mir zwei Eimer mit frischem Wasser.»

Priska verstand. Die Alte wollte nicht, dass Margarete noch einmal an die schrecklichen Geschehnisse erinnert wurde.

Sie nahm Eva am Arm und zog sie ins Freie. Dann erzählte sie ihr, was geschehen war. Dass Margarete ebenfalls eine Henkerstochter war, verschwieg sie.

«Ich werde mich um sie kümmern», versprach Eva und setzte sich auf den Brunnenrand.

«Wie geht es dir?», fragte Priska. Eva lächelte und nahm Priskas Hand.

«Ich möchte dir danken, dass du mein Geheimnis bewahrt hast», sagte sie leise. «Ich habe immer gewusst, dass du mich verstehst. Das war schon so, als du mit zwölf Jahren zu mir gekommen bist. Schon damals hattest du eine Weisheit, die ich erst hier gefunden habe.»

«Du willst ihn nicht mehr töten?»

Eva schüttelte den Kopf. «Eines Abends hat es ein fürchterliches Gewitter gegeben. Ich hatte Angst. Große Angst sogar. Doch plötzlich hat es an der Tür geklopft. Melchior ist davorgestanden, mit einer Plane in der Hand. ‹Meine Mutter schickt mich. Sie meint, Ihr wärt besser im Dorf aufgehoben.› Er hat mich hierher gebracht und ist dann zurückgegangen in seine eigene kleine Kate.»

Eva griff nach Priskas beiden Händen. «Ich habe ihm in die Augen gesehen. Ganz lange, Priska.»

«Und? Was hast du darin erblickt?»

«Unschuld», erwiderte Eva. «Einfach nur Unschuld.»

«Eine Unschuld, die wir lange schon verloren haben, nicht wahr?»

Eva nickte. «Wir haben beide die schrecklichsten Seiten der Liebe erlebt. Wir wissen, dass Liebe töten kann. David wollte mich umbringen, Baptist ist auf dem Scheiterhaufen verbrannt. Wir haben den Abgrund der Hölle gesehen. Und nun auch Margarete.»

«Ja. Wir drei glauben nicht mehr, dass alle Menschen gut sind. Wir wissen um das Dunkle in den Seelen. In allen Seelen.»

Priska senkte die Stimme, dann fuhr sie fort: «Ich habe Adam so lange vergeblich geliebt. Ich habe erst aufgehört, als Baptist brannte. Nun liebe ich Aron, einen Juden. Und er liebt mich. Wir beide kennen die Abgründe der Liebe. Deshalb können wir einander vertrauen. Deshalb sind wir uns ähnlich, sind verwandt. So, wie ich mit dir verwandt bin, Eva. So, wie wir seit heute mit Margarete verwandt sind. Und vielleicht sogar mit Melchior.»

«Und ich», erwiderte Eva, «könnte nun auf Johann von Schleußig aufpassen. Er weiß nichts von der Liebe. Gar nichts. Er hat immer nur Gott geliebt.»

Sie schüttelte den Kopf und legte sich eine Hand auf die Stirn. «Wie einfach das ist. Gott lieben. Ohne Gefahr für Leib und Seele. Wir jedoch haben unter Gefahren geliebt. Deshalb kann ich Johann zwar lieben, aber er wird mich niemals auf die passende Art wiederlieben können.»

Priska stand auf. «Vielleicht täuschst du dich, Eva. Auch er hat verloren.»

«Wen denn? Was denn?»

«Zuerst Aurel, den er geliebt hat wie einen Sohn. Und dann dessen Mutter.»

Fünfundzwanzigstes Kapitel

Der Herbst kam und mit ihm die Stürme. Der Wind heulte durch die Gassen, wirbelte Unrat, Blätter und Staub mannshoch. Er trieb dicke, dunkle Wolken vor sich her, aus denen der Regen unaufhörlich strömte. Wie ein grauer Vorhang hing der Niesel seit Tagen über dem Land. Nebel wallten nicht nur in den Auen. Oft, wenn Priska am Morgen das Fenster öffnete, konnte sie nicht bis auf die andere Straßenseite sehen. Obwohl noch nicht alle Blätter von den Bäumen gefallen waren, war es meist schon so kühl, dass Priska kleine Nebelwölkchen mit der Atemluft ausstieß.

«Ist der Oktober rau, wird der Januar lau», versuchte sie sich mit einer Bauernweisheit zu trösten.

In der letzten Woche hatte sie warme Daunenbetten für Eva und Margarete nach Zuckelhausen gebracht und sich versichert, dass die Speisekammer voll und auch genügend Feuerholz vorhanden war. Noch immer sprach Margarete nicht, doch sie hatte sich mit Eva und der Alten angefreundet. Sie lächelte und sah ihnen in die Augen. Sie nickte und schüttelte den Kopf. Und manchmal, wenn Eva sang, wiegte sie sich dazu in den Hüften. Aber noch immer saß sie manchmal bewegungslos stundenlang an einem Platz und starrte vor sich hin.

Das Hurenhaus gab es nicht mehr. Die Herbergsmutter

war weggegangen, das Geschäft wurde jetzt von ambulanten Hübschlerinnen, die wie Gaukler von Ort zu Ort, von Messe zu Messe, von Jahrmarkt zu Jahrmarkt zogen, besorgt. Dann gab es ja auch noch die «heimlichen Huren», Frauen, die innerhalb der Stadtmauern mehr oder weniger heimlich arbeiteten und widerwillig vom Rat der Stadt geduldet wurden.

Eva fragte jedes Mal, wenn Priska kam, wie es Johann von Schleußig ginge, und Priska wusste, dass sie insgeheim auf ihn wartete. Aber er blieb, wo er war.

«Ich werde hier gebraucht, mehr denn je», behauptete er. «Meine Gottesdienste sind so gut besucht wie seit Jahren nicht mehr. Die Leute brauchen mich gerade in dieser Zeit.»

Er hatte Recht, Priska wusste es, doch auch Eva brauchte ihn.

«Ihr könnt nicht alle Menschen lieben, wenn Ihr es bisher noch nie gewagt habt, einem einzigen Eure ganze Liebe zu schenken», hatte sie ihm gesagt.

«Ihr meint, ich wäre ein Feigling, nicht wahr?»

«Seid Ihr einer?», hatte Priska zurückgefragt.

Johann von Schleußig hatte gelächelt, aber es war ein sehr wehmütiges Lächeln gewesen.

Den Lutherischen ging es schlecht in Stadt und Land. Dr. Martin Luther hatte eine Bannbulle bekommen. Auf dem Reichstag zu Worms war die Reichsacht gegen ihn verkündet worden. Kaiser Karl V. selbst hatte Luther zum vogelfreien Mann erklärt. Nur mit Mühe und Not und mit Hilfe von Kurfürst Friedrich war es ihm gelungen, auf die Wartburg zu fliehen. Danach hatte man nichts mehr von ihm gehört.

Dann gab Kunz Kachelofen, der Drucker, eine Schrift heraus, die ein so großes Ereignis war, dass wochenlang von nichts anderem gesprochen wurde: Dr. Martin Luther hatte auf der Wartburg die Bibel ins Deutsche übersetzt! Zum ersten Mal seit Menschengedenken lag die Heilige Schrift in der Sprache vor, die die Menschen in Stadt und Land sprachen und verstanden.

5000 Exemplare hatte Kachelofen gedruckt. Und schneller, als er zählen konnte, waren sie verkauft. Man traf sich am Abend, um heimlich in diesem Buch zu lesen, man sprach in den Gassen, auf dem Markt und am Brunnen davon. Ganz Leipzig war zu einer Schule der Heiligen Schrift geworden. Jeder, der des Buches habhaft werden konnte, verschlang es und redete darüber.

Das aber erzürnte Herzog Georg so, dass er einen strengen Befehl gegen die Lutherischen ergehen ließ. Er befahl die Ablieferung aller Exemplare. Doch nur vier Bücher wurden ins Rathaus getragen. Vier von fünftausend!

Das Getuschel und Gewisper wurde nicht weniger, im Gegenteil. Sogar die Mönche, deren Herren Luther einen Ketzer nannten, suchten sich das Buch zu beschaffen.

Johann von Schleußig aber ging lustlos und müde durch die Gassen und die Kirchen. Jeder sprach ihn an. Handwerksburschen schlugen ihm anerkennend auf die Schultern, Frauen nannten ihre neugeborenen Söhne nach ihm, Alte segneten ihn. Fast war er ein Held, doch er selbst schien sich nicht als solcher zu sehen.

«Ich bin erschöpft», sagte er, als er Priska und Adam in der Klostergasse besuchte. «Nun habe ich erreicht, was mir wichtig war. Nun kann ich lutherisch predigen und die Bibel auf Deutsch lesen. Aber noch immer fehlt mir etwas.

Ohne Eva ist alles nur halb so schön, halb so bunt, halb so wichtig. Ohne sie ist alles nur halb: der Tag, die Nacht, der Schlaf, das Lachen und das Weinen. Wie gern würde ich bei ihr sein. Sie ist es, die ich brauche, um glücklich zu sein.»

«Ihr seid ein Priester», erinnerte Priska. «Natürlich könnt Ihr zu ihr gehen und Ihr Eure Liebe gestehen. Aber das wird nicht ausreichen. Sie möchte ihre Liebe auch leben. Jeder, der liebt, wünscht sich das.»

«Soll ich die Kutte ausziehen?»

«Das müsst Ihr selbst wissen. Luther selbst besteht nicht auf dem Zölibat. Überall im Land verlassen Mönche und Nonnen ihre Klöster. Sind sie nun weniger fromm? Weniger tugendhaft, nur, weil sie leben wollen, wie Menschen miteinander leben sollten? Glaubt Ihr etwa, dass die Liebe zu Gott unter der Liebe zu seiner Schöpfung leidet?»

«Nein, nein. Gewiss. Es ist, wie Ihr sagt.»

«Nun denn», erwiderte Priska und sah dem Priester nach, der mit eingezogenen Schultern, aber doch beschwingten Schrittes das Haus verließ und die Klostergasse entlanglief.

Dann aber, er hatte die Barfüßergasse beinahe schon erreicht, blieb er wie angewurzelt stehen, drehte sich um und rannte zurück, dass die Kutte hinter ihm herflog wie Vogelschwingen.

«Priska!», rief er schon von draußen. «Priska!»

Sie öffnete lächelnd. Atemlos stand er vor ihr, strahlte aber über das ganze Gesicht.

Er keuchte, rang nach Worten, doch sie wusste, was er sie fragen wollte.

«Sie ist in Zuckelhausen, lebt dort bei einer alten Frau. Jeder kennt sie inzwischen. Ihr werdet sie leicht finden.»

Und der Priester lachte, nahm Priskas Gesicht in seine beiden Hände und küsste sie schallend auf den Mund.

«Danke!», sagte er. «Danke! Ihr seid wahrhaft eine Heilerin.»

Und schon rannte er wieder davon, drehte sich noch einmal um und rief so laut, dass es in der ganzen Gasse widerhallte: «Eine Wunderheilerin seid Ihr, Priska Kopper! Gott schütze Euch!», und schon war er um die Ecke gesaust.

Adam kam, angelockt von dem Lärm, aus seinem Laboratorium gekrochen.

«Was war los?», fragte er.

«Johann geht zu Eva», erzählte sie. «Er legt die Kutte ab, geht zu Eva, nicht als Priester, sondern als liebender Mann und lutherischer Prediger.»

Hatte sie erwartet, dass Adam in Jubel ausbrach? Ja, das hatte sie. Doch er nickte nur, brachte noch nicht einmal ein Lächeln zustande.

«Gut», sagte er. «So soll es sein.»

«Ist das alles?», fragte Priska. «Alles, was du dazu zu sagen hast?»

«Was gibt es da groß Worte zu verlieren?», fragte er verständnislos.

Priska breitete die Arme aus und drehte sich einmal mit fliegenden Röcken um sich selbst. «Die neue Zeit, Adam. Jetzt hat sie auch unsere Familie erreicht. Sie ist gut, diese neue Zeit. Eva, glaub mir, wird glücklich werden. Und mit ihr noch viele, viele andere.»

«Hmm», machte Adam, wollte zurück in seinen Keller.

«Freust du dich nicht?»

«Ich freue mich für Eva. Es ist schön, dass sie nun endlich das Leben leben kann, das sie sich gewünscht hat. Schließlich hat sie einen hohen Preis dafür bezahlt.» Seine Stimme klang ganz gleichmütig, sein Gesicht blieb unbewegt.

Priska ließ enttäuscht die Arme sinken. «Ist dir denn alles gleichgültig?», fragte sie leise.

Adam hob die Schultern. «Das Leben, Priska, ist zu schwer für mich. Jeden Tag spüre ich es wieder. Jeden Morgen muss ich mich zwingen, das Bett zu verlassen und mein Tagwerk zu vollbringen. Ich sehne die Stunde herbei, die mir die Erlösung bringt.»

«Und die Arznei gegen die Franzosenkrankheit? Deine Kranken? Die Wissenschaft?»

«Es gibt bessere Ärzte als mich. Jüngere, klügere. Ich werde natürlich weiterforschen, will die Arznei schon finden. Ich wünsche mir den Tag herbei, gleichzeitig habe ich Angst davor. Was soll ich tun, wenn ich das Rätsel gelöst habe? Welchen Sinn hat mein Dasein dann noch?»

«Leben, Adam. Leben sollst du und dich an der Schönheit der Schöpfung freuen. So wie Nora. So wie ich.»

Er schüttelte den Kopf. «Das kann ich nicht, Priska. Ich sagte schon, das Leben ist zu schwer für einen wie mich.»

Selbst als der Rat der Stadt der Bürgerschaft bei Leib- und Lebensstrafe verbot, lutherische Bücher zu lesen und zu den lutherischen Predigten zu gehen, war der neue Glaube nicht aufzuhalten. Nicht einmal, als viele Bürger deshalb mit Weib und Kindern aus der Stadt gewiesen wurden.

Auch Priska hatte natürlich eine Bibel. An beinahe jedem Abend saß sie in der Wohnstube und las die Geschichte des Jesus von Nazareth, der einst ein Jude gewesen war. Dabei dachte sie an Aron. Ob er kommen würde, so wie er es versprochen hatte? Zu Weihnachten schon wollte er kommen, nicht erst zur nächsten Messe. Er hatte bereits sein Quartier ausgemacht. In Zuckelhausen würde er wohnen, ganz in Evas Nähe.

Zuckelhausen. Priska wurde wehmütig zumute, wenn sie an das kleine Dörfchen dachte, das von Tag zu Tag größer wurde. Die der Stadt Verwiesenen hatten sich zum Teil dort niedergelassen. Hütte um Hütte entstand, Haus für Haus wurde gebaut. Das Dorf wurde reicher, die Bauern fröhlicher. Es war, als hätte die neue Zeit dort ihr Zuhause gefunden. Priska war dort so oft sie konnte.

Johann von Schleußig hatte ein Stück Land erworben. Er ließ darauf ein kleines Haus bauen, gerade richtig für Eva und ihn. Bald schon würde das Haus fertig sein, wenige Wochen nur noch dauerte der Bau. Dann würde er, vielleicht schon zu Weihnachten, mit Eva dorthin ziehen können.

Margarete aber würde bei der Alten bleiben. «Sie braucht mich», hatte sie gesagt. Noch immer sprach sie nicht viel, nur das Nötigste, aber sie hatte die Sprache endlich wieder gefunden. Priska hatte geweint vor Glück über ihr erstes Wort. So wie damals, als Nora angefangen hatte zu sprechen. Auch dem Kind gefiel es in Zuckelhausen. Hier wurde gelacht. Hier gab es Feste, hier wurde gescherzt. Hier wollte sie bleiben.

Längst schon hatte Priska bemerkt, dass Nora unter der düsteren Stimmung zu Hause litt. «Warum ist Vater immer so traurig?», fragte sie eines Abends, als sie gemeinsam vor dem Kaminfeuer saßen.

«Es gibt Menschen, Nora, die sind nicht für das Glück gemacht», erklärte ihr Priska.

«Und ich? Bin ich für das Glück gemacht?», fragte das Kind.

«Aber ja. Du bist unter einem glücklichen Stern geboren. Du bist mit einem Lachen gemacht, bist ein Kind der Liebe.»

Sie strich ihrer Tochter über den Kopf, über die weichen dunklen Locken, die sie so sehr an Aron erinnerten, und las ihr eine Geschichte aus der Bibel vor. Nora war eine gelehrige Schülerin, ihr Wissensdurst war unstillbar. Auch im Laboratorium half sie Adam manchmal. Sie säuberte die Gefäße, mischte Salben, die Priska oder Adam angesetzt hatten, band Kräuter zu Sträußen und ließ sie trocknen.

Sogar mit Regina verstand sich das Kind. Die Magd war oft mürrisch, klagte über Schmerzen, ließ sich mehr bedienen, als dass sie diente. Aber Nora störte das alles nicht. Sie plauderte mit Regina, ließ sich von ihr erklären, wie man eine gute Suppe machte, und lauschte ihren Geschichten. Priska mochte die Geschichten nicht, die Regina der Kleinen erzählte. Immer ging es darin um eine Frau, die von allen anderen betrogen worden war und sich am Ende fürchterlich rächte. Auch deshalb las sie Nora die Geschichten aus dem Neuen Testament vor. Heute Abend fragte sie: «Gefallen dir diese Geschichten?»

Nora nickte. «Ja. Sehr. Am liebsten habe ich die Geschichte, in der das Jesuskind geboren wird.»

«Dieses Buch», fuhr Priska fort, «ist ein ganz besonderes Buch. Nicht nur, weil das Wort des Herrn Jesus darin steht. In diesem Buch steht die Wahrheit. Weißt du, es gibt aber Menschen, die fürchten sich vor der Wahrheit.»

«Wieso? Ich habe keine Angst vor der Wahrheit.»

Priska lächelte und streichelte dem Kind die glühenden

Wangen. «Doch, mein Schatz, auch du hast manchmal Angst vor der Wahrheit. Erst neulich hast du die Milch umgestoßen, erinnerst du dich?»

Nora nickte und senkte schuldbewusst den Kopf. Priska sprach weiter: «Du hast mir erzählt, die Katze hätte den Milchtopf umgestoßen, aber du hast mir dabei nicht in die Augen sehen können. Danach hattest du sicher Angst, dass die Wahrheit ans Licht käme, nicht wahr?»

Wieder nickte Nora, hielt den Kopf noch immer gesenkt.

«Wer hat in dem Buch die Milch umgestoßen?», fragte sie leise.

Priska lächelte. «Niemand. Es geht nicht um Milch. Es geht um Gott. Und um Jesus Christus. In dem Buch steht, dass du allein mit Gott sprechen darfst, wenn du das möchtest. Du musst nicht in die Kirche gehen und mit einem Priester sprechen, wenn du etwas von Gott möchtest. Ganz allein darfst du mit ihm reden, als wäre er dein Freund. Das ist die Wahrheit, die darin steht.»

«Warum hat Regina Angst davor?», fragte Nora und sah Priska verständnislos an.

«Weil Regina und viele andere Leute glauben, was die Priester sagen. Sie sagen nämlich, dass nicht jeder mit Gott sprechen darf wie mit einem Freund. Sie sagen, dass nur sie das dürfen. Die Leute sollen zu ihnen kommen und mit ihnen sprechen, und dann würden sie deren Sorgen und Fragen an Gott weiterleiten.»

«Und die Priester haben Unrecht?»

Priska nickte. «Ja, in diesem Falle schon. Die Menschen brauchen die Geistlichen, um von ihnen Trost und Rat zu empfangen, um gemeinsam den Gottesdienst feiern zu können, nicht aber, um mit Gott zu sprechen. Verstehst du das?»

Nora nickte, aber Priska wusste, dass Nora nichts verstand. Sie hatte ihr immer alles erklärt, hatte nie gesagt: Das verstehst du noch nicht, dafür bist du zu klein. Wie aber sollte sie ihr klar machen, dass dieses Buch der Wahrheit in Leipzig ein verbotenes Buch war und dass Regina nur darauf lauerte, etwas zu finden, das dem Haus Schaden bringen könnte?

«Du versprichst mir also, nichts zu sagen?», vergewisserte sie sich.

Nora nickte wieder. «Wenn Regina aber keine Angst mehr vor der Wahrheit hat und selbst mit Gott reden möchte, darf ich ihr dann das Buch zeigen?»

Priska seufzte, dann erwiderte sie: «Ja, mein Schatz, dann darfst du das. Aber ich werde dir sagen, wann es so weit ist. Vorher bleibt dieses Buch unser Geheimnis. Das Geheimnis von Mama, Papa und dir.»

Sie begann zu lesen, von der Tür her hörte sie ein merkwürdiges Geräusch. So, als hätte jemand sein Ohr an das Holz gepresst und schliche jetzt langsam davon.

In den nächsten Tagen achtete Priska auf jede Kleinigkeit. Wenn herauskäme, dass sie das Neue Testament im Hause hatten, dann würden sie der Stadt verwiesen. Nicht, dass Priska das allzu schlimm finden würde. Alles zog sie nach Zuckelhausen. Aber Adam konnte nur in der Stadt seinen Kranken dienen. Nur hier, in seinem Laboratorium konnte er seine Experimente durchführen und seine Aufzeichnungen über langjährige Krankenverläufe erledigen. Und nichts sonst begehrte er.

Natürlich fiel ihr auf, dass sich jemand an ihren Schränken und Truhen, an Körben und Kästen zu schaffen gemacht hatte. Ein Kleid lag mit verknicktem Saum in der Truhe, ein Wollknäuel, das sie am Vorabend ganz oben aufgelegt hatte, war nun in der Mitte des Korbes.

Und dann sagte Regina, als sie gemeinsam das Mittagsmahl in der Küche bereiteten: «Hast du von dem Neuen Testament des Ketzers Luther gehört?»

Priska war auf der Hut. «Natürlich», erwiderte sie langsam und ruhig. «Die ganze Stadt spricht von nichts anderem. Jeder hat davon gehört.»

«Zu gern wüsste ich, was darin steht», sprach Regina weiter und beobachtete Priska aus zusammengekniffenen Augen.

«Was soll schon darin stehen? Nicht viel mehr, als die Priester von der Kanzel predigen.»

«Hattest du schon eines davon in der Hand?», lauerte die Schwester.

Priska schüttelte den Kopf. «Du redest, dass du dich elend und krank fühlst, kaum die Hausarbeit schaffst. Nun willst du, die das Lesen immer gehasst hat, ein so dickes Buch studieren?»

«Pfff», machte Regina. «Natürlich bin ich krank und elend. Dein Mann und du, ihr lasst mich verkommen.»

«Nun, den Eindruck habe ich nicht. Seit du bei uns bist, hat sich dein Zustand offensichtlich verbessert. Deine Wangen haben wieder Farbe, du hast zugenommen, bist kräftiger geworden.»

«Kräftiger, ja», zischte Regina und machte ihren Mund ganz schmal. «Aber nur kräftig genug, um euch den Haushalt zu führen. Gerade so viel von der Wunderarznei bekomme ich, dass ich die Wassereimer zum Brunnen schleppen kann. Nur so gesund lasst ihr mich werden, wie es euch dient. Könnte ich Gulden zahlen und euch Silberstücke auf den Tisch legen, ginge es mir weitaus besser.»

«Das stimmt nicht, Regina. Du bekommst, was möglich ist. Ohne Adam wärst du längst tot.»

Regina antwortete nicht, doch Priska wusste, dass sich recht bald ihr Zorn entladen würde. Und sie hatte Angst davor.

Nach dem Mahl brachte ein Bote ein Schreiben. Priska öffnete es und las.

«Mein Herz, mein Lieb,

geh zum Mietstall und nenne deinen Namen. Komm. Verliere keine Zeit. Ich habe so lange auf dich warten müssen.

Aron»

Priskas Herz jubilierte. Aron hatte sein Versprechen gehalten. Sie war so glücklich, dass sie Regina umarmte und sogar Adams Leidensmiene besser ertrug.

«Ich reite gleich nach Zuckelhausen», stieß sie hervor, griff nach ihrem Haar, strich sich über das Gesicht. «Aber vorher bade ich, wasche mein Haar. Regina, mach Wasser heiß, dann bügele mein blaues Kleid.»

«Baden? Heute? Es ist Montag. Wieso badest du an einem Montag?», fragte Adam.

«Weil ich es gern so möchte», entgegnete Priska und gab ihm einen übermütigen Kuss auf die Wange. «Weil ich schön sein möchte.»

Ihr Mann nickte. «Es findet keine Messe statt», stellte er

nur fest. Er hatte noch nie über Aron gesprochen, doch Priska war bekannt, dass er von Arons Messebesuchen und ihren heimlichen Treffen wusste. Sie hatten seit Noras Geburt ein heimliches Abkommen, das sie ohne Worte miteinander vereinbart hatten. «Du kannst Aron sehen und bei ihm sein, wann immer du möchtest. Ich kann dich nicht lieben, deshalb kann ich dir die Liebe zu einem anderen nicht verbieten. Sorge aber dafür, dass ich nicht zum Gespött der Leute werde, sorge dafür, dass dein Ehebruch nicht ruchbar wird.»

So lauteten Adams Bedingungen, die er nie in Worte gefasst hatte. Und Priskas schweigende Antwort darauf lautete: «Ich gehe zu Aron, wann immer ich kann. Aber ich werde dafür sorgen, dass auf dich, mich und unsere Ehe dabei kein Makel fällt. Ich weiß, dass Ehebruch strafbar ist, und möchte nicht mit dem Strohkranz der Ehebrecherin durch die Stadt bis zur Kirche gejagt werden. Vor dem Altar habe ich versprochen, dir eine gute Frau zu sein. Dieses Versprechen werde ich halten, solange du lebst.»

Adam schaute sie noch einmal misstrauisch an, dann fragte er leise: «Wann kommst du zurück?»

Es klingt, als würde er fragen: Kommst du überhaupt zurück?, dachte Priska. «Ich weiß es noch nicht. Kann sein, dass ich bei Eva übernachte.»

Adam nickte, dann wandte er sich ab und stapfte hinunter in sein Laboratorium.

Regina kam mit zwei gefüllten Wassereimern vom Brunnen zurück und goss sie stöhnend in den großen Kessel, der über dem Feuer hing.

«Ich frage mich manchmal, ob es irgendwo im Land noch eine gibt, die sich Schwester nennt und die ihre so schlecht behandelt wie du mich. Jetzt muss ich schon montags den Zuber bereiten.»

«Ach, Regina, lass doch. Hier, ich gebe dir einen Gulden. Kauf dir Stoff für ein neues Kleid», antwortete Priska, die sich um nichts in der Welt ihre gute Laune verderben lassen wollte.

«Schweigegeld? Willst du mich bezahlen dafür, dass ich den Mund halte über das deutsche Buch des Ketzers Luther? Nun, dafür ist ein Gulden wenig. Viel zu wenig.»

Priska erschrak. «Wie kommst du darauf? Es gibt in diesem Haus kein solches Buch.»

«Gib mir zehn Gulden, und ich werde schweigen wie ein Grab.»

Priska hatte das Geldstück auf den Tisch gelegt, doch nach Reginas letzten Worten nahm sie es wieder und steckte es zurück in die Geldkatze.

«Was soll das?», fragte Regina erbost und stemmte die Arme in die Hüften. «Gib mir sofort mein Geld zurück und lege noch etwas obendrauf.»

«Nein, Regina. Das werde ich nicht tun. Es gibt hier kein Neues Testament. Ich wollte dir mit dem Gulden eine Freude machen. Nun, du hast mir gezeigt, dass dich dieses Geschenk nicht freut. Also kann ich das Geld genauso gut wieder einstecken.»

Regina schnaufte. Aus ihren Augen schossen Blitze, dann sagte sie langsam: «Gut. Wie du willst. Du wirst schon sehen, was du davon hast, dass du mich so schlecht behandelst.»

«Rede nicht. Geh lieber zum Markt und kaufe einen halben Laib Käse. Und etwas für das Abendessen. Adam wird hungrig sein.»

Dann wandte sich Priska ab und lief in ihre Kammer. Sie bürstete ihr Haar, bis es glänzte, suchte einen Gürtel hervor, dann nahm sie das Stück Seife, welches sie zur letzten Messe von einem Florentiner gekauft hatte. Lavendelseife. Sie sog den Geruch ganz tief ein, dann lief sie hinunter und bereitete sich ein Bad.

Wenig später eilte sie zum Mietstall.

«Priska Kopper bin ich», sagte sie. «Man hat mir mitgeteilt, ich solle nur meinen Namen hier nennen.»

Der Pferdeknecht betrachtete sie neugierig, dann nickte er zustimmend. «Das Pferd passt zu Ihnen.»

«Wie bitte? Was sagt Ihr da?»

Der Knecht lachte. «Wisst Ihr es nicht? Ein Pferdehändler kam und brachte diese Stute. Sie gehört Euch.»

«Mir?»

Priska trat zu dem braunen Pferd und strich zärtlich über sein leuchtendes Fell. Die Stute fuhr herum. Als Priska sanft über die weichen Nüstern strich, wieherte das Pferd leise.

«Sie mag Euch», sagte der Pferdeknecht. «Es ist Liebe auf den ersten Blick.»

«Wer hat sie gebracht?», fragte Priska, obwohl sie es genau wusste.

«Ein Pferdehändler aus dem Polnischen. Ein Geschenk ist sie, sagte er und bezahlte obendrein die Stallmiete und das Futtergeld bis zum nächsten Sommer. Ihr braucht Euch um nichts zu kümmern, könnt sie holen, wann Ihr wollt. Ansonsten sorgen wir für das Tier.»

Er klopfte der Stute den Hals. «Ein wunderbares Pferd. Es ist ganz sanft, hat aber doch Temperament. Wie für Euch gemacht.»

Priska lächelte über die Begeisterung des Knechtes.

«Nun, dann werde ich sogleich probieren, wie sie sich reiten lässt. Zäumt sie mir auf.»

Priska sah dem Knecht zu. Ein warmes Gefühl stieg in ihr auf. Ein eigenes Pferd. Nicht das war es, was ihr Herz so wärmte, sondern die Tatsache, dass es genau dieses Pferd war. Ein Pferd, das zu ihr passte wie kein anderes.

«Aron», flüsterte sie. «Ach, Aron.»

Dann war das Pferd bereit, und der Knecht half Priska in den Sattel. «Viel Glück, Herrin», rief er ihr hinterher, als sie davonritt.

Priskas Herz wurde ganz weit, als sie auf dem Rücken der Stute durch das Land glitt. Sie war glücklich. Ein weiches Lächeln lag auf ihren Lippen, und immer wieder musste sie ganz tief durchatmen, weil das Glück so groß war, dass es ihr beinahe den Atem nahm.

Viel zu schnell und viel zu langsam zugleich hatte sie Zuckelhausen erreicht. Viel zu schnell, weil der Ritt auf diesem Pferd wie ein Geschenk war, das sie noch nicht bis zur Neige ausgekostet hatte. Viel zu langsam, weil alles in ihr, jede Faser ihres Körpers, zu Aron drängte.

Sie ritt die Dorfstraße entlang und staunte wie jedes Mal, wenn sie hierher kam. Das Dorf wuchs. Überall wurden kleine Häuser gebaut. Die Zahl der Bewohner hatte sich inzwischen verdoppelt, und beinahe jede Woche kamen neue hinzu. Ein ganz besonderer Geist herrschte hier in Zuckelhausen. Die aus Leipzig Vertriebenen hielten zusammen. Einer half dem anderen beim Hausbau, bei der Aufsicht über die Kinder. Und alle waren guten Mutes. Sie hatten ein Zuhause verloren, aber eine Heimat gefunden. Eine Heimat im Glauben, im Leben.

Priska ahnte nur, wie viel das war.

Vor dem neuen Haus von Johann und Eva hielt sie an. Der Bau war noch nicht ganz fertig, es fehlten der Verputz und die Butzenscheiben. Im Moment waren die Fenster mit ölgetränktem Stoff verhängt, um die Kälte abzuschirmen, doch das Haus wirkte fröhlich. Rauch stieg aus dem Schornstein, hinter dem Haus hing Wäsche auf einer Leine, die Tür war blau gestrichen, die hölzernen Läden mit Blumenranken bemalt.

Sie war kaum vom Pferd gesprungen, als die Tür aufflog und Eva herausstürmte.

«Priska», rief sie. «Wie schön, dich zu sehen.»

Sie umarmte die Schwägerin. «Bist du jetzt glücklich?», fragte Priska leise.

«Ja. Das bin ich. Von Herzen glücklich sogar», raunte Eva zurück.

Dann bewunderte sie kurz das Pferd, fragte nach dem Woher, doch Priska schwieg.

Schließlich konnte sie ihre Ungeduld nicht länger bezähmen. «Ich muss zu Aron», sagte sie.

Eva nickte. «Geh zu Melchior. Er ist bei ihm abgestiegen.»

Sie zögerte, dann sprach sie weiter: «Er ist ein kluger und ansehnlicher Mann. Du hast es gut getroffen.»

«Wirklich?», fragte Priska zurück.

«Ja. Ich weiß, dass du mit Adam nie glücklich warst. Und ich gönne dir diese Liebe von ganzem Herzen. Nein, ich bin nicht gram, weil du meinen Bruder betrügst. Das nämlich tust du nicht. Froh bin ich, dass du zu ihm gehalten hast in guten und in schlechten Zeiten. Du bist eine gute Ehefrau, Priska, der Adam sehr viel zu verdanken hat.»

«Warum sagst du das? Warum heute?», fragte Priska.

«Weil du wissen sollst, dass ich alle deine Entscheidungen achten werde. Deshalb rede ich heute davon. Du sollst wissen, dass du mir lieb und teuer bist. Gleich, was morgen geschieht.»

Priska verstand nicht genau, was Eva da sagte, doch sie wollte nun so unbedingt zu Aron, dass sie keinen weiteren Gedanken daran verschwendete.

«Kümmerst du dich um das Pferd?», fragte sie.

Eva nickte. «Geh. Lauf schon. Er wartet auf dich.»

Und Priska lief. Sie rannte die Straße hinab, hielt die Röcke gerafft. Sie sprang über Schneehügel, prallte beinahe gegen einen Schneemann, den die Kinder gebaut hatten, und kam endlich atemlos an Melchiors Haus an.

Sie hämmerte gegen die Tür, als wäre der Teufel hinter ihr her. Und als Aron öffnete, fiel sie in seine Arme.

Stunden später, es war bereits dämmrig geworden, saßen sie in der Küche von Melchiors Haus zusammen und tranken heißen Glühwein.

«Ich suche nach einem Haus in Zuckelhausen mit großen Stallungen dahinter für die Pferde», sagte Aron.

«Was sagst du da?», fragte Priska fassungslos. «Du willst dich in Zuckelhausen niederlassen?»

Aron nickte und fasste nach ihrer Hand. «Ich liebe dich, Priska. Ich kann nicht so weit von dir entfernt leben. Ich möchte dich sehen können, so oft es nur geht. Unsere Tochter ist neun Jahre alt. Auch sie möchte ich aufwachsen sehen.»

«Aber kannst du denn hier leben?»

«Ja. Inzwischen kann ich das. Die neue Zeit macht es mir möglich. Ich bin ein Lutherischer geworden, Priska, muss

400

den spitzen Judenhut nicht länger tragen. Wenn du eines Tages frei sein solltest, mein Lieb, dann können wir heiraten.»

«Du hast deinen Glauben gewechselt? Für mich?»

«Es ist ein guter Glauben. Ich muss mich nicht verbiegen dabei.»

Er beugte sich zu ihr, nahm ihr Gesicht in seine Hände. «Komm zu mir, Priska. Ich werde dich nicht bitten, deinen Mann zu verlassen. Aber du sollst wissen, dass ich auf dich warte. Auf dich und auf Nora.»

«Aron», war alles, was Priska dazu sagen konnte. Die Brust tat ihr weh vor Liebe zu ihm. Das Herz schlug heftig und wollte ausbrechen vor Sehnsucht nach ihm. Sie sagte nichts, weil es für das, was sie fühlte, keine Worte gab.

«Aron.»

Da nahm er Priskas eine Hand und presste sie auf sein Herz. Die andere aber bedeckte er mit Küssen. «Priska. Mein Lieb, mein Herz, mein Leid, mein Leben.»

Doch plötzlich wurde die Haustür schwungvoll aufgerissen, und Melchior kam herein. Sie fuhren auseinander. Melchior kam in die Stube und klopfte sich lachend den Schnee von Mantel und Mütze.

«Habt ihr einen Becher Wein für mich?», fragte er fröhlich. Seine Augen strahlten. Er rieb sich die Hände, warf dann Mantel und Mütze achtlos zur Seite.

«Mein Freund, was ist dir Gutes widerfahren?», fragte Aron und zeigte mit keinem Wimpernschlag, dass Melchior in einem unpassenden Moment gekommen war. «Erzähle, was ist geschehen. Du strahlst wie ein Weihnachtsstern.»

Melchior lachte. «Sieht man es mir an?», fragte er verwundert und nahm Priska dankend den Becher mit dem duftendem Wein aus der Hand.

Er trank einen langen Schluck, seufzte zufrieden, dann aber hielt er es nicht mehr aus: «Margarete wird mit mir zum Neujahrstanz gehen.»

«Margarete?», fragte Priska verblüfft. «Die Margarete aus der Vorstadt, die bei deiner Mutter lebt?»

«Ja. Sie.»

Priska strahlte. «Wie hast du das geschafft?»

Melchior lachte. «Nicht ich habe es geschafft, sondern sie. Meine Mutter, die immer über Gliederreißen geklagt hat, ist so glücklich, seit Margarete bei ihr wohnt. Die ganze Hütte ist verändert, alles sieht so freundlich und hell aus. Und sie ... Sie ist so zart, fast wie ein Kind. Man möchte sie am liebsten immer in den Arm nehmen.»

«Du bist also verliebt», stellte Aron lächelnd fest.

Melchior nickte. «Heiraten möchte ich sie. Ein eigenes Heim möchte ich für sie haben. Aber das will sie nicht.»

«Nicht?», fragte Priska verblüfft, aber das Lachen auf Melchiors Gesicht wurde noch breiter. «Nein, sie sagt, sie möchte meine Mutter nicht allein lassen. Sie hat nie eine Mutter gehabt.»

«Und was bedeutet das?», fragte Priska.

Melchior strahlte. «Ich werde zurückziehen in das Haus meiner Mutter. Im Frühling werde ich gleich hinter ihrer Hütte eine Bleibe für Margarete und mich bauen. Sie wünscht sich Kinder, hat sie gesagt. Dieses Haus hier», er machte eine ausholende Bewegung, «werde ich verkaufen und mir davon einen kleinen Acker leisten. Vielleicht ein paar Stück Vieh dazu. Von meinem Feld allein kann ich keine Familie ernähren. Wenn ich das alles getan habe, dann werde ich sie fragen, ob sie meine Frau werden möchte. Unter dem Maibaum soll sie als Braut tanzen.»

Aron wurde plötzlich ganz aufmerksam. Er richtete sich gerade auf und fragte, wobei er einen Blick zu Priska warf: «Würdest du auch mir dieses Haus verkaufen? Es steht am Ortsrand. Leicht könnte man Stallungen daran bauen.»

«Dir? Einem polnischen Pferdehändler?»

Aron lachte. «Warum nicht? Auch die Sachsen brauchen Pferde. Ich werde sie aus dem Polnischen holen und hier verkaufen. Später vielleicht kann ich sogar darüber nachdenken, wie es wäre, hier in Zuckelhausen Pferde zu züchten. Stallungen brauche ich dafür und Weideland. Aber dieses Haus wäre ein Anfang. Einen guten Gehilfen könnte ich auch brauchen. Einen, der mir sein Ackerland mit Hafer für die Tiere bestellt und sich mit mir die Arbeit teilt.»

Er hielt Melchior die Hand hin. Der junge Mann zögerte keinen Augenblick, sondern schlug ein.

Priska aber stand dabei und musste plötzlich mit den Tränen kämpfen. Eine neue glückliche Zeit bricht hier in Zuckelhausen an, dachte sie. Eine Zeit, von der ich immer geträumt habe. Wie gern wäre ich dabei.

Sie dachte an Adam, an Nora, an ihre Freunde, die nun allesamt hier lebten. Ein tiefer Seufzer entrann ihrer Brust.

Sechsundzwanzigstes Kapitel

Zwei Tage später erst kam Priska zurück in die Klostergasse.

«So lange warst du noch nie weg», sagte Adam statt einer Begrüßung.

«Es war Schneesturm. Die Straßen waren unpassierbar.»

«Ich weiß», erwiderte er. «Ich mache dir keine Vorwürfe. Hauptsache, du kommst überhaupt wieder.»

Priska nickte. «Ich werde kommen, solange du mich brauchst», antwortete sie. Wieder stiegen Tränen in ihr auf. Sie vermisste die Fröhlichkeit Zuckelhausens. Hier, in der Klostergasse, erschien ihr plötzlich alles dunkel und trüb. Sie war es so müde, mit Regina zu streiten. Sie war es so leid, Adams gequältes Gesicht zu sehen. Hier, in diesem Haus, gab es so wenig Freude, so wenig Lachen.

Seit es das Hurenhaus nicht mehr gab, hatte Priskas Arbeit beträchtlich abgenommen. Und die Jagd des Herzogs auf die Lutherischen machte den Rest zunichte. Die, die dem Papst anhingen, mieden sie. Und die, die dem Doktor Luther Gefolgschaft leisteten, verhielten sich so still als möglich.

Adam war als Stadtarzt noch immer sehr gefragt. Die Leute schätzten seine Verschwiegenheit, schätzten noch mehr seine Erfolge, die er bei den an der Lustseuche Erkrankten verzeichnete. Aber es gab keine Einladungen mehr, die Fraternität hatte sich aufgelöst, seit Johann von Schleußig weggegangen war. Selbst auf dem Markt und am Brunnen stand man nicht mehr zusammen und redete über die Tagesereignisse. Misstrauen hatte sich in die Stadt eingeschlichen, und jeder achtete auf seine Worte. Die Papstgläubigen wurden hinter vorgehaltener Hand des Denunziantentums beschuldigt, denn, so wurde ebenfalls hinter vorgehaltener Hand getuschelt, für jedes entdeckte Neue Testament im Lutherdeutsch gab es einen Judaslohn. Aber obwohl die Papstgläubigen eifrig suchten, konnten die Ratsherren der Stadt ihrem Herzog Georg keine Freude machen.

Den heimlichen Lutheranern aber war es eine Freude, gerade die am eifrigsten suchenden Papstanhänger im Rathaus anzuschwärzen. Nun traute keiner mehr dem anderen. Freundschaften zerbrachen, Nachbarn grüßten nicht mehr, Schwiegertöchter hielten die Mütter ihrer Männer vorsorglich unter Hausarrest. Und Priska bekam immer weniger zu tun. In einer Zeit, in der der Nächste auch der nächste Feind sein konnte, war für die Liebe und für die Sorgen der Frauen wenig Platz.

Stundenlang saß sie bei schlechtem Wetter in der Wohnstube und grübelte vor sich hin. War das Wetter angenehm, so zog sie schon am Morgen hinaus in die Auen, um Kräuter und Rinden zu suchen.

Heute aber, als sie mit dem Weidenkorb am Arm über den Markt schlenderte, winkte eine Krämerin ihr zu.

«Doktorin, kommt her zu mir, ich muss Euch etwas sagen.»

Priska kannte die Frau. Sie war früher zu ihr gekommen, weil dem Ehemann die Lenden träge geworden waren.

«Was ist?», fragte Priska freundlich. «Braucht Euer Mann wieder eine kräftige Suppe aus Sellerie?»

«Nein, nein. Es ist alles bestens.»

Dann beugte sich die Krämerin ganz dicht zu Priska und raunte ihr ins Ohr: «Das Buch sollt Ihr haben, hört ich. Eure Magd erzählt jedem, der es hören will, davon.»

Priska fuhr zurück. «Was sagt sie genau?»

«Nun», die Krämerin wiegte den Kopf. «Sie deutet an, versteht Ihr? Sagt, wie schwer es wäre, in einem Haus zu leben, in dem Ketzer ihr Unwesen treiben. Ketzer, gepresst zwischen Buchdeckel.»

Priska schüttelte den Kopf. «Warum tut sie das? Wir haben kein solches Buch.»

Die Krämerin zuckte die Achseln. «Ihr wisst doch, wie undankbar diese Mägde sind. Kaum gibt ihr die Herrin am Samstagabend nicht frei, so redet sie sogleich schlecht über die, die ihr das Brot bezahlen.»

«Danke, Krämerin», sagte Priska und wandte sich ab. In der Ferne sah sie Regina, die sich mit einer Milchhändlerin um zwei Kreuzer stritt.

Hastig eilte Priska zurück in die Klostergasse. Sie wollte das Buch aus seinem Versteck, einem alten stillgelegten Kaminloch im Laboratorium, holen – doch ihre Hand griff ins Leere. Priska erschrak. Sie rief nach Adam, doch dann sah sie, dass seine Tasche fehlte. Er war also schon unterwegs zu seinen Patienten.

Was hatte Regina vor?, fragte sie sich. Ob sie das Buch ins Rathaus tragen würde? Nein, das würde sie gewiss nicht tun. Wenn Priska und Adam aus der Stadt vertrieben würden, dann hätte sie niemanden mehr, der sich um sie und ihre schleichende, todbringende Krankheit kümmern würde. Im Johannisspital würde sie landen und dort elendig zugrunde gehen. Was also plante sie?

Priska überlegte den ganzen Tag, doch ihr wollte nichts einfallen.

Beim Abendbrot dann, das sie gemeinsam in der Küche einnahmen, fragte sie die Schwester: «Was würdest du tun, wenn wir weggingen von hier?»

Regina sah überrascht hoch. «Wo wollt ihr denn hin?»

«Nun», log Priska und stieß Adam unter dem Tisch an, damit er schwieg. «Adam hat ein Angebot aus Basel bekommen. Der erste Stadtarzt könnte er werden. Man hat dort von seinem Erfolg bei der Franzosenkrankheit gehört.»

Regina riss die Augen auf. «Und was wird aus mir?»

Priska zuckte die Achseln. «Jeden Tag klagst du aufs Neue, wie schlecht wir dich halten. Glücklich könntest du dich schätzen, wären wir weg.»

«Aber ich bin krank, brauche Adams Arznei.» Reginas Hals hatte sich mit aufgeregten roten Flecken überzogen. «Ihr müsst mich mitnehmen, wenn ihr weggeht!»

Priska wusste nun zwar, dass Regina Luthers Neues Testament nicht beim Rat der Stadt abgeben wollte, doch das reichte ihr noch nicht. Sie wollte wissen, was die Schwester vorhatte.

«Nun, wir können dich natürlich nicht mitnehmen. Eine Frau, die so krank ist wie du, wird das Bleiberecht für Basel nicht bekommen. Also bleibst du hier.»

«Nein! Nein, das dürft ihr nicht tun!», schrie Regina und sprang auf. «Ihr müsst mich heilen. Adam muss mich heilen. Ich will nicht sterben! Will nicht ins Spital!»

«Es tut mir leid, Schwester. Das Leben geht nicht immer so, wie man sich das wünscht.»

Reginas Blick irrte von Adam zu Priska. Plötzlich stieß sie sich vom Tisch ab und rannte davon.

«Warum sagst du so etwas?», fragte Adam. «Ich habe kein Angebot aus Basel.»

«Ich weiß», erwiderte Priska. «Aber die Bibel ist nicht mehr in ihrem Versteck. Regina hat sie. Und ich möchte wissen, was sie vorhat. Beim Rat wird sie uns nicht anzeigen; sie braucht uns. Deshalb die Lüge mit Basel.»

«Wo ist sie jetzt hingerannt?», fragte Adam und lauschte durch die offene Küchentür ins Haus.

Plötzlich sprang er auf. «Sie ist im Laboratorium. Ich habe das Knarren der Tür ganz deutlich erkannt.»

«Im Laboratorium? Was will sie da?»

«Das werde ich gleich herausfinden», erwiderte Adam und lief hinter Regina her.

Auch Priska hielt es nicht mehr länger in der Küche. Eine Sekunde nach Adam kam sie unten im Keller an.

«Regina! Nein!», schrie sie, doch es war zu spät.

Die Schwester hatte das Behältnis, in dem Adam das Quecksilber aufbewahrte, schon auf und sich das Pulver in die Hand geschüttet. Noch bevor Adam sie daran hindern konnte, hatte sie den Mund aufgerissen und das Pulver hineingeschüttet.

«Ihr wolltet mich verrecken lassen», keuchte sie und wischte sich über die Lippen. «Ihr wolltet mir nicht genug von der Arznei geben. Jetzt habe ich mir selbst geholt, was mir zusteht.»

Priska war aschfahl geworden. Sie klammerte sich an Adam, der mit hängenden Armen vor Regina stand.

«Du hast den Tod gegessen», sagte er leise und fuhr sich über die Stirn, die von kaltem Schweiß bedeckt war.

Regina sah von ihrer Schwester zum Schwager. Plötzlich begann sie zu zittern. Ihr Körper bebte, der Kopf wackelte auf dem Hals hin und her, ihre Hände flatterten wie Vogelflügel.

«Mir ... mir ist so heiß», stammelte sie und sah mit Entsetzen auf ihr Brusttuch, das innerhalb weniger Augenblicke durchgeschwitzt war.

«Helft mir», jammerte sie. «So helft mir doch!»

Sie taumelte auf Priska zu, griff mit beiden Händen nach ihr, dann fiel sie um und zog Priska mit sich.

«Adam! Tu etwas!», schrie Priska. Sie rappelte sich hoch, nahm Reginas Kopf in ihren Schoß und starrte Adam an.

«Es ... es gibt nichts, was ich für sie tun kann. Sie wird in wenigen Minuten tot sein», sagte er tonlos und verließ das Laboratorium.

«Adam», schrie Priska. «Bleib hier!»

Doch Adam sah sich nicht um, schüttelte nur den Kopf und ließ Priska mit den Worten «Behüte dich Gott» allein.

Priska sah hinunter auf ihren Zwilling, den anderen Teil ihrer Seele, dann begann sie leise zu beten, während Regina auf ihrem Schoß die letzten Atemzüge tat.

Behutsam legte sie die Schwester auf den Boden. Dann holte sie ein Tuch und deckte die Schwester damit zu. Sie wusste, dass ihre Handlungen töricht waren, Leichen kennen keine Kälte, aber sie konnte es nicht ertragen, ihre Schwester so unbedeckt auf dem kalten Boden liegen zu sehen.

Sie strich ihr noch einmal über die Wange und sagte leise: «Ich wäre dir gern eine bessere Schwester gewesen, doch das Leben war nicht danach. Verzeih mir.»

Dann ging sie, um den Priester zu holen. Draußen tobte inzwischen ein Schneesturm, der wie ein Wolf durch die Gassen heulte. Waagerecht schossen die Flocken an ihr vorbei, verstellten ihr den Blick. Sie war erst wenige Schritte gegangen, da war ihr Umhang schon ganz weiß von Schnee. Der Wind kniff ihr in die Wangen, die Stiefel rutschten, sodass Priska sich an den Mauern entlangtasten musste. Obwohl noch keine Schlafenszeit war, waren die Straßen menschenleer. Auch aus den Schankwirtschaften drang kein Lärm. Jeder, der konnte, hatte es sich zu Hause am Feuer gemütlich gemacht.

Sie legte die Hand über die Augen und spähte nach vorn. Ihr schien, als sähe sie eine Gestalt um die Ecke huschen, deren Gang sie an Adam erinnerte. Adam. Wo war er hingegangen? Sie hatte ihn weder in der Küche noch in der Wohnstube gesehen.

Plötzlich fielen ihr seine letzten Worte ein. «Behüte dich Gott», hatte er gesagt. Sie erschrak. Wo war er?

Beinahe kopflos rannte sie zurück nach Hause. Nein, sie hatte die tote Schwester nicht vergessen, doch eine Tote blieb tot, da konnte kein Priester mehr helfen.

Aber Adam! Um ihn ging es. Jetzt erst begriff sie, dass Regina ihn mit ihrem Tod auch um die Früchte seiner Arbeit gebracht hatte. Sie hatte alles Quecksilber verbraucht. Zu dieser Jahreszeit brauchte es Wochen, um neues zu beschaffen. Die Kranken würden rasch sterben. Auffallend rasch und alle zu einem ähnlichen Zeitpunkt.

Priska stürmte durch die Tür, rief nach Adam. Sie rannte die Treppe hoch, blickte in jedes Zimmer, doch tief in ihrem Inneren wusste sie bereits, dass sie ihn nicht finden würde.

Der Wind, der durch die Ritzen des Hauses drang und durch die Kamine pfiff, war es, der das Blatt Papier vor Priskas Füße wehte.

«Mein liebe Frau, liebste Freundin», stand darauf. «Ich nehme Abschied von dir. Verzeih mir, dass ich dich so lange daran gehindert habe, ein glückliches Leben zu führen. Jetzt bist du frei. Gib Nora einen Kuss von mir und sage ihr, dass ich sie immer wie ein Vater geliebt habe. Gott schütze dich. Adam.»

Priska ließ das Blatt sinken. «Nein», flüsterte sie. «Nicht auch noch du, Adam.»

Dann wandte sie sich um und rannte zurück auf die Straße, eilte nach rechts in Richtung Barfußgässchen, doch nach zehn Schritten drehte sie sich um und lief in die entgegengesetzte Richtung.

«Wo bist du, Adam?», flüsterte sie. «Lieber Gott, sage du mir, wo er ist.»

Und es war, als hätte Gott ihr Flehen tatsächlich vernommen, denn plötzlich tauchte in Priska eine Erinnerung auf. Sie sah einen jungen Adam, der sich in dem Wäldchen nahe des Flussufers geißelte.

Priska kämpfte sich durch den Sturm, so schnell sie nur konnte. Als sie die schützenden Mauern der Häuser hinter sich gelassen hatte, musste sie sich mit aller Kraft gegen den Wind stemmen. Die Kälte schnitt ihr wie Messer in die Wangen, doch Priska spürte es nicht. Der Schnee drang in ihre Stiefel, ließ die Zehen steif werden, doch sie achtete nicht darauf. Schritt für Schritt erkämpfte sie sich ihren Weg durch die Kälte, Schritt für Schritt kämpfte sie noch einmal um den Mann, dem sie die Treue geschworen hatte.

Endlos dauerte es, bis sie an dem kleinen Wäldchen anlangte. Sie blieb schwer atmend stehen, formte mit den Händen einen Trichter und rief nach Adam. Der Wind kam, riss ihr den Schrei fort und trug ihn hinauf zu den dunklen, schweren Wolken.

Es war inzwischen stockdunkel geworden. Nichts außer Nachtschwärze und dem grässlichen Geheul des Windes war hier. Es war ein Platz zum Fürchten, doch Priska verschwendete keinen einzigen Gedanken daran. Und dann sah sie ihn. Das blasse helle Oval eines Gesichtes vor einem Baumstamm. Mit letzter Kraft, die letzten Meter auf den Knien, kroch sie vorwärts. Ihre Hand griff nach seinem Gesicht. Es war kalt und starr.

«Adam», heulte sie ein letztes Mal mit dem Wind um die Wette, dann sank sie weinend in den Schnee. Adam war tot.

Am Weihnachtsmorgen, am Tag von Christi Geburt, begrub sie ihren Mann und ihre Schwester. Wenige nur begleiteten den Sarg, und die, die weinten, weinten um sich. Es waren die Kranken, die nun ohne Adam ihren Weg zu Ende gehen mussten. Priska hielt Nora an der Hand, die fröhlich neben ihr herhüpfte.

«Bist du nicht traurig, weil dein Vater gestorben ist?», fragte eine Nachbarin das Kind.

Nora lachte. «Aber nein. Es gibt Menschen, die sind in Wahrheit Engel. Sie haben sich nur für eine kurze Zeit auf die Erde verirrt. Jetzt ist mein Vater wieder ein Engel geworden. Jetzt ist er dort, wo er zu Hause ist», sagte sie.

Am Tag nach Christi Geburt ging Priska durch das leere, stille Haus. Sie nahm Adams Sachen, seine Kleider, das Bett und die Kissen, alle Geräte und Vorräte aus dem Laboratorium, und packte sie auf einen Karren. Diesen zog sie zum Johannisspital.

Nora hüpfte neben ihr her. «Vater braucht als Engel keine Sachen. Wir bringen sie den Kranken. Wir bringen sie denen, die sie brauchen», erzählte sie dem Pförtner.

Am zweiten Tag nach Christi Geburt packte Priska ihre Sachen zusammen. Sie füllte Truhen und Körbe, leerte die Speisekammer und verstaute Noras Spielzeug in großen Holzkisten. Dann ging sie mit dem Kind zum Mietstall, holte ihr Pferd.

«Wohin reiten wir, Mutter?», fragte Nora.

Priska sah hinauf zum Himmel, der heute gleißend blau war.

«Wir reiten nach Zuckelhausen, Nora. Wir reiten ins Glück.»

Nachwort

Wie viel Historie braucht ein historischer Roman? Diese Frage bewegt die Schriftsteller und Leser/innen seit Jahrhunderten. Lion Feuchtwanger schreibt in seinem Essay «Vom Sinn und Unsinn» des historischen Romanes: «Vom Autor eines historischen Romanes historische Belehrung fordern, heißt, vom Komponisten einer Melodie Aufschlüsse über die Technik der Radioübertragung zu verlangen.»

Ein historischer Roman ist in erster Linie ein Roman. Eine Fiktion, etwas Ausgedachtes. Die Figur der Wunderheilerin ist eine fiktive. Es gab sie nicht. Aber wenn es sie gegeben hätte, dann hätte ihr Leben so oder so ähnlich verlaufen können.

Im Roman jedoch geschehen Dinge, die sich in Wirklichkeit tatsächlich so abgespielt haben. Diese Stellen erkennt man daran, dass historisch verbürgte Persönlichkeiten wie Martin Luther oder Johann Tetzel dabei eine Rolle spielen, der Hinweis auf die Leipziger Annalen beigegeben ist oder exakte Daten genannt werden. Auch das Dörfchen Zuckelhausen gab es, und richtig ist auch, dass es für viele lutherische Leipziger, die aus der Stadt vertrieben wurden, ein Fluchtort war.

Die medizinischen und naturheilkundlichen Fakten sind

allesamt belegt. Die Syphilis, die Franzosenkrankheit, nahm die Ausmaße einer Seuche an. Es gab ein paar Jahre später einen Arzt, der mir zum Vorbild für Adam gedient hat. Einen Arzt, der versucht hat, die neue Zeit in die medizinische Wissenschaft zu bringen, die Säftelehre zu widerlegen und eine Arznei gegen die Syphilis zu finden. Dieser Arzt hieß Paracelsus.

Für die Figur der Wunderheilerin habe ich mir von mehreren historischen Personen Eigenschaften und Überliefertes «ausgeborgt». Da sind zum einen die Heilmethoden der Hildegard von Bingen, zum anderen Ausschnitte und Personen aus der Geschichte der Medizin und der Gynäkologie.

Viele andere Bücher, Dokumente, Chroniken, Urkunden, Verträge habe ich studiert. Bei diesen Recherchen haben mir wiederum viele Menschen geholfen: die Mitarbeiter der Institute für Stadtgeschichte in Leipzig und Frankfurt, der Deutschen Bücherei, der Universitätsbibliotheken in Frankfurt und Leipzig und der «Stiftung Haus der Geschichte der Bundesrepublik Deutschland» in Bonn.

Des Weiteren möchte ich meinem Vater Heinz Nichelmann danken, der mir auch diesmal sehr viele Nachforschungen in Leipzig abgenommen hat. Magali Heißler hat dafür gesorgt, dass meine festgefahrenen Gedanken wieder in Fluss gekommen sind, mein Agent Joachim Jessen war – wie immer – ein Quell des Antriebs und der Ermunterung, Hiltrud Kreibohm hat sich für mich als äußerst hilfreiche Testleserin erwiesen, und meiner Lektorin Kathrin Blum ist es wieder einmal gelungen, den Roman an vielen Stellen zu verbessern. Danken für steten Zuspruch, für unermüdliches Zuhören und Ausgleichen und für viele andere Dinge mehr, die die Entstehung eines Romanes begleiten, möchte ich außerdem meiner Freundin und Kollegin Sandra Wöhe, meiner Tochter Hella Thorn und meiner Agentin Anja Kleinlein. Der größte Dank geht allerdings an Jochen Schneider, der mir den Rücken freihält und auch ansonsten unerlässlich für mich ist.